Asesinato

para

principiantes

W9-BIQ-975

HOLLY JACKSON

Asesinato para principiantes

CROSS BOOKS

CROSSBOOKS, 2020
infoinfantilyjuvenil@planeta.es
www.planetadelibrosjuvenil.com
www.planetadelibros.com
Editado por Editorial Planeta, S. A.

Título original: *Good girl's guide to murder*
© del texto: Holly Jackson, 2018
© de la traducción: Cristina Carro, 2019
© Editorial Planeta, S. A., 2020
Avda. Diagonal, 662-664, 08034 Barcelona
Publicado originalmente por Egmont UK Limited, The Yellow Building,
1 Nicholas Road, London, W11 4AN

Primera edición: febrero de 2020
Quinta impresión: junio de 2021
ISBN: 978-84-08-22312-2
Depósito legal: B. 282-2020
Impreso en España

El papel utilizado para la impresión de este libro está calificado como
papel ecológico y procede de bosques gestionados de manera sostenible.

PARTE I

QAG

Reconocimiento de
Logros
Académicos

EXTENSIÓN DE PROYECTO 2017/18

Número del candidato	Nombre completo del candidato
4169	Pippa Fitz-Amobi

Parte A: propuesta del candidato

Esta parte debe ser rellenada por el candidato

- Asignaturas o áreas de interés con los que tiene que ver el tema elegido:

Lengua, periodismo, periodismo de investigación, derecho criminal

Título provisional del proyecto

Presente el tema que se dispone a investigar en forma de oraciones/preguntas/hipótesis

Investigación del caso de desaparición de Andie Bell en 2012 en Little Kilton

Usando la desaparición de Andie Bell como caso de estudio, proponemos un artículo detallado sobre la creciente importancia de los medios de comunicación escritos y audiovisuales, así como de las redes sociales, en la ayuda a la investigación policial. También se analizará el papel de la prensa en la imagen de Sal Singh y su supuesta culpabilidad.

- Fuentes que se usarán:

Entrevista con un experto en personas desaparecidas, entrevista con el periodista local que cubrió el caso, artículos de periódico y entrevistas a miembros de la comunidad. Manuales y artículos sobre procedimientos policiales, sobre psicología y sobre el papel que desempeñan los medios de comunicación.

Comentarios del tutor:

Pippa, como ya hemos hablado, el tema que has elegido, un crimen terrible que sucedió en nuestra ciudad, es muy delicado. Sé que no voy a ser capaz de convencerte para que lo cambies, pero recuerda que el proyecto solo se ha aceptado con la condición de que tengas muy claros los límites éticos. Creo que, cuando empieces la investigación, deberás encontrar una perspectiva distinta desde la que enfocar el artículo para, de ese modo, no centrarte demasiado en los asuntos más sensibles.

Para dejar todo claro, diré que **DE NINGUNA MANERA PUEDE HABER CONTACTO** con las familias involucradas en el caso. Esto constituiría una violación ética de las reglas y tu proyecto sería descalificado. Y no trabajes demasiado, disfruta del verano.

Declaración del candidato:

Certifico que he leído y entendido las reglas concernientes a las prácticas no toleradas tal como están expuestas en los avisos para candidatos.

Firma: Pippa Fitz-Amobi

Fecha: 18/07/2017

Uno

Pip sabía dónde vivían.

Todos los vecinos de Little Kilton lo sabían.

La casa era algo así como la mansión encantada de la ciudad, la gente aceleraba cuando pasaba por delante y cortaba sus conversaciones. En ocasiones, las pandillas de chavales que se dejaban caer por allí a la vuelta del colegio se retaban entre sí a acercarse corriendo y tocar la verja.

Pero quienes habitaban aquella casa encantada no eran fantasmas, sino tres personas tristes que intentaban continuar con sus vidas. No había luces que se encendiesen y se apagasen solas, ni sillas que se cayesen al suelo sin que nadie las tocase; lo terrorífico de la casa eran las pintadas que decoraban los muros, «escoria», y las ventanas rotas a pedradas.

Pip no entendía que no se hubiesen mudado. No es que tuvieran que hacerlo, claro, no eran culpables de nada. Pero no sabía cómo eran capaces de seguir allí.

Pip sabía unas cuantas cosas; sabía que «hipopotomonstrosesquipedaliofobia» era el término técnico para el miedo a las palabras largas, o que los bebés nacían sin rótula; podía recitar las mejores frases de Platón y Catón sin equivocarse en una coma y sabía que existían más de cuatro mil clases de patata. Pero no sabía cómo la familia Singh era capaz de permanecer aquí, en Kilton, bajo el peso de las miradas de asombro, de los comentarios susurrados pero que se oyen igual, de los educados saludos de los vecinos que ya nunca se convertían en conversaciones reales.

Para colmo de sus males, la casa estaba muy cerca del instituto de Little Kilton, donde habían estudiado Andie Bell y Sal Singh, y adonde Pip volvería en un par de semanas para cursar el último año, en cuanto el sol de agosto dejara paso a septiembre.

Pip se detuvo y apoyó la mano en la verja, demostrando más valor que la mitad de los chavales de la ciudad. Con la mirada recorrió el camino que llevaba hasta la puerta de la casa. Aunque no eran más que unos cuantos metros, para ella se abría un abismo entre el lugar donde se encontraba en ese momento y la puerta de entrada. A lo mejor era una mala idea, eso ya se le había pasado por la cabeza. La mañana era soleada y Pip sintió que el sudor le resbalaba por la parte posterior de las rodillas debajo de los vaqueros. Bueno, tal vez solo fuese demasiado arriesgada... Y los grandes sabios y pensadores de la historia siempre recomendaban arriesgarse y abandonar la zona de confort. Claro que estas palabras justificaban incluso las peores ideas...

Desafiando ese abismo con paso firme, caminó hasta la puerta y, tras una pequeña pausa, que utilizó para reafirmar su resolución, golpeó tres veces con los nudillos. Su reflejo le devolvió la mirada: el pelo oscuro que el sol había aclarado un poco en las puntas, la cara pálida a pesar de la semana de vacaciones en el sur de Francia, los penetrantes ojos de un verde terroso preparados para el impacto.

Tras el sonido de descorrer una cadena y abrir las dos vueltas de la cerradura, la puerta se abrió solo un poco.

—¿Hola? —dijo él, con una mano en el quicio.

Pip parpadeó en un intento de que su mirada no pareciera tan asombrada, pero le costaba evitarlo. El chico se parecía muchísimo a Sal, al que ella conocía de los reportajes de la televisión y las fotos de los periódicos. El mismo cuya imagen empezaba a borrarse de su memoria adolescente. Ravi tenía el pelo igual que su hermano, alborotado y peinado hacia un lado, las mismas cejas espesas y arqueadas, la misma piel dorada.

—¿Hola? —insistió él.

—Estooo... —Pip reaccionó tarde. Su cerebro estaba ocupado procesando que, a diferencia de Sal, él tenía un hoyuelo en la barbilla, igual que ella. Y que estaba aún más alto que la última vez que lo había visto—. Sí, perdona, hola. —Hizo un movimiento raro con la mano, como un saludo que se quedara a medias, algo que inmediatamente lamentó.

—Hola.

—Hola, Ravi —saludó ella—. Claro, tú no me conoces... Soy Pippa Fitz-Amobi. Voy al mismo instituto al que ibas tú, tengo dos años menos.

—Ah.

—Me preguntaba si podría robarte un poco de tiempo. Solo será un instante. Bueno, uno no... ¿Sabías que la palabra «instante» viene del verbo latín *instare*, que, como intransitivo, significa «mantenerse sobre algo»? Te preguntarás cómo pasó a significar «breve intervalo de tiempo». La explicación viene de la expresión *tempus instans*, es decir el momento exacto en el que el tiempo está sobre ti, y de ahí, omitiendo la palabra *tempus*, *instans* pasó a significar «breve momento del presente» y, por extensión, cualquier momento fugaz. Así que, en realidad, no será solo un instante, serán varios. ¿Puedo molestarte varios instantes?

Madre mía, esto es lo que le pasaba cuando se ponía nerviosa o estaba en una situación complicada; empezaba a soltar datos y luego encima trataba de bromear con ellos. Y la cosa no acababa ahí: la Pip nerviosa se convertía en una especie de superpija, ya que pasaba de su habitual acento de clase media a una triste imitación del de clase alta. «Solo será un instante», ¿en serio? ¿Qué tipo de persona normal habla así?

—¿Qué? —preguntó Ravi con expresión confusa.

—Nada, no me hagas caso —dijo Pip, de vuelta a su acento normal—. Estoy haciendo el PC y...

—¿Qué es un PC?

—Proyecto Complementario.* Es un trabajo que haces de forma individual para complementar los exámenes y subir nota en el curso anterior a la selectividad. Puedes elegir cualquier tema que te guste.

—Ah, es que no llegué a ese curso —dijo él—. Dejé el instituto en cuanto pude.

—Ya, bueno. Quería saber si podría entrevistarte para este proyecto.

—¿De qué trata? —El chico frunció las oscuras cejas.

—Pues... es sobre lo que pasó hace cinco años.

Ravi resopló y el labio se le torció en un gesto que presagiaba enfado.

—¿Por qué? —preguntó.

—Porque no creo que tu hermano sea culpable, y voy a tratar de demostrarlo.

---

* Se refiere al EPQ, *Extended Project Qualification*, una especie de trabajo de investigación que algunos estudiantes británicos realizan para completar calificaciones y asegurarse el acceso a buenas universidades. *(N. de la T.)*

Registro de producción. Entrada n.º 1

El registro de producción sirve, normalmente, para dejar constancia de los obstáculos que puedas encontrarte en la investigación, así como de los progresos y los objetivos del trabajo. Mi registro de producción, sin embargo, será un poco distinto: reflejaré aquí todos los datos que obtenga en la investigación, tanto los relevantes como los irrelevantes, puesto que, de momento, no sé cuál será la conclusión final, ni qué cosas resultarán importantes o no. No sé cuáles son los objetivos de este trabajo. Solo me queda esperar a ver cuál es mi perspectiva al final de la investigación y cuál será el artículo que, en consecuencia, escribiré. [¿Esto no suena un poco como un diario?]

Espero que el resultado no sea el ensayo que le propuse a la señora Morgan. Espero sacar a la luz la verdad. ¿Qué fue lo que le ocurrió a Andie Bell el 20 de abril de 2012? Y, si como yo creo, Salil *Sal* Singh no es culpable, entonces ¿quién la mató?

No creo que consiga resolver el caso y descubrir a la persona que asesinó a Andie. No soy agente de policía, no dispongo de acceso a un laboratorio forense (obviamente), no albergo falsas esperanzas. Pero sí espero que mi investigación ponga al descubierto hechos y consideraciones que puedan establecer una duda razonable respecto a la culpabilidad de Sal, y de ese modo sugerir que la policía cometió una equivocación al cerrar el caso tan pronto y sin profundizar lo suficiente.

Así pues, mis métodos de investigación serán los siguientes: entrevistas a todos los que tengan algo que ver con el caso, seguimiento obsesivo de las redes sociales y una especulación enloquecida, completamente desquiciada.

[¡¡¡NO DEJAR QUE LA SEÑORA MORGAN VEA ESTO!!!]

De este modo, la primera fase del proyecto consiste en investigar lo que le sucedió a Andrea Bell —más conocida como Andie– y las circuns-

13

tancias que rodean su muerte. Extraeré dicha información de las noticias del periódico y de las ruedas de prensa que dio la policía en aquel momento.

[Vete apuntando las referencias que usarás para no tener que buscarlas luego.]

Copio y pego el primer artículo periodístico que informó de su desaparición:

Andrea Bell, de diecisiete años de edad, desapareció de su casa en Little Kilton, Buckinghamshire, el pasado viernes.

Dejó su domicilio al volante de su coche, un Peugeot 206 negro, llevando consigo su teléfono móvil y sin portar ningún tipo de equipaje adicional. La policía dice que su desaparición es «completamente impropia de su comportamiento habitual».

Los agentes llevan todo el fin de semana rastreando los bosques cercanos al domicilio familiar.

Andrea, conocida como Andie, es una mujer de raza blanca, ronda el metro setenta, de pelo largo y rubio. Se cree que en la noche de su desaparición llevaba vaqueros oscuros y un jersey azul corto.[1]

Los siguientes artículos ofrecían información nueva relativa a la fecha en la que Andie había sido vista por última vez y el intervalo de horas en las cuales pudo ser secuestrada.

Andie Bell fue «vista con vida por última vez por su hermana pequeña, Becca, alrededor de las 22.30, el 20 de abril de 2012».[2]

Esto fue corroborado por la policía en una rueda de prensa el jueves 24 de abril: «Las imágenes de la cámara de seguridad ubicada en el exterior del Banco STN de High Street, en Little Kilton, confirman que el coche de Andie abandonó su casa alrededor de las 22.40».[3]

De acuerdo con la declaración de sus padres, Jason y Dawn Bell, Andie «había quedado en recogerlos en casa de unos amigos, donde estaban

1. www.gbtn.co.uk/news/uk-england-bucks-54774390 23/04/12
2. www.thebuckinghamshiremail.co.uk/news/crime-4839 26/04/12
3. www.gbtn.co.uk/news/uk-england-bucks-69388473 24/04/12

cenando, a las 00.45». Cuando Andie no apareció ni contestó al móvil, ellos empezaron a llamar a amigos de la chica para ver si alguno sabía de su paradero. Jason Bell «llamó a la policía para denunciar la desaparición de su hija a las 03.00 del sábado».[4]

Así que, sea lo que sea lo que le pasó a Andie Bell esa noche, ocurrió entre las 22.40 y las 00.45.

Este parece un buen lugar para incluir la transcripción de mi entrevista telefónica de ayer con Angela Johnson.

4. Forbes, Stanley, «La verdadera historia del asesino de Andie Bell», *El Correo de Kilton*, 29/04/12, pp. 1-4.

Transcripción de la entrevista con Angela Johnson, del departamento de personas desaparecidas

Angela: Hola.

Pip: Hola, ¿es usted Angela Johnson?

Angela: Sí, ¿eres Pippa?

Pip: Sí, muchas gracias por contestar al email que le mandé.

Angela: De nada.

Pip: ¿Le importa si grabo esta entrevista para poder transcribir-la luego y usarla en mi proyecto?

Angela: Adelante, no tengo ningún inconveniente. Siento no disponer más que de diez minutos. Bueno, ¿qué quieres saber sobre nuestro trabajo?

Pip: Pues me gustaría que me explicara un poco qué es lo que pasa cuando se denuncia una desaparición. Cómo es el protocolo y cuáles son los primeros pasos que da la policía.

Angela: A ver, cuando alguien llama al 999 o al 101 para denunciar una desaparición, la policía intenta conseguir la mayor cantidad posible de detalles para valorar el riesgo potencial de la desaparición y así poder elaborar una respuesta policial adecuada. En este primer momento, se preguntan cosas como el nombre, la edad, descripción de la persona, cómo iba vestida la última vez que fue vista, las circunstancias de su desaparición, si es propio de ella irse sin decir nada, si se ha marchado a pie o en algún vehículo, si fue en un vehículo, las características de este... Con dicha información, la policía establece si es un caso de bajo, medio o alto riesgo.

Pip: Y ¿qué circunstancias tendrían que darse para que fuera considerado un caso de alto riesgo?

Angela: Si son personas vulnerables por su edad o algún tipo de incapacidad, es un caso de alto riesgo. Si el comportamien-to no es propio de la persona, probablemente sea un indicador de que ha habido coacción, así que también caería en esa categoría.

Pip: Vale, entonces, si la persona desaparecida tiene diecisiete años y no le pega para nada haber desaparecido sin avisar, ¿estaríamos hablando de un caso de alto riesgo?

Angela: Por supuesto, si se trata de un menor, desde luego.

Pip: Bien, y ¿cuál es la respuesta de la policía en un caso de alto riesgo?

Angela: Pues inmediatamente se mandaría un destacamento al domicilio de la persona desaparecida. La policía tendría que reunir información complementaria sobre esa persona: amigos, colegas, cualquier enfermedad o dolencia, su información bancaria por si pueden encontrarla a partir de alguna retirada de dinero. También necesitan fotografías recientes y, si hablamos de un caso de alto riesgo, incluso pueden tomar pruebas de ADN por si las necesitan en un examen forense posterior. También tendrían que registrar el domicilio, con el consentimiento de los propietarios, por supuesto, para descartar que la persona desaparecida esté escondida o retenida allí y para encontrar más pistas que puedan ser de ayuda. Ese es el procedimiento estándar.

Pip: O sea que la policía se pone enseguida a buscar pistas o evidencias de que la persona desaparecida ha sido víctima de un crimen, ¿no?

Angela: Sí, sí, claro. Si las circunstancias de la desaparición son sospechosas, la consigna de los agentes es «en caso de duda, considera que se trata de un asesinato». Es cierto que solo un pequeño porcentaje de los casos de desaparición llegan a ser homicidios, pero las instrucciones de la policía son documentar las evidencias desde el principio como si estuvieran investigando dicho crimen.

Pip: Y después de ese registro inicial del domicilio, ¿qué pasa si no aparece ninguna prueba significativa?

Angela: Pues que amplían el radio de búsqueda al área circundante. Pueden pedir información telefónica. Interrogarán a amigos, vecinos o cualquiera que pueda darles una información útil. Si la persona desaparecida es joven, adolescente, no se puede confiar en que sus padres tengan toda la información respecto a quiénes son sus amigos o conocidos. Sus compañeros serán fuentes de información muy valiosas sobre otros contactos importantes, ya sabes, novios secretos, ese tipo de cosas. Y normalmente se diseña una estrategia de prensa porque la llamada a la colaboración ciudadana a través de los medios suele ser muy útil en estos casos.

Pip: O sea que, si la persona desaparecida es una chica de diecisiete años, la policía habría contactado con amigos y novio enseguida, ¿no?

Angela: Sí, claro. Los interrogatorios son imprescindibles porque, si ha huido de casa, es muy probable que esté escondida en casa de una persona cercana, de un amigo íntimo.

Pip: Y ¿en qué punto de la investigación la policía asume que ya está buscando un cadáver?

Angela: Bueno, supongo que en el momento en el que sea de sentido común asumirlo, no es un asunto de... Ay, Pippa, tengo que irme. Lo siento. Me acaban de llamar para la reunión.

Pip: Vaya, bueno, muchísimas gracias por dedicarme este rato.

Angela: Si tienes más preguntas, me mandas un email y te las respondo en cuanto tenga un momento.

Pip: Lo haré, gracias de nuevo.

Angela: Adiós.

Encontré estas estadísticas en internet:

> **El 80 % de las personas desaparecidas son halladas en las primeras 24 horas. Un 97 %, en la primera semana. El 99 % de los casos son resueltos en el primer año. Eso deja solo un 1 %. El 1 % de las personas desaparecidas nunca aparecen. Pero hay otra cifra que es importante tener en cuenta: solo el 0,25 % de todos los casos de personas desaparecidas tienen un desenlace fatal.**[5]

¿En qué lugar deja todo esto a Andie Bell? Pues flotando en un limbo entre ese 1 % y ese 0,25 %, y cada segundo que pasa la empuja en una u otra dirección.

Pero de momento, la mayoría de la gente considera que ella está en el grupo del 0,25 %, y eso que nunca encontraron su cuerpo. ¿Cuál es el motivo?

Sal Singh. Él es el motivo.

---

5. www.findmissingperson.co.uk/stats

Dos

Las manos de Pippa se distrajeron del teclado y se quedó con los índices sobrevolando la *w* y la *h* mientras se esforzaba por desentrañar el jaleo que se había formado en el piso de abajo. Un golpe, pasos apurados, pezuñas deslizándose por el suelo y risas infantiles incontroladas. Al instante, todo quedó claro.

—¡Joshua!, ¡¿quién le ha puesto al perro una de mis camisas *batik*?! —gritó Victor con una voz tan poderosa que hasta atravesaba techos y alfombras.

Pip se rio a su pesar; guardó el documento del registro de producción y cerró la pantalla de su portátil. Cada día, como si fuera ya una tradición, se montaba un barullo tremendo en cuanto su padre volvía del trabajo. Nunca fue un tipo silencioso: sus susurros se oían desde el otro lado de la habitación, sus carcajadas eran tan ruidosas que la gente se asustaba, y cada año, sin excepción, Pip se despertaba con el sonido de sus «pasitos de puntillas» por el pasillo del piso de arriba cuando iba a dejar los regalos de Papá Noel en Nochebuena.

Su padrastro era la antítesis de la sutileza.

Al llegar abajo, Pip se encontró la siguiente escena: Joshua corría de habitación en habitación: de la cocina a la entrada, de la entrada al salón y vuelta a empezar. Y sin dejar de reír en ningún momento.

Pegado a sus talones iba *Barney*, el perro perdiguero, que llevaba una de las camisas más cantonas de su padre, la del estampado demencial verde que prácticamente te hacía sangrar los ojos, adquirida en su último viaje a Nigeria. El perro derrapaba como loco sobre el suelo de madera pulida de la entrada, con la emoción silbando a través de sus fauces abiertas.

Y cerrando la comitiva, Victor con su traje gris de Hugo Boss —chaqueta, pantalón y chaleco—, arrastrando sus casi dos metros de estatura tras el perro y el chico, y soltando esa estentórea risa que, por momentos, incluso parecía subir de tono. Era algo así como la versión de la familia Amobi de una escena de *Scooby Doo*.

—Madre mía, y yo intentando hacer los deberes... —comentó Pip apartándose de un salto para no ser arrollada por la comitiva.

Barney se detuvo un momento para darle un cabezazo en la espinilla y luego se puso en marcha de nuevo para saltar encima de Victor y Josh, que, exhaustos, se habían dejado caer en el sofá.

—Hola, cariño —la saludó Victor palmeando el sofá a su lado.

—Hola, papá, eres tan silencioso que ni siquiera sabía que habías llegado.

—Pipsicola, eres demasiado lista para usar un chiste tan manido.

Ella se sentó al lado de su padre y de Josh y notó cómo sus respiraciones aún agitadas hacían temblar los cojines del sofá, que se inflaban y desinflaban rítmicamente bajo sus piernas.

Josh empezó a meterse el dedo en la nariz y Victor le dio un pequeño manotazo en la muñeca para que parase.

—¿Qué tal te ha ido estos días? —preguntó Victor, dando a Josh vía libre para ofrecer una detalladísima explicación sobre sus últimos partidos de fútbol.

Pip desconectó; ya había oído todo aquello en el coche cuando había recogido a Josh del campo. En realidad, solo lo había escuchado a medias, distraída por la forma en que el entrenador suplente había mirado, lleno de confusión, su blanquísimo color de piel cuando ella había señalado al chaval de nueve años al que venía a buscar y había dicho: «Soy la hermana de Joshua».

A estas alturas, ya debería estar acostumbrada: las miradas confundidas, la gente intentando configurar mentalmente la logística de su familia, las tachaduras en las numeraciones y los términos garabateados en su árbol genealógico.

El enorme nigeriano era, evidentemente, su padrastro, y Joshua, su hermanastro. Pero a Pip no le gustaba usar esas palabras, esos tecnicismos tan fríos. La gente a la que una ama no son matemáticas: no los calculas, restas o conviertes en fracciones. Victor y Josh no eran «tres octavos» suyos, no eran familia «al 40 %», eran completamente suyos, totalmente parte de su familia. Su padre y su insufrible hermano pequeño.

Su padre «real», el hombre que cedió a los Fitz dicho nombre, había muerto en un accidente de coche cuando ella solo tenía diez meses. Y aunque a veces Pip asentía y sonreía cuando su madre le preguntaba si recordaba cómo tarareaba su padre cuando se lavaba los dientes, o cuánto se había reído cuando la segunda palabra que Pip había dicho en su vida había sido «caca», la realidad era que no lo recordaba. Pero es que a veces lo de recordar no lo haces para ti, sino para arrancarle una sonrisa a alguien. Ese tipo de mentiras estaban permitidas.

—Y ¿cómo va el proyecto, Pip? —Victor se volvió hacia ella mientras le desabotonaba la camisa al perro.

—Ahí vamos —contestó ella—. De momento estoy repasando los datos que tengo y tomando notas. Esta mañana fui a ver a Ravi Singh.

—Vaya, ¿y?

—Pues estaba ocupado, pero dijo que podía atenderme el viernes.

—Yo no volvería ni loco —apuntó Josh con tono cauto.

—Eso es porque tú eres un niñato lleno de prejuicios que aún piensa que dentro de los semáforos vive gente diminuta. —Pip le echó una mirada—. Los Singh no han hecho nada malo.

Victor intervino.

—Joshua, intenta imaginar que todo el mundo te juzgara por algo que ha hecho tu hermana.

—Si Pip solo hace deberes...

Ella ejecutó un elegantísimo lanzamiento de cojín a la cara de Josh. Victor cogió los brazos del chaval y comenzó a hacerle cosquillas en la barriga; su hermano se retorcía para liberarse y hacerle frente a ella.

—¿Por qué aún no ha llegado mamá? —preguntó Pip, que chinchaba al indefenso Josh poniéndole el pie cerca de la cara, como si fuera a acariciársela con el suave calcetín.

—Me dijo que iría directamente desde el trabajo al club de lectura de la madre de Boozy —contestó Victor.

—¿Eso quiere decir que podemos cenar pizza? —sugirió Pip.

Y de repente cesó el enfrentamiento fraterno y ella y Josh se encontraban en el mismo bando. Él se levantó de un salto, se cogió del brazo de su hermana y lanzó una mirada implorante a su padre.

—Claro que sí —sonrió Victor palmeándole la espalda—. Si no, ¿cómo voy a mantener tan boyantes estas carnes rebosantes?

—Papááá —se quejó Pip, que se reprendía mentalmente por haberle dicho una vez esa frase.

Registro de producción. Entrada n.º 2

Lo que pasó a continuación en el caso de Andie Bell es muy difícil de aclarar si nos atenemos a las noticias de los periódicos. Hay lagunas que voy a tener que rellenar con rumores y suposiciones hasta que el puzle esté más claro tras las entrevistas; espero que Ravi y Naomi —que fue una de las mejores amigas de Sal— puedan ayudarme con esto.

Si tenemos en cuenta lo que dijo Angela, supongo que después de tomar declaración a la familia Bell y registrar concienzudamente su domicilio, la policía pidió información sobre los amigos de Andie.

Tras una seria revisión del historial de Facebook, parece ser que las mejores amigas de Andie eran Chloe Burch y Emma Hutton. Adjunto captura de pantalla.

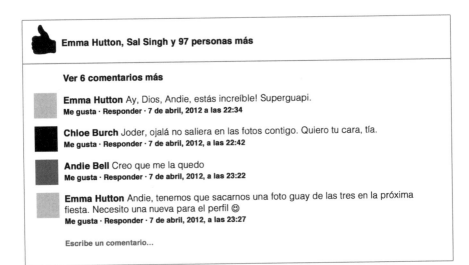

Este post es de dos semanas antes de que Andie desapareciera. Parece que Chloe y Emma ya no viven en Little Kilton. [Quizá pueda mandarles un mensaje privado y pedirles una entrevista por teléfono.]

Ese primer fin de semana (el del 21 y 22) Chloe y Emma ayudaron muchísimo a dar publicidad a la campaña de Twitter #EncontremosaAndie, organizada por la policía de Thames Valley. No creo que me arriesgue demasiado al concluir que los agentes habrían contactado con Chloe y Emma o bien el viernes por la noche o bien el sábado por la mañana. Lo que no sé es lo que dijeron ellas en ese interrogatorio. Pero espero poder averiguarlo.

Sabemos que, en su momento, la policía habló con el novio de Andie. Su nombre era Sal Singh e iba a la misma clase que Andie, en el último curso del Instituto Kilton Grammar.

En algún punto del sábado, la policía contactó con Sal.

«El detective Richard Hawkins confirmó que los agentes habían interrogado a Salil Singh el sábado 21 de abril. Le preguntaron dónde estaba la noche anterior, específicamente, en las horas en las que se cree que Andie Bell desapareció.»[6]

Esa noche, Sal había estado en casa de su amigo Max Hastings. Estaba con sus cuatro mejores amigos: Naomi Ward, Jake Lawrence, Millie Simpson y el propio Max.

Insisto en que tengo que cotejar estos datos con Naomi la próxima semana, pero creo que Sal le dijo a la policía que había salido de casa de Max sobre las 0.15. Se fue a casa andando y su padre, Mohan Singh, confirmó que «Sal llegó a casa sobre las 0.50».[7]

[Nota: la distancia entre la casa de Max (en Tudor Lane) y la de Sal (en Grove Place) es de unos 30 minutos andando, según Google.]

La policía habló con los cuatro amigos para confirmar la coartada de Sal a lo largo del fin de semana.

Se pusieron carteles de «Se busca» y el domingo empezaron con los interrogatorios a los vecinos.[8]

El lunes, cien voluntarios ayudaron a la policía con las labores de búsqueda en el bosque de la ciudad. Vi las imágenes en las noticias: cien

6. www.gbtn.co.uk/news/uk-england-bucks-78355334 05/05/12

7. Ídem.

8. Forbes, Stanley, «El caso de la chica desaparecida aún sin esclarecer», *El Correo de Kilton*, 23/04/12, pp. 1-2.

personas avanzando en fila por el bosque, gritando su nombre. Ese mismo día, más tarde, un equipo forense entró en el domicilio de los Bell.[9]

Y el martes, de repente, todo cambió.

Creo que lo más útil es ordenar cronológicamente los eventos de ese día y los siguientes, aunque nosotros, los vecinos, los conocimos desordenados y mezclados unos con otros.

Media mañana: Naomi Ward, Max Hastings, Jake Lawrence y Millie Simpson llamaron a la policía desde el instituto y confesaron haber proporcionado información falsa. Dijeron que Sal les había pedido que mintieran, pero que en realidad había salido de casa de Max sobre las 22.30 la noche que Andie desapareció.

Aunque no sé a ciencia cierta cuál debería haber sido el procedimiento policial correcto, imagino que, en ese momento, Sal pasó a ser el sospechoso número uno.

Pero no pudieron encontrarlo: no estaba en el instituto ni en casa. Y tampoco contestaba al teléfono.

Más tarde, sin embargo, se filtró que, a pesar de haber ignorado todas las llamadas, Sal había mandado un mensaje a su padre aquella mañana. La prensa se referiría a dicho mensaje como «una confesión».[10]

Ese martes por la noche, uno de los equipos de policía que buscaban a Andie encontró un cadáver en el bosque.

Era Sal.

Se había suicidado.

La prensa nunca dijo qué método había empleado para hacerlo, pero en el instituto el rumor fue demasiado fuerte para ignorarlo.

Sal se internó en el bosque que había cerca de su casa, se tomó un puñado de somníferos, se puso una bolsa de plástico alrededor de la cabeza y la ajustó con una cinta elástica al cuello. Se ahogó estando ya inconsciente.

En la rueda de prensa que dio la policía esa noche, no hubo mención

9. www.gbtn.co.uk/news/uk-england-bucks-56479322 23/04/12

10. www.gbtn.co.uk/news/uk-england-bucks-78355334 05/05/12

alguna a Sal. Solo contaron que las cámaras de seguridad situaban a Andie saliendo en coche de su domicilio a las 22.40.[11]

El miércoles se encontró el coche de Andie aparcado en la carretera de un bloque residencial (Romer Close).

Hubo que esperar hasta el lunes siguiente para que un portavoz de la policía revelara lo siguiente: «Tenemos novedades en la investigación del caso Andie Bell. Como resultado de recientes informaciones provenientes del departamento de inteligencia y del forense, tenemos razones para sospechar que el joven llamado Salil Singh, de dieciocho años, estuvo involucrado en el secuestro y asesinato de Andie. Las evidencias habrían bastado para arrestar y acusar al sospechoso si este no hubiera muerto antes de que los procedimientos pudieran ser iniciados. Por el momento, la policía no está tras la pista de nadie más en relación con la desaparición de Andie, pero la búsqueda de la chica sigue adelante. Enviamos mucho ánimo a la familia Bell, así como nuestro más profundo pesar por el golpe que, sin duda, les habrá causado esta información».

Lo que ellos llaman «evidencias» es la siguiente sucesión de hechos:

Encontraron el móvil de Andie entre las ropas del cadáver de Sal.

Los exámenes forenses encontraron trazas de sangre de Andie bajo las uñas de los dedos índice y medio de la mano derecha de Sal.

También hallaron restos de sangre de Andie en el maletero de su coche abandonado.

Las huellas de Sal aparecieron en el salpicadero y en el volante, aunque también había marcas de la propia Andie y de otros miembros de su familia.[12]

Según la policía, esto habría sido suficiente para acusar a Sal y, probablemente, para asegurar su condena en el juicio. Pero como estaba muerto, no hubo ni juicio ni condena. Tampoco defensa.

En las siguientes semanas, se produjeron más batidas policiales en los bosques de Little Kilton y de los alrededores. Se usaron perros rastrea-

---

11. www.gbtn.co.uk/news/uk-england-bucks-69388473 24/03/12

12. www.gbtn.co.uk/news/uk-england-bucks-78355334 09/05/12

dores de cadáveres. Varios buzos de la policía fondearon el río Kilbourne. Pero el cuerpo de Andie nunca apareció.

El caso de la desaparición de Andie Bell se cerró administrativamente a mediados de junio de 2012.[13] Un caso se «cierra administrativamente» solo si «la documentación aportada contiene evidencias suficientes para proceder a la acusación, pero el sospechoso muere antes de que la investigación pueda ser completada».

El caso «puede ser reabierto en el momento en que aparezcan nuevas pistas o evidencias».[14]

En quince minutos tengo que salir para ir al cine: Josh nos ha hecho chantaje emocional para que vayamos a ver otra película de superhéroes. Pero me queda la parte final de los previos del caso Andie Bell/ Sal Singh y estoy en racha.

Dieciocho meses después de que el caso de Andie Bell se cerrase administrativamente, la policía envió un informe al juez de instrucción de la ciudad. En casos como este, él es quien decide si se debe proseguir con la investigación. Tal decisión está basada en su creencia de las probabilidades de que la persona esté muerta y en el tiempo transcurrido.

El juez instructor tendrá que acudir a la Secretaría de Justicia del Estado, amparado por el Acto de Jueces de Instrucción 1988, sección 15, para una investigación judicial sin haber hallado el cuerpo.

Cuando no hay cadáver, la investigación se basará sobre todo en las evidencias aportadas por la policía y en la opinión de los agentes al mando de la investigación sobre la probabilidad de que la persona haya fallecido.

La investigación judicial versa sobre las causas médicas y circunstancias de la muerte. No puede «culpar a individuos por dicha muerte o establecer responsabilidad criminal por parte de ningún sujeto».[15]

13. www.gbtn.co.uk/news/uk-england-bucks-87366455 16/06/12

14. The National Crime Recording Standards (NCRS) https://www.gov.co.uk/government/ uploads/system/uploads/attachment_data/file/99584773/ncrs.pdf

15. http://www.inquest.uk/help/handbook/7728339

Al final de la investigación, en enero de 2014, el juez instructor dictó un veredicto de «homicidio» y se expidió el certificado de muerte de Andie Bell.[16] Un veredicto de homicidio significa que «la muerte de la persona se produjo en un acto ilegal realizado por alguien» o, más específicamente, muerte por «asesinato, homicidio involuntario, infanticidio o conducción temeraria».[17]

Y aquí termina todo.

Andie Bell fue declarada legalmente muerta, aunque nunca encontraron su cuerpo. Dadas las circunstancias, podemos asumir que el veredicto de homicidio se refiere a que fue asesinada. Después de la investigación, la Fiscalía de la Corona declaró lo siguiente: «El caso contra Salil Singh se podría haber basado en evidencias circunstanciales y forenses. No corresponde al SFC establecer si Salil Singh fue o no el asesino de Andie Bell, ya que esa decisión habría sido tomada por el jurado».[18]

Así que, aunque nunca llegó a haber un juicio, aunque no hubo un representante del jurado que se levantara, con las manos sudorosas y la adrenalina latiéndole en las sienes, y declarase: «Nosotros, el jurado, encontramos al acusado culpable», aunque Sal nunca tuvo la oportunidad de defenderse, es culpable. No en el sentido legal, pero sí en todos los demás, que en realidad son los que importan.

Cuando preguntas a la gente de la ciudad qué le pasó a Andie Bell, te responden sin dudar: «La asesinó Salil Singh». Nada de «supuestamente» o «tal vez», ni un «probablemente» o «seguramente».

«Lo hizo», te dice la gente. Sal Singh asesinó a Andie.

Pero yo no estoy tan segura...

[Siguiente registro: posiblemente me plantearé cómo habría sido la defensa del caso contra Sal en caso de haber llegado a juicio y luego intentaré tirarla abajo para ver qué fallos tiene.]

16. www.dailynewsroom.co.uk/AndieBellInquest/report57743 12/01/14
17. http://www.inquest.uk/help/handbook/verdicts/unlawfulkilling
18. www.gbtn.co.uk/news/uk-england-bucks-95322345 07/01/2013, 14/01/14

Tres

«Es una emergencia», decía el mensaje. Una emergencia en plan SOS. Pip supo en el acto que aquello solo podía significar una cosa.

Cogió las llaves del coche, gritó un «adiós» apresurado a su madre y a Josh y salió pitando.

De camino, paró en la tienda a comprar una chocolatina de tamaño gigante que ayudara a reparar el corazón roto de Lauren.

Cuando paró por delante de la casa de su amiga, vio que Cara había tenido la misma idea. Aunque el kit de primeros auxilios para corazones rotos de su amiga era aún más grande que el de Pip: incluía también una caja de pañuelos de papel, una bolsa de patatas fritas con su salsa correspondiente y un surtido multicolor de mascarillas faciales.

—¿Lista para lo que se avecina? —le preguntó Pip a Cara saludándola con un golpe de cadera.

—Preparadísima para las lágrimas. —Mostró los pañuelos de papel; la esquina de la caja se enredaba en su rizado pelo rubio ceniza.

Pip se lo desenredó y luego llamó al timbre. Ambas se estremecieron con el irritante sonido mecánico.

La madre de Lauren les abrió la puerta.

—Ah, aquí llega la caballería —sonrió—. Está arriba, en su habitación.

Se encontraron a Lauren completamente sumergida en el

edredón de su cama, el único signo de su existencia era el mechón de pelo rojizo que se escapaba de uno de los bordes. Hubo un minuto entero de razonamientos, peticiones, ánimos y «tenemos chocolate» antes de convencerla para que saliese a la superficie.

—Lo primero —dijo Cara quitándole con esfuerzo el móvil de la mano—, prohibido mirar el teléfono durante las próximas veinticuatro horas.

—¡Me dejó por mensaje! —gimoteó Lauren sonándose la nariz como si disparase una piscina de mocos en el pobre pañuelito de papel.

—Los chicos son unos capullos, gracias a Dios que no tengo que lidiar con ellos —dijo Cara rodeando a Lauren con el brazo y apoyando la puntiaguda barbilla en el hombro—. Lau, puedes aspirar a alguien mucho mejor que él.

—Sí. —Pip partió otro trozo de chocolate para Lauren—. Además, Tom siempre decía «pacíficamente» cuando quería decir «específicamente»

Cara asintió horrorizada y señaló a Pip en completo acuerdo.

—Eso resta tantos puntos que es irrecuperable.

—Pienso *pacíficamente* que estás mucho mejor sin él —dijo Pip.

—Y yo pienso *atlánticamente* lo mismo.

Lauren soltó un bufido de risa, aún algo húmedo de lágrimas y mocos, y Cara le guiñó un ojo a Pip; una victoria sin palabras. Ambas sabían que, si colaboraban, no les llevaría mucho tiempo hacer reír otra vez a su amiga.

—Gracias por venir, chicas —dijo Lauren llorosa—. No estaba segura de que fuerais a hacerlo. Os he dejado tiradas medio año para estar todo el día con Tom. Y ahora voy a ser la acoplada en una pareja de mejores amigas.

—No dices más que chorradas —protestó Cara—. Las tres somos mejores amigas, ¿o no?

—Claro —asintió Pip—, nosotras y esos tres chavales a los que permitimos disfrutar de nuestra deliciosa compañía.

Las otras se rieron. Ant, Zach y Connor eran los otros tres miembros de su pandilla del instituto, aunque en ese momento estaban de vacaciones.

Del grupo, Cara era la amiga más antigua de Pip y, sí, también la más íntima. Aunque no era necesario decirlo. Se volvieron inseparables en el momento en que, a los seis años, Cara había abrazado a una pequeña Pip que no tenía amigos y le había preguntado: «¿También te gustan los conejitos?». Eran el apoyo de la otra cuando la vida se ponía demasiado difícil para soportarla en soledad. Pip, con solo diez años por aquel entonces, había dado todo su apoyo y ayuda a Cara durante la enfermedad y muerte de su madre. Y había sido su persona de confianza dos años atrás, en forma de sonrisa tranquila y respuesta a las llamadas de teléfono a altas horas de la noche, cuando Cara salió del armario. No era su mejor amiga, era su hermana. Su hogar.

La familia de Cara era como una segunda familia para Pip. Elliot —o el señor Ward, como ella tenía que llamarlo en el instituto— era su profesor de Historia y también una especie de tercera figura paterna, por detrás de Victor y del fantasma de su primer padre. Pip pasaba tanto tiempo en casa de los Ward que hasta tenía una taza con su nombre y un par de zapatillas a juego con las de Cara y con las de su hermana mayor, Naomi.

—Vale. —Cara cogió el mando de la tele—. ¿Comedias románticas o pelis en las que asesinan a los tíos a lo bruto?

Tuvieron que ver dos pelis ñoñas de Netflix casi enteras, antes de que Lauren saliera de su estado de negación para asomar su cabecita a la fase de aceptación.

—Creo que debería cortarme el pelo —dijo—, eso es lo que se suele hacer, ¿no?

—Siempre he dicho que te queda genial el pelo corto —apoyó Cara.

—¿Y qué tal si me hago un piercing en la nariz?

—Uy, sííí —asintió Cara.

—Pues yo no le veo mucha lógica a poner un agujero en el agujero de la nariz.

—Otra gran sentencia de Pip que pasará a la posteridad. —Cara fingió apuntar palabras en el aire—. ¿Cuál fue la que me dejó loca el otro día?

—La de la salchicha —suspiró Pip.

—Esa —rio Cara—. Atiende, Lau, le pregunto a Pip qué pijama quiere ponerse y va la tía y me dice como si nada: «Me la resalchicha». Y por supuesto no entiende que esa sea una respuesta, como poco, rara, a mi pregunta.

—No es tan rara, mis abuelos por parte de mi primer padre eran alemanes. Los alemanes comen salchichas, y a mí me la resalchicha.

—O... tienes fijación con las salchichas —rio Lauren.

—Dijo la hija de la estrella del porno —remachó Pip.

—Jo, qué tía pesada. Que solo hizo una sesión de fotos desnuda en los ochenta...

—Volviendo a los chicos de esta década —dijo Cara dando un golpecito a Pip en el hombro—, ¿ya has ido a ver a Ravi Singh?

—Vaya forma de cambiar de tema. Pues sí, pero he quedado en volver mañana para entrevistarlo.

—No me puedo creer que ya hayas empezado con el PC —gimoteó Lauren fingiendo un desvanecimiento de diva en la cama—. A mí me dan ganas de cambiar el tema del mío: las hambrunas son un poco deprimentes.

—Supongo que la siguiente a la que entrevistarás será Naomi, ¿no?

—Efectivamente, ¿la avisas de que igual la semana que viene me presento armada de grabadora y lápiz?

—Claro —contestó Cara, pero luego dudó—: No va a poner inconveniente ni nada, pero no te pases de intensa, ¿vale? A veces aún se pone un poco de uñas con el tema. Sal era uno de sus mejores amigos. De hecho, probablemente fuese *su* mejor amigo.

—Sí, no te preocupes —sonrió Pip—. ¿Qué crees que voy a hacer? ¿Sacarle confesiones mediante tortura?

—¿Eso es lo que vas a hacer mañana con Ravi?

—Creo que no.

En ese momento, Lauren se irguió con un sorbido de mocos y lágrimas tan sonoro que Cara dio un respingo.

—Entonces ¿vas a ir a su casa? —preguntó.

—Sí.

—Pero, pero... ¿qué va a pensar la gente si te ve entrando en casa de Ravi Singh?

—Me la resalchicha.

Registro de producción. Entrada n.º 3

Estoy condicionada. Por supuesto que lo estoy. Cada vez que releo los registros anteriores, no puedo evitar montarme en la cabeza dramas judiciales superpeliculeros: soy una vehemente abogada defensora que salta sobre su presa, le echo una rápida mirada a mis notas y le guiño un ojo a Sal cuando el abogado de la acusación cae en mi trampa; ahí es cuando corro al estrado y doy un manotazo en la mesa del juez y grito: «Su señoría, ¡mi cliente no es un asesino!».

Porque, por razones que ni tan siquiera sé bien cómo explicarme a mí misma, quiero que Sal Singh sea inocente. Son razones que llevan conmigo desde los doce años, contradicciones que me han dado la lata desde entonces.

Pero soy muy consciente de esta predisposición. Por eso pensé que sería buena idea entrevistar a alguien que estuviese totalmente convencido de la culpabilidad de Sal. Stanley Forbes, un periodista de *El Correo de Kilton*, me respondió ayer al email que le mandé diciéndome que podía llamarlo hoy a cualquier hora. Él cubrió buena parte del caso de Andie en la prensa local e incluso estuvo presente en la instrucción judicial. A decir verdad, creo que es un periodista de pacotilla y estoy segura de que los Singh podrían ponerle un buen montón de demandas por difamación y calumnias. En cuanto la tenga, copiaré aquí la transcripción de la entrevista.

Aaay, Señooor...

Transcripción de la entrevista con Stanley Forbes del periódico *El Correo de Kilton*

Stanley: ¿Sí?

Pip: Hola, Stanley, soy Pippa, te contacté por email.

Stanley: Sí. Querías entrevistarme sobre el caso Andie Bell/Salil Singh, ¿no?

Pip: Sí, eso es.

Stanley: Bueno, pues dispara.

Pip: Bien, gracias. Hmm, vale, empezamos. Estuviste presente en la instrucción del caso, ¿verdad?

Stanley: Claro que sí.

Pip: Teniendo en cuenta que la prensa nacional, más allá de informar del veredicto y de la sentencia final de la Fiscalía de la Corona, no dio muchos más detalles, ¿podrías contarme qué tipo de evidencias le fueron presentadas al juez por parte de la policía?

Stanley: Pues un buen tocho de evidencias.

Pip: Ya, ¿podrías señalar alguna en concreto?

Stanley: A ver, el principal investigador del caso señaló los detalles de su desaparición, las horas y todo eso. Y luego pasó a la evidencia que conectaba a Salil con el asesinato. Le dieron un montón de importancia a la sangre del maletero del coche; dijeron que sugería que había sido asesinada en algún otro sitio y que el cuerpo había sido colocado en el maletero para transportarlo al lugar en el que se deshicieron de él. En las observaciones finales, el juez instructor dijo algo como «parece evidente que Andie fue la víctima de un asesinato de motivación sexual y hubo un esfuerzo considerable por deshacerse del cadáver».

Pip: ¿Y el detective Richard Hawkins o algún otro agente no ofreció una línea cronológica de los hechos de esa noche y de cómo Sal supuestamente la mató?

Stanley: Sí, de hecho, creo que la recuerdo. Andie salió de casa en su coche y en algún punto de camino a casa de Salil, este la interceptó. Con uno de los dos conduciendo, él la llevó a algún lugar apartado y la mató. Escondió su cuerpo en el maletero y luego condujo a algún otro sitio donde o bien lo escondió o bien se deshizo de él. También te digo que, si en cinco años no lo han encontrado, debió de cavar un agujero realmente hondo. Luego dejó el coche en la carretera esa donde apareció, Romer Close creo que era, y volvió a su casa andando.

Pip: O sea que lo único que llevó a la policía a pensar que Andie fue asesinada en alguna parte y luego escondida en otra diferente fue la sangre del maletero.

Stanley: Eso es.

Pip: Vale. En un montón de artículos sobre el caso, te refieres a Sal como un «asesino», incluso un «monstruo». Eres consciente de que, al no existir una condena, deberías usar la palabra «supuesto» cuando informas de historias de crímenes, ¿verdad?

Stanley: No necesito que una cría me diga cómo hacer mi trabajo. En cualquier caso, es obvio que lo hizo él y todo el mundo lo sabe. La mató y la culpa lo llevó a suicidarse.

Pip: Y ¿cuáles son tus razones para estar convencido de la culpabilidad de Sal?

Stanley: Tantas que no sabría por dónde empezar. Dejando de lado las evidencias, él era su novio, ¿no? Y el culpable siempre es la pareja o la expareja. Además, Salil era indio.

Pip: Bueno... En realidad, Sal nació y creció en Gran Bretaña, aunque es bastante curioso que te refieras a él como indio en todos tus artículos.

Stanley: Bueno, es lo mismo. Es de ascendencia india, de cultura india.

Pip: ¿Y eso por qué es relevante?

Stanley: Pues no es que yo sea un experto ni nada, pero son diferentes a nosotros, ¿no? No tratan a las mujeres igual que aquí, para ellos son como posesiones. Así que supongo que igual Andie decidió que lo quería dejar o algo así y él la mató en un ataque de furia porque, a sus ojos, ella le pertenecía.

Pip: Madre mía... Pero... Uf... lo que dices... La verdad, Stanley, me sorprende bastante que no te hayan denunciado por difamación.

Stanley: Eso es porque todo el mundo sabe que lo que escribo es la verdad.

Pip: Pues fíjate que yo no. Creo que es muy irresponsable etiquetar a alguien de asesino sin usar «supuesto» cuando no ha habido un juicio ni una condena. O llamar a Sal «monstruo». Es bastante interesante comparar los artículos sobre Sal con el que escribiste hace poco sobre el Estrangulador de Slough. Este asesinó a cinco personas y fue declarado culpable en el juicio; sin embargo, en el titular, te refieres a él como un «joven enfermo de amor». ¿Es porque él es de raza blanca?

Stanley: Eso no tiene nada que ver con el caso de Salil. Simplemente lo llamo lo que es. Oye, tienes que relajarte con este tema, ¿eh? Está muerto, ¿qué importa si la gente lo llama «asesino»? No puede hacerle daño.

Pip: Es que su familia no está muerta.

Stanley: Me empieza a parecer que crees que es inocente. En contra de toda la experiencia y trabajo de los agentes de policía que llevaron el caso.

Pip: Es solo que pienso que hay ciertas lagunas y contradicciones en el supuesto caso contra Sal.

Stanley: Sí, quizá si el chico no se hubiera quitado de en medio antes de que lo arrestaran, podría rellenar esas lagunas.

Pip: Eso es muy desconsiderado.

Stanley: Bueno, fue muy desconsiderado por su parte matar a su preciosa novia rubia y esconder los restos.

Pip: ¡Supuestamente!

Stanley: ¿Quieres más pruebas de que el chico era un asesino? No se nos permitió contarlo, pero mi fuente policial dijo que habían encontrado una nota de amenaza de muerte en la taquilla del instituto de Andie. La amenazó y luego cumplió su amenaza. ¿De verdad sigues pensando que es inocente?

Pip: Sí. Y creo que tú eres un racista, un intolerante, un gilipollas, un descerebrado mediocre...

(Stanley cuelga el teléfono)

Vale, no, no creo que Stanley y yo vayamos a ser muy amigos. Pero su entrevista me dio dos datos que no conocía. El primero es que la policía cree que a Andie la mataron en un lugar y luego fue transportada en el maletero del coche a una segunda localización, donde se deshicieron de ella. Y el segundo dato que el adorable Stanley me dio es lo de la «amenaza de muerte».

No he visto esto mencionado en ningún artículo o informe policial. Debe de haber una razón: quizá la policía no pensó que fuera relevante. O tal vez no pudieron demostrar que tenía que ver con Sal. O a lo mejor Stanley se lo inventó. De cualquier manera, merece la pena tenerlo en cuenta cuando entreviste a los amigos de Andie.

Así que ahora que (más o menos) sé cuál es la versión policial de los hechos de esa noche y cómo habría sido la acusación, es el momento del MAPA DEL ASESINATO.

Después de cenar, porque mamá va a llamarnos en tres... dos..., sip.

Cena devorada en once minutos, mejor marca personal. Para sorpresa de mi padre y molestia de mi madre. Y ahora acabo de terminar el mapa.

A ver, muy profesional no es, pero ayuda a visualizar la versión de los hechos de la policía. Para completarlo tuve que dar por ciertas un par de suposiciones. La primera se deriva del hecho de que hay varios caminos para llegar de casa de Max a casa de Sal; elegí el que pasa por High Street porque Google dice que es el más rápido y porque entiendo que la mayoría de la gente, por la noche, prefiere caminar por lugares bien iluminados.

Esa posibilidad, además, proporciona un buen punto de intercepción en algún lugar de Wyvil Road, donde Andie pudo pararse para que Sal

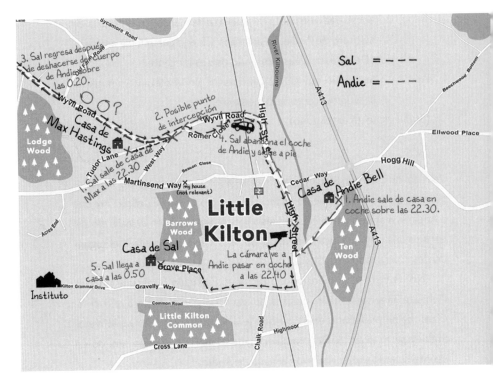

entrara en el coche. Pensando en plan detective, lo cierto es que hay varias calles residenciales tranquilas y una granja en Wyvil Road. Estos lugares tranquilos y apartados (rodeados en el mapa) podrían ser el lugar del asesinato (siempre de acuerdo con la versión de la policía).

No me molesté en hacer suposiciones del lugar al que habría ido a parar el cuerpo de Andie, porque, como todo el mundo, no tengo ni la más mínima idea de dónde está. Pero dado que lleva dieciocho minutos ir andando desde el lugar donde el coche fue abandonado en Romer Close hasta casa de Sal en Grove Place, tengo que inferir que él habría llegado a las proximidades de Wyvil Road sobre las 0.20. Así que si el encuentro entre Andie y Sal sucedió alrededor de las 22.45, esto le daría a Sal una hora y treinta y cinco minutos para asesinarla y esconder el cuerpo. Me parece bastante razonable. Es posible. Pero hay al menos una docena de porqués y cómos que rodean todo este asunto.

40

Andie y Sal dejaron el sitio donde cada uno estaba sobre las 22.30, así que sería porque habían quedado en verse, ¿no? Parece demasiada casualidad que no hubieran hablado y quedado. La cosa es que la policía nunca mencionó una llamada de teléfono o mensajes entre Andie y Sal que reflejaran estos planes. Y si habían planeado esto en persona, en el instituto, por ejemplo, donde no quedaría registro de la conversación, ¿por qué no acordaron que Andie recogiera a Sal en casa de Max? Me parece un poco raro.

Estoy divagando. Son las dos de la mañana y me acabo de comer medio Toblerone, ese debe de ser el motivo.

Cuatro

Era como si llevara una canción incorporada. Un ritmo enloquecido le latía en la piel de las muñecas y el cuello, cuando se aclaró la garganta se produjo un acorde crepitante, y su respiración era un trino irregular. Lo siguiente y más terrible fue darse cuenta de que una vez que fue consciente de su respiración, ya no pudo dejar de notarla.

Permaneció delante de la puerta de entrada y deseó que esta se abriera. Cada segundo se volvía pegajoso y denso mientras la puerta parecía mirarla desde arriba y los minutos se desplegaban formando una eternidad. ¿Cuánto había pasado desde que había llamado a la dichosa puerta? Cuando Pip ya no fue capaz de soportarlo más, se sacó el táper de magdalenas recién hechas de debajo del brazo y se dio la vuelta para irse. La casa encantada estaba cerrada a los visitantes hoy y el desencanto le ardía en la cara.

Solo había dado un par de pasos cuando oyó el sonido de la cadena y la cerradura y se volvió para encontrarse con Ravi Singh en medio de la entrada, con el pelo revuelto y una expresión confusa en la cara.

—Ah —dijo Pip en un tono de voz muy agudo que no era el suyo—, lo siento, pensé que me habías dicho que viniera el viernes. Hoy es viernes.

—Ah... Sí, sí que te lo dije —afirmó Ravi rascándose el cogote; sus ojos miraban hacia algún lugar indeterminado a la altura de los tobillos de Pip—, pero... la verdad es que...

creí que estabas de broma. O que era una forma de hablar. No esperaba que volvieras de verdad.

—Pues, eh, qué confusión. —Pip hizo lo posible por no parecer herida—. No estaba de broma, lo prometo. Soy seria.

—Sí, lo pareces.

El cogote debía de picarle una barbaridad. O quizá ese gesto de Ravi Singh era el equivalente a los datos inútiles de Pip: armaduras y escudos para cuando el caballero que va dentro se sentía inseguro y avergonzado.

—Soy irracionalmente seria —sonrió Pip separando el táper del cuerpo y mostrándoselo—, y he hecho magdalenas.

—¿En plan «magdalenas de soborno»?

—Eso decía la receta, sí.

La boca de Ravi se torció en algo que, aunque no acababa de serlo, se parecía a una sonrisa. Solo entonces Pip se dio cuenta realmente de lo dura que debía de ser su vida en esta pequeña ciudad, con el fantasma de su hermano muerto reflejado en su propia cara. No era raro que le costara sonreír.

—Entonces ¿puedo entrar? —preguntó Pip poniendo morritos y abriendo mucho los ojos en una expresión que para ella era su mejor cara de súplica, pero que, según su padre, la hacía parecer estreñida.

—Bueno, vale —dijo él tras una pausa casi descorazonadora—, pero solo si dejas de poner esa cara —añadió dando un paso atrás para dejarle acceder a la casa.

—Gracias, gracias, gracias —repitió Pip a toda velocidad, y tropezó con el escalón en su afán por entrar.

Tras levantar una ceja, Ravi cerró la puerta y le preguntó si quería una taza de té.

—Sí, por favor. —Pip se quedó parada en la entrada de una forma un poco ortopédica, intentando no ocupar espacio—. Solo, por favor.

—Nunca me he fiado de la gente que toma el té solo.

Le hizo un gesto para que lo siguiera a la cocina.

La estancia era amplia y excepcionalmente luminosa; la pared de fuera era un panel enorme con dos puertas correderas de cristal que se abrían a un gran jardín donde estallaba la exuberancia del verano y las viñas y enredaderas parecían salidas de un cuento de hadas.

—¿Cómo lo tomas tú? —preguntó Pip dejando su mochila en una de las sillas de la cocina.

—Con mucha leche y tres terrones de azúcar —respondió él sobre el chisporroteo del hervidor de agua.

—¿Tres terrones? ¿En serio? ¿*Tres*?

—Ya, ya lo sé. Está claro que no soy lo suficientemente dulce.

Pip observó a Ravi trastear por la cocina; el sonido del hervidor disimulaba el silencio entre ellos. El chico metió la mano en una jarra casi vacía de bolsitas de té, mientras tamborileaba con los dedos de la otra mano en la superficie de cristal y seguía hablando de cómo servir el té y el azúcar y la leche. La energía nerviosa parecía contagiarse y el corazón de Pip se aceleró para igualar el ritmo del soniquete de los dedos de él.

Ravi cogió las dos tazas, la de Pip sostenida por la parte de abajo, que debía de abrasar, para que ella pudiera cogerla por el asa. La taza estaba adornada con el dibujo de una sonrisa y la frase: «Ir al dentista suele molar».

—¿Tus padres no están en casa? —preguntó posando la taza en la mesa.

—No. —Ravi dio un sorbo al té y Pip tomó nota mental, agradecida, de que el chico no era de los que sorbían—. Y si estuvieran, te habría dicho que no vinieras. Intentamos no hablar demasiado de Sal; a mi madre le afecta mucho. En realidad, nos afecta mucho a todos.

—Es imposible imaginar por lo que debéis de estar pasando —dijo Pip en voz baja.

No importaba que hubieran pasado cinco años; el suceso estaba todavía fresco para Ravi, no hacía falta más que verle la cara.

—No es solo que se nos haya ido. Es que..., bueno, es como si no tuviéramos permiso para llorarlo por todo lo que pasó. Y si se me ocurre decir «echo de menos a mi hermano», soy un monstruo.

—Para mí no.

—Ya, para mí tampoco, pero creo que estamos en minoría.

Pip tomó un sorbo de té para llenar el silencio, pero estaba demasiado caliente y los ojos se le humedecieron.

—¿Ya estás llorando? Ni tan siquiera hemos llegado a la parte triste —dijo Ravi alzando la ceja derecha.

—El té arde —susurró Pip, que sentía la lengua blanda y abrasada.

—Déjalo enfriar solo un instante, «el momento en el que el tiempo está sobre ti».

—Ey, te acuerdas.

—Como para olvidarse de semejante primera impresión. Bueno, dime, ¿qué quieres preguntarme?

Pip echó un vistazo al teléfono en su regazo.

—Antes de nada, ¿te importa si nos grabo, para poder transcribirlo después?

—Planazo de viernes por la noche.

—Me voy a tomar eso como un «no, no me importa». —Pip abrió la cremallera de su mochila color latón y sacó sus notas.

—¿Qué es eso? —preguntó señalando los papeles.

—Preguntas que traigo redactadas.

Pip movió los folios para alisarlos y hacer una pila ordenada.

—Vaya, vas muy en serio, ¿no? —Él la miró con una expresión que oscilaba entre la sorpresa y el escepticismo.

—Sip.

—¿Debería ponerme nervioso?

—Todavía no —respondió Pip; le echó una última mirada antes de pulsar el botón rojo de grabar.

Registro de producción. Entrada n.º 4
Transcripción de la entrevista
con Ravi Singh

Pip: Vale, ¿cuántos años tienes?

Ravi: ¿Por qué?

Pip: Para intentar dejar constancia de todos los hechos de modo correcto.

Ravi: Muy bien, mi sargento. Acabo de cumplir veinte.

Pip: (Risas) [Nota aparte: AY, DIOS, MI RISA SUENA HORROROSA EN LA GRABACIÓN, JAMÁS VOLVERÉ A REÍRME.] ¿Y Sal era tres años mayor que tú?

Ravi: Sí.

Pip: ¿Recuerdas que tu hermano se comportara de forma rara el viernes 20 de abril de 2012?

Ravi: Caray, sí que vas al grano. Eh... No, para nada. Cenamos temprano, no sé, a eso de las siete, antes de que mi padre lo llevara a casa de Max, y él habló con nosotros, completamente normal, como siempre. Si estaba planeando un crimen en secreto, no resultaba obvio en absoluto para ninguno de los presentes. Estaba... alegre, sí, yo lo describiría así.

Pip: Y ¿cómo estaba cuando volvió de casa de Max?

Ravi: Yo ya me había ido a la cama. Pero a la mañana siguiente lo recuerdo de muy buen humor. Sal siempre fue una de esas personas que empiezan el día contento. Se levantó y preparó el desayuno para todos, y justo después lo llamó por teléfono uno de los amigos de Andie. Ahí fue cuando se enteró de que ella había desaparecido. Desde ese momento, obviamente, ya no estuvo animado ni alegre, sino preocupado.

Pip: Así que ni los padres de Andie ni la policía lo llamaron durante la noche del viernes.

Ravi: No que yo sepa. En realidad, los padres de Andie no conocían a Sal. Nunca se los presentó ni fue a su casa. Normalmente, era Andie la que venía aquí o andaban juntos por el insti o iban a fiestas...

Pip: ¿Cuánto tiempo llevaban saliendo juntos?

Ravi: Empezaron justo antes de las navidades del año pasado, así que unos cuatro meses. Sal tenía un par de llamadas perdidas de uno de los mejores amigos de Andie, de las dos de la mañana, más o menos. Pero había puesto el móvil en silencio, así que no las oyó.

Pip: Y ¿qué más pasó ese sábado?

Ravi: Bueno, después de enterarse de que Andie había desaparecido, Sal se pegó al móvil y estuvo llamándola cada pocos minutos. Siempre le saltaba el buzón de voz, pero él pensó que si existía alguna posibilidad de que le cogiera el teléfono a alguien, sería a él.

Pip: Espera, ¿dices que Sal estuvo llamando al teléfono de Andie?

Ravi: Sí, la llamó como un millón de veces durante todo el fin de semana y siguió el lunes.

Pip: No parece el tipo de cosa que harías si hubieras asesinado a esa persona y, por lo tanto, supieras que no puede cogerte el teléfono.

Ravi: Sobre todo si él tenía el móvil de Andie consigo o escondido en su habitación.

Pip: Cierto. ¿Qué más pasó ese día?

Ravi: Mis padres le dijeron que no fuese a casa de Andie porque la policía estaría registrándola. Así que se quedó sentado en casa, intentando llamarla. Le pregunté si tenía alguna idea de dónde podía encontrarse, pero estaba perplejo. Dijo algo que aún recuerdo. Me contó que todo lo que hacía Andie era deliberado, y que a lo mejor se había escapado a propósito para castigar a alguien. Obviamente, cuando el fin de semana pasó, él se dio cuenta de que ya no parecía probable que fuera eso lo que había pasado.

Pip: ¿A quién podría querer castigar Andie? ¿A él?

Ravi: No lo sé, no le seguí preguntando. Yo no la conocía bien; solo había venido por aquí alguna vez. En ese momento supuse que ese «alguien» al que Sal se refería era el padre de Andie.

Pip: ¿Jason Bell? ¿Por qué?

Ravi: Algo oí una vez que ella estaba aquí. Supuse que no tenía muy buena relación con su padre. Pero no recuerdo ningún dato específico.

[Uf, menos mal, dice «específico» y no «pacífico».]

Pip: Pues lo que necesitamos son datos específicos. Vale, entonces ¿cuándo contactó la policía con Sal?

Ravi: El domingo por la tarde. Lo llamaron y le preguntaron si podían pasarse a hacerle unas preguntas. Llegaron, no sé, a las tres o las cuatro. Mis padres y yo nos metimos en la cocina para darles algo de privacidad, así que no oímos nada de lo que hablaron.

Pip: ¿Y Sal te contó lo que le habían preguntado?

Ravi: Algo. Estaba un poco asustado porque ellos lo grabaron y...

Pip: ¿La policía grabó la conversación? ¿Es lo normal?

Ravi: No lo sé, tú eres la sargento.

[Nota aparte: ¿es raro que casi me guste este mote?]

Dijeron que era el procedimiento rutinario y le preguntaron dónde estaba aquella noche y con quién y también le hicieron preguntas sobre su relación con Andie.

Pip: Y ¿cómo era su relación?

Ravi: Soy su hermano, tampoco estaba pegado a ellos. Pero sí, a Sal le gustaba un montón. Parecía encantado de estar con la chica más guapa y popular de la clase. Aunque Andie era un poco problemática.

Pip: ¿A qué te refieres?

Ravi: No sé, creo que era una de esas personas que atraen el conflicto y se sienten cómodas en él.

Pip: ¿A tus padres les caía bien?

Ravi: Sí, les parecía maja. Nunca les dio una razón para que pensaran lo contrario.

Pip: Y ¿qué más pasó después de que la policía interrogara a tu hermano?

Ravi: A ver... Sus amigos se pasaron por aquí por la tarde para ver si él estaba bien.

Pip: ¿Y fue ahí cuando les pidió que mintieran a la policía para tener una coartada?

Ravi: Supongo que sí.

Pip: ¿Por qué crees que hizo eso?

Ravi: Yo qué sé, ni idea. A lo mejor estaba nervioso después del interrogatorio de la policía. O igual estaba asustado de que pudieran considerarlo sospechoso e intentó cubrirse. No lo sé.

Pip: Si partimos de que Sal es inocente, ¿tienes alguna idea de dónde pudo haber estado desde que salió de casa de Max a las diez y media hasta que llegó aquí a la una menos diez?

Ravi: No, porque a nosotros también nos contó que había salido de casa de Max sobre las doce y cuarto. Supongo que a lo mejor estaba solo en algún sitio y sabía que si decía la verdad no tendría coartada. La cosa pinta mal, ¿no?

Pip: Sí, mentirle a la policía y pedirles a tus amigos que hagan lo mismo no es beneficioso para Sal. Pero no es una prueba irrevocable de que esté involucrado en la muerte de Andie. Bueno, ¿y el domingo qué pasó?

Ravi: El domingo por la tarde, Sal, sus amigos y yo nos ofrecimos voluntarios para ayudar a poner carteles de búsqueda y dárselos a los vecinos. El lunes apenas lo vi en el instituto, pero debió de ser muy duro para él porque de lo único de lo que hablaba todo el mundo era de la desaparición de Andie.

Pip: Sí, me acuerdo.

49

Ravi: La policía también estaba por allí, los vi registrando la taquilla de Andie. Así que, bueno, sí, esa noche él estaba un poco deprimido. Estaba callado pero preocupado, que es lo normal en semejante situación. Su novia había desaparecido. Y al día siguiente...

Pip: No tienes que hablar de eso si no quieres.

Ravi: (Hace una pequeña pausa) No pasa nada. Fuimos caminando juntos al instituto y yo entré en la conserjería y dejé a Sal en el aparcamiento. Quería sentarse fuera un momento. Esa fue la última vez que lo vi. Y todo lo que le dije fue: «Te veo luego». Sabía que la policía estaba en el instituto; se rumoreaba que iban a hablar con los amigos de Sal. Y hasta las dos no vi que mi madre había estado intentando llamarme, así que me fui a casa y me dijeron que la policía quería hablar con Sal, que era urgente y que si lo había visto. Creo que ya habían registrado su dormitorio. Intenté llamar a Sal yo también, pero no daba señal. Mi padre me enseñó el mensaje de texto que había recibido, lo último que supieron de Sal.

Pip: ¿Recuerdas qué decía?

Ravi: Sí, decía: «Fui yo. Yo lo hice. Lo siento muchísimo». Y... (pausa) esa misma tarde, horas después, la policía volvió. Mis padres fueron a abrir la puerta y yo me quedé allí escuchando. Cuando dijeron que habían encontrado un cuerpo en el bosque, por un segundo estuve convencido de que se referían a Andie.

Pip: No quiero ser insensible, pero los somníferos...

Ravi: Sí, eran de mi padre. Tomaba Fenobarbital para el insomnio. Después de lo sucedido se culpaba a sí mismo por tenerlos. Ya no toma nada. Se ha acostumbrado a no dormir mucho.

Pip: Antes de eso ¿alguna vez habías pensado que Sal podría tener instintos suicidas?

Ravi: Nunca, para nada. Sal era la persona más feliz que existía. Siempre estaba riéndose y haciendo bromas. Sé que suena cursi, pero era una persona que iluminaba la estancia en la que se encontraba. Era el mejor en todo lo que hacía. Era el ojito derecho de mis padres, su niño de sobresaliente. Ahora se tienen que conformar conmigo: es lo único que les queda.

Pip: Lo siento, pero tengo que hacerte la gran pregunta: ¿piensas que Sal mató a Andie?

Ravi: No... No, no lo creo. No puedo pensar eso. Es que no tiene ningún sentido. Sal era una de las personas más buenas del universo, ¿sabes? Nunca perdía los nervios, por mucho que lo intentara pinchar. Nunca fue uno de esos chicos que se meten en peleas. Era el mejor hermano mayor que cualquiera podría tener y siempre venía en mi ayuda cuando lo necesitaba. Era la mejor persona a la que he conocido en mi vida. Así que no, no creo que matara a Andie. Pero claro, no sé, la policía parece tan segura de las evidencias... Sí, sé que pinta mal para Sal. Pero da igual, sigo sin creerme que fuera capaz de hacer eso.

Pip: Te entiendo. Creo que de momento eso es todo lo que tengo que preguntarte.

Ravi: (Se sienta y deja escapar un suspiro) Pippa, entonces...

Pip: Puedes llamarme Pip.

Ravi: Vale, Pip. ¿Me dijiste que esto era para un trabajo del instituto?

Pip: Eso es.

Ravi: Pero ¿por qué? ¿Por qué elegiste este tema? Vale, a lo mejor no crees que Sal lo hiciera, pero ¿por qué quieres demostrarlo? ¿Qué más te da a ti? Aquí nadie ha tenido problema en considerar un monstruo a mi hermano. La gente siguió con sus vidas y ya está.

Pip: Mi mejor amiga, Cara, es la hermana de Naomi Ward.

Ravi: Ah, Naomi..., siempre se portó bien conmigo. Siempre estaba aquí, en casa, seguía a Sal como un perrito. Estaba coladita por él, completamente enamorada.

Pip: ¿Ah, sí?

Ravi: Siempre lo pensé. La forma en la que se reía de todo lo que Sal decía, incluso de las cosas que no tenían gracia. Pero no creo que él sintiera lo mismo.

Pip: Hmmm...

Ravi: Entonces ¿estás haciendo esto por Naomi? Pues sigo sin entenderlo.

Pip: No, no es eso. Lo que quería decir es que... yo conocía a Sal.

Ravi: ¿En serio?

Pip: Sí. Muchas veces coincidimos en casa de los Ward. Una vez, nos dejó ver una película para mayores de quince con ellos, aunque Cara y yo solo teníamos doce. Era una comedia y aún recuerdo cuánto me reí. Me reí hasta llorar, incluso cuando no entendía las bromas, porque la risa de Sal era contagiosa.

Ravi: ¿Alta y vibrante?

Pip: Sí. Y cuando tenía diez años, me enseñó sin querer mi primera palabrota. Fue «mierda». Y otra vez me enseñó cómo darles la vuelta a las tortitas porque yo era incapaz de hacerlo, pero demasiado cabezota para dejar que alguien lo hiciera por mí.

Ravi: Era un buen profe.

Pip: Y una vez, en mi primer año de instituto, dos chicos estaban metiéndose conmigo porque mi padre es nigeriano. Y Sal lo vio. Vino y lo único que hizo fue decirles, supercalmado y educado: «Cuando os expulsen por *bullying*, la escuela más próxima a la que tendréis que ir está a hora y media de aquí, si es que os admiten, claro. Empezar de cero en un colegio nuevo... Yo me lo pensaría». Nunca se volvieron a meter conmigo. Y después Sal se sentó a mi lado y me dio su KitKat para animarme. Desde entonces, siempre ha... bueno, nada.

Ravi: Eh, venga, ahora me lo tienes que decir. Yo te he concedido tu dichosa entrevista y eso que tus magdalenas soborneras saben a queso.

Pip: Desde entonces, siempre ha sido mi héroe. De ninguna manera me puedo creer que matara a Andie.

Registro de producción. Entrada n.º 5

Llevo las dos últimas horas informándome y creo que, amparada por la Ley de Libertad de Información, puedo pedir a la policía de Thames Valley una copia del interrogatorio de Sal.

Hay algunos casos en los que revelar información está prohibido, por ejemplo, si los materiales solicitados tienen que ver con una investigación en curso, o si infringen las leyes de protección de datos al divulgar información privada de personas vivas. Pero Sal está muerto, así que no creo que tengan ningún motivo para negarme una copia del interrogatorio. También puedo intentar conseguir acceso a otros registros policiales relacionados con la desaparición de Andie Bell.

Cambiando de tema: no me saco de la cabeza lo que dijo Ravi respecto a Jason Bell. Eso de que el primer pensamiento de Sal fue que Andie había huido para castigar a alguien y que tenía una relación tensa con su padre.

Jason y Dawn Bell se divorciaron poco después de que se expidiera el certificado de muerte de Andie (esto es un rumor extendidísimo en Little Kilton, pero lo corroboré con una rápida investigación en Facebook). Jason se mudó y ahora vive a quince minutos de aquí. Al poco tiempo del divorcio, empezó a aparecer en fotos con una bonita chica rubia que parecía demasiado joven para él. Parece que se han casado.

He pasado horas en YouTube viendo imágenes de las primeras ruedas de prensa justo después de que Andie desapareciera. No me puedo creer que no me haya dado cuenta antes, pero hay algo raro en Jason. Cómo le aprieta el brazo a su mujer cuando empieza a llorar por Andie, con demasiada fuerza, cómo se interpone entre ella y el micrófono para apartarla cuando no quiere que siga hablando. Su voz suena un poco forzada cuando dice: «Andie, te queremos muchísimo» y «Por favor, vuelve a casa, no vamos a enfadarnos ni a castigarte». La manera como Becca, la hermana de Andie, se encoge ante la mirada de su padre. Sé que todo esto no es muy objetivo ni profesional por mi parte, pero hay algo en los ojos de Jason, una especie de frialdad, que me preocupa.

Y luego es cuando me di cuenta del DETALLAZO. El lunes 23 de abril, en la rueda de prensa, Jason Bell dice lo siguiente: «Queremos que nuestra niña vuelva a casa. Estamos completamente destrozados y no sabemos qué hacer. Si alguien sabe dónde está, por favor que le diga que nos llame para que sepamos que está bien. Andie era una persona que llenaba la casa, todo está demasiado silencioso sin ella».

Sí, dijo «era». ERA. EN PASADO. Y esto fue antes de que se supiera nada relacionado con Sal. En ese momento todo el mundo pensaba que Andie estaba viva.

Pero Jason Bell dijo ERA.

¿Fue un error sin importancia, o usó el pasado porque ya sabía que su hija estaba muerta? ¿Cometió Jason Bell un desliz?

Por lo que sé, Jason y Dawn estaban en una cena con amigos aquella noche y Andie había quedado en ir a recogerlos. ¿Es posible que él dejara la cena en algún momento? Y aunque no fuese así, incluso aunque él tuviera una coartada sólida, eso no quiere decir que no pueda estar relacionado de alguna manera con la desaparición de Andie.

Si voy a crear una lista de sospechosos, creo que Jason Bell va a ir el primero.

LISTA DE SOSPECHOSOS
Jason Bell

Cinco

Había algo un poco raro, como si el aire de la habitación estuviera muy cargado y se hiciera más y más espeso hasta que le pareció estar respirando coágulos de gelatina. Hacía años que conocía a Naomi y nunca había sentido nada igual al estar con ella.

Pip le sonrió con tranquilidad e hizo una broma sobre la cantidad de pelos de *Barney* que llevaba pegados a los leggings.

Naomi sonrió de forma leve y se pasó las manos por la rubia y rizada melena.

Estaban sentadas en el estudio de Elliot Ward, Pip en la silla giratoria y Naomi enfrente de ella, en el sofá de cuero rojo oscuro. Naomi no miraba a Pip, sino que fijaba la vista en las tres pinturas de la pared. Tres enormes óleos de la familia, inmortalizada para siempre con los colores del arcoíris. Sus padres paseando entre las hojas otoñales, Elliot bebiendo de una taza humeante, y unas jóvenes Naomi y Cara en un columpio. Su madre los había pintado cuando estaba a punto de morir, fueron sus últimas huellas en este mundo. Pip sabía lo importantes que eran estos cuadros para los Ward, cómo los contemplaban en los momentos más felices y también en los más tristes. Aunque recordaba que antes había dos más; quizá Elliot los tuviera guardados para dárselos a las niñas cuando crecieran y se mudaran a otra casa.

Pip sabía que Naomi iba a terapia desde la muerte de su

madre siete años atrás. Y que había conseguido sobrellevar la ansiedad y minimizarla lo suficiente para graduarse en la universidad. Pero un par de meses atrás, había sufrido un ataque de pánico en su nuevo trabajo en Londres y lo había dejado para volver a casa con su padre y con su hermana.

Naomi aún estaba frágil y Pip ponía todo su cuidado para no tocar ningún tema comprometido o decir algo insensible. Con el rabillo del ojo veía el reloj de su grabadora.

—Bueno, ¿puedes contarme qué estabais haciendo aquella noche en casa de Max? —dijo con amabilidad.

Naomi se movió y bajó la vista hacia el regazo.

—Pues estábamos, no sé, bebiendo, charlando, jugando a la consola, nada del otro mundo.

—Y haciendo fotos, ¿no? Hay algunas en Facebook.

—Sí, de coña. Estábamos haciendo el tonto —dijo Naomi.

—Pero no hay ninguna en la que salga Sal.

—No, bueno, se debió de ir antes de que empezáramos a hacerlas.

—Y ¿Sal estaba raro antes de marcharse? —preguntó Pip.

—Pues... yo creo que no, no, creo que estaba normal.

—¿Comentó algo de Andie?

—Eh... Sí, creo que algo sí que dijo.

Naomi volvió a cambiar de postura y el cuero del sofá hizo un sonoro y chirriante ruido cuando la chica se despegó de él. Algo que el hermano pequeño de Pip habría encontrado graciosísimo y, en otras circunstancias, ella también.

—¿El qué?

—Pues... —Naomi se detuvo un momento y se arrancó un pellejito de la uña del pulgar—. Él, o sea... Creo que estaban enfadados. Sal dijo que de momento no quería hablar con ella.

—¿Por qué?

—No me acuerdo. Pero Andie era..., bueno, un poco insufrible. Siempre estaba montándole números a Sal por las cosas más insignificantes. Él prefería ignorarla en vez de pelearse con ella.

—¿Por qué tipo de cosas discutían?

—Por estupideces. Como que no le contestara a los mensajes enseguida. Cosas por el estilo. Nunca se lo dije a Sal, pero me parecía que Andie era demasiado problemática. Si se lo hubiera dicho, no sé, a lo mejor todo habría sido distinto.

Viendo la expresión derrotada de Naomi, sus labios temblorosos, Pip supo que tenía que sacarla de aquel hoyo antes de que la chica se hundiera del todo en él.

—¿Sal dijo en algún momento que iba a irse antes?

—No, no dijo nada.

—Y ¿a qué hora salió de casa de Max?

—Estamos bastante seguros de que fue sobre las diez y media.

—Y ¿dijo algo antes de irse?

Naomi se revolvió en su asiento y cerró los ojos durante un momento, con los párpados tan apretados que, incluso desde el otro lado de la habitación, Pip podía verlos temblar.

—Sí —contestó—, dijo que no estaba de humor y que iba a irse a casa y acostarse pronto.

—Y ¿a qué hora te fuiste tú de casa de Max?

—No me fui... Millie y yo dormimos en la habitación de invitados. Mi padre vino a recogerme a la mañana siguiente.

—¿A qué hora te fuiste a la cama?

—Creo que un poco antes de las doce y media. Pero no estoy segura.

De repente llamaron a la puerta del estudio y Cara asomó la cabeza y maldijo cuando se le quedó la coleta enganchada en el marco de la puerta.

—Lárgate, estoy grabando —dijo Pip.

—Lo siento, es urgente, solo dos segundos —contestó ella, que parecía una cabeza flotante—. Nao, ¿qué narices ha pasado con las galletas Jammie Dodger?

—No lo sé.

—Ayer vi a papá abrir un paquete, ¿dónde están?

—No lo sé, pregúntale a él.

—Aún no ha vuelto.

—Cara —le urgió Pip levantando las cejas.

—Sí, perdona, ya me largo —contestó mientras desenganchaba el pelo del marco y cerraba la puerta.

—Vale —dijo Pip intentando recuperar el hilo—. Vamos a ver, ¿cuándo te enteraste de que Andie había desaparecido?

—Sal me debió de mensajear el sábado, creo que a última hora de la mañana.

—Y ¿qué fue lo primero que se te ocurrió respecto a dónde podía estar Andie?

—No lo sé. —Naomi se encogió de hombros. Pip no estaba segura de haberla visto hacer este gesto nunca—. Andie era el tipo de chica que frecuentaba a un montón de gente. Pensé que estaría por ahí con otros amigos a los que no conocíamos y que no quería que diésemos con ella.

Pip tomó aire para armarse de valor, miró sus notas; tenía que ser muy cuidadosa con la siguiente pregunta.

—¿Podrías decirme en qué momento os pidió Sal que mintierais a la policía sobre la hora a la que había salido de casa de Max?

Naomi intentó hablar, pero parecía como si no pudiese encontrar las palabras adecuadas. Un silencio extraño y espeso llenó la pequeña estancia. A Pip le pitaron los oídos con el peso de ese silencio.

—Eh... —dijo Naomi por fin, con la voz un poco rota—. Nos pasamos a verlo el sábado por la tarde para ver cómo estaba. Y estuvimos hablando sobre lo que había pasado y Sal admitió que estaba nervioso porque la policía le había estado haciendo preguntas. Y que como era su novio, seguro que lo considerarían el primer sospechoso. Así que simplemente nos dijo si no nos importaba contar que había salido de casa de Max un poco más tarde de lo que en realidad lo había hecho, como a las doce y cuarto o así, para que la policía lo dejara tranquilo y se concentrase en encontrar a Andie. En el momento, no sé, no me pareció que fuera nada raro ni malo. Me pareció sensato y que aquello ayudaría a que Andie apareciese antes.

—Y ¿os dijo dónde había estado entre las diez y media y la una menos diez?

—No me acuerdo. Pero creo que no.

—¿No le preguntasteis? ¿No queríais saberlo?

—De verdad que no me acuerdo, Pip. Lo siento —gimoteó.

—No pasa nada. —Ella se dio cuenta de que Naomi se había inclinado hacia delante con su última pregunta; ordenó las notas que tenía en las manos y se reclinó de nuevo en la silla—. Vale, entonces, la policía te llamó el domingo, ¿verdad? Y les dijiste que Sal había salido de casa de Max a las doce y cuarto.

—Sí.

—Y ¿por qué cambiasteis de opinión y el jueves decidisteis contarles la verdad sobre la falsa coartada de Sal?

—Creo que... creo que fue porque tuvimos tiempo de pensar, y nos dimos cuenta de que podíamos meternos en un buen lío por mentirle a la policía. Ninguno de nosotros creía que Sal estuviera involucrado en lo que le pasó a Andie, así que no vimos ningún problema en contarle la verdad a la policía.

—¿Hablaste con los demás para decidir qué hacer?

—Sí, nos llamamos aquel lunes por la noche y nos pusimos de acuerdo.

—Pero ¿no le dijisteis a Sal que ibais a hablar con la policía?

—Eh... —contestó pasándose las manos por el pelo—. No, no queríamos que se enfadara con nosotros.

—Vale, la última pregunta. —Pip pudo ver cómo la expresión de Naomi se relajaba con evidente alivio—. ¿Crees que Sal mató a Andie aquella noche?

—Mi amigo Sal, no —respondió—. Era la persona más amable y bondadosa que he conocido. Siempre estaba de buenas y haciendo reír a la gente. Y también era muy amable con Andie, incluso cuando ella no lo merecía. Así que no sé lo que pasó o si él lo hizo, pero no quiero creerlo.

—Vale, hemos acabado —sonrió Pip pulsando en su móvil el botón de *stop*—. Muchas gracias, Naomi. Sé que no te resulta fácil hablar de esto.

—No pasa nada —contestó, y se levantó del sofá; otra vez el ruido del cuero despegándosele de las piernas.

—Espera, solo una cosa más —dijo Pip—. ¿Sabes si podría entrevistar a Max, Jake y Millie? ¿Están por aquí?

—Millie está de viaje en Australia y Jake se ha ido a Devon a vivir con su novia, acaban de tener un bebé. Pero Max sí que está en Kilton. Acaba de terminar un máster y está buscando trabajo, como yo.

—¿Crees que le importaría concederme una pequeña entrevista? —preguntó Pip.

—Te doy su número y le preguntas. —Naomi le sostuvo abierta la puerta del estudio.

En la cocina se encontraron a Cara, que intentaba meterse dos trozos de tostada en la boca, y a Elliot que acababa de llegar y, vestido con una camisa de un amarillo pastel que dañaba la vista, le pasaba un trapo a la encimera. El hombre se volvió cuando las oyó entrar y las luces del techo se reflejaron en su pelo, resaltando las pocas canas que salpicaban su cabello castaño, y destellaron en la gruesa montura de sus gafas.

—¿Habéis acabado, chicas? —sonrió amablemente—. Justo a tiempo. Acabo de poner la tetera.

Registro de producción. Entrada n.º 7

Acabo de volver de casa de Max Hastings. Fue raro estar allí, como si me estuviera paseando por una reconstrucción de la escena del crimen o algo así; está igual que como aparece en las fotos de Facebook que hicieron Naomi y sus amigos aquella desafortunada noche de hace cinco años. La que cambió para siempre esta ciudad. Hasta el propio Max parece el mismo: alto, con el pelo rubio despeinado y la boca ligeramente más ancha de lo que anuncian sus facciones angulosas, como si fuera un poco pretenciosa. Dijo que se acordaba de mí, lo cual fue amable por su parte.

Tras hablar con él... No sé, no puedo evitar pensar que hay algo raro en este asunto. O uno de los dos amigos está equivocado en sus recuerdos, o uno de ellos está mintiendo. Pero ¿por qué?

Transcripción de la entrevista con Max Hastings

Pip: Vale, estoy grabando. Max, tienes veintitrés años, ¿verdad?

Max: No. Cumplo veinticinco en un mes.

Pip: Ah.

Max: Sí, cuando tenía siete años tuve leucemia y falté al colegio un montón de meses, así que perdí un año... Lo sé, estoy vivo de milagro.

Pip: No tenía ni idea.

Max: Si quieres luego te doy un autógrafo.

Pip: Vale, voy al grano, ¿puedes describirme cómo era la relación entre Sal y Andie?

Max: Era buena. No es que fuera el romance del año ni nada. Pero

61

ambos pensaban que el otro estaba cañón, así que supongo que les iba bien.

Pip: ¿No había nada más profundo?

Max: No lo sé, nunca presté atención a los noviazgos de instituto, la verdad.

Pip: Y ¿cómo empezó su historia?

Max: Se emborracharon y se liaron en una fiesta en Navidad. Empezaron ahí.

Pip: ¿Fue en una... cómo se llaman... ah, sí, en una fiesta destroyer?

Max: Joder, se me había olvidado que llamábamos así a nuestras fiestas en casa, fiestas destroyer. ¿Las conoces?

Pip: Sí. La gente del instituto aún las monta; es tradición, según parece. Se rumorea que tú las inventaste.

Max: ¿Me estás diciendo que los chavales siguen haciendo fiestas de ese tipo en sus casas y las llaman «fiestas destroyer»? Qué guay. Me siento como si fuera famoso. ¿Aún hacen lo del triatlón del siguiente anfitrión?

Pip: Nunca he estado en una, no lo sé. Pero, a lo que vamos, ¿conocías a Andie antes de que empezara a salir con Sal?

Max: Sí, un poco, del insti y de las fiestas destroyer. Hablamos alguna vez, sí. Pero no es que fuéramos amigos, en plan amigos de verdad. Era más bien una conocida.

Pip: Vale, entonces el viernes 20 de abril, cuando todo el mundo estaba en tu casa, ¿recuerdas si Sal se comportó de forma extraña?

Max: La verdad es que no. Igual estaba un poco callado, pero nada más.

Pip: Y ¿en aquel momento te preguntaste por qué?

Max: Nop, yo estaba bastante borracho.

Pip: Esa noche, ¿Sal comentó algo acerca de Andie?

Max: No, ni tan siquiera la mencionó.

Pip: No dijo que estuvieran enfadados o...

Max: No, simplemente no la trajo con él.

Pip: ¿Qué tal recuerdas esa noche?

Max: Estupendamente. Estuve casi todo el tiempo jugando al Call of Duty con Jake y Millie, lo recuerdo porque Millie se pasó todo el rato dando la brasa con que chicos y chicas éramos igual de buenos, y luego no ganó ni una sola vez.

Pip: ¿Eso fue después de que Sal se fuera?

Max: Sí, la verdad es que se fue muy pronto.

Pip: ¿Dónde estaba Naomi mientras jugabais al Call of Duty?

Max: Desaparecida en combate.

Pip: ¿Desaparecida? ¿No estaba allí con vosotros?

Max: Pues no... eh... Estuvo un rato en el piso de arriba.

Pip: ¿Sola? ¿Qué estaba haciendo?

Max: No tengo idea, echando una siesta, plantando un pino... Yo qué coño sé.

Pip: ¿Durante cuánto tiempo?

Max: No lo recuerdo.

Pip: Vale. ¿Sal dijo algo antes de irse?

Max: La verdad es que no. Simplemente desapareció sin avisar. En el momento, ni me di cuenta de que se había ido.

Pip: Y al día siguiente por la tarde, después de que ya supierais que Andie había desaparecido, ¿fuisteis a casa de Sal a verlo?

Max: Claro, porque nos imaginamos que estaría bastante hecho polvo.

Pip: Y ¿cómo os pidió que mintierais y le proporcionaseis una coartada?

Max: Pues se plantó y lo dijo. Dijo que las cosas se iban a poner feas para él y nos preguntó si podíamos ayudarlo cambiando un poco las horas. Tampoco fue una gran cosa. No lo dijo en plan: «Necesito una coartada». No fue así. Solo nos pidió que le hiciésemos un favor.

Pip: ¿Crees que Sal mató a Andie?

Max: Tiene que haberlo hecho, ¿no? Quiero decir, si me preguntas si pensé que era capaz de asesinar a alguien, la respuesta es que de ninguna manera. Era como la típica ancianita amable. Pero está claro que lo hizo porque, bueno, ya sabes, está lo de la sangre y todo eso. Y el único motivo que podría tener Sal para suicidarse, creo, es que hubiera hecho algo realmente horrible. Así que, para su desgracia, todo encaja.

Pip: Vale, gracias. Esto es todo.

Hay algunas inconsistencias entre sus dos versiones de los hechos. Naomi dijo que Sal había hablado sobre Andie y les había contado a sus amigos que habían tenido una discusión. Max dice que no la mencionó ni una vez. Naomi dice que Sal le contó a todo el mundo que se iba a casa porque «no estaba de humor». Max, que Sal se escabulló sin avisar.

Es cierto que les estoy pidiendo que recuerden lo que sucedió una noche de hace cinco años. Es comprensible que haya ciertos fallos de memoria. También podría ser un ejemplo del efecto Rashomon: «El efecto de la percepción subjetiva al recordar por el cual diferentes individuos dan interpretaciones contradictorias al mismo hecho».[19]

Pero también está lo que dijo Max, lo de que Naomi estaba desaparecida en combate. Aunque no recordaba cuánto tiempo había estado ausente, acababa de contarme que había pasado «casi todo el tiempo» con Millie y Jake y que en el momento de aquella actividad en concreto Naomi no estaba presente. Digamos que puedo inferir que estuvo «en el piso de arriba» durante al menos una hora. Pero ¿por qué? ¿Qué motivo podía tener para estar sola en el piso de arriba de la casa de Max en vez de con sus amigos? A menos que a este se le escapara lo de que Naomi estuvo desaparecida durante un tiempo aquella noche y ahora esté intentando cubrirla.

No doy crédito a lo que voy a escribir, pero estoy empezando a sospechar que Naomi pudo haber tenido algo que ver con Andie. Hace once

19. www.psychologyterms.org.uk/the-rashomon-effect

años que la conozco. Llevo casi toda la vida admirándola como a una hermana mayor, usándola como modelo. Yo quería ser como Naomi; el tipo de persona que te sonríe con atención en medio de una fiesta cuando el resto de la gente ha dejado de hacerte caso. Tiene muy buen carácter, es delicada, calmada. Pero ¿podría ser inestable? ¿Es capaz de ponerse violenta?

No lo sé, me estoy precipitando. Pero es que también está lo que dijo Ravi, que él pensaba que Naomi estaba enamorada de su hermano. Además, por sus respuestas parece bastante claro que Andie no le caía especialmente bien. Y su entrevista fue muy rara, muy tensa. Sé que le estaba pidiendo que reviviera recuerdos muy dolorosos, pero también se lo pedí a Max y la entrevista con él fue como la seda. Pero entonces me planteo..., ¿no habrá sido demasiado cómoda? ¿No estaba demasiado sereno, demasiado desapegado?

No sé qué pensar, pero no puedo evitar especular, la imaginación se me desboca y me hace la puñeta. Ahora me figuro la siguiente escena: Naomi asesina a Andie en un arrebato de celos. Sal aparece en escena en ese momento, confundido y perturbado. Su mejor amiga ha asesinado a su novia. Pero él sigue apreciando a Naomi, así que la ayuda a deshacerse del cadáver y acuerdan que jamás hablarán de ello. Pero él no es capaz de soportar la tremenda culpa de haber ayudado a ocultar el crimen. La única forma de escapar que encuentra es la muerte.

O quizá estoy inventándome todo esto y no tengo ningún fundamento.

Sí, es lo más probable. En cualquier caso, creo que Naomi tiene que estar en la lista.

Necesito tomarme un descanso.

LISTA DE SOSPECHOSOS
Jason Bell
Naomi Ward

Seis

—Vale, entonces ahora ya solo nos faltan los guisantes congelados, los tomates y la cal —dijo la madre de Pip, mientras sujetaba la lista de la compra y la separaba de su cara para poder descifrar los garabatos de Victor.

—Creo que pone sal —ayudó Pip.

—Ah, sí, tienes razón —rio Leanne—, podríamos haber tenido unas comidas interesantes esta semana.

—A lo mejor necesitas gafas. —Pip cogió un paquete de sal de la estantería y lo metió en la cesta de la compra.

—No, señora, aún no me declaro vencida. Las gafas me hacen parecer mayor —contestó Leanne abriendo el congelador de la tienda.

—No pasa nada, eres mayor —dijo Pip, por lo cual recibió un frío impacto en el brazo con una bolsa de guisantes.

Justo cuando fingía un desvanecimiento ante la herida mortal provocada por los guisantes, lo descubrió mirándola. Vestido con una camiseta blanca y unos vaqueros. Sonriendo en silencio con la boca escondida tras la mano.

—Ravi —dijo cruzando el pasillo en su dirección—, ¿qué tal?

—Hola —sonrió él rascándose el cogote, justo como ella esperaba.

—Nunca te había visto por aquí. —«Por aquí» se refería al único supermercado de Little Kilton, del tamaño de una caja de zapatos y embutido al lado de la estación de tren.

—Sí, normalmente hacemos la compra fuera —dijo—, pero ha habido una emergencia láctea —añadió señalando una botella grande de leche semidesnatada.

—Si no tomaras el té tan claro, no te pasaría eso.

—Nunca me pasaré al lado oscuro —dijo.

La madre de Pip se acercó con la cesta de la compra llena. El chico le sonrió.

—Mira, mamá, este es Ravi —presentó Pip—. Ravi, mi madre, Leanne.

—Encantado de conocerla —saludó él apoyando la leche en el pecho y extendiendo la mano derecha hacia ella.

—Lo mismo digo —respondió Leanne estrechándole la mano—, aunque la verdad es que ya nos conocíamos. Yo fui la agente inmobiliaria que les vendió la casa a tus padres, caray, debe de hacer unos quince años ya. Recuerdo que tú tenías unos cinco por aquel entonces y siempre llevabas un pijama de Pikachu con un tutú.

Las mejillas de Ravi se encendieron. Pip reprimió una risa hasta que vio que él mismo estaba sonriendo.

—¿Te puedes creer que esa tendencia no llegó a triunfar? —bromeó Ravi.

—Ya, bueno, la obra de Van Gogh tampoco fue apreciada hasta su muerte —respondió Pip.

Los tres avanzaron hacia la cola.

—Pasa tú delante —dijo Leanne cediéndole el paso a Ravi—, nosotras tardamos más.

—¿Sí? Gracias.

Ravi avanzó hasta ponerse en la cola y esbozó una de sus perfectas sonrisas a la mujer que estaba en la caja registradora.

—Solo esto, gracias.

Pip miró a la mujer y vio cómo las arrugas se le marcaban en la piel al contraer la cara en un gesto de desagrado. Pasó la leche por el lector, mientras echaba a Ravi una mirada fría y muy antipática. Por suerte, las miradas no matan. Él tenía la vista fija en el suelo como si no se hubiera dado cuenta, pero Pip sabía que no era así.

Algo caliente y punzante se revolvió en el estómago de la muchacha. Algo que, al principio, pareció solo una náusea, pero que siguió hinchándose e hirviendo hasta que le llegó incluso a las orejas.

—Una libra con cuarenta y ocho —masculló la mujer.

Ravi sacó un billete de cinco, pero cuando intentó darle el dinero a la cajera, esta se estremeció y apartó la mano de forma brusca. El billete cayó al suelo como una hoja en otoño, y Pip entró en ebullición.

—Eh —dijo en alto acercándose a donde estaba Ravi—, ¿tiene algún problema?

—Pip, déjalo —pidió él en voz baja.

—Discúlpeme, Leslie —insistió Pip tras leer rápidamente el nombre de la mujer en el identificador que llevaba puesto—, le he preguntado si tenía algún problema.

—Pues sí —respondió la mujer—, que no quiero que me toque.

—Creo que podríamos decir sin temor a equivocarnos que él tampoco quiere que usted lo toque, Leslie; la estupidez puede ser contagiosa.

—Voy a llamar al encargado.

—Por favor, hágalo, así podré ofrecerle un avance de los emails de queja con los que inundaré la oficina central.

Ravi puso el billete de cinco libras en el mostrador, cogió su botella de leche y se dirigió en silencio hacia la salida.

—Ravi —lo llamó Pip, pero él la ignoró.

—Vaya. —Leanne avanzó con las manos levantadas en gesto de rendición y se acercó al mostrador que separaba a Pip y a una enrojecida Leslie.

Pip se volvió y sus zapatillas chirriaron contra el suelo pulidísimo. Antes de llegar a la puerta, añadió:

—Ah, Leslie, creo que deberías ir al médico a que te extirpe esa cara de gilipollas que tienes.

Fuera, divisó a Ravi, que, a unos diez metros, caminaba deprisa colina abajo. Pip, que no corría por nada del mundo, echó una carrera para alcanzarlo.

—¿Estás bien? —preguntó parándose ante él.

—No.

Ravi la rodeó y siguió su camino, con la leche bamboleándose en el interior de la botella al ritmo de su paso apurado.

—¿He hecho algo que te molestara?

El chico se volvió hacia ella con los oscuros ojos echando chispas.

—Mira —dijo—, no necesito que una niña a la que apenas conozco me defienda. No soy un problema que tengas que resolver, Pippa, así que no intentes que lo sea. Lo único que haces es empeorar las cosas.

Siguió andando y Pip se quedó mirándolo mientras la sombra del toldo de una cafetería lo desdibujaba hasta tragárselo. Allí quieta, con la respiración agitada, sintió que la rabia retrocedía de vuelta al estómago, donde lentamente empezó a disiparse. Cuando al fin esta rabia la abandonó, Pip se sintió vacía.

Registro de producción. Entrada n.º 8

Que no se diga que Pippa Fitz-Amobi no es una entrevistadora oportunista. Hoy estuve otra vez en casa de Cara con Lauren. Los chicos vinieron luego, aunque insistieron en tener el fútbol puesto en la tele. El padre de Cara, Elliot, estaba perorando sobre algo cuando de repente me acordé: él conocía muy bien a Sal, no solo como amigo de su hija, sino que también había sido alumno suyo. De momento he conseguido información sobre su personalidad por parte de sus amigos y de su hermano (sus pares generacionales, podría decirse), pero pensé que el padre de Cara podría tener puntos de vista más adultos. Elliot estuvo de acuerdo; tampoco es que tuviera otra opción.

Transcripción de la entrevista con Elliot Ward

Pip: Vale, ¿durante cuántos años fuiste profesor de Sal?

Elliot: Eh... Déjame pensar. Empecé a trabajar en el instituto Kilton en 2009. Salil estaba en una de las primeras clases de C. G. E. S.* que yo llevé, así que... casi tres años, creo. Sí.

Pip: ¿Sal eligió Historia en el examen de secundaria?

Elliot: Uy, no solo eso, su idea era estudiar Historia en Oxford. No sé si lo recuerdas, Pip, pero antes de empezar a dar clases en el instituto, yo era profesor asociado en esa universidad. De Historia. Cambié de trabajo para poder cuidar de Isobel cuando se puso enferma.

---

* Certificado General de Educación Secundaria: título obtenido a través de exámenes que lleva a cabo el alumnado británico de entre quince y dieciséis años. (*N. de la T.*)

Pip: Sí, sí me acuerdo.

Elliot: Así que, en realidad, en el otoño de ese año, antes de que todo aquello ocurriera, pasé un montón de tiempo con Sal. Le ayudé con la carta de presentación antes de que mandara las solicitudes a la universidad. Cuando consiguió la entrevista en Oxford, le ayudé a prepararla, tanto en el instituto como fuera. Era un chico muy listo. Brillante. De hecho, Oxford lo había aceptado. Cuando Naomi me lo dijo, le compré una postal y unos bombones.

Pip: ¿Sal era muy inteligente?

Elliot: Sí, mucho. Era un joven muy muy capaz. Es una tragedia que todo acabara como acabó. Dos vidas desperdiciadas. Sal podría haberse sacado la carrera con matrículas de honor, sin duda.

Pip: ¿Le diste clase ese lunes, después de que Andie desapareciera?

Elliot: Pues... Vaya. Creo que sí. Sí, porque recuerdo haber hablado con él después y preguntarle qué tal le iba todo. Así que sí que debí de tener clase con él.

Pip: Y ¿notaste que estuviera raro en algún sentido?

Elliot: Bueno, depende de lo que entiendas por raro. Todo el instituto estaba raro aquel día; una de las estudiantes había desaparecido y se hablaba de ello en todas las noticias. Lo recuerdo muy callado, igual un poco tristón por todo el asunto. Desde luego parecía preocupado.

Pip: ¿Preocupado por Andie?

Elliot: Sí, supongo que sí.

Pip: Y ¿qué me dices del martes, el día que se suicidó? ¿Recuerdas haberlo visto en el instituto en algún momento de aquella mañana?

Elliot: Pues... No, no lo vi porque ese día no fui a trabajar, estaba enfermo. Tenía un virus, así que llevé a las niñas por la mañana y luego me quedé en casa todo el día. Hasta que me llamaron del instituto para contármelo no supe nada de toda la historia de la coartada de Naomi y Sal, ni que la policía los había interrogado en el instituto. Así que la última vez que vi a Sal debió de ser en la clase de aquel lunes.

Pip: Y ¿tú crees que Sal mató a Andie?

Elliot: (Suspira) Vamos a ver, puedo entender lo fácil que es convencerse a uno mismo de que no fue él quien lo hizo, era un chaval encantador. Pero, si tenemos en cuenta las evidencias, no veo cómo pudo no hacerlo. Así que, a pesar de que suene como una locura, supongo que creo que tuvo que ser él. No hay otra explicación.

Pip: Y ¿qué me dices de Andie Bell? ¿También le dabas clase?

Elliot: No. Bueno, sí, estaba en la misma clase de Historia que Sal, así que la tuve ese año. Pero luego no siguió con la asignatura como optativa, así que me temo que no la conocía demasiado.

Pip: Vale, gracias. Ya puedes irte a pelar patatas.

Elliot: Gracias por tu permiso.

Ravi no mencionó que a Sal lo hubieran admitido en la Universidad de Oxford, así que puede que haya más cosas sobre Sal que no me haya contado, pero no sé si Ravi va a querer hablar conmigo otra vez después de lo que pasó hace dos días. Yo no trataba de molestarlo, sino de ayudar. ¿Quizá debería ir a su casa y disculparme? Probablemente me dé con la puerta en las narices. [En cualquier caso, no puedo dejar que eso me distraiga otra vez.]

Si Sal era tan inteligente y había sido aceptado en Oxford, ¿por qué es tan obvia su conexión con el asesinato de Andie? Quiero decir, ¿qué más da que no tuviera una coartada para la noche en la que ella desapareció? Era lo suficientemente listo para librarse, eso ahora me parece obvio.

P. D.: Estuvimos jugando al Monopoly y estaba Naomi también y... quizá exageré en mis conclusiones anteriores. Todavía está en mi lista de sospechosos, pero ¿creo que es una asesina? No, no es posible. Ella se niega a poner casitas en sus calles, incluso cuando tiene las dos de color azul oscuro, porque piensa que es demasiado ruin. Yo puse hoteles en cuanto pude y lo pasaba en grande cada vez que los otros caían en mi trampa mortal. Hasta yo tengo más instinto asesino que Naomi.

Siete

Al día siguiente, Pip estuvo haciendo una relectura de su petición de información a la policía de Thames Valley. En su habitación hacía muchísimo calor y el aire estaba estancado, el sol parecía haberse quedado atrapado dentro del cuarto con ella, y eso que había abierto la ventana del todo para dejarlo salir.

Justo cuando estaba dándose verbalmente la aprobación a su propio email, «sip, todo bien», oyó a lo lejos que alguien llamaba a la puerta en el piso de abajo. Pulsó la tecla de enviar y escuchó ese pequeño clic que marcaba el inicio de la espera en su vigésimo día de trabajo. Pip odiaba tener que esperar. Era domingo, así que aún tenía que esperar a que la espera empezase propiamente.

—Pips. —Le llegó la voz de Victor desde el piso de abajo—. Han venido a verte.

Con cada escalón que bajaba, el aire se volvía un poco más fresco; desde el calor de su habitación, que era más o menos el mismo que hacía en el primer círculo del Inferno de Dante, hasta una calidez bastante soportable. Al llegar al final de la escalera, corrió embalada casi patinando con los calcetines en el suelo de madera, pero se detuvo en seco cuando vio a Ravi Singh en la puerta de entrada. Victor le hablaba de forma animada. Todo el calor del piso de arriba le volvió a la cara.

—Esto... Hola —dijo Pip dirigiendo sus pasos hacia él.

El rápido rascar de unas garras en la madera surgió detrás de ella un segundo antes de que *Barney* la adelantara y llegara primero para meter el bozal que le tapaba el hocico en la entrepierna de Ravi.

—No, *Barney*, quieto —gritó Pip acercándose a toda prisa—. Lo siento, es que es demasiado cariñoso.

—Esa no es forma de hablar de tu padre —dijo Victor.

Pip enarcó las cejas en dirección a él.

—Vale, vale, ya lo pillo —dijo el hombre retirándose a la cocina.

Ravi se agachó para acariciar a *Barney*, y los tobillos de Pip recibieron el airecillo que levantaba el rabo del perro al agitarse.

—¿Cómo sabes dónde vivo? —preguntó Pip.

—Fui a la agencia inmobiliaria donde trabaja tu madre —dijo él incorporándose—. Tu casa es un palacio.

—Bueno, el tipo raro que te abrió la puerta es un abogado de una multinacional en plan pez gordo.

—Ah, ¿no es un rey?

—Solo a veces —dijo ella.

Pip se dio cuenta de que Ravi bajaba la mirada y, aunque apretó los labios intentando contenerla, su boca se abrió en una amplia sonrisa. Ahí fue cuando ella recordó lo que llevaba puesto: un peto vaquero flojo encima de una camiseta que ponía «DIME FRIKADAS».

—Y... estooo... ¿por qué has venido? —preguntó Pip.

El estómago le dio una sacudida y solo entonces se dio cuenta de que estaba nerviosa.

—Pues... He venido porque... Porque quería disculparme. —Él la miró y sus cejas parecieron descender sobre sus grandes ojos, ensombreciéndolos con un matiz de vergüenza—. Me enfadé y dije cosas que no debería haber dicho. No creo que seas una niña a la que apenas conozco. Lo siento.

—No pasa nada —respondió Pip—. Yo también lo siento. No pretendía ponerme a defenderte como si no pudieras hacerlo tú solo ni nada de eso. Solo quería ayudar, y que aquella tipa supiera que lo que había hecho no estaba bien. Pero a veces mi boca se lanza a hablar sin cotejar datos con mi cerebro.

—Bueno, a mí no me parece que haya sido así. Tu comentario sobre su cara de gilipollas fue pura magia.

—¿Lo oíste?

—Es que a esa Pip guerrera se la oye bastante bien.

—Ya me han dicho que tengo personalidades bastante ruidosas, la Pip listilla del insti y la Pip correctora gramatical son dos de las más comentadas. Entonces ¿todo bien?

—Todo bien —sonrió él, y otra vez bajó la mirada hacia el perro—, todo va bien entre tu humana y yo.

—Estaba a punto de sacarlo a pasear, ¿te apetece acompañarnos?

—Claro —dijo rascándole las orejas a *Barney*—. ¿Cómo voy a decirle que no a una cara tan bonita?

Pip estuvo a punto de decir: «Por favor, que me sonrojo», pero por suerte se contuvo a tiempo.

—Vale, me calzo y estoy. *Barney*, ahí sentado.

Pip entró en la cocina a toda prisa. La puerta trasera que daba al jardín estaba abierta, así que podía ver a sus padres deambulando alrededor de las flores y a Josh, cómo no, con su balón de fútbol.

—Salgo con *Barns*, os veo luego —les gritó, y su madre levantó la mano enfundada en un guante de jardinería para hacerle saber que la había oído.

Pip se puso las zapatillas «que nunca deben dejarse tiradas en la cocina», que estaban tiradas en la cocina, y cogió la correa del perro en su camino de vuelta hacia la puerta de entrada.

—Venga, vámonos —dijo mientras enganchaba la correa al collar de *Barney* y cerraba la puerta.

Al final del camino, cruzaron la carretera y se metieron en el bosque. La sombra que penetraba a través de las hojas era como un bálsamo para el rostro acalorado de Pip.

Le soltó la correa a *Barney* y el animal salió corriendo como un rayo dorado.

—Siempre quise tener un perro —sonrió Ravi; *Barney* volvió hacia ellos dando vueltas a su alrededor para apurarlos. El chico se calló por un momento, aunque su mandíbula se movía como si mascara un pensamiento silencioso—. Pero Sal era alérgico, por eso nunca...

—Vaya. —Y Pip no supo qué más decir.

—En el pub en el que trabajo hay una perra, es del dueño. Es una gran danesa, siempre llena de babas, y se llama *Peanut*. A veces, «sin querer», le dejo algunos restos de comida. Pero no se lo digas a nadie.

—Estoy completamente a favor de la dejación «accidental» de comida —comentó ella—. ¿En qué pub trabajas?

—En George and Dragon, en Amersham. No es el trabajo de mi vida. Solo estoy ahorrando para poder largarme lo más lejos posible de Little Kilton.

Pip sintió que la garganta se le cerraba debido a la inmensa pena que sintió por él en ese momento.

—Y ¿cuál sería el empleo de tu vida?

Él se encogió de hombros.

—Antes quería ser abogado.

—¿Y ya no? —Pip le dio un amistoso codazo—. Pues yo creo que se te daría muy bien.

—No lo creo: los únicos dieces que conseguí fueron el resultado de juntar todos los unos y ceros que me pusieron en los exámenes.

Lo dijo como una broma, pero ella sabía que no lo era.

Ambos sabían lo horrible que había resultado el instituto para Ravi después de que Andie y Sal murieran. Pip había sido testigo del brutal acoso al que lo sometieron. Su taquilla pintada con goteantes letras rojas que decían: «De tal hermano, tal astilla». Y aquella helada mañana en la que ocho chicos mayores se le habían sentado encima y le habían vaciado cuatro cubos de basura en la cabeza. A Pip nunca se le olvidaría la expresión con la que se había quedado Ravi aquella mañana. Nunca.

Y ahí fue cuando, con la contundencia de un golpe en el estómago, Pip se dio cuenta de dónde estaban.

—Ay, mierda —susurró llevándose las manos a la boca—. Lo siento, lo siento muchísimo, no me di ni cuenta. Se me olvidó por completo que este era el bosque donde encontraron a Sal...

—No pasa nada —la cortó él—. De verdad. No es culpa tuya que este sea el bosque que está al lado de tu casa. Además, no hay ningún sitio en toda la ciudad que no me lo recuerde.

Pip observó un rato cómo *Barney* dejaba un palo a los pies de Ravi y este levantaba el brazo en falsos amagos de lanzamiento, consiguiendo que el perro fuera y viniera, y volviera a ir y venir, hasta que finalmente se cansó.

Durante un rato, ninguno de los dos habló. Pero el silencio no era incómodo; estaba lleno de los retales de pensamientos que cada uno rumiaba en silencio. Y, al final, ambos resultaron estar pensando lo mismo.

—No me fiaba de ti la primera vez que viniste a casa —dijo Ravi—, pero de verdad crees que Sal es inocente, ¿verdad?

—Sin lugar a dudas —contestó ella parándose al lado de un árbol caído—. Nunca he dejado de darle vueltas a lo que pasó. Por eso, cuando nos hablaron en el instituto de hacer el proyecto, lo tomé como una excusa para reexaminar el caso.

—Es la excusa perfecta —apoyó él asintiendo—, me habría gustado tener una parecida.

—¿Qué quieres decir? —Pip se volvió hacia él jugueteando con la correa.

—Hace tres años, intenté hacer lo que tú estás haciendo ahora. Mis padres me dijeron que lo dejara, que solo iba a conseguir poner a más gente en mi contra, pero es que no podía quedarme tan tranquilo.

—¿Intentaste investigar?

Ravi le hizo un saludo de mofa mientras ladraba:

—¡Sí, mi sargento!

Como si no pudiera permitirse ser vulnerable, hablar en serio el tiempo suficiente para dejar entrever una grieta en su armadura.

—Pero no llegué a ningún lado —continuó—. No pude. Llamé a Naomi Ward cuando ella ya estaba en la universidad, pero se echó a llorar y dijo que no era capaz de hablar del tema conmigo. Max Hastings y Jake Lawrence nunca contestaron a mis mensajes. Intenté contactar con las mejores amigas de Andie, pero me colgaron en cuanto les dije quién era. «El hermano del asesino» no es la mejor tarjeta de visita. Y, por supuesto, a la familia de Andie ya ni se me ocurrió molestarla. Supongo que estaba demasiado involucrado en el caso. Me parecía demasiado a mi hermano, al «asesino». Y no tenía la excusa de un proyecto del insti para esconderme tras ella.

—Lo siento —murmuró Pip, sin saber qué más decir y avergonzada por lo injusto que resultaba todo.

—No es culpa tuya —le dijo él dándole un codazo amistoso—. Me sienta bien no estar solo por una vez. Venga, cuéntame, quiero oír tus teorías.

Ravi cogió el palo de *Barney*, ya húmedo de babas, y lo lanzó hacia los árboles.

Pip dudó.

—Venga. —Él le sonrió con la mirada enarcando una ceja. ¿Estaba poniéndola a prueba?

—Vale, estoy trabajando con cuatro hipótesis —comenzó ella, y se dio cuenta de que iba a decirlas en alto por primera vez—. Obviamente, hay otra, que es la más comúnmente aceptada y la que todo el mundo conoce: que Sal fue quien la mató, y la culpa o el miedo a que lo pillaran lo llevó a quitarse la vida. La policía podría decir que los únicos motivos por los que hay lagunas en el caso son que el cuerpo de Andie no apareció y Sal no está vivo para contarnos qué sucedió en realidad. Pero mi primera teoría —dijo levantando un dedo, asegurándose de que no era el de hacer la peineta— es que una tercera persona mató a Andie Bell, pero Sal se vio involucrado o implicado de alguna manera después del asesinato. Igual que en la primera opción, la culpa lo lleva a cometer suicidio y las evidencias que se encuentran en su cuerpo lo implican como perpetrador del acto, aunque no fuera él mismo quien la matara. El asesino sigue suelto.

—Sí, yo también pensé algo parecido. Pero no me convence del todo. ¿Cuál es la siguiente?

—Teoría número dos —dijo—, una tercera persona mató a Andie, y Sal no se vio involucrado ni tuvo conocimiento de ello. Su suicidio días más tarde no estuvo motivado por la culpa del asesino, sino quizá por una multitud de factores, incluyendo el estrés causado por la desaparición de su novia. Las pruebas que encontraron en su cuerpo (el teléfono y la sangre) tienen alguna explicación completamente inocente y no están relacionadas con el asesinato.

Ravi asintió pensativo.

—Sigo sin creer que Sal pudiera hacer algo así, pero vale. ¿Tercera teoría?

—Teoría número tres —siguió Pip y tragó saliva, sentía la

garganta seca y pegajosa—, Andie es asesinada por una tercera persona el viernes. El asesino sabe que Sal, como novio de Andie que es, será el principal sospechoso. Sobre todo, porque no parece tener coartada para esas dos horas. El asesino mata a Sal y lo hace pasar por un suicidio. Pone la sangre y el móvil en su cuerpo para que parezca culpable. Todo sale según lo planeado.

Ravi se detuvo un momento.

—¿De verdad crees que es posible que Sal fuera asesinado?

Pip supo, al ver la mirada del chico, que esa era la respuesta que él había estado buscando.

—Bueno, es una posibilidad —asintió—. La cuarta teoría es la más descabellada. —Tomó aire y soltó su discurso todo seguido—: Nadie mató a Andie Bell, porque no está muerta. Fingió su propia desaparición y luego condujo a Sal al bosque, lo asesinó e hizo que pareciera un suicidio. Puso su propio móvil y su sangre en el cuerpo de él para que todo el mundo pensara que ella estaba muerta. ¿Qué motivos podría tener? Quizá necesitara desaparecer por alguna razón. A lo mejor temía por su vida y le hacía falta fingir que estaba muerta. Igual existe un cómplice.

Se quedaron callados otra vez; Pip intentaba recuperar el aliento y Ravi pasaba revista a todo lo que ella acababa de decir, con la boca fruncida en un gesto de concentración.

Habían llegado al final del camino que rodeaba el bosque; la carretera, que el sol iluminaba en todo su esplendor, era visible a través de los árboles. Pip llamó a *Barney* y le puso la correa. Cruzaron la carretera y se dirigieron de vuelta a casa.

Hubo un momento de silencio incómodo y Pip no estuvo segura de si debía invitarlo a entrar o no. Él parecía estar esperando algo.

—Bueno —dijo Ravi mientras se rascaba el cogote con una mano y al perro con otra—, la razón por la que vine aquí es... que quiero hacer un trato contigo.

—¿Un trato?

—Sí, quiero formar parte de esto —dijo, y la voz le tembló un poco—. Nunca he tenido la oportunidad de investigar, pero tú sí. Tú eres ajena al caso y tienes la excusa del proyecto escolar para abrirte las puertas necesarias. La gente está dispuesta a hablar contigo. Podrías ser mi oportunidad de averiguar qué pasó en realidad. Llevo mucho tiempo esperando una oportunidad así.

Pip sintió que la cara le ardía otra vez, y el tono tembloroso de la voz de Ravi hacía que algo se le removiera en el pecho. Se estaba fiando de ella de verdad, estaba contando con su ayuda. Nunca pensó que esto fuera posible cuando empezó el proyecto. Ser «socia» de Ravi Singh.

—Me parece bien —sonrió ella tendiéndole la mano.

—Pues trato hecho —dijo él estrechando aquella mano con la suya, húmeda y cálida, sin llegar a moverla—. Vale, tengo algo para ti.

Metió la mano en el bolsillo de los pantalones y sacó un viejo iPhone.

—Ah..., la verdad es que ya tengo uno, gracias —dijo Pip.

—Es el móvil de Sal.

Ocho

—¿Qué quieres decir? —Pip lo miró con la boca abierta.

Ravi, por toda respuesta, mostró el teléfono moviéndolo con suavidad.

—¿Es el de Sal? —preguntó ella—. ¿Lo tienes?

—La policía nos lo devolvió hace unos meses, después de que cerraran la investigación.

Un calambrazo recorrió la espina dorsal de Pip.

—¿Puedo... —dijo—... puedo verlo?

—Pues claro —rio él—, para eso lo he traído, boba.

Una emoción anticipada la invadió de forma vertiginosa.

—Ay, madre —exclamó nerviosa, ansiosa por desbloquearlo—. Vamos a mi lugar de trabajo a mirarlo.

Barney y ella se apresuraron hacia la entrada, pero Ravi no los siguió. Pip se volvió a toda prisa.

—¿Por qué te ríes? —preguntó ella—. Vamos.

—Perdona, es que eres muy graciosa cuando te pones tan seria.

—Date prisa —lo apremió mientras lo dirigía a través de la entrada y por la escalera—. Ten cuidado de que no se te caiga.

—No se me va caer.

Pip subió la escalera a toda velocidad, con Ravi siguiéndola a un paso más lógico. Antes de que él entrara, ella echó un vistazo rápido a la habitación en busca de posibles bochornos. Se lanzó de cabeza sobre una pila de sujetadores recién lavados que había en su silla, los cogió, los lanzó dentro del armario y cerró de un portazo justo antes de que Ravi entrara.

Pip le señaló la silla del escritorio, demasiado agitada para sentarse ella.

—¿Este es tu lugar de trabajo?

—Sip —dijo—, sé que la mayoría de la gente trabaja en sus dormitorios, yo duermo en mi lugar de trabajo. Es muy diferente.

—Pues allá vamos. Lo puse a cargar ayer por la noche.

Le tendió el móvil y ella lo cogió entre las manos con idéntica precaución a la que usaba cada año cuando desenvolvía las bombillas de navidad que su padre había comprado en aquel mercadillo alemán.

—¿Ya lo has revisado? —preguntó deslizando la mano sobre la pantalla para desbloquearlo, con mayor cuidado del que nunca había puesto con sus propios móviles, ni tan siquiera los recién comprados.

—Sí, claro. Como un loco. Pero adelante, sargento. ¿Por dónde vas a empezar tu examen?

—Por el registro de llamadas —dijo presionando el botón verde.

Primero pasó revista a las perdidas. Había un montón de ellas desde el 24 de abril, el jueves que había muerto. Llamadas de «Papá», «Mamá», «Ravi», «Naomi», «Jake» y números desconocidos que debían de ser de la policía intentando localizarlo.

Pip siguió avanzando por la lista, hasta la fecha en la que Andie desapareció. Aquel día, Sal tenía dos llamadas perdidas. Una era de «Max-y Boy» a las 19.19, probablemente en plan «¿cuándo vas a venir?». La otra le provocó a Pip un ligero vuelco en el corazón: era de «Andie<3» a las 20.54.

—Andie lo llamó esa noche —dijo Pip para sí misma y para Ravi.

—Justo antes de las nueve —asintió Ravi—, pero Sal no se lo cogió.

—¡Pippa! —La voz amable pero seria de Victor les llegó desde la escalera—. Nada de chicos en las habitaciones.

Ella sintió que se ponía roja como un tomate. Se volvió para que Ravi no pudiese verla y gritó de vuelta:

—¡Estamos trabajando en mi PC! Tengo la puerta abierta.

—Bueno, entonces vale —llegó la respuesta.

Se volvió de nuevo para mirar a Ravi y vio que estaba riéndose otra vez.

—Deja ya de encontrar mi vida tan cómica —dijo volviendo al móvil.

Su siguiente objetivo fueron las llamadas salientes. El nombre de Andie se repetía una y otra vez en largas tandas que, de vez en cuando, se interrumpían con una llamada a casa, o a su padre, y una a Naomi el sábado. Pip contó todas las llamadas dirigidas a Andie: desde las 10.30 del sábado hasta las 07.20 del jueves, Sal la había llamado ciento doce veces. Cada llamada duraba dos o tres segundos: iban directas al buzón de voz.

—La llamó más de cien veces —dijo Ravi, como si contestara a sus pensamientos.

—¿Por qué iba a llamarla tantísimas veces si la había matado y tenía su móvil escondido en alguna parte? —se preguntó Pip en voz alta.

—Hace años contacté con la policía y formulé esa misma pregunta —explicó Ravi—. El agente que me atendió me dijo que Sal estaba haciendo un esfuerzo por parecer inocente y por eso había llamado al teléfono de la víctima tantas veces.

—Pero —protestó Pip— si pensaban que estaba haciendo un esfuerzo por parecer inocente y evitar que lo cogieran, ¿por qué no se deshizo del móvil de Andie? Podía haberlo dejado en el mismo lugar donde puso el cuerpo y así nunca sería una evidencia que lo conectara con el asesinato. Si estaba intentando que no lo cogieran, ¿por qué iba a guardar una de las mayores pruebas contra él y luego sentirse tan desesperado como para acabar con su vida llevando encima una prueba incriminatoria tan clara?

Ravi la señaló con los dedos índices.

—La policía tampoco fue capaz de contestar a eso.

—¿Leíste los últimos mensajes que se mandaron Andie y Sal? —preguntó.

—Sí, échales un vistazo. No te preocupes, no es *sexting* ni nada.

Pip volvió a la pantalla de inicio y abrió la aplicación de mensajería. Clicó en el perfil de Andie sintiéndose como una profanadora de recuerdos.

Sal había enviado dos mensajes a Andie después de que esta desapareciera. El primero era el del domingo por la mañana:

andie vuelve a casa tienes a todo el mundo preocupadisimo

El otro, del lunes por la tarde:

por favor llama a alguien para q sepamos que estas bien

El mensaje anterior a estos dos era del viernes en el que ella había desaparecido. A las 21.01 Sal le escribió:

no pienso ablar contigo asta q lo dejes

Pip mostró a Ravi el mensaje que acababa de leer.

—Le dijo eso después de haber ignorado sus llamadas esa noche. ¿Sabes cuál podía ser el motivo de su discusión? ¿Qué era lo que Sal quería que Andie dejase?

—Ni idea.

—¿Puedo apuntar esto? —dijo, y pasó por su lado para coger el portátil.

Se instaló en la cama y copió el mensaje, con los errores ortográficos y todo.

—Pues ahora mira el último mensaje que le mandó a mi padre —dijo Ravi—. El que dicen que es su confesión.

Pip lo buscó. A las 10.17 de su último jueves, Sal le dijo a su padre:

Fui yo. Yo lo hice. Lo siento muchísimo.

Su mirada recorrió el mensaje varias veces y en cada una, la certeza se instalaba un poco más en su cabeza. Los diminutos puntos que componían cada letra eran un acertijo, de esos que solo puedes resolver si dejas de mirar y empiezas a ver.

—Tú también lo ves, ¿no? —Ravi la observaba.

—¿La ortografía? —preguntó Pip buscando una confirmación en la mirada de su amigo.

—Sal era la persona más lista que conocía —dijo—, pero mandaba mensajes como un analfabeto. Siempre deprisa, sin puntos, sin tildes, sin mayúsculas, sin haches.

—Debía de tener la opción de autocorregir desactivada —apuntó ella—, y, sin embargo, en este último mensaje, tenemos dos puntos, tres mayúsculas y una tilde.

—¿Y eso qué te hace pensar? —preguntó él.

—Mi cerebro no va poco a poco, Ravi —dijo ella—, avanza a saltos del tamaño de una montaña. Creo que ese mensaje no lo escribió Sal, sino otra persona, que añadió la puntuación porque es la forma en la que suele escribir. Quizá hicieron una comprobación demasiado rápida y pensaron que sí que parecía de Sal, aunque Sal siempre escribía con minúsculas.

—Eso es lo que pensé yo también cuando nos lo devolvieron y vi el mensaje. Pero la policía pasó de mí. Y mis padres tampoco querían escucharme —resopló—. Creo que les aterroriza formarse falsas esperanzas. Y a mí me pasa un poco lo mismo, si te soy sincero.

Pip revisó el resto de la información del teléfono. Sal no había hecho ninguna foto de la noche en cuestión, y no tenía ninguna más desde la desaparición de Andie. Comprobó los ficheros borrados para estar segura. Pero todo lo que encontró fueron recordatorios de trabajos que Sal tenía que entregar, y uno para no olvidarse de comprarle a su madre un regalo de cumpleaños.

—Hay una cosa interesante en las notas —dijo Ravi echándose hacia delante en la silla para abrir la aplicación y que ella la viera.

Las notas eran todas bastante antiguas: la clave del Wi-Fi de casa, un entrenamiento de abdominales, una lista de lugares donde buscaban becarios... Pero había una última nota, escrita el miércoles 18 de abril de 2012. Pip pulsó para verla. Solo había una cosa escrita en la página: «R009 KKJ».

—La matrícula de un coche, ¿no? —dijo Ravi.

—Eso parece. La anotó dos días antes de que Andie desapareciera. ¿La reconoces?

Ravi negó con la cabeza.

—Intenté googlearla y ver si podía encontrar al propietario, pero no hubo suerte.

Aun así, Pip la apuntó en su registro, y también la hora exacta a la que se había escrito la nota.

—Eso es todo —dijo Ravi—, no encontré nada más.

Pip echó una última mirada anhelante al móvil antes de devolvérselo.

—Pareces decepcionada —comentó él.

—Esperaba que hubiera algo más contundente que nos

pusiera sobre alguna pista. La inconsistencia ortográfica y los miles de llamadas a Andie sí que lo hacen parecer inocente, pero la verdad es que no abren caminos nuevos que podamos seguir.

—Todavía no —coincidió él—, pero era necesario que lo vieras. ¿Tú tienes algo que enseñarme?

Pip se quedó callada un segundo. Sí, sí que tenía algo que mostrarle, pero ese algo incluía la posibilidad de que Naomi estuviera involucrada de algún modo. Su instinto de protección se despertó y refrenó su lengua. Pero si iban a ser socios, los dos tenían que estar al tanto de todo. Eso era así.

La chica abrió sus registros de producción, buscó la página de inicio y tendió el portátil a Ravi.

—Esto es todo lo que tengo hasta ahora —dijo.

Él leyó en silencio y luego le devolvió el ordenador, con una mirada pensativa.

—Vale, así que la coartada de la ruta de Sal es un punto muerto —expuso—. Después de que saliera de casa de Max a las diez y media, supongo que estuvo solo, porque eso explica que entrara en pánico y les pidiera a sus amigos que mintieran por él. Pudo haberse parado en su camino a casa y sentarse en un banco a jugar a los *Angry Birds* o cualquier cosa.

—Estoy de acuerdo —coincidió Pip—. Lo más probable es que estuviera solo y por eso no tuviera coartada; es lo único que tiene sentido. Así que esa línea de investigación no nos sirve. Creo que el siguiente paso debería ser averiguar todo lo que podamos sobre la vida de Andie y, en ese proceso, identificar a cualquiera que pudiera tener un motivo para matarla.

—Me has leído la mente, Sargentita —confesó—. Quizá deberías empezar por las mejores amigas de Andie: Emma Hutton y Chloe Burch. A lo mejor contigo sí que hablan.

—Ya les he mandado mensajes a las dos. Pero aún no he tenido respuesta.

—Vale, bien —dijo asintiendo para sí y luego señaló el portátil—. En esa entrevista con el tipo del periódico hablabas de incoherencias en el caso. ¿Qué otras incoherencias ves?

—Bueno, si hubieses matado a alguien —empezó—, te lavarías con muchísimo cuidado un montón de veces, uñas incluidas. Si pensabas mentir en tu coartada y hacer llamadas falsas para parecer inocente, ¿no pensarías, uy, no sé, «lávate la maldita sangre que tienes en los dedos para que no te pillen con las manos en la masa», literalmente?

—Sí, está claro que Sal no era tan estúpido. Pero ¿qué hay de sus huellas en el coche de ella?

—Claro que había huellas suyas en el coche de Andie; era su novio —dijo Pip—. Pero es que las huellas no pueden ser datadas con exactitud.

—Y ¿qué me dices de lo de esconder el cuerpo? —Ravi se inclinó hacia delante—. Creo que estamos de acuerdo, viviendo donde vivimos, en que ella está enterrada en alguna parte del bosque dentro o fuera de la ciudad.

—Exactamente —asintió Pip—. Un agujero tan hondo que haga imposible que puedan encontrarla jamás. ¿Cómo tuvo Sal tiempo suficiente para cavar un hoyo tan grande con las manos y nada más? Hasta con una pala habría sido difícil.

—A menos que ella no esté enterrada.

—Sí, bueno, creo que lleva un poco de tiempo y mucha más infraestructura deshacerse de un cuerpo de otra manera —dijo Pip.

—Pero esto es lo que todo el mundo ha creído, como tú dijiste.

—Bueno, eso parece —contestó—. Hasta que empieces a preguntar dónde, qué y cómo.

Nueve

Probablemente pensaron que no podía oírlos. Sus padres discutían en el salón, en el piso de abajo. Hacía ya tiempo que había aprendido que la palabra «Pip» se colaba con excepcional facilidad a través de paredes y suelos.

Si escuchaba a través de la rendija de la puerta de su habitación, no le resultaba difícil pillar los pequeños fragmentos de conversación y juntarlos para darles sentido. A su madre no le gustaba que Pip estuviese dedicando tanto tiempo de las vacaciones a un proyecto escolar. A su padre no le gustaba que su madre hubiera dicho eso. Luego su madre se molestó porque Victor no había entendido bien lo que ella quería decir. Leanne pensaba que aquella obsesión con la historia de Andie Bell no era sana para Pip. Entonces fue su padre el que se molestó porque su madre no estaba dejando que la niña cometiera sus propios errores, si es que eso era lo que estaba haciendo.

Pip se aburrió de la discusión y cerró la puerta de su cuarto. Sabía que aquella conversación absurda se agotaría pronto, sin ninguna intervención. Y ella tenía que hacer una llamada importante.

La semana anterior había mandado mensajes privados a las dos mejores amigas de Andie. Emma Hutton había respondido hacía unas horas dándole un número de teléfono y diciéndole que no tenía ningún problema en contestar «a un par» de preguntas a las ocho de esa misma noche. Cuando

Pip se lo contó a Ravi, él contestó con una pantalla entera de emoticonos de sorpresa y de manos con gesto de OK.

Echó un vistazo al reloj de la pantalla del ordenador y este se convirtió en mirada atenta. Testarudo, el reloj permanecía en las 19.58.

—Venga, hombre —dijo cuando, tras veinte Mississippis, el ocho al lado del .5 no había pasado a un nueve.

Cuando lo hizo, después de una eternidad, Pip dijo «casi», y pulsó el botón de grabar en la aplicación correspondiente. Marcó el número de Emma; le picaba la piel debido a los nervios. Respondieron al tercer tono.

—¿Hola? —dijo una voz dulce y alta.

—Hola, Emma, soy Pippa.

—Ah, sí, hola. Un segundito, déjame que vaya a mi habitación.

Pip escuchó con impaciencia el sonido de las pisadas de Emma subiendo la escalera.

—Ya está —anunció—. Entonces, me decías que estabas haciendo un proyecto relacionado con Andie, ¿no?

—Sí, algo así. Sobre la investigación que se llevó a cabo a raíz de su desaparición y el papel de los medios de comunicación en la misma. Una especie de estudio del caso.

—Ah, vale —dijo Emma con tono dubitativo—. No sé si podré serte de mucha ayuda.

—No te preocupes, solo son unas preguntas fáciles sobre la investigación, tal y como y tú la recuerdas —explicó Pip—. Bueno, la primera, ¿cuándo te enteraste de que Andie había desaparecido?

—Pues... eran sobre las ocho de la tarde. Sus padres nos llamaron a mí y a Chloe Burch; éramos sus mejores amigas. Yo dije que no la había visto ni había sabido nada de ella, pero que haría una ronda de llamadas. Intenté dar con Sal Singh, pero no me respondió hasta la mañana siguiente.

—¿La policía se puso en contacto contigo? —preguntó Pip.

—Sí, el sábado por la mañana. Vinieron a mi casa y me hicieron algunas preguntas.

—Y ¿qué les contaste?

—Lo mismo que les había dicho a los padres de Andie. Que no tenía ni idea de dónde estaba; no me había dicho que se fuera a ir a ningún sitio. Luego me estuvieron preguntando sobre el novio de Andie, así que les hablé de Sal y les conté que lo acababa de llamar y decirle que ella había desaparecido.

—¿Qué les contaste de Sal?

—Nada, solo que esa semana habían medio discutido en el instituto. Yo los vi pelearse el jueves y el viernes, lo cual era raro. Normalmente Andie le montaba pollos y él no entraba al trapo. Pero esa vez él parecía muy enfadado por algo.

—¿Sabes qué era ese algo? —preguntó Pip.

De repente quedó claro por qué la policía había considerado una buena idea interrogar a Sal esa tarde.

—La verdad es que no, no lo sé. Cuando le pregunté a Andie solo me dijo que Sal estaba siendo «un poco cabrón» respecto a algo.

Pip se quedó un poco abatida.

—Está bien —dijo—. Entonces ¿Andie no tenía planes para quedar con Sal el viernes?

—No, de hecho, no tenía planes para hacer nada; se suponía que esa noche iba a quedarse en casa.

—¿Y eso? —Pip se incorporó un poco.

—Eh... No sé si debería decírtelo.

—No te preocupes. —Pip intentó esconder la desesperación de su voz—. Si no es importante no lo usaré en el proyecto. Pero podría ayudarme a entender mejor las circunstancias de su desaparición.

—Bueno, vale. A ver, a la hermana pequeña de Andie, Becca, la habían ingresado en el hospital hacía unas semanas por autolesionarse. Sus padres tenían que salir, así que le dijeron a Andie que se quedara en casa y cuidara de ella.

—Ah —fue todo lo que se le ocurrió decir a Pip.

—Ya, lo sé, pobre niña. Y aun así Andie la dejó sola. Ahora que recuerdo todas esas cosas, me doy cuenta de lo difícil que debió de ser tener a Andie como hermana mayor.

—¿A qué te refieres?

—Bueno, es que, a ver, no quiero hablar mal de los muertos, ya sabes, pero... He tenido cinco años para madurar y reflexionar sobre todo este asunto y cuando recuerdo aquella época no me gusta el tipo de persona que era yo. Sobre todo, cuando estaba con Andie.

—¿Era una mala amiga? —Pip no quería intervenir demasiado; necesitaba que Emma siguiera hablando.

—Sí y no. Es muy difícil de explicar —se lamentó—. La amistad de Andie era muy destructiva, pero a la vez, yo estaba un poco enganchada a ella. Quería ser ella... Oye, no vas a escribir nada de esto, ¿verdad?

—No, claro que no.

Una mentira piadosa.

—Vale. Pues Andie era guapa, popular, divertida... Ser su amiga, ser alguien con quien ella había decidido pasar tiempo, te hacía sentir especial. Querida. Y de repente, le daba el punto y podía usar las cosas más íntimas que le habías contado para humillarte y herirte. Y aun así las dos seguimos siendo sus amigas, siempre esperando a la próxima vez que nos hiciera sentir especiales y bien con nosotras mismas. Podía ser maravillosa y horrible, y nunca sabías a cuál de las dos Andies te ibas a encontrar cuando quedabas con ella. Casi me sorprende que mi autoestima haya sobrevivido a todo eso.

—¿Andie era así con todo el mundo?

—Bueno, sí, conmigo y con Chloe. No nos dejaba ir mucho a su casa, pero yo vi cómo se portaba con Becca. Podía ser muy cruel. —Emma se detuvo un momento—. No estoy insinuando que Andie se mereciera lo que le pasó. De verdad que no es eso lo que quiero decir, para nada, nadie se merece que lo asesinen y lo metan en un hoyo. Solo digo que, al darme cuenta ahora del tipo de persona que era, puedo entender que a Sal se le fuese la pinza y la asesinara. Era capaz de hacerte sentir superarriba y al momento hundirte en la miseria; eso solo podía acabar mal, creo yo.

La voz de la chica se quebró en un lamento húmedo y Pip supo que la entrevista había acabado. Emma no podía ocultar el hecho de que estaba llorando, y tampoco lo intentó.

—Bueno, pues esas eran todas las preguntas que tenía. Muchísimas gracias por tu ayuda.

—Vale —dijo Emma—. Perdona, pensé que ya lo había superado, pero parece que no.

—No, perdóname tú por hacerte recordarlo y revivirlo. La verdad es que también he mensajeado a Chloe Burch para preguntarle si me dejaba entrevistarla, pero aún no me ha contestado. ¿Vosotras seguís en contacto?

—No, la verdad es que no. Bueno, la mensajeo en su cumpleaños y eso, pero... lo cierto es que nos separamos después de lo de Andie y sobre todo al dejar el instituto. Creo que las dos lo preferimos así, una forma de empezar de nuevo y romper con las personas que fuimos.

Pip le dio las gracias otra vez y colgó el teléfono. Dejó escapar el aire y se quedó contemplando el móvil durante un minuto. Sabía que Andie había sido una chica guapa y popular, eso había quedado clarísimo en las redes sociales. Y como todo el mundo que había pasado por un instituto, sabía que la gente popular muchas veces tenía personalidades complicadas. Pero no se esperaba que Emma aún se culpara por haber querido a la persona que le hacía la vida imposible.

¿Era esa la Andie Bell verdadera, la que se escondía detrás de aquella sonrisa perfecta y aquellos ojos brillantes de un azul pálido? Todo el mundo alrededor de ella parecía tan hechizado, tan cegado, que no habían notado la oscuridad que se escondía detrás. Hasta que fue demasiado tarde.

Registro de producción. Entrada n.º 11

Actualización: Investigué para ver si podía encontrar al propietario del coche con la matrícula que Sal había apuntado en sus notas: R009 KKJ. Ravi tenía razón. Necesitaríamos conocer la marca y el modelo del coche para mandar una petición a Tráfico. Supongo que ese hilo no nos lleva a ninguna parte.

Vale, volvemos a la tarea que teníamos entre manos. Acabo de colgar el teléfono con Chloe. Esta vez intenté una táctica diferente; no necesitaba volver sobre los mismos temas que ya había hablado con Emma y no quería obstaculizar la entrevista con aburridos asuntos emocionales sobre Andie.

Y aun así di con algo...

Transcripción de la entrevista
con Chloe Burch

[Me estoy aburriendo de transcribir las introducciones de las entrevistas; son todas iguales y siempre suenan incómodas. A partir de ahora, copiaré solo los datos importantes.]

Pip: Vale, mi primera pregunta es: ¿cómo describirías la relación entre Andie y Sal?

Chloe: Buena, él era amable con ella y a ella le parecía que él estaba bueno. Sal siempre me pareció muy calmado y tranquilo; pensé que podría apaciguar un poco a Andie.

Pip: ¿Por qué necesitaba Andie que la apaciguaran?

Chloe: Ah, pues, bueno, porque ella siempre estaba con algún drama encima.

Pip: Y ¿Sal llegó a conseguirlo?

Chloe: (Risas) No. Era como echar antiácido en un volcán, no servía de nada.

Pip: Pero iban bastante en serio, ¿no?

Chloe: No lo sé, supongo. Define «serio».

Pip: Bueno, perdona si soy un poco directa, pero ¿se acostaban? [Ya, me da repelús volver a oír esto. Pero necesito saberlo todo.]

Chloe: Caray, sí que han cambiado los proyectos escolares desde que acabé el instituto. ¿Por qué demonios ibas a necesitar saber eso?

Pip: ¿No compartía esas cosas contigo?

Chloe: Claro que sí. Y no; de hecho, no se acostaban.

Pip: Ah, ¿Andie era virgen?

Chloe: No, no lo era.

Pip: Entonces ¿con quién se acostaba?

Chloe: (Pequeña pausa) No lo sé.

Pip: ¿No lo sabías?

Chloe: A Andie le gustaba tener secretos, ¿entiendes? La hacían sentir poderosa. Le daba morbo que Emma y yo no supiéramos ciertas cosas. Pero las dejaba caer en la conversación porque le encantaba que le preguntáramos. En plan, que de dónde sacaba todo el dinero que tenía; se limitaba a reírse y guiñarnos el ojo cuando sacábamos el tema.

Pip: ¿Dinero?

Chloe: Sí. Estaba siempre comprando, siempre llevaba encima un montón de pasta. Y, en el último año, me dijo que estaba ahorrando para aumentarse los labios y operarse la nariz. Esto nunca se lo contó a Emma, solo a mí. Pero también era generosa; solía comprarnos maquillaje y otras cosas, y siempre nos prestaba su ropa. Pero luego, en medio de una fiesta, decía algo como: «Ay, Chlo, parece que me has dado esto de sí. Voy a tener que regalárselo a Becca». Un encanto.

Pip: Y ¿de dónde salía ese dinero? ¿Tenía algún trabajo a media jornada?

Chloe: Qué va. Ya te lo dije, no tengo ni idea. Yo imaginaba que se lo daba su padre.

Pip: ¿En plan paga?

Chloe: Sí, supongo.

Pip: Y, cuando Andie desapareció, al principio, ¿se te ocurrió que podría haber huido para castigar a alguien? ¿Quizá a su padre?

Chloe: A Andie las cosas le iban demasiado bien como para querer huir.

Pip: Pero ¿la relación de Andie con su padre era tensa? [En cuanto digo la palabra «padre» el tono de Chloe cambia.]

Chloe: No veo muy claro que eso sea importante para tu proyecto. Mira, sé que no he hablado muy bien de ella y sí, tenía sus problemas, pero aun así era mi mejor amiga y la asesinaron. No me parece bien estar hablando de sus relaciones personales y su familia, a pesar de que hayan pasado tantos años.

Pip: No, tienes razón, disculpa. Solo pensé que si sabía cómo era Andie y lo que estaba pasando en su vida, podría entender mejor el caso.

Chloe: Sí, vale, pero es que nada de esto es relevante. Sal Singh la mató. Y no creo que puedas conocer a Andie solo con un par de entrevistas. Era imposible conocerla, incluso siendo su mejor amiga.

[Yo, de una manera bastante burda, trato de disculparme y volver al tema, pero está claro que Chloe no va a soltar nada más. Le agradezco su ayuda y colgamos.]

Grrr, qué frustrante. Pensé que estaba llegando a un punto interesante, pero no, metí la pata al entrar en el tema de las emociones con las amigas de Andie y la pifié. Creo que aún siguen encadenadas al influjo de su amiga. Quizá incluso guarden algunos de sus secretos. Está claro que di en hueso cuando mencioné al padre de Andie, ¿puede ser que haya algo ahí?

He vuelto a leer la transcripción un par de veces más y... quizá haya algo aquí. Cuando le pregunté a Chloe con quién se había acostado Andie, lo que en realidad quería preguntar era con quién lo hacía antes de estar con Sal, me refería a relaciones pasadas. Pero la frase quedó ambigua: «¿Con quién se acostaba?». Esto, en el contexto, significa que lo que accidentalmente pregunté es: ¿con quién se acostaba Andie mientras salía con Sal? Pero Chloe no me corrigió. Simplemente dijo que no lo sabía.

Sé que me agarro a un clavo ardiendo. Por supuesto, Chloe podía estar respondiéndome a la pregunta que yo quería formular. Todo esto podrían no ser nada más que conjeturas. Sé que no voy a resolver este caso siendo tiquismiquis con la gramática, por desgracia no es así como funciona el mundo real.

Pero ahora que lo he visto, no puedo dejarlo pasar. ¿Se veía Andie con otra persona en secreto? ¿Se enteró Sal y ese era el motivo por el que habían discutido?

¿Explica esto el último mensaje que Sal mandó a Andie antes de que desapareciera, «no pienso ablar contigo asta q lo dejes»?

No soy un agente de policía, esto es solo un proyecto escolar, así que no puedo obligarles a que me cuenten nada. Y ese es el tipo de secreto que solo compartes con tu mejor amiga, no con una chica desconocida que está haciendo un PC.

Ay, Dios. Acabo de tener una idea horrible, pero a lo mejor buenísima. Horrible y desde luego inmoral y probablemente estúpida. Seguro que mala, seguro. Y, aun así, creo que debería ponerla en práctica. No voy a salir completamente limpia de todo esto si quiero averiguar qué pasó con Andie y Sal.

Voy a wasapear con Emma fingiendo ser Chloe.

Tengo una tarjeta SIM de prepago que usé las vacaciones pasadas. Si la pongo en mi móvil, puedo hacerme pasar por Chloe, como si hubiese cambiado de número. Podría funcionar; Emma dijo que habían perdido el contacto, así que podría no darse cuenta del engaño. Y también podría no funcionar, claro. Pero no tengo nada que perder, y quizá varios secretos que ganar, y un asesino al que encontrar.

Hola, Em, soy Chloe, tengo número nuevo. Oye, la niña esta de Kilton acaba de llamarme para hacerme preguntas sobre Andie para un proyecto del insti. ¿A ti también te llamó? Besos.

Ay dios hola
Sí, me llamó hace un par de días. Si te digo la verdad me acabé emocionando un poco al recordar otra vez todo el asunto. Besitos.

Sí bueno Andie nos provocaba ese efecto. No le contaste nada sobre los líos amorosos de Andie, no? Besitos.

Supongo que te refieres a su hombre mayor secreto, no a Sal, no?

Sip.

No no le conté nada.

Sí, yo tampoco. Aunque siempre me he preguntado si a ti te contó quién era.

Qué va, ya sabes que no. Lo único que dijo es que si ella quería podía arruinarle la vida, no?

Sí, le gustaba tener secretos.

Si te digo la verdad ni siquiera estoy segura de que existiera.
Podría habérselo inventado para parecer más misteriosa.

Sí, tal vez. Esta también estuvo preguntando por su padre, crees que lo sabe?

A lo mejor. Ahora ya no es difícil averiguarlo. Se casó con la puta esa poco después de divorciarse.

Sí, pero ella sabrá que Andie ya lo sabía en aquel momento?

Pues no sé cómo iba a enterarse, éramos las únicas que lo sabíamos. Y el padre de Andie, obviamente. De todas formas, qué más da que lo sepa?

> Ya, tienes razón. Supongo que aún siento que tengo que guardar los secretos de Andie, ya sabes.

> Creo que te sentaría bien olvidarte un poco del tema. Yo estoy mucho mejor desde que he desconectado de todo lo que tiene que ver con Andie.

> Sí, tengo que pasar de eso. Oye, tengo que dejarte, que mañana madrugo. Pero tendríamos que vernos pronto para ponernos al día, no?

> Me encantaría! Avísame cuando te pases por Londres.

> Lo haré. Chao. Un millón de besos!

¡Hosss... curidad!

No había sudado tanto en toda mi puñetera vida. Estoy alucinada de haber sido capaz de seguir hasta el final. Casi meto la pata un par de veces, pero... lo conseguí.

Aunque me siento mal. Emma es muy maja y honesta. Creo que está bien sentirse culpable; eso significa que no soy inmoral. Aún puedo ser una buena persona.

Y así, sin más, tenemos dos vías nuevas.

Jason Bell ya estaba en la lista de principales sospechosos, pero es que ahora está en negrita y cursiva como sospechoso número uno. Tenía un lío con otra y Andie lo sabía. Y lo que es más importante, Jason sabía que Andie lo sabía. Quizá ella le pidió explicaciones, o a lo mejor fue ella la que lo pilló.

Desde luego, esto explica bastante bien por qué la relación de ambos era tan difícil.

Y ahora que lo pienso, todo ese dinero que Andie tenía de procedencia desconocida, ¿se lo habría dado su padre PORQUE ella sabía lo de su aventura? ¿Le estaba haciendo chantaje?

No, esto no son más que conjeturas; tengo que considerar el dinero como un hecho separado de los demás hasta que pueda descubrir su procedencia.

Y aquí está la segunda pista y la revelación más increíble de toda la noche: Andie se estaba viendo a escondidas con un hombre mayor durante su relación con Sal. Tan a escondidas que nunca les contó a sus amigas quién era, solo que ella podría arruinarle la vida. Lo primero que pienso es que era un hombre casado. ¿Podría este hombre ser la fuente de procedencia del dinero? Tengo un nuevo sospechoso. Uno que desde luego tendría motivos suficientes para silenciar a su amante.

Esta Andie que veo ahora no es la persona que esperaba descubrir en mi investigación, está muy alejada de la imagen de bonita víctima rubia que todos teníamos. Una víctima a la que su familia quería, sus amigas adoraban y a la que su novio, un «asesino cruel», se llevó demasiado pronto de este mundo. Quizá esa Andie siempre fue un personaje ficticio, creado para que la gente le tuviera simpatía y así vender más periódicos. Pero en cuanto una rasca un poco, la imagen empieza a despegarse por los bordes.

Tengo que llamar a Ravi.

LISTA DE SOSPECHOSOS
Jason Bell
Naomi Ward
Tipo mayor al que veía a escondidas (¿muy mayor?)

Diez

—Odio ir de camping —protestó Lauren al tropezar con la lona arrugada.

—Ya, bueno, es mi cumpleaños y a mí me gusta —dijo Cara leyendo las instrucciones de montaje con la lengua asomando entre los dientes.

Era el último viernes de las vacaciones de verano y las tres chicas se encontraban en el pequeño claro de un hayedo a las afueras de Kilton. La elección de Cara para celebrar que cumplía los dieciocho: dormir al aire libre y mear agachada detrás de árboles oscuros en plena noche. Desde luego no habría sido la elección de Pip; no veía la lógica de prescindir de los avances en materia de aseo y confort. Pero sabía bien cómo disimular y fingir que sí.

—Técnicamente, la acampada libre es ilegal —dijo Lauren dando una patada a la lona como forma de protesta.

—Bueno, esperemos que la policía de los campings no investigue Instagram, porque se lo he contado a todo el mundo. Y ahora cállate —ordenó Cara—, estoy intentando leer.

—Eeeh... Cara —intentó Pip—, sabes que esto que has traído no es una tienda, ¿verdad? Es una carpa.

—Para el caso es lo mismo —dijo—, y tenemos que caber nosotras tres más los chicos, o sea, seis.

—Pero es que no tiene suelo —Pip señaló con el dedo el dibujo de las instrucciones.

—Tú sí que no tienes suelo. —Cara la apartó con un golpe de cadera—. Mi padre metió otra lona para la parte de abajo.

—¿Cuándo llegan los chicos? —preguntó Lauren.

—Mandaron un mensaje hace un momento para avisar de que estaban saliendo. Y no —soltó Cara—, no vamos a esperarlos para que nos monten ellos la tienda, Lauren.

—No pretendía sugerir eso.

Cara hizo crujir sus nudillos.

—Si con el patriarcado quieres acabar, tu propia tienda de campaña has de montar.

—Carpa —corrigió Pip.

—¿Quieres que te dé un puñetazo?

—No... rpa.

Diez minutos después, una gran carpa blanca de tres por seis metros se erguía en el suelo del bosque, con un aspecto que no podía estar más fuera de lugar. En cuanto se dieron cuenta de que el armazón era de automontaje, todo se había vuelto más fácil. Pip comprobó su móvil. Ya eran las siete y media y su aplicación meteorológica decía que el sol se pondría en quince minutos, aunque tendrían aún un par de horas más de luz en el crepúsculo antes de que todo se volviera completamente oscuro.

—Nos lo vamos a pasar genial. —Cara se alejó para contemplar su obra—. Me encanta acampar. Voy a tomar ginebra y regalices hasta vomitar. Mañana no quiero acordarme de nada.

—Unas metas muy elevadas —dijo Pip—, ¿podéis ir al coche a coger el resto de la comida? Yo voy a extender los sacos de dormir y ajustar los laterales de la lona.

El coche de Cara estaba en un pequeño aparcamiento de cemento a unos doscientos metros del lugar donde habían acampado. Lauren y Cara se alejaron hacia allí a través de los árboles, con el bosque iluminado por el brillo de la luz anaranjada que precede a la oscuridad de la noche.

—No olvidéis las linternas —les gritó justo antes de que se perdieran de vista.

Pip juntó los lados de la gran lona a la carpa y maldijo cuando el velcro se soltó y tuvo que empezar otra vez desde el principio. Luchó con la lona que hacía de suelo, feliz cuando oyó los crujidos de ramas partidas que anunciaban que Cara y Lauren estaban de vuelta.

Pero cuando salió de la carpa y fue a mirar, allí no había nadie. Era solo una urraca que se mofaba de ella desde la copa en penumbra de algún árbol, con su risa chirriante y espinosa. La saludó de mala gana y se puso a extender los tres sacos en fila; intentaba no pensar en el hecho de que Andie Bell podría, perfectamente, estar enterrada en algún sitio de este bosque, en la profundidad del suelo.

Cuando estaba acabando de colocar el último saco, el sonido de ramas rompiéndose bajo pisadas se hizo más intenso, y un estruendo de risas y gritos anunció que los chicos habían llegado. Los saludó a todos, pues las chicas, cargadas, volvían también con ellos. Ant, quien —como su nombre indicaba— no había crecido mucho desde que se habían hecho amigos a los doce años, Zach Chen, que vivía cuatro casas más allá de los Amobi, y Connor, a quien Pip y Cara conocían desde primaria. Últimamente, Connor había estado demasiado detrás de Pip. Por suerte, se le pasaría pronto, como aquella vez que estuvo convencido de que tenía un futuro prometedor como psicólogo de gatos.

—Hola —dijo Connor, que, ayudado por Zach, cargaba una nevera portátil—. Mierda, las chicas se han cogido los mejores sitios para dormir. Os lo estáis pasando Pippa, ¿eh?

No, desde luego que no era la primera vez que Pip oía esa broma.

—Me parto contigo, Con —dijo con desgana apartándose el pelo de delante de los ojos.

—Ouch —intervino Ant—, no te lo tomes muy a pecho, Connor. Si fueras un ejercicio de clase, seguro que le interesabas.

—O si fueras Ravi Singh —le susurró Cara al oído con un guiño.

—Los ejercicios de clase son mucho más satisfactorios que los chicos —dijo Pip dándole a Cara un codazo en las costillas—. Y estás tú bueno para hablar, Ant, que tienes la vida sexual de un molusco argonauta.

—Y ¿eso qué quiere decir?

—Bueno —respondió Pip—, el pene de un molusco argonauta se rompe y se cae durante el acto, así que solo pueden tener sexo una vez en la vida.

—Lo confirmo —dijo Lauren, que había tenido un tonteo fallido con Ant el año anterior.

El grupo se echó a reír y Zach le dio a Ant una palmadita conciliatoria en la espalda.

—Qué movida —se rio Connor.

Una oscuridad plateada había caído sobre el bosque, enmarcando por todos los lados la brillante carpa que relucía como un farol entre los árboles somnolientos. Los chicos tenían dos lámparas amarillas a pilas dentro de la carpa y llevaban tres linternas.

Suerte que se habían metido dentro para sentarse, como Pip pensó luego, ya que había empezado a llover con bastante fuerza, aunque es cierto que los árboles protegían casi toda la carpa. Estaban sentados en círculo alrededor de la comida y las bebidas, y tenían los dos extremos de la lona levantados para mitigar un poco el olor de los tres chicos.

Sentada con su saco de motivos marineros enrollado hasta la cintura, Pip hasta se había permitido beberse una cerveza entera. Aunque estaba mucho más interesada en las patatas fritas y la salsa de dipear. No le gustaba mucho beber, no le agradaba sentir que perdía el control.

Ant estaba a la mitad de su relato de terror, la linterna bajo su barbilla distorsionaba los rasgos de su cara y le daba un aspecto grotesco. Resulta que era una historia sobre seis amigos, tres chicos y tres chicas, que estaban de acampada en una carpa en el bosque.

—Y la cumpleañera —recitó teatralmente— está acabándose un paquete de regalices, los rojos dulces caen por su barbilla como hilos de sangre.

—Cállate —ordenó Cara con la boca llena.

—Le dice al chico guapo que tiene la linterna que se calle. Y entonces es cuando lo oyen: un sonido de rasguño contra el lateral exterior de la carpa. Hay algo o alguien fuera. Lentamente, unas uñas empiezan a rasgar la lona, haciendo un agujero. «¿De fiesta, chicos?», pregunta una voz femenina. Y luego rompe del todo el agujero, lo atraviesa y, con un rápido movimiento de brazo, raja la garganta del chico de la camisa de cuadros. «¿Me echabas de menos?», aúlla ella, y los amigos que siguen vivos por fin son capaces de ver quién es: el podrido cadáver zombi de Andie Bell, en busca de venganza...

—Cállate, Ant —ordenó Pip dándole un manotazo—, no tiene gracia.

—Entonces ¿por qué todo el mundo se está riendo?

—Porque sois unos enfermos. Una chica asesinada no me parece el mejor material para vuestras asquerosas bromas.

—Pero ¿sí para un proyecto del instituto? —se entrometió Zach.

—Eso es completamente distinto.

—Pues estaba a punto de llegar a la parte del amante mayor secreto barra asesino —dijo Ant.

Pip pestañeó y le lanzó una mirada asesina.

—Me lo dijo Lauren —dijo él apocado.

—A mí me lo contó Cara —soltó Lauren sin hacer pausas entre sus palabras.

—¿Cara? —Pip se volvió hacia ella.

—Lo siento —dijo esta con lengua de trapo debida a las ocho copas de ginebra que llevaba encima—, no sabía que no podía difundirlo. Solo se lo conté a Naomi y a Lauren. Y les dije que no se lo mencionaran a nadie —explicó.

Era verdad; Pip no le había dicho específicamente que guardase el secreto. No pensó que fuera necesario. Desde luego, no volvería a cometer semejante error.

—La finalidad de mi proyecto no es proporcionaros cotilleos.

Intentó tranquilizar su tono al ver que se estaba enfadando; miró a Cara, Lauren y Ant. Pero por la forma en la que la mirada de Cara languidecía tras el brillo de la borrachera, Pip se dio cuenta de que estaba arrepentida.

—No importa —dijo Ant—. La mitad de nuestra clase sabe que estás haciendo un proyecto sobre Andie Bell. Pero ¿por qué estamos hablando de tareas escolares en el último viernes por la noche que tenemos de libertad? Zach, saca la tabla.

—¿Qué tabla? —preguntó Cara.

—He traído una ouija. Mola, ¿eh? —dijo Zach cogiendo su mochila.

Sacó de ella una destartalada tabla que parecía de plástico, con el alfabeto dibujado en ella y una tablilla con una pequeña ventana transparente a través de la cual podías ver las letras. Puso ambas en medio del círculo.

—No, no —dijo Lauren cruzándose de brazos—. De ninguna manera. Esto da demasiado miedo. Las historias están bien, pero de tabla de ouija, nada.

Pip perdió interés en los intentos de los chicos de convencer a Lauren para así poder llevar a cabo la broma que tuvieran previsto gastarles.

Probablemente sobre Andie Bell, una vez más. Podía fingir indiferencia, pero por dentro hervía de indignación. Con sus amigos. Con ella misma. Se inclinó por encima de la tabla de ouija para coger otra bolsa de patatas fritas, y entonces fue cuando lo vio.

Un destello de luz blanca que provenía de entre los árboles.

Se incorporó sobre las rodillas y entornó los ojos para ver mejor. Y ahí estaba de nuevo. En la oscuridad lejana una pequeña luz rectangular se hizo visible y luego desapareció. Como el brillo de la pantalla de un móvil que se apaga al bloquearla.

Esperó unos segundos, pero la luz no volvió. Allí fuera solo había oscuridad. El sonido de la lluvia en el aire. Las siluetas de los árboles dormidos recortándose contra el resplandor de la luna.

Hasta que una de las oscuras siluetas de árbol resultó tener dos piernas.

—Chicos —dijo en un susurro. Le dio una pequeña patada en la espinilla a Ant para que se callara—. No miréis, pero creo que hay alguien entre los árboles. Espiándonos.

Once

—¿Dónde? —vocalizó Connor entornando los ojos al ver los de Pip.

—A las diez en punto —susurró.

Un miedo como hielo abrasador le goteó en el estómago. Las miradas aterrorizadas se extendieron como una epidemia entre el círculo de amigos.

Y entonces, con un grito guerrero, Connor cogió una de las linternas y se puso de pie.

—¡Eh, pervertido! —gritó con coraje incierto.

Salió de la carpa a la carrera y se internó entre los árboles, con el rayo de luz agitándose a lo loco en su mano mientras corría.

—¡Connor! —gritó Pip desembarazándose del saco.

Cogió la linterna de la mano de un atónito Ant y salió a toda velocidad tras su amigo en dirección a los árboles.

—¡Connor, espera!

Rodeadas por todas partes de sombras negras que semejaban arañas, ráfagas de árboles iluminados aparecían ante Pip; la linterna le temblaba en las manos y sus pies golpeaban el suelo y las gotas de lluvia parecían colgar del haz de luz.

—Connor —gritó otra vez siguiendo lo único que veía de él en la lejanía, una hebra de luz de linterna a través de la oscuridad sofocante.

Tras ella oyó más pisadas que recorrían el bosque, alguien que gritaba su nombre. Una de las chicas chillando.

A medida que su resistencia cedía, empezó a notar una punzada en el costado. La adrenalina se había tragado los últimos restos de cerveza que pudieran atontarla. Estaba alerta, estaba lista.

—Pip —gritó alguien en su oído.

Ant había llegado hasta ella, guiándose entre los árboles con la linterna del móvil.

—¿Dónde está Con? —preguntó sin aliento.

Pip ya no podía ni hablar. Señaló a la luz intermitente que avanzaba a lo lejos y Ant la adelantó.

Pero el sonido de pisadas aún se oía detrás de ella. Intentó mirar alrededor, pero lo único que consiguió ver fue un punto de luz blanca que se acercaba.

Se volvió hacia delante, y el destello de una linterna le mostró dos figuras encorvadas. Hizo un quiebro y cayó de rodillas para evitar estamparse contra ellas.

—Pip, ¿estás bien? —preguntó Ant sin resuello ofreciéndole una mano.

—Sí. —Aspiró el aire húmedo, y sintió un calambre que le recorrió el pecho y el estómago—. Connor, ¿qué coño ha pasado?

—Lo perdí —jadeó este con la cabeza entre las rodillas—. Creo que hace ya un rato.

—¿Era un hombre? ¿Llegaste a verlo?

Connor negó con la cabeza.

—No, no lo vi, no sé si era un hombre, pero tenía que serlo, ¿no? Solo vi que llevaba una capucha oscura. Quienquiera que fuera, se escabulló cuando bajé la linterna, y yo, como un idiota, seguí persiguiéndolo por el mismo camino.

—Ponerte a seguirlo tú solo ya fue una idiotez desde el principio —recriminó Pip enfadada.

—¡Cómo no iba a seguirlo! —exclamó Connor—. Era un pervertido que estaba en el bosque en medio de la noche, espiándonos y probablemente tocándose. Quería partirle la cara.

—Te has puesto en peligro sin necesidad —dijo ella—, ¿qué pretendías demostrar?

Hubo un destello de luz al lado de Pip y apareció Zach, que se detuvo justo antes de chocar con ella y con Ant.

—¿Qué coño ha pasado? —fue todo lo que dijo.

Entonces oyeron el grito.

—Mierda —musitó Zach antes de volverse y echar a correr por donde había venido

—¡Cara! ¡Lauren! —gritó Pip cogiendo su linterna y siguiendo a Zach, con los otros dos pisándoles los talones.

Mientras se internaba de nuevo entre los árboles, le parecía que unos dedos de pesadilla le agarraban el pelo. A cada paso, la punzada aumentaba de intensidad.

Medio minuto después, encontraron a Zach, que usaba la luz del móvil para iluminar el lugar donde estaban las dos chicas, abrazadas, Lauren deshecha en lágrimas.

—¿Qué ha pasado? —preguntó Pip, que se unió a sus amigas, temblorosas a pesar de que la noche era cálida—. ¿Por qué gritabais?

—Porque nos perdimos y la linterna se nos rompió y estamos borrachas —respondió Cara.

—¿Por qué no os quedasteis en la carpa? —dijo Connor.

—Porque nos dejasteis solas —lloró Lauren.

—Está bien, está bien —dijo Pip—. Todos nos hemos puesto un poco histéricos. No pasa nada. Solo tenemos que volver a la carpa y ya está. Quienquiera que fuese ya se ha ido, y somos seis, ¿vale? Estamos todos bien. —Limpió las lágrimas de la barbilla de Lauren.

A pesar de tener las linternas, les llevó casi quince minutos encontrar el camino de vuelta a la carpa; por la noche el bosque parecía un planeta diferente. Hasta tuvieron que usar la aplicación de mapas del móvil de Zach para ver cuán lejos estaban de la carretera. Sus pasos se apresuraron cuando vieron un retazo de tela blanca entre los troncos y el resplandor amarillo de las lámparas de pilas.

Los chicos ya estaban empezando a hacer bromas sobre su carrera nocturna entre los árboles, aunque Lauren aún no se había repuesto del susto.

Pip puso el saco de Lauren entre el de ella y el de Cara y la ayudó a meterse dentro cuando ya no pudo aguantar más la torpe pelea de su amiga con la cremallera.

—Supongo que nada de ouija, ¿no? —comentó Ant.

—Creo que ya hemos tenido bastantes sustos —dijo Pip.

Se sentó un rato al lado de Cara, para obligarla a beber algo de agua mientras la distraía hablándole de la caída de Roma con un tono soporífero. Lauren ya estaba dormida y Zach, al otro lado de la carpa, también.

Cuando los ojos de Cara empezaron a cerrarse más cada vez que parpadeaba, Pip reptó hasta su saco. Vio que Ant y Connor aún estaban despiertos y hablando en susurros, pero ella ya estaba lista para dormirse, o al menos para tumbarse y desear quedarse dormida. Al deslizar sus piernas dentro del saco, notó algo con el pie derecho. Se llevó las rodillas al pecho y metió la mano en el interior hasta que sus dedos dieron con un trozo de papel.

Debía de ser un envoltorio de comida que se le había caído dentro. Lo sacó. No era un envoltorio de comida. Era un folio doblado en dos.

Lo desdobló y lo miró.

En un tipo de letra formal y grande, estaban impresas las siguientes palabras:

DEJA DE HUSMEAR, PIPPA.

Lo soltó, siguiéndolo con la mirada mientras caía. Su pensamiento volvió a unos minutos atrás, a la carrera en la oscuridad, a los árboles fantasmales entre destellos de luz. El descrédito se le instaló en la cara, y en cinco segundos ese sentimiento se transformó en furia.

—¿De qué cojones vais? —dijo, tras coger la nota y abalanzarse sobre los chicos.

—Chis —dijo uno de ellos—, las chicas están dormidas.

—¿Os creéis que tiene gracia? —increpó Pip fulminándolos y agitando la nota en su mano—. Sois increíbles.

—¿De qué estás hablando? —Ant entornó los ojos confuso.

—De la nota que me habéis dejado.

—Yo no te he dejado ninguna nota —protestó él, y extendió la mano para cogerla.

Pip la apartó de su alcance.

—¿Esperas que te crea? —dijo—. ¿Todo este rollo *Stranger Things* en los bosques fue también cosa vuestra? ¿Parte de vuestra broma? ¿Quién era? ¿Tu amigo George?

—No, Pip —negó Ant mirándola—. De verdad que no sé de qué estás hablando. ¿Qué pone en la nota?

—Ahórrate el numerito de inocencia —respondió—. Connor, ¿algo que decir?

—Pip, ¿tú crees que me habría puesto a perseguir a ese pervertido como un loco si fuera solo una puta broma? No tenemos nada que ver con esto, te lo prometo.

—¿Me estás diciendo que ninguno de vosotros me ha dejado esta nota?

Ambos asintieron.

—Sois unos putos desgraciados —farfulló y volvió al lado de las chicas.

—Pip, de verdad, nosotros no hemos sido —insistió Connor.

Ella los ignoró y se metió en su saco haciendo más ruido del que era necesario.

Se tumbó, con la sudadera enrollada a modo de almohada y la nota desdoblada en el suelo junto a ella. Se volvió para mirarla ignorando otros cuatro Pips susurrados por Ant y Connor.

Era la única que quedaba despierta. Lo sabía por las respiraciones.

Sola en su desvelo.

De los rescoldos de su enfado estaba naciendo una nueva criatura, hecha de cenizas y polvo. Un sentimiento que estaba entre el terror y la duda, entre el caos y la lógica.

Se dijo esas palabras en su cabeza tantas veces que se volvieron gomosas y sin sentido.

«Deja de husmear, Pippa.»

No era posible. Solo era una broma cruel. Solo una broma.

No podía apartar la vista de la nota, los ojos insomnes seguían una y otra vez las curvas que trazaban las letras negras impresas.

Y el bosque, en la oscuridad de la noche, estaba vivo a su alrededor.

Crujidos de ramas, aleteos de pájaros en los árboles y aullidos. No sabía si era un zorro o un ciervo, pero gemía y lloraba y era y no era Andie Bell, chillando a través del tiempo.

«Deja de husmear, Pippa.»

PARTE II

Doce

Pip notaba cómo las extremidades se le agitaban bajo la mesa y esperaba que Cara estuviera demasiado ocupada parloteando como para notarlo. Era la primera vez que Pip tenía que ocultarle algo a su amiga y los nervios le hacían temblar las manos de forma incontrolable y le provocaban un nudo en el estómago.

Había ido a estudiar a casa de Cara el tercer día de clase, cuando los profesores dejaron de explicar cómo iban a afrontar el curso y se pusieron, por fin, a impartir sus materias. Las dos chicas estaban sentadas en la cocina de la casa de los Ward fingiendo hacer los deberes, pero la verdad es que Cara estaba entrando en una crisis existencial.

—Y le dije que aún no sabía lo que quería estudiar en la uni, por no hablar de adónde quiero ir. Y lo único que hace él es decirme: «El tiempo apremia, Cara» y estresarme a tope. ¿Tú ya has hablado con tus padres?

—Sí, hace unos días —dijo Pip—. Me he decidido por King's College, en Cambridge.

—¿Filología?

Pip asintió.

—Eres la peor persona con la que desahogarse sobre planes de futuro —se quejó Cara—, seguro que ya sabes lo que quieres ser de mayor.

—Pues claro que sí —dijo—, quiero ser Luis Theroux y Heather Brooke y Michelle Obama, todos mezclados en una sola persona.

—Tu eficiencia me ofende.

Un ligero silbido de tren salió del móvil de Pip.

—¿Quién es? —preguntó Cara.

—Nada, es Ravi Singh —contestó Pip mirando el mensaje—, que quiere saber si hay alguna novedad.

—Vaya, así que ahora nos mensajeamos, ¿eh? —dijo Cara juguetona—. ¿Debería reservar algún día de la semana que viene para vuestra boda?

Pip le tiró un bolígrafo a la cara. Ella lo esquivó como una experta.

—Bueno, y ¿hay datos nuevos sobre Andie Bell? —preguntó.

—No —respondió Pip—. Nada nuevo bajo el sol.

La mentira hizo que el nudo de su estómago se apretara más.

Aunque les volvió a preguntar cuando los vio en el instituto, Ant y Connor seguían negando su autoría de la nota que había encontrado en el saco. Habían sugerido que a lo mejor era cosa de Zach o de una de las chicas. Por supuesto, la negativa no era una prueba concluyente de que no hubieran sido ellos. Pero Pip tenía que considerar la otra posibilidad: ¿y si había alguien involucrado en el caso de Andie Bell que estaba intentando asustarla para que abandonase el proyecto? Alguien que tuviera mucho que perder si ella seguía investigando.

No le habló de la nota a nadie: ni a las chicas, ni a los chicos cuando le preguntaron qué ponía, ni a sus padres, ni siquiera a Ravi.

Su preocupación podía afectar al proyecto y dejarlo en una vía muerta. Y tenía que tener cuidado con cualquier posible filtración. Debía guardarse los secretos para ella sola y tenía de quién aprender a hacerlo, la maestra de la mentira: Andie Bell.

—¿Dónde está tu padre? —preguntó Pip.

—Pues vino hace unos quince minutos y dijo que hoy le tocaban clases particulares, así que se volvió a marchar.

—Ah, es cierto —dijo Pip.

Las mentiras y los secretos la tenían distraída. Elliot siempre había dado clases particulares tres veces por semana; era parte de la rutina de los Ward y Pip la conocía muy bien. Los nervios la estaban desconcentrando demasiado. Cara acabaría dándose cuenta; la conocía demasiado bien. Pip tenía que calmarse, estaba aquí por una razón. Y si no controlaba sus nervios, acabarían pillándola.

Podía oír el ruido de la tele en la otra habitación; Naomi estaba viendo uno de esos dramas americanos que incluía un montón de disparos de armas con silenciador y gritos de «¡maldición!».

Este era el momento perfecto.

—Oye, ¿me prestas tu portátil un momento? —le preguntó a Cara mientras relajaba las facciones para que no la traicionasen—. Quería buscar el libro este de Lengua.

—Claro, toma —dijo Cara pasándoselo sobre la mesa—. No cierres las pestañas que tengo abiertas.

—Tranquila —dijo Pip girando el portátil de forma que Cara no pudiera ver la pantalla.

El corazón le latía en los oídos. Tenía tanta sangre concentrada en la cara que estaba segura de que se estaba poniendo roja. Se inclinó para esconderse un poco tras la pantalla y accedió al panel de control.

No había conseguido dormir hasta las tres de la mañana por culpa del «¿y si?» que la obsesionó hasta el punto de impedirle conciliar el sueño. Así que había rastreado internet, entrado en foros con faltas de ortografía y descargado manuales de instrucciones de impresión.

Cualquiera podía haberla seguido hasta el bosque. Eso

era cierto. Cualquiera podía haberla vigilado y asustarla a ella y a sus amigos para que salieran de la carpa y así poder dejarle la nota. Cierto. Pero había un nombre en su lista de sospechosos, una persona que podía saber exactamente dónde estaban acampadas Pip y Cara. Naomi. Había sido una boba por haberla desestimado solo porque pensaba que la conocía perfectamente, que sabía bien quién era Naomi Ward. Pero podía haber otra Naomi Ward. Una que, a lo mejor, había mentido sobre el hecho de haber salido de casa de Max durante un tiempo la noche en la que Andie murió. O una que, a lo mejor, estaba enamorada de Sal. Una que, quizá, odiaba a Andie lo suficiente como para matarla.

Después de pasar horas en una investigación concienzuda, Pip había llegado a la conclusión de que no había forma de ver los documentos previos que una impresora sin cables había impreso. Y nadie en su sano juicio guardaría una nota como esa en su ordenador, así que intentar examinar el de Naomi no tenía sentido. Pero sí había una cosa que Pip podía hacer.

Entró en el apartado «Dispositivos e impresoras» del portátil de Cara y puso el cursor sobre el nombre de la impresora de la familia Ward, que alguien había cambiado por el de Freddie Prints Jr. Entró en «Propiedades de la impresora» y de ahí fue a la pestaña de opciones avanzadas.

Pip había memorizado los pasos que tenía que seguir de una de esas páginas web de instrucciones con dibujos ilustrativos. Comprobó la cajetilla al lado de «Guardar documentos impresos», hizo doble clic y dio por finalizada su tarea. Cerró el panel y volvió a la pantalla donde estaban los deberes de Cara.

—Gracias —le dijo devolviéndole el portátil, segura de que el latido de su corazón se oía por toda la habitación como si llevara un altavoz cosido al pecho.

—De nada, monada.

Ahora el portátil de Cara guardaría copia de todo lo que saliera a través de la impresora a la que estaba conectado. Si Pip recibía otro mensaje, podría saber seguro si Naomi había tenido algo que ver o no.

La puerta de la cocina se abrió con el estruendo de una explosión en la Casa Blanca y los gritos de los agentes federales: «¡Fuera de aquí!», «¡Pónganse a salvo!». Naomi había entrado.

—Dios mío, Nao —dijo Cara—, estamos haciendo los deberes, pon eso más bajo.

—Perdonad —susurró, como si así compensara el volumen de la tele—. Venía a coger algo para beber. ¿Todo bien, Pip?

Naomi la miró con expresión sorprendida y solo entonces Pippa se dio cuenta de que se había quedado mirando fijamente a la hermana de su amiga.

—Ah... Sí. Es que me has asustado —dijo con una sonrisa que igual se pasaba un poquito de amplia, ya que empezaban a dolerle las mejillas.

Registro de producción. Entrada n.º13
Transcripción de la segunda entrevista con Emma Hutton

Pip: Gracias por acceder a hablar conmigo otra vez. Va a ser una continuación muy corta, lo prometo.

Emma: Sí, tranquila, no pasa nada.

Pip: Gracias. Bueno, pues antes que nada te cuento que he estado reuniendo información sobre Andie y he oído ciertos rumores que quería cotejar contigo. Me dicen que existe la posibilidad de que ella estuviera viendo a otra persona mientras salía con Sal. Un hombre mayor que ella, creo. ¿Te suena algo de esto?

Emma: ¿Quién te lo ha contado?

Pip: Disculpa, pero me pidieron que no revelara su identidad.

Emma: ¿Fue Chloe Burch?

Pip: De verdad que lo siento, pero no puedo responderte.

Emma: Tuvo que ser ella. Somos las únicas que lo sabemos.

Pip: Entonces ¿es cierto? ¿Andie estaba viendo a un hombre mayor durante su relación con Sal?

Emma: Bueno, sí, eso es lo que ella decía; nunca nos dio su nombre ni ningún otro dato.

Pip: ¿Tienes alguna idea de cuánto tiempo estuvieron juntos?

Emma: Pues desde poco antes de que ella desapareciera. Creo que empezó a hablar de él en marzo. Pero no estoy muy segura.

Pip: ¿Y tú no tenías ni idea de quién era?

Emma: No, le gustaba fastidiarnos con sus secretos.

Pip: Y ¿no pensaste que era relevante contárselo a la policía?

Emma: No. Porque, la verdad, esos fueron los únicos detalles que supimos. Y no sé si Andie se lo inventaría para hacerse la interesante.

Pip: Y después de que pasara todo lo de Sal, ¿tampoco pensaste en contarle a la policía que ese podría ser un posible motivo?

Emma: No, porque, como te digo, no estaba segura de que fuese verdad. Y Andie no era estúpida; no le habría hablado de él a Sal.

Pip: Pero ¿y si Sal se hubiera enterado de todos modos?

Emma: Puf, no creo. Andie era una profesional de guardar secretos.

Pip: Vale, aquí va mi última pregunta, ¿tú sabes si Andie había discutido con Naomi Ward o si se llevaban mal?

Emma: ¿Naomi Ward, la amiga de Sal?

Pip: Sí.

Emma: No, que yo sepa.

Pip: ¿Andie nunca habló de ningún mal rollo con Naomi ni dijo nada negativo de ella?

Emma: No. De hecho, ahora que lo mencionas, ella sí que odiaba a un Ward, pero no era Naomi.

Pip: ¿Qué quieres decir?

Emma: ¿Conoces al señor Ward, el profesor de Historia? No sé si todavía está en el Instituto Kilton. Pero sí, a Andie le caía mal. Recuerdo que se refería a él como un gilipollas y cosas peores.

Pip: ¿Por qué? ¿Cuándo?

Emma: Ah, pues no sabría decirte exactamente, pero creo que durante las vacaciones de Semana Santa, más o menos. O sea, no mucho antes de que pasara todo.

Pip: Pero Andie no tenía la asignatura de Historia, ¿no?

Emma: No, debió de ser por algo como que él le dijo que no podía llevar la falda tan corta en el instituto. A ella le desquiciaban ese tipo de comentarios.

Pip: Vale, eso es todo lo que necesito saber. Gracias de nuevo por tu ayuda, Emma.

Emma: De nada. Adiós.

NO. De ninguna manera.

Primero Naomi, a la que aún no puedo mirar a los ojos, y ¿ahora Elliot? ¿Por qué las preguntas sobre Andie Bell obtienen respuestas sobre gente cercana a mí?

Vale, que Andie insultara a un profesor delante de sus amigos en los días previos a su muerte parece una completa coincidencia. Sí. Podría no tener nada que ver.

Pero –y este es un pero muy grande– Elliot me dijo que apenas conocía a Andie ni tuvo nada que ver con ella en los últimos dos años de su vida. Entonces ¿por qué ella le llamaba gilipollas si no tenían relación? ¿Está mintiendo Elliot?, y, de ser así, ¿por qué razón?

Sería una hipócrita si no me pusiera a especular como una loca, como he hecho anteriormente, solo por el cariño que le tengo a Elliot. Así que, aunque me duele plantearlo: ¿podría esta inocente pista indicar que Elliot Ward era el hombre mayor al que estaba viendo en secreto? Lo primero que pensé es que este amante secreto sería alguien entre veintitantos y treinta. Pero quizá me equivocaba; a lo mejor era alguien mucho mayor. Le hice la última tarta de cumpleaños, así que sé que tiene cuarenta y siete, por lo tanto, tenía cuarenta y dos el año de la desaparición de Andie.

Ella les dijo a sus amigas que podría «arruinar» a ese hombre. Pensé que eso significaba que el tipo —quienquiera que fuese— estaba casado. Elliot no lo estaba; su mujer había muerto hacía un par de años. Pero era profesor en su instituto, eso le confería una posición de responsabilidad. Si hubiera alguna relación inapropiada, Elliot podría ir a la cárcel. Eso, desde luego, podría ser considerado como «arruinar» a alguien.

¿Es Elliot el tipo de persona que mantendría una relación con una alumna? No, no lo es. ¿Y es el tipo de hombre del que una rubia guapa de diecisiete años se encapricharía? No lo creo. A ver, no es horrible y tiene ese rollo profesor canoso, pero... no, no creo. No lo veo.

No me puedo creer que esté realmente pensando todo esto. ¿Quién será la próxima persona en mi lista de sospechosos? ¿Cara? ¿Ravi? ¿Victor? ¿Yo misma?

Creo que lo que debería hacer es ser valiente y hablar con Elliot para poder aclarar algunas cosas. Porque si no, voy a acabar desconfiando de todo el mundo que pueda haber hablado con Andie en algún momento de su vida. Y la paranoia no va conmigo.

Pero ¿cómo le preguntas casualmente a un hombre mayor al que conoces desde que tenías seis años por qué te mintió sobre una chica asesinada?

LISTA DE SOSPECHOSOS
Jason Bell
Naomi Ward
Tipo mayor secreto
Elliot Ward

Trece

La mano con la que escribía debía de tener su propia mente, un circuito independiente del de la cabeza.

El señor Ward estaba diciendo «... Pero a Lenin no le gustó la política de Stalin con Georgia tras la invasión de la Armada Rusa en 1921», y los dedos de Pip se movían en armonía, copiándolo todo con fechas subrayadas incluidas. Pero no estaba escuchando.

Dentro de ella estaba teniendo lugar una guerra, los dos lados de su cerebro luchaban entre sí. ¿Debería pedirle explicaciones a Elliot sobre los comentarios de Andie, o eso podía constituir un riesgo para la investigación? ¿Era de mala educación hacer preguntas incisivas acerca de estudiantes asesinadas, o era una *pippada* totalmente perdonable?

El timbre sonó, era la hora de la comida, y la voz de Elliot se alzó por encima del ruido de arrastrar sillas y abrir y cerrar cremalleras de mochilas: «Lean el capítulo tres antes de la próxima clase. Y si quieren estar realmente preparados, pueden invadir y conquistar el capítulo cuatro también». A continuación, se rio de su propia broma.

—¿Vienes, Pip? —preguntó Connor, ya de pie, colgándose la mochila a la espalda.

—Sí, os alcanzo ahora —dijo—. Tengo que preguntarle una cosa al señor Ward.

—Tienes que preguntarle una cosa al señor Ward, ¿eh?

—Elliot la había oído—. Eso suena peligroso. Espero que no hayas empezado ya a pensar en los deberes.

—No, bueno, sí; de hecho, sí que he empezado —dijo Pip—, pero no es eso de lo que quiero hablarle.

Esperó hasta que solo quedaron ellos dos en la clase.

—Bueno, cuéntame. —Elliot le echó un vistazo a su reloj—. Tienes diez minutos antes de que empiece a ponerme nervioso por la cola de la comida, hoy hay panini.

—Sí, lo siento —dijo Pip intentando echar mano de su última reserva de valor, pero esta se había evaporado—. Pueees...

—¿Va todo bien? —preguntó Elliot sentándose en su silla, cruzando brazos y piernas—. ¿Estás preocupada por las solicitudes de la universidad? Podemos repasar tus cartas de presentación si...

—No, si no es eso. —Pip tomó aliento y lo soltó—. Cuando... Cuando te entrevisté me dijiste que no habías tenido nada que ver con Andie en los últimos dos años de instituto.

—Sí, así es —dijo parpadeando—, ella no eligió Historia.

—Sí, pero... —De pronto el valor acudió a ella en oleadas y las palabras le salieron solas—: Una de las amigas de Andie me dijo que, en las semanas previas a su desaparición, ella se refería a ti como, perdona por el lenguaje, un gilipollas y otras lindezas por el estilo.

Pip sabía que no era necesario hacer la pregunta obvia, «¿por qué?», ya que era evidente en lo que acababa de decir.

—Ah —dijo Elliot apartándose el pelo de la cara. La miró y suspiró—. Bueno, esperaba que todo esto no saliera a la luz. No veo qué bien puede hacer sacarlo ahora a colación. Pero veo que estás siendo muy concienzuda con tu proyecto.

Pip asintió y su silencio demandaba una respuesta.

Elliot se removió incómodo.

—Esto no me resulta nada fácil, hablar mal de una estudiante que ha muerto. —Miró hacia la puerta abierta de la clase y se apresuró a cerrarla—. Bueno, no tuve mucha relación con Andie en el instituto, pero sabía de ella, claro, soy el padre de Naomi. Y... y fue por eso, por ser el padre de Naomi, por lo que supe algunas cosas de Andie Bell.

—Te escucho.

—No creo que haya una forma más amable de decirlo: era una acosadora. Estaba haciéndole *bullying* a otra chica de su curso. Ahora mismo no recuerdo su nombre, pero creo que era un apellido portugués. Hubo un incidente, Andie subió un vídeo a internet.

Pip se sorprendió y a la vez no. Otro camino se abría en el enredo que había sido la vida de Andie Bell. Como si fuera un palimpsesto, la verdadera identidad de Andie solo llegaba a entreverse entre todas las capas de tachones y reescrituras sucesivas.

—Sabía bien que Andie podría tener problemas tanto con el instituto como con la policía por haber hecho eso —siguió Elliot—, y pensé que sería una pena porque estábamos en la primera semana después de las vacaciones de Semana Santa y los exámenes estaban al caer. Unos exámenes que determinarían su futuro —suspiró—. Lo que debía haber hecho al enterarme del asunto era avisar al jefe de estudios y contarle lo ocurrido. Pero el instituto tiene una política de tolerancia cero en temas de acoso y ciberacoso y sabía que expulsarían a Andie sin pensárselo. Nada de exámenes, nada de universidad y, bueno, no fui capaz de hacerle eso. Aunque fuera una acosadora, yo no podía tener la conciencia tranquila sabiendo que había contribuido a arruinar el futuro de una estudiante.

—Entonces ¿qué fue lo que hiciste? —preguntó Pip.

—Pues busqué el número de teléfono de su padre y lo llamé el primer día de clases después de la vuelta de vacaciones.

—O sea, el lunes de la semana en la que Andie desapareció.

Elliot asintió.

—Sí, supongo que fue ese. Llamé a Jason Bell y le conté todo lo que sabía y le dije que debía tener una charla muy seria con su hija sobre el acoso y sus consecuencias. Y le sugerí que le restringiera el acceso a internet. Le dije que confiaba en él para resolver esto, porque, si no, mi única opción era informar al instituto y que expulsaran a Andie.

—Y ¿qué dijo él?

—Bueno, estaba muy agradecido de que le estuviera dando a su hija una segunda oportunidad que probablemente no se merecía. Y me prometió que se encargaría del asunto y tendría una conversación con ella. Imagino que cuando el señor Bell habló con Andie le contó que yo había sido el que lo había informado de todo. Así que, si esa semana Andie se dedicó a decir esas cosas tan amables sobre mi persona, no puedo decir que me sorprenda. Como mucho me decepciona.

Pip exhaló un profundo suspiro de alivio.

—¿Y eso? —preguntó Elliot perplejo.

—Me alegra mucho que tus razones para haberme ocultado información no fueran mucho peores.

—Creo que has leído demasiadas novelas de misterio, Pip. ¿Por qué no te pasas a las biografías históricas? —sonrió él con amabilidad.

—Pueden ser tan truculentas como la ficción —dijo ella, luego hizo una pausa—. No le has contado esto a nadie más, ¿verdad? Lo del acoso de Andie a esa chica.

—Claro que no. Me pareció innecesario después de todo lo que ocurrió. Y desconsiderado. —Se rascó la barbilla—. Intento no pensar en ello porque me pierdo un poco en teorías del efecto mariposa. ¿Qué habría pasado si yo hubiera dado parte a la jefatura de estudios y hubieran expulsado a

Andie esa semana? ¿Habría cambiado el curso de las cosas? ¿No habrían tenido lugar las circunstancias que dieron lugar a que Sal la asesinara? ¿Aún estarían vivos los dos?

—Eso es un bucle en el que no debes entrar —dijo Pip—. Y ¿no te acuerdas en absoluto de quién era la chica a la que Andie acosaba?

—No, lo siento —dijo—. Seguro que Naomi sí, puedes preguntarle. Aunque no estoy muy seguro de que esto tenga que ver con el papel de los medios en la investigación criminal. —Elliot la miró con un ligero matiz de regaño.

—Bueno, aún estoy a tiempo de decidir el título final —sonrió ella.

—Sí, vale, pero ten cuidado y no acabes cayendo tú en un bucle —le dijo señalándola con el dedo—. Me voy corriendo porque estoy desesperado por un panini de atún. —Le sonrió y salió a toda prisa por el pasillo.

Pip se sintió ligera ahora que el peso de la duda había desaparecido, igual que acababa de hacer Elliot. Y en vez de unas hipótesis erróneas que la llevarían por el mal camino, ahora tenía una pista real que seguir. Y un nombre menos en su lista. Había sido un buen intercambio.

Pero la pista la llevaba otra vez a Naomi. Y Pip tendría que mirarla a los ojos como si no pensara que podían estar ocultando algo oscuro.

Registro de producción. Entrada n.º 15
Transcripción de la segunda entrevista con Naomi Ward

Pip: Vale, grabando. A ver, tu padre me contó que había averiguado que Andie estaba haciéndole *bullying* a una chica de vuestra clase. Ciberacoso. Me dijo algo de un vídeo que subió a internet. ¿Sabes algo de esto?

Naomi: Sí, como te dije en la otra entrevista, Andie era muy problemática.

Pip: ¿Me puedes contar lo que sepas de este tema?

Naomi: Pues había una chica en nuestra clase que se llamaba Natalie da Silva y que también era rubia y guapa. De hecho, se parecían un poco. Y supongo que Andie se sentía amenazada por ella, porque desde principios de nuestro último curso empezó a hacer circular rumores sobre ella y a buscar formas de humillarla.

Pip: Si Sal y Andie no empezaron a salir juntos hasta diciembre de aquel año, ¿cómo sabías tú todo esto?

Naomi: Porque yo era amiga de Nat. Estábamos juntas en clase de Biología.

Pip: Ah. Y ¿qué tipo de rumores se inventó Andie?

Naomi: Pues la clase de historias asquerosas que solo se le ocurren a una adolescente. Cosas como que en su familia cometían incesto, que Nat miraba a la gente cambiarse en el vestuario mientras se tocaba... Ese tipo de rumores.

Pip: ¿Y tú crees que Andie hizo esto porque Nat era guapa y ella se sentía amenazada por eso?

Naomi: Sí, creo que ella razonaba así. Andie quería ser la chica por la que suspirasen todos sus compañeros de clase. Nat era la competencia, así que tenía que quitarla de en medio.

Pip: Y ¿en aquel momento tú te enteraste de lo del vídeo?

Naomi: Sí, estaba en todas las redes sociales. Creo que no lo quitaron hasta un par de días después, cuando alguien lo denunció por contenido inapropiado.

Pip: ¿Cuándo fue eso?

Naomi: Durante las vacaciones de Semana Santa. Por suerte, no ocurrió durante el curso escolar; habría sido todavía peor para Nat.

Pip: Vale, y ¿de qué iba?

Naomi: Por lo que yo sé, Andie había salido a dar una vuelta con unos amigos del instituto; por supuesto, estaban también sus dos secuaces.

Pip: ¿Chloe Burch y Emma Hutton?

Naomi: Sí, y más gente. Ni Sal ni ninguno de nosotros. Y estaba también un chico, Chris Parks, que todo el mundo sabía que a Nat le gustaba. No sé bien cómo fue, pero Andie le cogió el teléfono o le dijo a él que se lo diese, y le estuvieron mandando mensajes a Nat, en plan tonteo. Y ella respondió, claro, porque le gustaba Chris y pensaba que era él. Y entonces Andie barra Chris le pidió a Nat que le mandase un vídeo en topless en el que se le viera la cara para estar seguro de que era ella.

Pip: ¿Y Nat lo hizo?

Naomi: Sí, un poco ingenua, pero pensaba que estaba hablando solo con Chris. Lo próximo que supimos fue que habían subido el vídeo a internet y Andie y montones de personas más lo compartieron en sus perfiles. Los comentarios fueron asquerosos. Y casi todo el mundo de la clase lo vio antes de que fuera eliminado. Nat estaba desolada. Incluso faltó los dos primeros días de clase a la vuelta de vacaciones porque le daba demasiada vergüenza salir.

Pip: ¿Sal sabía lo que había hecho Andie?

Naomi: Se lo conté yo. No le pareció bien, obviamente, pero lo único que dijo fue: «Esto son movidas de Andie. Yo no quiero tener nada que ver». Sal era demasiado relajado para ciertos temas.

Pip: ¿Pasó algo más entre Nat y Andie?

Naomi: Sí; de hecho, sí pasó algo más. Algo que creo que es igual de malo, pero que casi nadie supo. Igual yo fui la única a la que Nat se lo contó porque estaba llorando en clase de Biología justo después de que le pasara eso.

Pip: ¿El qué?

Naomi: Pues en ese semestre en el instituto estaban montando una obra de teatro. Creo que era *El crisol*, y en las pruebas Nat consiguió el papel protagonista.

Pip: ¿Abigail?

Naomi: Puede ser, no lo sé. Y parece ser que Andie también había hecho la prueba para ese papel, así que estaba muy cabreada. Entonces, cuando se anunció el reparto, Andie acorraló a Nat en una esquina y le dijo...

Pip: ¿Sí?

Naomi: Espera, es que se me había olvidado contarte una cosa que es importante para el contexto. El hermano de Nat, Daniel, que tenía unos cinco años más que nosotras, había trabajado en el instituto como vigilante cuando nosotras teníamos unos quince o dieciséis años. Solo una temporada, mientras buscaba otro trabajo.

Pip: Vale, ¿y?

Naomi: Vale, pues Andie acorraló a Nat y le dijo que cuando su hermano aún estaba trabajando en el instituto, se había acostado con ella, aunque solo tuviera quince años en aquel momento. Y también le dijo que o dejaba la obra o iría a la policía y les contaría que su hermano se había acostado con una menor. Así que Nat la dejó porque tenía miedo de que Andie cumpliera su amenaza.

Pip: ¿Era verdad? ¿Andie se había acostado con el hermano de Nat?

135

Naomi: No lo sé. Nat tampoco lo sabía con seguridad, por eso dejó la obra. Pero no creo que se lo llegase a preguntar nunca a su hermano.

Pip: ¿Sabes dónde vive ahora Nat? ¿Crees que podría hablar con ella?

Naomi: No tengo contacto con ella, pero sé que volvió y vive con sus padres. Aunque he oído algunas cosas.

Pip: ¿Qué cosas?

Naomi: Pues... creo que en la uni se metió en una pelea o algo así. La arrestaron y la acusaron de agresión con lesiones y creo que pasó un tiempo en la cárcel.

Pip: Ay, Dios.

Naomi: Ya.

Pip: ¿Me puedes dar su número?

Catorce

—¿Te has puesto así de elegante para venir a verme, Sargentita? —dijo Ravi, apoyado contra el marco de la puerta de su casa, con una camisa de franela de cuadros y unos vaqueros.

—No, es que vengo del insti —dijo Pip—. Y necesito tu ayuda. Venga, cálzate —le dijo, y dio un par de palmadas para apresurarlo—, te vienes conmigo.

—¿Vamos a una misión? —preguntó él dando un par de pasos hacia atrás para ponerse unas deportivas naranja que estaban tiradas en el pasillo—. ¿Me llevo las gafas de visión nocturna y las estrellas arrojadizas ninja?

—Esta vez no —sonrió Pip echando a andar por el camino del jardín con Ravi siguiéndola a pocos pasos tras haber cerrado la puerta de casa.

—¿Adónde vamos?

—A una casa en la que se criaron dos potenciales sospechosos de haber asesinado a Andie —dijo Pip—, uno de ellos recién salido de prisión por haber sido acusado de cometer «agresión con lesiones» —añadió, y entrecomilló esas palabras con los dedos—. Vienes en calidad de refuerzo, ya que vamos a hablar con dos sospechosos potencialmente violentos.

—¿Refuerzo? —preguntó él, a la vez que la alcanzaba.

—Ya sabes —explicó ella—, para que haya alguien que oiga mis gritos de ayuda si la necesito.

—Espera, Pip. —Él la cogió por el brazo y la obligó a de-

137

tenerse—. No quiero que hagas algo que te pueda poner en peligro. Sal tampoco habría querido.

—Anda ya —dijo ella encogiéndose de hombros—, nada se interpone entre mis deberes y yo, ni siquiera un pequeño peligro. Solo voy a hacerle unas pocas preguntas, y estaré muy calmada y seré muy educada con ella...

—Ah, ¿es una chica? —preguntó Ravi—, entonces de acuerdo.

Pip movió su mochila para darle con ella al chico en el brazo.

—Pero ¿qué te piensas? —le dijo—. Las mujeres pueden ser tan peligrosas como los hombres.

—Au, ya te digo —protestó él frotándose el brazo—. ¿Qué llevas ahí dentro? ¿Ladrillos?

Cuando Ravi dejó de reírse del pequeño escarabajo que conducía Pip, se puso el cinturón de seguridad y ella introdujo la dirección en el móvil. Puso en marcha el coche y le contó a Ravi todo lo que había averiguado desde la última vez que se habían visto. Todo excepto lo del extraño del bosque y la nota en su saco de dormir. Esa investigación era muy importante para él y, aun así, Pip sabía que le diría que lo dejase si supiera que ella corría peligro. Así que, sencillamente, no se lo contaría.

—Menudo elemento parece esa Andie —dijo él cuando Pip acabó su relato—. Y aun así a todo el mundo le resultó facilísimo creer que el monstruo era Sal. Vaya, qué profundo me ha quedado. —Ravi se volvió hacia ella—. Puedes citarme en tu trabajo, si quieres.

—Faltaría más, con notas a pie de página y todo —contestó ella.

—Ravi Singh —dijo él fingiendo escribir las palabras en

el aire—, pensamientos profundos de primera mano, escarabajito de Pip, 2017.

—Hoy en el insti nos hemos tenido que tragar una hora de explicaciones sobre las citas en los PC —contó Pip con los ojos fijos en la carretera—, como si no supiera ya cómo hacerlo. Nací sabiendo citar cualquier trabajo académico.

—Ese es un superpoder interesantísimo, deberías llamar a la Marvel.

La voz mecánica y ultrapija del GPS de Pip los interrumpió para decirles que, en 450 metros, llegarían a su destino.

—Debe de ser esta —dijo Pip—. Naomi me comentó que era la casa de la puerta azul —añadió mientras aparcaba junto al bordillo—. Ayer llamé dos veces a Natalie. La primera vez me colgó en cuanto dije las palabras «proyecto escolar». La segunda vez no me lo cogió, directamente. Esperemos que nos abra la puerta. ¿Vienes?

—No estoy seguro —dijo señalándose la cara—. Ya sabes, por ser «el hermano del asesino». Igual consigues más información si yo no estoy.

—Ah.

—¿Qué tal si me quedo en ese camino de ahí? —propuso él señalando las losas de cemento que delimitaban el jardín delantero de la casa, en el punto en el que torcían hacia la izquierda para dirigirse a la puerta de entrada—. No me verá, pero estaré al lado y listo para entrar en acción.

Salieron del coche y Ravi cogió la mochila de Pip, dejando escapar gruñidos exagerados al levantarla.

Cuando él se ubicó en el puesto que habían acordado, ella le hizo una señal de confirmación y a continuación se dirigió a la puerta. Pulsó el timbre con dos secos golpes sucesivos y jugueteó nerviosa con el cuello de su americana; una figura oscura apareció recortada en sombras a través del cristal esmerilado.

La puerta se abrió con lentitud y una cara apareció por la rendija.

Una mujer joven de pelo muy corto de un rubio casi blanco y con los ojos pintados como un mapache. La cara se parecía demasiado a la de Andie: el mismo tipo de ojos azules grandes y labios pálidos y jugosos.

—Hola —dijo Pip—, ¿eres Nat da Silva?

—Sí... —respondió ella dubitativa.

—Me llamo Pip —musitó—, soy la que te llamó ayer por teléfono. Soy amiga de Naomi Ward; la conociste en el instituto, ¿no?

—Sí, Naomi era amiga mía. ¿Por qué? ¿Está bien? —Nat parecía preocupada.

—Sí, sí, está bien —sonrió Pip—. Volvió a casa de sus padres, ahora vive con ellos.

—No lo sabía. —Nat abrió un poco más la puerta—. Sí, debería llamarla algún día. Y...

—Perdona —se excusó Pip. Miró a Natalie de arriba abajo y reparó en el brazalete electrónico que tenía alrededor del tobillo—. Pues, como te dije cuando te llamé, estoy haciendo un proyecto escolar y me preguntaba si podrías responderme a algunas preguntas. —Volvió la vista a la cara de Nat a toda velocidad.

—¿Sobre qué? —La chica escondió el pie del brazalete detrás de la puerta.

—Eh... Sobre Andie Bell.

—No, gracias. —Nat se echó hacia atrás e intentó cerrar la puerta, pero Pip dio un paso hacia delante y la bloqueó con el pie.

—Por favor. Sé que te hizo cosas horribles —dijo—. Entiendo que no quieras, pero...

—Esa zorra me arruinó la vida —escupió Nat—, no voy a malgastar un segundo de mi tiempo hablando de ella. ¡Lárgate!

Justo en ese momento fue cuando oyeron el sonido de una suela de goma resbalar en el cemento y un «mierda» susurrado.

Nat echó un vistazo y los ojos se le agrandaron.

—Tú —dijo en voz baja—, tú eres el hermano de Sal. No era una pregunta.

Pip se volvió y vio a Ravi detrás de ella, de pie con aspecto tímido al lado de la losa suelta que debía de haberlo delatado.

—Hola —saludó con una inclinación de cabeza y un gesto con la mano—, soy Ravi.

Se acercó y se quedó al lado de Pip; cuando lo hizo, Nat dejó de agarrar la puerta y permitió que se abriera del todo.

—Sal siempre se portó bien conmigo —dijo—, incluso cuando no tenía por qué. La última vez que hablé con él, se ofreció a ayudarme en la asignatura de Política durante las horas de comer porque me estaba costando un poco. Siento que ya no esté contigo.

—Gracias —contestó Ravi.

—Debe de ser muy duro para ti —siguió Nat con la mirada aún perdida—, la forma en la que esta ciudad adora a Andie Bell. La santa de Kilton, su adorada niñita. Y ese banco con la dedicatoria: «Se fue demasiado pronto». No lo suficientemente pronto, diría yo.

—No era una santa —dijo Pip con una amabilidad destinada a conseguir que Nat saliera de detrás de la puerta.

Pero Nat no la estaba mirando a ella, solo tenía ojos para Ravi.

Él dio un paso en su dirección.

—¿Te acosó?

—Vaya si me acosó —rio Nat con amargura—, y sigue arruinándome la vida, incluso desde la tumba. Os habréis fijado en mi aparato. —La chica se señaló el brazalete del tobillo—. Me pusieron esto porque le pegué un puñetazo a

141

una de mis compañeras de habitación en la universidad. Estábamos eligiendo dormitorios y una chica empezó a hacer el mamón justo como lo hacía Andie, y perdí la cabeza.

—Sabemos lo del vídeo que subió a internet —intervino Pip—. Tendrían que haberla denunciado; en aquel momento tú aún eras menor de edad.

Nat se encogió de hombros.

—Al menos recibió un castigo en cierta manera aquella semana. La divina providencia. Gracias a Sal.

—¿Querías que se muriese, después de lo que te hizo? —preguntó Ravi.

—Por supuesto —respondió Nat sombría—. Por supuesto que quería que desapareciese. Falté dos días a clases por lo mal que lo pasé. Y cuando volví el miércoles, todo el mundo me miraba y se reía de mí. Estaba llorando en el pasillo y Andie se me acercó y me llamó zorra. Estaba tan enfadada que le dejé una amable notita en su taquilla. Estaba demasiado asustada para decirle nada a la cara.

Pip echó una rápida mirada a Ravi y al ver su mandíbula tensa y sus cejas fruncidas, supo que había pensado lo mismo.

—¿Una nota? —preguntó él—. ¿Era una... era una amenaza?

—Pues claro que era una amenaza —rio Nat—: «Zorra asquerosa, te voy a matar», algo así. Pero parece que Sal llegó primero.

—A lo mejor no fue él —apuntó Pip.

Nat se volvió para mirarla. Luego estalló en una risa alta y forzada, de la que una gota de saliva aterrizó en la mejilla de Pip.

—Esta sí que es buena —dijo en voz alta—. ¿Estás preguntándome si yo maté a Andie Bell? Tenía motivos, cierto, ¿eso es lo que estás pensando? ¿Quieres que te cuente mi puta coartada? —rio con crueldad.

Pip no dijo nada. Se le estaba llenando la boca de saliva y a pesar de lo incómodo que resultaba no la tragó. No quería moverse ni un milímetro. Sintió que Ravi le rozaba el hombro cuando movió su mano para acercarla a la de ella.

Nat se inclinó hacia ambos.

—Me quedé sin amigos por culpa de Andie Bell. No tenía ningún sitio donde estar aquel viernes por la noche. Estaba en casa jugando al Scrabble con mis padres y mi cuñada, y en camita a las once. Siento decepcionarte.

Pip no tuvo tiempo de tragar saliva.

—¿Y dónde estaba tu hermano si su mujer estaba en casa contigo?

—Él también es sospechoso, ¿no? —La voz se le oscureció con un gruñido—. Parece que Naomi ha estado largando. Aquella noche él estaba en el pub tomando algo con sus colegas polis.

—¿Polis? —preguntó Ravi—. ¿Es un agente de policía?

—Acabó la academia ese año. Así que no, no hay asesinos en esta casa, me temo. Ahora idos a la mierda, y decidle a Naomi que os acompañe.

Nat se apartó y les cerró la puerta en las narices.

Pip se quedó mirando cómo la puerta vibraba en el marco, con los ojos tan fijos que por un momento le pareció que incluso las partículas de aire se movían con el portazo. Negó con la cabeza y miró a Ravi.

—Vámonos —le dijo él con amabilidad.

Ya en el coche, Pip se permitió respirar despacio durante unos segundos, para intentar traducir el lío de sus pensamientos en palabras.

Ravi se le adelantó.

—¿Hice mal por meterme en el interrogatorio? Oí que levantaba la voz y...

—No. —Pip lo miró y no pudo evitar sonreír—. Es una suerte que lo hicieras. Solo habló porque estabas tú.

Él se enderezó un poco en el asiento, con el pelo rozando el techo del coche.

—Así que la amenaza de muerte de la que te había hablado el periodista aquel... —comenzó él.

—... era de Nat —completó ella encendiendo el motor.

Separó el coche del bordillo y condujo unos cuantos metros por la calle, hasta perder de vista la casa de Nat da Silva, y entonces se paró otra vez y cogió el móvil.

—¿Qué estás haciendo?

—Nat dijo que su hermano es agente de policía —Entró a la aplicación del buscador y empezó a teclear—. Vamos a buscarlo.

Fue el primer resultado cuando buscó: «Daniel da Silva Policía de Thames Valley». Una página en la web nacional de la policía que decía que el agente de policía Daniel da Silva pertenecía al grupo policial de Little Kilton. Un rápido vistazo a su perfil de LinkedIn confirmó dicha pertenencia desde finales de 2011.

—Ah, si lo conozco... —dijo Ravi, inclinándose sobre su hombro y señalando con el dedo la foto de Daniel.

—¿Sí?

—Sí. Cuando empecé a hacer preguntas sobre Sal, él fue el agente que me dijo que lo dejara, que mi hermano era culpable sin ningún tipo de duda. No le caigo nada bien. —La mano de Ravi subió hasta su cogote y se perdió entre el negro pelo—. El verano pasado estaba sentado en las mesas de la terraza de una cafetería. Este tío —señaló la foto de Daniel— me hizo marcharme porque dijo que estaba «merodeando». Qué curioso que no pensara que el resto de la gente allí sentada estuviera merodeando, solo el chico de piel marrón cuyo hermano era un asesino.

—Qué gilipollas despreciable —dijo ella—. Y ¿pasó de todas tus preguntas sobre Sal?

Ravi asintió.

—Se unió al cuerpo de policía justo antes de que Andie desapareciera. —Pip miró la foto de Daniel en el móvil—. Ravi, si es verdad que alguien le tendió una trampa a Sal e hizo que su muerte pareciera un suicidio, ¿no sería más fácil para una persona que conociese los procedimientos policiales?

—Efectivamente, Sargentita —respondió él—. Y además está el rumor de que Andie se acostó con él cuando tenía quince años, que es lo que usó para chantajear a Naomi y que dejara la obra de teatro.

—Sí, ¿y si hubieran retomado su relación después, cuando Daniel ya estaba casado y Andie en el último curso? Él podría ser el tipo mayor secreto.

—Y ¿qué hay de Nat? —preguntó él—. Yo casi que quiero creerla cuando dice que estaba en casa con sus padres esa noche porque se había quedado sin amigos. Pero... también ha demostrado ser una persona violenta. —Ravi hace un gesto de balanza con las manos, como si sopesara algo—. Y tiene un buen motivo. ¿Serán un equipo de hermanos asesinos?

—O un equipo de Nat y Naomi —gimió Pip.

—Pareció muy enfadada al saber que ella había hablado contigo —concordó Ravi—. ¿Cuál es el máximo de palabras para este PC, Pip?

—No el suficiente, Ravi. Ni de lejos.

—¿Deberíamos ir a por un helado y darles un descanso a nuestros cerebros? —Se volvió hacia ella con aquella sonrisa suya.

—Sí, probablemente.

—Siempre y cuando seas el tipo de chica a la que le gustan los de galleta. Dicho por Ravi Singh —dijo teatralmente a un invisible micrófono—, una tesis sobre el mejor sabor de helado, coche de Pip, septiemb...

—Cállate.

—Vale.

Registro de Producción. Entrada n.º 17

No encuentro nada sobre Daniel da Silva. Nada que me lleve a otras pistas. En su perfil de Facebook no hay nada útil ni reseñable, más allá de que se casó en septiembre de 2011.

Pero si él fuera el tipo mayor secreto, Andie le podría haber arruinado de dos formas diferentes: le podía haber contado a su esposa que él la estaba engañando y así destruir su matrimonio, o podía haber presentado una denuncia a la policía por el caso de abuso de menores de dos años atrás. Ambas circunstancias son solo un rumor ahora mismo, pero, de ser ciertas, desde luego darían a Daniel un buen motivo para quererla muerta. Andie pudo haberlo chantajeado; desde luego, le pega bastante.

Tampoco encuentro nada sobre su vida profesional más allá de un artículo escrito por Stanley Forbes hace tres años sobre un accidente de coche en Hogg Hill sobre el que Daniel informó.

Pero si Daniel es nuestro asesino, se me ocurre que pudo haber manipulado la investigación desde su puesto de agente de la policía. Pudo haber actuado desde dentro. Quizá cuando se produjo el registro del domicilio de los Bell, él pudo haber robado u ocultado alguna prueba que lo incriminase a él. O incluso a su hermana.

También merece la pena mencionar la forma en la que reaccionó cuando Ravi le hizo las preguntas sobre Sal. ¿Lo acalló para protegerse?

He vuelto a consultar todos los artículos del periódico sobre la desaparición de Andie. He mirado las fotos de los registros policiales hasta que sentí que a mis ojos les salían unas piernas pequeñitas para poder salirse de sus cuencas y estrellarse contra la pantalla del portátil, como polillitas grotescas. No reconocí a Da Silva en ninguno de los agentes de la investigación.

Aunque hay una que es algo dudosa. Es del domingo por la mañana. Hay varios agentes policiales con el uniforme de alta visibilidad parados alrededor de la entrada de la casa de Andie. Uno de ellos avanza hacia la puerta de la entrada y está de espaldas a la cámara. El color y corte de su pelo coincide con el de Da Silva en las fotos de esa época que he visto en sus redes sociales.

Podría ser él.

Podría ser.

A la lista que va.

Registro de producción. Entrada n.º 18

¡Lo tengo!

No me puedo creer que realmente lo tenga.

La policía de Thames Valley ha respondido a mi petición de información. Su email:

Querida señorita Fitz-Amobi:

N.º DE REFERENCIA DE LA SOLICITUD DE INFORMACIÓN 3142/17

Le escribo en referencia a su solicitud de información fechada el 19/08/2017, recibida por el Departamento de Policía de Thames Valley respecto a la siguiente información:

Estoy haciendo un proyecto escolar sobre la investigación de la desaparición de Andrea Bell y me gustaría solicitar lo siguiente:

1. Una transcripción del interrogatorio realizado a Salil Singh el 21/04/2012.

2. Una transcripción de cualquier interrogatorio realizado a Jason Bell.

3. Informes de las pruebas halladas en los registros del domicilio de los Bell realizados el 21/04/2012 y el 22/04/2012.

Les agradecería sobremanera que pudieran ayudarme con alguna de estas peticiones.

Resultado

Las peticiones 2 y 3 han sido denegadas con motivo de la Sección 30 (1) (a) (investigaciones) y Sección 40 (2) (información personal) de la Ley de Libertad de Información. Este email sirve como notificación de denegación parcial en virtud de la Sección 17 de la Ley de Libertad de Información (2000).

La petición 1 ha sido concedida, pero el documento contiene ediciones concernientes a la Sección 30 (1) (a) (b) y a la Sección 40 (2).

Adjuntamos la transcripción.

Razones de esta decisión.

La Sección 40 (2) ofrece una excepción a la información concerniente a los datos personales de un individuo distinto al que realiza la petición y la revelación de dichos datos personales infringiría los principios del Acta de Protección de Datos de 1998 (APD).

La Sección 30 (1) ofrece una excepción al deber de revelar información que una autoridad pública detentó en algún momento respecto a ciertas investigaciones o procedimientos.

Si usted no está satisfecho con esta respuesta, tiene derecho a reclamar a la Comisión de Información. En documento adjunto se detallan sus derechos de reclamación.

Le saluda atentamente

Gregory Pannett

¡Tengo el interrogatorio de Sal! Todo lo demás me lo denegaron. Pero el simple hecho de denegarlo confirma que Jason Bell sí que fue interrogado durante la investigación, ¿será que la policía también sospechaba de él?

La transcripción adjunta:

Grabación del interrogatorio de Salil Singh
Fecha: 21/04/2012
Duración: 11 minutos
Localización: domicilio del interrogado
    Llevado a cabo por agentes del Departamento de Policía de Thames Valley.

Policía: Este interrogatorio está siendo grabado. Hoy es 21 de abril de 2012 y son las 15.55. Mi nombre es editado Sec. 40 (2) y estoy destinado en editado Sec. 40 (2) por la policía de Thames Valley. También se halla presente mi colega editado Sec. 40 (2). ¿Podría decir su nombre completo, por favor?

SS: Ah, sí, claro, Salil Singh.

Policía: Y ¿podría confirmarme su fecha de nacimiento?

SS: 14 de febrero de 1994.

Policía: Un bebé de San Valentín, ¿eh?

SS: Sí.

Policía: De acuerdo, Salil, vamos a empezar por aclarar algunos puntos introductorios. Para que lo entiendas y conste en acta, este es un interrogatorio voluntario y tú eres libre de dejarlo o pedirnos que lo dejemos en cualquier momento. Te estamos interrogando como testigo significativo en la investigación de la desaparición de Andrea Bell.

SS: Pero, perdón por interrumpir, ya les dije que yo no la vi después de clase, así que no fui testigo de nada.

Policía: Sí, disculpa, la terminología es un poco confusa. Un testigo significativo también puede ser alguien que tenía una relación importante con la víctima o, en este caso, posible víctima. Y por lo que sabemos, tú eres el novio de Andrea, ¿es así?

SS: Sí. Nadie la llama Andrea. Es Andie.

Policía: De acuerdo, disculpa. Y ¿cuánto tiempo llevabais juntos Andie y tú?

SS: Solo desde navidades. Unos cuatro meses. Disculpe, ¿ha dicho que Andie era una posible víctima? No lo entiendo.

Policía: No es más que el procedimiento estándar. Es una persona desaparecida, pero, dado que es menor y dicha desaparición no es usual en la persona, no podemos descartar por completo que Andie haya sido víctima de un crimen. Por supuesto, esperamos que no haya sido así. ¿Estás bien?

SS: Pues..., sí, un poco preocupado.

Policía: Es comprensible, Salil. Bien, la primera pregunta que me gustaría hacerte es cuándo fue la última vez que viste a Andie.

SS: En el instituto, como les dije. Estuvimos charlando en el aparcamiento por la tarde al salir de clase, y luego me fui andando a casa y ella también.

Policía: Y ¿en algún momento anterior a aquel viernes por la tarde Andie te había comunicado algún deseo o intención de escaparse de casa?

SS: No, nunca.

Policía: ¿Alguna vez te habló de que tuviera problemas en casa, con su familia?

SS: Bueno, claro que hablábamos de ese tipo de cosas. Pero nunca era nada grave, solo asuntos normales de adolescentes. Siempre pensé que Andie y editado Sec. 40 (2). Pero no había nada reciente que pudiera empujarla a escaparse de casa, si es eso lo que están preguntando. No.

Policía: ¿Se te ocurre alguna razón por la que Andie podría querer irse de casa y que no la encontraran?

SS: Pues... no, no se me ocurre ninguna.

Policía: ¿Cómo describirías tu relación con Andie?

SS: ¿A qué se refiere?

Policía: ¿Era una relación sexual?

SS: Pues... Algo así, sí.

Policía: ¿Algo así?

SS: Yo, bueno, nosotros no habíamos, ya sabe, llegado hasta el final.

Policía: ¿No habíais tenido sexo?

SS: No.

Policía: Y ¿dirías que vuestra relación era sana?

SS: No lo sé, ¿qué quiere decir?

Policía: ¿Discutíais a menudo?

SS: No, no discutíamos. Evito bastante la confrontación, por eso nos llevábamos bien.

Policía: Y ¿habíais discutido los días anteriores a la desaparición de Andie?

SS: Pues no, no habíamos discutido.

Policía: En declaraciones escritas de **editado Sec. 40 (2)** recogidas esta mañana, ambos afirman, por separado, que ese día os vieron discutir a ti y a Andie en el instituto. El jueves y el viernes. **editado Sec. 40 (2)** dice que nunca os había visto discutir de esa forma en toda vuestra relación. ¿Sabes algo de esto, Salil? ¿Es verdad?

SS: Bueno, a lo mejor un poco. Andie tendía a exaltarse mucho, a veces es difícil no entrar al trapo.

Policía: ¿Y me podrías decir sobre qué estabais discutiendo en esta ocasión?

SS: Pues, no sé... No, la verdad es que no, es algo privado.

Policía: ¿No quieres contármelo?

SS: Pues sí, no. No quiero contárselo.

Policía: Puede que pienses que no es relevante, pero hasta los detalles más nimios pueden sernos de ayuda para encontrarla.

SS: Ya... No, aun así, no quiero hacerlo.

Policía: ¿Estás seguro?

SS: Sí.

Policía: De acuerdo, sigamos entonces. ¿Habías hecho planes de verte con Andie por la noche?

SS: No. Había quedado con mis amigos.

Policía: Porque **editado Sec. 40 (2)** dijo que cuando Andie salió de casa sobre las 22.30, supuso que iba a ver a su novio.

SS: No, Andie sabía que yo estaba en casa de mis amigos y que no había quedado con ella.

Policía: Entonces, ¿dónde estuviste ayer por la noche?

SS: Estaba en casa de mi amigo **editado Sec. 40 (2)**. ¿Quiere saber las horas?

Policía: Sí, claro.

SS: Creo que llegué allí sobre las 20.30, me llevó mi padre. Y salí sobre las 0.15 y me fui andando a casa, mi hora de llegada si no duermo fuera es la 01.00. Creo que llegué poco antes de esa hora, puede preguntárselo a mi padre; aún estaba levantado.

Policía: Y ¿quién más estaba contigo en casa de **editado Sec. 40 (2)**?

SS: **editado Sec. 40 (2)**

Policía: Y ¿tuviste algún contacto con Andie esa tarde?

SS: No, bueno, ella intentó llamarme alrededor de las 21.00, pero estaba ocupado y no se lo cogí. Puedo mostrarle mi móvil si quiere.

Policía: ¿Tuviste algún contacto con ella, de cualquier tipo, desde que desapareció?

SS: Desde que me enteré esta mañana, la he llamado como un millón de veces. Pero todo el rato me salta el contestador. Creo que tiene el teléfono apagado.

Policía: Vale, **editado Sec. 40 (2),** ¿tú querías preguntar algo?

Policía: Sí. Vale, Salil, sé que has dicho que no lo sabes, pero ¿dónde crees que podría estar Andie Bell?

SS: Pues, la verdad, Andie nunca hace nada que no quiera hacer. Creo que podría estar en algún sitio, pasando de todo, con el móvil apagado para poder desconectar del mundo. Eso es lo que espero que esté ocurriendo.

Policía: ¿Por qué podría querer desconectar del mundo?

SS:	No lo sé.
Policía:	Y ¿dónde crees que podría estar en esta desconexión del mundo?
SS:	No lo sé. Andie es muy reservada, a lo mejor tiene amigos a los que no conozco. No lo sé.
Policía:	De acuerdo, ¿hay algo más que quieras decir y que nos pueda ayudar a encontrar a Andie?
SS:	Pues no. Si puedo, me gustaría ayudar en la búsqueda, si es que están llevando a cabo alguna.
Policía:	**editado Sec. 30 (1) (b) editado Sec. 30 (1) (b)**

De acuerdo, he preguntado todo lo que necesitamos saber de momento. Voy a finalizar aquí el interrogatorio, son las 16.06 y procedo a parar la cinta.

Vale, respira hondo. He leído esto seis veces, incluso en alto. Y tengo esa horrible sensación en el estómago, como de estar increíblemente hambrienta y a la vez insoportablemente llena.

Esto no pinta nada bien para Sal.

Sé que a veces es difícil captar los matices en una transcripción, pero Sal fue muy evasivo con el agente con respecto al motivo de la discusión con Andie. No creo que haya nada tan privado que no puedas contárselo a la policía si eso puede ayudar en la búsqueda de tu novia desaparecida.

Si cabía la posibilidad de que la discusión fuera sobre el hecho de que Andie estaba viendo a otro hombre, ¿por qué Sal no se lo dijo sin más? Les podría haber conducido hacia el asesino real desde el principio.

Pero ¿y si Sal estaba ocultando algo peor? Algo que le hubiera dado un motivo real para matar a Andie. Sabemos que en algunos puntos de este interrogatorio está mintiendo; cuando le dice a la policía la hora a la que salió de casa de Max.

Me mataría haber recorrido todo este camino para ir a enterarme ahora de que Sal es culpable. Ravi se quedaría destrozado. Quizá nunca debí empezar este proyecto, jamás debí haber hablado con él. Voy a tener que mostrarle la transcripción, ayer le dije que la respuesta a mi petición estaría al caer. Pero no sé cómo va a tomárselo. O... ¿y si miento y le digo que todavía no me ha llegado?

¿Es posible que Sal sea culpable? Esa siempre ha sido la teoría más aceptada, pero ¿será que todo el mundo la aceptó porque es verdad?

Pero no: La nota.

Alguien me avisó de que dejara de husmear.

Vale que puede haber sido una broma, y si fuera así, entonces Sal podría ser el asesino. Sin embargo, no le acabo de ver el sentido. Alguien de esta ciudad tiene algo que esconder y está asustado porque voy por el camino correcto para atraparlo.

Solo tengo que continuar con mi persecución, aunque las cosas se estén poniendo difíciles.

LISTA DE SOSPECHOSOS
Jason Bell
Naomi Ward
Tipo mayor secreto
Nat da Silva
Daniel da Silva

Quince

—Dame la mano —ordenó Pip. Se agachó y entrelazó sus dedos con los de Joshua.

Cruzaron la calle, en la mano derecha la palma pegajosa de Josh y en la izquierda la correa de *Barney*, que le rozaba la piel con cada tirón del perro.

Cuando llegaron a la acera de la cafetería, soltó la mano de Josh y se inclinó para enrollar la correa de *Barney* alrededor de la pata de la mesa.

—Siéntate. Buen chico —dijo acariciándole la cabeza. El animal le respondió con una de sus sonrisas con la lengua fuera.

Abrió la puerta de la cafetería y le indicó a su hermano que entrara.

—Yo también soy un buen chico —apuntó él.

—Buen chico, Josh —elogió ella, y le acarició la cabeza con aire ausente mientras echaba un ojo a los sándwiches en los estantes.

Eligió cuatro sabores diferentes: queso brie y bacon para su padre, por supuesto, y queso y jamón «sin los trocitos asquerosos» para Josh. Llevó el montón de sándwiches hasta el mostrador.

—Hola, Jackie —saludó, y le entregó el dinero sonriendo.

—Hola, cariño. ¿Comilona en casa de los Amobi?

—Estamos montando unos muebles de jardín y se está poniendo la cosa tensa —explicó Pip—. Necesitamos sándwiches para aplacar a las tropas hambrientas.

156

—Ah, ya veo —repuso Jackie—. ¿Le dices a tu madre que me pasaré la semana que viene con la máquina de coser?

—Claro, gracias. —Pip cogió la bolsa de papel que ella le dio y se volvió hacia Josh—. Vamos, enano.

Estaban casi en la puerta cuando la vio, sentada sola a una mesa, con las manos rodeando un café para llevar. Pip no la había visto en la ciudad desde hacía años, así que había supuesto que aún estaba en la universidad. Debía de tener veintiún años ya, quizá veintidós. Y ahí estaba, solo a unos metros, pasando los dedos por las letras grabadas en el vaso que decían «Precaución, bebida caliente» y con un parecido a Andie más evidente que nunca.

Tenía la cara más delgada que antes y había empezado a teñirse el pelo de un rubio más claro, igual que lo llevaba su hermana. Pero el suyo era un poco más corto y despuntado sobre los hombros, mientras que el de Andie le llegaba hasta la cintura. Sin embargo, aunque el parecido era más que notable, la cara de Becca Bell no poseía la magia de la de su hermana, que parecía más una pintura que una persona real.

Pip sabía que no debía hacerlo, sabía que estaba mal y era desconsiderado y todas esas palabras que la señora Morgan había usado en sus advertencias. «Estoy algo preocupada por la dirección que está tomando tu proyecto.» Y aunque podía sentir las partes sensatas y racionales de sí misma manifestarse en sus pensamientos, sabía que una pequeña brizna de su mente ya había tomado la decisión. Esa pequeña imprudencia había contaminado todos los demás pensamientos.

—Josh —dijo dándole la bolsa de los sándwiches—, ¿puedes salir y sentarte con *Barney* un minutito? Enseguida salgo.

Él la miró con gesto lastimero.

—Puedes jugar con mi móvil —ofreció ella sacándolo del bolsillo.

—¡Sí! —exclamó él en un susurro victorioso, lo cogió y entró directo a la página de juegos. Salió tan deprisa que se golpeó con la puerta.

El corazón de Pip se aceleró en agitada protesta. Lo sentía como una especie de reloj enloquecido en la base de la garganta, que se adelantaba a toda velocidad.

—Hola, eres Becca, ¿verdad? —dijo, tras caminar hacia la mesa y poner las manos en el respaldo de la silla desocupada.

—Sí, ¿te conozco? —Las cejas de Becca se juntaron en un gesto de escrutinio.

—No, no me conoces. —Intentó esbozar su mejor sonrisa, pero le salió algo forzado y raro—. Soy Pippa, vivo aquí. Estoy en el último curso en el Instituto Kilton.

—Espera —dijo Becca revolviéndose en la silla—, no me lo digas. Eres la chica que está haciendo un proyecto sobre mi hermana, ¿no?

—¿Có-có… —tartamudeó Pip— cómo lo sabes?

—Estoy… eh… —La chica hizo una pausa—, estoy viéndome con Stanley Forbes. O algo así. —Se encogió de hombros.

Pip intentó ocultar su desconcierto con una falsa tos.

—Ah, un chico muy majo.

—Sí. —Becca bajó la vista hacia su café—. Acabo de graduarme y estoy haciendo prácticas en *El Correo de Kilton*.

—Ah, guay —dijo Pip—. La verdad es que yo también quiero ser periodista. Periodista de investigación.

—¿Por eso estás haciendo el proyecto sobre Andie? —Se echó hacia atrás y pasó un dedo por el borde de la taza.

—Sí —asintió Pip—, y disculpa por abordarte así; por descontado, me puedes decir que me vaya si quieres. Solo pensaba que a lo mejor podrías responderme a algunas preguntas que tengo acerca de tu hermana.

Becca se irguió en la silla y el pelo le ondeó en el cuello. Tosió.

—Y... ¿qué tipo de preguntas?

Eran tantas que se agolparon todas a la vez en la cabeza de Pip.

—Bueno —dijo—, por ejemplo, ¿vuestros padres os daban a ti y a Andie una paga cuando erais adolescentes?

La cara de Becca se arrugó en un gesto asombrado.

—Vaya, pensé que me ibas a preguntar otro tipo de cosas. Pero no, la verdad es que no. Nos compraban las cosas a medida que las necesitábamos. ¿Por qué?

—Por nada... Solo... Para rellenar algunas lagunas —contestó Pip—. ¿Había tensión entre tu hermana y tu padre?

En cuanto la palabra «padre» salió de la boca de Pip, la mirada de Becca se dirigió al suelo.

—Eh... —La voz se le rompió. Puso las manos alrededor de la taza y se levantó, y al hacerlo la silla chirrió al arrastrase sobre el suelo de azulejos—. La verdad es que no creo que sea una buena idea —dijo frontándose la nariz—. Perdona, es que...

—No, perdona tú —dijo Pip dando un paso atrás—, no tenía que haberte molestado.

—No, no pasa nada —dijo Becca—. Es solo que las cosas por fin están volviendo a la normalidad. Mi madre y yo hemos restablecido nuestra rutina y todo va un poco mejor. No creo que darle vueltas al pasado... en relación con Andie sea sano para ninguna de las dos. Especialmente para mi madre. Así que, bueno —se encogió de hombros—, haz tu proyecto si eso es lo que quieres, pero preferiría que a nosotras no nos involucrases.

—Por supuesto —dijo Pip—. Lo siento muchísimo.

—No te preocupes. —Becca hizo un dubitativo gesto de asentimiento; pasó al lado de Pip hacia la salida de la cafetería.

Esta esperó un momento y luego salió también, repentinamente aliviada de no llevar puesta la camiseta gris que llevaba antes, ya que si no ahora mismo su ánimo sería el reflejo de aquella por el color.

—Vale —dijo desenganchando la correa de *Barney* de la mesa—, vámonos a casa.

—Creo que no le caíste bien a esa señora —opinó Josh, con los ojos aún puestos en los dibujos animados que bailaban en la pantalla del móvil—. ¿Fuiste maleducada con ella, Pippa de Girasol?

Registro de producción.
Entrada n.º19

Lo sé, tenté a la suerte intentando entrevistar a Becca. Me equivoqué. Pero es que no lo pude evitar; estaba a dos pasos de mí. La última persona que vio a Andie viva, sin contar al asesino, claro.

A su hermana la mataron. No puedo esperar que quiera hablar de ello, incluso sabiendo que lo único que yo pretendo es averiguar la verdad. Además, si la señora Morgan se entera, me descalificarán el proyecto. Aunque la verdad es que, llegados a este punto, eso ya no es lo importante.

Pero es que necesito información sobre la vida familiar de Andie y, por supuesto, intentar hablar con sus padres no entra dentro del reino de lo posible ni de lo aceptable.

He estado fisgando en el Facebook de Becca de hace cinco años, época preasesinato. Más allá de comprobar que antes tenía el pelo más liso y la cara más gordita, parece que tenía una amiga íntima en 2012. Una chica que se llama Jess Walker. A lo mejor Jess está lo suficientemente alejada como para ser menos susceptible al tema de Andie, pero también lo suficientemente relacionada como para darme algunas de las respuestas que necesito con urgencia.

El perfil de Jess Walker es muy claro e informativo. En la actualidad estudia en la Universidad de Newcastle. Retrocedí hasta hace cinco años (me llevó una eternidad) y en casi todas las fotos sale con Becca Bell, hasta que, de repente, ella ya no aparece en ninguna.

Mier... coles de ceniza.

Acabo de darle sin querer a «me gusta» en una de sus fotos de hace cinco años.

Maldita sea. ¿¿¿Parezco una acosadora sí o sí??? Le he quitado el «me gusta», pero aun así recibirá la notificación. Grrr, los híbridos tableta/portátil con pantalla táctil son SUPERPELIGROSOS para quienes se dedican a fisgar en Facebook.

Ahora ya está hecho. Ella sabrá que he estado cotilleando su vida de hace media década. Le mandaré un mensaje privado a ver si está dispuesta a concederme una entrevista por teléfono.

MALDITOS PULGARES PATOSOS.

Registro de producción. Entrada n.º 20
Transcripción de la entrevista con Jess Walker
(amiga de Becca Bell)

[Hablamos un poco sobre Little Kilton, de cómo ha cambiado el instituto desde que ella se fue, qué profesores siguen, etcétera. Pasan unos pocos minutos hasta que consigo llevar la conversación hacia el asunto del proyecto.]

Pip: La verdad es que quería hacerte algunas preguntas sobre la familia Bell, no solo sobre Andie. Qué tipo de familia eran, cómo se llevaban, cosas así.

Jess: Ah, vale, o sea, hay alguna pregunta peliaguda ahí (Sorbe por la nariz).

Pip: ¿Qué quieres decir?

Jess: Ah... No sé si «disfuncional» es la palabra adecuada. La gente la usa como una palabra graciosa pero medio positiva. Yo me refiero a su significado literal. Como que no eran normales del todo. A ver, eran bastante normales; parecían normales hasta que pasabas tiempo con ellos, como yo. Y me di cuenta de un montón de pequeñas cosas que solo podías ver si convivías lo suficiente con ellos.

Pip: ¿Qué quieres decir con que «no eran normales del todo»?

Jess: No sé si es una buena forma de describirlo. Había un par de cosas que no me cuadraban. Sobre todo, en Jason, el padre de Becca.

Pip: ¿Qué hacía?

Jess: Era la forma en la que les hablaba, a las chicas y a Dawn. Si solo lo veías un par de veces, te podía parecer que intentaba ser gracioso. Pero yo lo veía a menudo, muy a menudo, y creo que afectaba al ambiente de la casa.

Pip: ¿El qué?

Jess: Perdona, no acabo de arrancar, ¿eh? Es que es un poco complicado de explicar. A ver. Él solía decirles cosas, como pullitas sobre su apariencia y así, de una forma que era casi lo opuesto a cómo debes hablarles a tus hijas adolescentes. Hacía comentarios sobre cosas que sabía que a ellas les preocupaban mucho. Se metía con Becca por su peso y se reía como si fuera una broma. O le decía a Andie que tenía que maquillarse más antes de salir de casa, porque su aspecto físico era su fuente de ingresos. Todo el rato hacía bromas de ese tipo. Como si su apariencia fuera lo más importante del mundo. Recuerdo que una vez que fui a cenar a su casa, Andie estaba enfadada porque no había recibido ninguna respuesta de las universidades en las que había intentado entrar salvo de una de las que había elegido de suplente, la local. Y Jason dijo: «Bah, da igual, si, total, tú solo vas a la universidad para encontrar un marido rico».

Pip: ¡¿En serio?!

Jess: Y a su mujer también le hablaba así; le decía cosas superincómodas cuando yo estaba allí. En plan que parecía vieja, le contaba las arrugas de la cara como de broma. Le decía que él se había casado con ella porque era guapa y ella con él porque era rico y que solo a uno de ellos le había salido bien. A ver, todos se reían cuando él hacía esos chistes, como si fuera una broma familiar. Pero cuando veías que pasaba tantas veces, era... incómodo. No me gustaba estar allí.

Pip: Y ¿crees que eso afectaba a sus hijas?

Jess: Bueno, Becca nunca, pero nunca, quería hablar de su padre. Es obvio que esos comentarios hacían estragos en su autoestima. Andie se empezó a preocupar demasiado por su apariencia, por lo que la gente pensara de ella. Había auténticos dramas cuando sus padres decían que era hora de salir y Andie no estaba lista, no se había peinado o maquillado todavía. O cuando se negaban a comprarle un lápiz de labios nuevo que ella decía que necesitaba. Que esa chica pudiera pensar que era fea me parece inconcebible. Becca se obsesionó con sus defectos; empezó a saltarse comidas. Les afectó de forma diferente: Andie se volvió más parlanchina, más ruidosa; Becca, más callada.

Pip: Y ¿cómo se llevaban entre ellas?

Jess: La influencia de Jason se extendió también a esa relación. Hizo que todo en esa casa fuera una competición. Si una de ellas hacía algo positivo, como sacar una buena nota, él lo usaba para humillar a la otra.

Pip: Pero ¿cómo eran Becca y Andie cuando estaban juntas?

Jess: Bueno, a ver, eran dos hermanas adolescentes, se peleaban a muerte y unos minutos después todo estaba olvidado. Pero Becca siempre admiró a Andie. Se llevaban muy poco tiempo, solo quince meses. Andie estaba un curso por encima de nosotras en el colegio. Y cuando cumplimos dieciséis, creo que Becca empezó a intentar copiarla. Creo que porque Andie siempre parecía segura de sí misma y todo el mundo la admiraba. Becca empezó a vestirse como ella. Le rogó a su padre que la enseñara a conducir para que, en cuanto cumpliera los diecisiete, se pudiera sacar el carnet y tener coche, como Andie. Empezó a querer salir como ella, a ir a fiestas en casas.

Pip: ¿Te refieres a las fiestas destroyer?

Jess: Sí, a esas. Aunque los que las organizaban eran gente un año mayor que nosotras y apenas conocíamos a nadie, ella me convenció para ir una vez a una. Creo que era marzo, o sea que no mucho antes de la desaparición. Andie no la había invitado ni nada, Becca simplemente se enteró de dónde iba a ser y allí nos plantamos. Fuimos caminando.

Pip: ¿Cómo fue?

Jess: Uf, horrible. Nos quedamos sentadas en una esquina toda la noche, sin hablar con nadie. Andie ignoró por completo a Becca; creo que estaba enfadada porque nos hubiéramos presentado allí. Bebimos un poco y luego Becca desapareció de mi lado. No la encontré entre todos aquellos adolescentes borrachos, así que tuve que volverme a casa caminando, medio pedo y completamente sola. Estaba muy enfadada con Becca. Y todavía me enfadé más cuando por fin me cogió el teléfono al día siguiente y supe lo que había pasado.

Pip: Y ¿qué había pasado?

Jess: No me lo dijo, pero resultó bastante evidente cuando me pidió que la acompañara a conseguir una píldora del día después. Yo le pregunté una y otra vez, pero ella no quiso contarme con quién se había acostado. Supongo que le daba vergüenza. En ese momento me cabreó. Sobre todo, porque a ella le había parecido lo bastante importante como para dejarme tirada en una fiesta a la que yo no quería ir. Tuvimos una discusión gorda y supongo que ese fue el principio del fin de nuestra amistad. Becca se saltó algunas clases y no nos vimos durante un par de fines de semana. Y entonces Andie desapareció.

Pip: ¿Viste mucho a los Bell después de que Andie desapareciera?

Jess: Fui por allí un par de veces, pero Becca apenas quería hablar. Y sus padres tampoco. Jason estaba más enfadadizo de lo normal, sobre todo el día en el que la policía lo interrogó. Por lo visto, la noche que Andie desapareció, había saltado la alarma en su empresa durante la cena en la que estaban. Él había ido hasta allí en su coche para comprobar que todo estaba bien, pero había bebido bastante, así que estaba nervioso cuando habló con la policía. Bueno, esto es lo que Becca me contó. Pero sí, la casa estaba muy silenciosa. E incluso meses después, cuando ya habían asumido que Andie estaba muerta y nunca iba a volver a casa, la madre de Becca insistía en dejar su habitación tal como estaba. Por si acaso. Era muy triste.

Pip: Entonces, cuando estuvisteis en la fiesta destroyer en marzo, ¿viste qué estaba haciendo Andie, con quién estaba?

Jess: Sí. Bueno, yo no supe que Sal era novio de Andie hasta después de que ella desapareciera, él nunca iba a su casa. Pero

166

sabía que tenía novio y, después de la fiesta destroyer, suponía que también estaba con este otro chico. Los vi solos en la fiesta, susurrando y como muy juntitos. Varias veces. Y con Sal no la vi ni una vez.

Pip: Y ¿quién era este chico?

Jess: Pues era alto y rubio, con el pelo medio largo y hablaba como un poco pijo.

Pip: ¿Max? ¿Se llamaba Max Hastings?

Jess: Sí, creo que era él.

Pip: ¿Viste a Max y a Andie solos en la fiesta?

Jess: Sí, y parecían muy amiguitos.

Pip: Jess, muchísimas gracias por hablar conmigo. Me has sido de gran ayuda.

Jess: Vaya, bueno, me alegro. Oye, Pippa, ¿tú sabes cómo le va a Becca?

Pip: Pues la vi el otro día. Creo que está bien, se ha licenciado y está haciendo prácticas en el periódico de Kilton. Tiene buen aspecto.

Jess: Qué bien. Me alegro.

Me estoy volviendo loca para procesar la cantidad de datos que he sacado de esta conversación. Esta investigación cambia de tono cada vez que miro detrás de la siguiente puerta en este edificio que es la vida de Andie.

Jason Bell se vuelve un personaje cada vez más siniestro y ahora sé que abandonó durante un rato la cena en la que estaba aquella noche. Por lo que Jess me ha dicho, parece que maltrataba psicológicamente a su familia. Era un abusón. Un machista. Un adúltero. No me extraña que Andie saliera como salió en un entorno tan tóxico como ese. Parece que Jason causó tanto mal a la autoestima de sus hijas que una se convirtió en una abusona como él y la otra en una persona con tendencia a autolesionarse. Sé por Emma, la amiga de Andie, que Becca había estado ingresada

167

unas semanas antes de que Andie desapareciera y que esa misma noche Andie tenía que vigilarla. Parece que Jess no sabía nada de las autolesiones; simplemente pensó que Becca había faltado a clase.

Así que Andie no era la chica perfecta, y los Bell no eran la familia perfecta. Esas fotografías familiares pueden contar muchas cosas, pero la mayoría son mentiras.

Hablando de mentiras: Max. El puto Max Hastings. Reproduzco aquí unas palabras de su entrevista cuando le pregunté si conocía a Andie: «Hablamos alguna vez, sí. Pero no es que fuéramos amigos, en plan amigos de verdad. Era más bien una conocida».

¿Una conocida con la que estás haciendo manitas en una fiesta hasta el punto de que una testigo supone que el novio de Andie eras TÚ? Y también hay otra cosa: aunque estuvieran en la misma clase, Andie cumplía años en verano y Max había perdido un año por su leucemia, y además su cumpleaños era en septiembre. Si lo miras así, hay casi dos años de diferencia entre ellos. Desde la perspectiva de Andie, Max técnicamente ERA un chico mayor. Pero ¿era él el tipo mayor secreto? Toda esa intimidad a espaldas de Sal...

He intentado buscar a Max en Facebook; su perfil está casi vacío, solo sale alguna foto de vacaciones de verano y navidades con sus padres, y felicitaciones de cumpleaños de tíos y tías. Recuerdo haber pensado que era un poco raro, pero lo dejé pasar.

Bueno, pues ahora ya no lo dejo pasar, Hastings. Y he hecho un descubrimiento. En algunas de las fotos que Naomi tiene colgadas, Max no está etiquetado con su nombre, sino como Nancy Tangotits. Pensé que era algún tipo de broma privada, pero NO, Nancy Tangotits es el perfil real de Facebook de Max. El de Max Hastings debe de ser una especie de perfil serio que tiene por si alguna universidad o empresa decide investigar un poco online. Tiene sentido, algunos de mis amigos también han empezado a cambiar sus nombres de perfil para hacerlos ilocalizables a medida que nos acercamos al momento de solicitar plaza para la universidad.

El Max Hastings real —y todas sus fotos salvajes, de borracheras, los posts de los amigos— ha estado escondido como Nancy. O esto es lo que yo entiendo, al menos, porque no puedo entrar a ver nada: es un perfil privado. Solo puedo ver las fotos y los posts en los que está etiquetado. No me está dando mucho material de trabajo: ni fotos secretas en las que Max y Andie se besan al fondo ni ninguna de la noche en la que ella desapareció.

Pero he sacado una conclusión. Cuando pillas a alguien mintiendo sobre una chica asesinada, lo mejor que puedes hacer es ir y preguntarle por qué ha mentido.

LISTA DE SOSPECHOSOS
Jason Bell
Naomi Ward
Tipo mayor secreto
Nat da Silva
Daniel da Silva
Max Hastings (Nancy Tangotits)

Dieciséis

Ahora la puerta era diferente. La última vez que ella había estado allí, haría unas seis semanas, era marrón. Ahora estaba cubierta de una capa irregular de pintura blanca, bajo la cual se veía aún un poco del anterior color más oscuro.

Pip volvió a golpear con los nudillos, esta vez más fuerte, y esperó que la oyeran por encima del molesto sonido de la aspiradora que venía desde dentro.

El sonido cesó de repente, dejando en su lugar un silencio en el que persistía un ligero zumbido. Luego se oyeron unas pisadas fuertes. La puerta se abrió y una mujer bien vestida con los labios pintados de un rojo jugoso apareció ante ella.

—Hola —dijo Pip—, soy una amiga de Max, ¿está en casa?

—Ah, hola —sonrió la mujer, revelando, al hacerlo, una mancha de pintalabios en uno de los dientes. Se echó hacia atrás para dejar pasar a Pip—. Sí que está, pasa...

—Pippa —sonrió ella al entrar.

—Pippa. Sí, está en el salón. Gritándome por pasar la aspiradora mientras él juega a algún combate mortal. Parece ser que no puede esperar y jugar más tarde.

La madre de Max condujo a Pip por la entrada y a través de un arco hacia el salón.

Él estaba repantingado en el sofá, con la parte de abajo de un pijama de cuadros escoceses y una camiseta blanca, agarrado al mando y presionando furioso los botones.

Su madre se aclaró la garganta.

Max levantó la vista de la pantalla.

—Eh, hola, Pippa Apellido-Raro —dijo con su profunda y refinada voz, luego volvió la vista a la pantalla—, ¿qué haces aquí?

A Pip casi se le escapa una mueca, pero la disimuló con una sonrisa falsa.

—Pues no gran cosa. —Se encogió de hombros de forma despreocupada—. Solo me pasé a preguntarte cuánto conocías de verdad a Andie Bell.

El juego se detuvo.

Max se incorporó, miró a Pip, luego a su madre, luego a Pip otra vez.

—Bueno —dijo su madre—, ¿a alguien le apetece una taza de té?

—No. —Max se puso de pie—. A mi cuarto, Pippa.

Pasó por delante de ellas y se dirigió a la gran escalera de la entrada, con los pies desnudos apresurándose por los escalones. Pip lo siguió, tras hacer un rápido gesto educado en dirección a su madre. Al llegar arriba, Max ya sujetaba la puerta abierta de su habitación y con un gesto le indicó que entrara.

Pip dudó, con un pie aún en el aire sobre la alfombra recién aspirada. ¿Sería seguro estar a solas con él?

Max hizo un gesto impaciente con la cabeza.

Su madre estaba en el piso de abajo, pensó Pip, no podía pasarle nada. Posó el pie en el suelo y entró en la habitación.

—Gracias por el numerito —dijo él cerrando la puerta—. Mi madre no tenía por qué saber que he vuelto a hablar sobre Andie y Sal. La tía es como un sabueso, una vez que agarra algo no lo suelta.

—Un pitbull —corrigió Pip—, esos son los que no sueltan las cosas.

Max se sentó en su colcha granate.

—Muy bien. ¿Qué quieres?

—Ya te lo he dicho. Quiero saber cuánto conocías de verdad a Andie.

—Ya hemos hablado de esto —dijo recostándose hasta quedar apoyado sobre los codos; echó una mirada por encima del hombro de Pip—. No la conocía demasiado.

—Mmm... —Pip se reclinó contra la puerta—. Solo erais conocidos, ¿no? Eso es lo que me dijiste.

—Sí, eso es. —El chico se rascó la nariz—. Te voy a ser sincero. Estoy empezando a encontrar tu tono un poquito molesto.

—Bien —replicó ella siguiendo los ojos de Max hacia un tablón en la pared, lleno de pósteres, notitas y fotos—. Y yo estoy empezando a encontrar tus afirmaciones un poquito falsas.

—¿Cómo que falsas? —preguntó él—. No la conocía demasiado.

—Interesante —dijo Pip—. He hablado con un testigo que fue a una fiesta destroyer en la que tú y Andie estuvisteis en marzo de 2012. Y es interesante porque esta persona dice que aquella noche os vio un par de veces a los dos solos, y parecíais estar muy a gusto juntos.

—¿Quién dijo eso?

Otra mirada furtiva al tablón.

—No puedo revelar mis fuentes.

—Ay, Dios. —El chico lanzó una carcajada profunda y gutural—. Tú estás enferma. Sabes que no eres un detective de verdad, ¿no?

—Estás evitando la pregunta —dijo—, ¿os veíais a espaldas de Sal?

Max se rio otra vez.

—Era mi mejor amigo.

172

—Esa no es una respuesta. —Pip se cruzó de brazos.

—No. No me estaba viendo con Andie Bell. Como ya te dije, no la conocía demasiado.

—Entonces ¿por qué mi testigo os vio juntos con una actitud que le hizo pensar que tú eras el novio de Andie?

Mientras Max ponía los ojos en blanco por toda respuesta, Pip aprovechó para echar un vistazo al tablón. En algunos lugares, las notas garabateadas y los papeles se superponían unos encima de otros, con trozos ocultos y bordes arrugados. Fotos de Max esquiando y haciendo surf destacaban en la parte de arriba. Un póster de *Reservoir Dogs* ocupaba la mayor parte del tablón.

—No lo sé —dijo—. Fuera quien fuese, se equivoca. Probablemente estuviera borracho. Una fuente sin credibilidad, se podría decir.

—Vale.

Pip se alejó de la puerta. Dio un par de pasos hacia la derecha, luego retrocedió otro par de pasos, de forma que Max no se diera cuenta de que estaba moviéndose hacia el tablón.

—A ver si aclaramos esto, entonces. —Dio otro par de pasos, acercándose más y más—. ¿Dices que nunca tuviste una conversación íntima con Andie en una fiesta destroyer?

—Pues no sé si nunca —dijo Max—, pero no como tú estás insinuando.

—Vale, muy bien. —Pip levantó la vista del suelo y la dejó a un par de metros del tablón—. Y ¿por qué no dejas de mirar hacia ahí? —Se volvió y empezó a hojear los papeles del tablón.

—Eh, para.

Pip oyó crujir los muelles de la cama cuando Max se levantó.

Ella siguió buscando con los ojos y las manos a toda velocidad entre las listas de cosas por hacer, nombres de empresas tachados, títulos escolares, panfletos y antiguas fotos de un joven Max en el hospital.

Fuertes pisadas detrás de ella.

—¡Eso son cosas privadas!

Y entonces vio una pequeña esquina blanca de papel, remetida debajo del póster de *Reservoir Dogs*. Tiró de él y desenganchó el papel justo cuando Max le estaba cogiendo el brazo. Pip se volvió hacia él, los dedos del chico se le clavaban en la muñeca. Y ambos miraron el trozo de papel que ella tenía en la mano.

Pip se quedó con la boca abierta.

—Me cago en la puta. —Max le soltó el brazo y se pasó la mano por el pelo.

—¿Solo conocidos? —preguntó ella agitada.

—¿Quién te crees que eres? —le espetó Max—. No puedes tocar mis cosas.

—¿Solo conocidos? —insistió ella agitando la foto impresa ante la cara de Max.

Era Andie.

Una foto que ella misma se había sacado en un espejo. Sobre un suelo de azulejos rojos y blancos, con la mano derecha levantada cogiendo el móvil. Ponía morritos y miraba fuera de cámara; no llevaba nada más que unas braguitas negras.

—¿Te importaría explicármelo? —preguntó Pip.

—Déjame en paz.

—Ah, bueno, igual prefieres explicárselo primero a la policía. Lo entiendo. —Pip lo miró y fingió encaminarse hacia la puerta.

—No flipes —dijo Max mirándola con sus cristalinos ojos azules—. Eso no tiene nada que ver con lo que le pasó.

—Que lo decida la policía.

—No, Pippa. —Se interpuso en su camino hacia la puerta—. De verdad que esto no es lo que parece. Andie no me dio esa foto. La encontré.

—¿La encontraste? ¿Dónde?

—Estaba tirada en el instituto. La encontré y me la quedé. Ella nunca lo supo. —Había una nota de súplica en su voz.

—¿Encontraste tirada en el instituto una foto de Andie desnuda? —Pip ni tan siquiera intentó ocultar su incredulidad.

—Sí. Estaba en la parte de atrás de un aula. Te lo juro.

—¿Y no le dijiste a Andie ni a ninguna otra persona que la habías encontrado? —preguntó Pip.

—No, simplemente me la quedé.

—¿Por qué?

—No sé. —Su voz subió un poco—. Porque está buena y quería tenerla. Y luego me dio mal rollo tirarla después de que... ¿Qué? No me juzgues. Fue ella la que se sacó la foto. Quería que la vieran así.

—¿Esperas que me crea que te encontraste por casualidad esta foto de Andie desnuda, de una chica con la que te veían muy juntito en las fiestas...?

Max la cortó.

—No tiene nada que ver una cosa con otra. No estaba hablando a solas con Andie porque estuviéramos juntos ni tengo esta foto porque estuviéramos juntos. No estábamos juntos. Nunca lo estuvimos.

—Entonces ¿sí que estabas hablando a solas con Andie en aquella fiesta destroyer? —preguntó Pip triunfalmente.

Max se llevó las manos a la cara y se frotó los ojos.

—De acuerdo —dijo en voz baja—, si te lo cuento, ¿me dejarás en paz de una vez? Y nada de policía.

—Depende.

—Vale, de acuerdo. Conocía a Andie más de lo que dije.

Bastante más. Desde antes de que empezara con Sal. Pero no estábamos juntos. Estaba pillándole.

Pip lo miró confusa, con la mente volviendo sobre sus últimas palabras.

—¿Pillándole... drogas? —preguntó con suavidad.

Max asintió.

—No drogas duras, ¿eh? Solo maría o alguna pasti.

—Hos... curidad. Espera. —Pip levantó un dedo para detener el mundo y darle a su cerebro tiempo a pensar—. ¿Andie Bell vendía drogas?

—Bueno, sí, pero solo en las fiestas destroyer o cuando íbamos a discotecas y cosas así. Solo a alguna gente. Unos cuantos. No es que fuera una camello. —Max se detuvo—. Estaba pasando para un camello de la ciudad, le hacía de puente con los del instituto. A los dos les convenía.

—Por eso siempre tenía tanto dinero —dijo Pip. Las piezas del puzle encajaban en su cabeza con un clic que casi podía oír—. Y ¿ella consumía?

—No. Creo que solo lo hacía por el dinero. El dinero y el poder que le daba. Yo diría que le divertía hacerlo.

—¿Sal llegó a saber que ella pasaba droga?

Max se rio.

—Uy, no —dijo—, no, no, no. Sal siempre odió las drogas, eso no habría acabado bien. Andie se lo ocultaba; se le daba de lujo guardar secretos. Creo que los únicos que lo sabían eran los que le compraban. Pero siempre me pareció que Sal era un poco ingenuo. Me sorprende que nunca lo averiguase.

—¿Cuánto tiempo llevaba haciendo eso? —preguntó Pip, sintiendo que una chispa de siniestra excitación prendía en su interior.

—Ya llevaba un tiempo. —Max levantó la vista hacia el techo; movía los ojos como si repasara sus recuerdos—. Creo que la primera vez que le pillé hierba fue a principios de 2011, cuando ella aún tenía dieciséis años. Había empezado en esa época más o menos.

—Y ¿quién era el camello de Andie? ¿A quién le compraba ella las drogas?

Max se encogió de hombros.

—No lo sé. Yo solo le compraba a Andie y ella nunca me dijo quién le proporcionaba la mercancía.

Pip se desinfló.

—¿No tienes ni idea? ¿Nunca compraste drogas en Kilton después de que asesinaran a Andie?

—No. —Se encogió de hombros otra vez—. No sé nada más.

—Pero habrá gente que siga tomando drogas en las fiestas destroyer, ¿no? ¿Dónde las conseguirán?

—No lo sé, Pippa —dijo Max recalcando sus palabras—. Ya te he dicho lo que querías saber. Ahora quiero que te vayas.

Él se acercó y le quitó la foto de la mano. Su pulgar apretó la cara de Andie y el papel se arrugó en su apretado y tembloroso puño. Un pliegue partió en dos el cuerpo de la chica cuando él dobló la foto para guardarla.

Diecisiete

Pip se desconectó de la conversación de los demás y se fijó en los ruidos de la cafetería. Las patas de las sillas al moverse y las risas de un grupo de chicos adolescentes cuyas voces fluctuaban desde un grave tenor hasta un chillón soprano. El acompasado deslizamiento de las bandejas de comida en los mostradores, al coger las ensaladas o las tazas de sopa, armonizado por el crujido de los paquetes de patatas fritas y los cotilleos del fin de semana.

Pip lo vio antes que los demás y lo saludó indicándole que se acercara. Ant se aproximó a la mesa con dos sándwiches en las manos.

—Hola, chicos —dijo deslizándose en el banco al lado de Cara y atacando ya su sándwich número uno.

—¿Qué tal el entrenamiento? —preguntó Pip.

Ant la miró receloso, con la boca ligeramente abierta que dejaba ver en su interior un masacrado chicle.

—Bien —masculló—. ¿Por qué eres tan agradable conmigo? ¿Qué quieres?

—Nada —se rio Pip—, solo te estoy preguntando qué tal el fútbol.

—No —intervino Zach—, viniendo de ti, eso es demasiado amable. Buscas algo.

—No busco nada —aseguró ella encogiéndose de hombros—, a no ser la paz mundial y la condonación de la deuda externa.

—A lo mejor es un tema hormonal —dijo Ant.

Pip giró la manivela invisible de su mano para izar el dedo medio hacia su amigo.

Ahora estaban todos pendientes de ella. Esperó cinco largos minutos a que el grupo iniciara una conversación sobre el último episodio de esa serie de zombis que todos estaban viendo, con Connor tapándose los oídos y tarareando alto y desafinado ya que él aún no había visto ese capítulo.

—Oye, Ant —intentó Pip otra vez—, ¿sabes ese amigo tuyo del equipo de fútbol, George?

—Sí, creo que sé quién es mi amigo George del equipo de fútbol —dijo, con fingido tono de asombro.

—Sale con esa gente que aún hace fiestas destroyer, ¿no?

Ant asintió.

—Sí. De hecho, creo que la siguiente fiesta es en su casa. Sus padres están de viaje en el extranjero para celebrar su aniversario o algo así.

—¿Este fin de semana?

—Sí.

—¿Crees... —Pip se inclinó hacia delante y apoyó los codos en la mesa— ... crees que podrías conseguir que nos invitaran?

Todos sus amigos se volvieron para mirarla asombrados.

—¿Quién eres y qué has hecho con Pippa Fitz-Amobi? —preguntó Cara.

—¿Qué? —Se encontró a sí misma poniéndose a la defensiva, con unas cuatro contestaciones absurdas ya preparadas, listas para salir—. Es nuestro último año de instituto. Pensé que podría ser divertido ir todos juntos. Es el momento ideal, antes de que empiecen las fechas de entrega de trabajos y los simulacros de examen final.

—Eso ya suena más a *pippada* —sonrió Connor.

—¿Tú quieres ir a una fiesta en una casa? —preguntó Ant con intención.

—Sí —respondió ella.

—Todo el mundo va a estar apelotonado, la gente se droga y vomita y duerme la mona en cualquier sitio. El suelo está sucísimo —dijo Ant—. No te pega mucho, Pip.

—Suena... ilustrativo —dijo—. Y sigo queriendo ir.

—Vale, de acuerdo. —Ant dio una palmada—. Iremos.

Pip paró por casa de Ravi cuando volvía del instituto. Él le sirvió un té solo y le dijo que no hacía falta que esperase un instante para que se enfriase porque le había echado un poco de agua fría.

—Vale —dijo al fin moviendo la cabeza en consecutivos gestos de asentimiento y negación al tratar de procesar la imagen de Andie Bell, la bonita rubia de carita redonda, como una traficante de drogas—. Entonces ¿piensas que el tipo que le proporcionaba las drogas podría ser un sospechoso?

—Sí —contestó ella—, si eres lo suficientemente depravado para andar vendiendo drogas a niños, desde luego que creo que podrías tener cierta inclinación a cometer asesinatos.

—Sí, tiene lógica —asintió—. Pero ¿cómo vamos a encontrar a este traficante?

Pip posó la taza y le clavó la mirada.

—Me voy a infiltrar —anunció.

Dieciocho

—Es una fiesta en una casa, no una obra de teatro —dijo Pip, intentando apartar el rostro de las manos de Cara. Pero su amiga la tenía bien sujeta: era un secuestro facial.

—Sí, pero eres afortunada: tienes el tipo de cara a la que le quedan bien las sombras de ojos. Estate quieta, ya casi está.

Pip suspiró y se quedó quieta, resignada a dejarse acicalar. Aún estaba un poco enfadada porque sus amigas le habían hecho quitarse el mono que llevaba y ponerse un vestido de Lauren que era lo suficientemente corto para parecer una camiseta. Las otras se habían reído un montón cuando lo dijo.

—Chicas —llamó la madre de Pip desde el piso de abajo—, será mejor que os deis prisa. Victor ha empezado a enseñarle a Lauren sus pasos de baile.

—Ay, por favor —dijo Pip—. ¿Estoy ya? Tenemos que ir a rescatarla.

Cara se inclinó hacia ella y le sopló en la cara.

—Lista.

—Genial —dijo Pip cogiendo su bolso y comprobando, una vez más, que su teléfono tenía la batería completamente cargada—. Vamos.

—¡Hola, tesoro! —saludó su padre a todo volumen mientras Pip y Cara bajaban por la escalera—. Lauren y yo hemos decidido que yo también debería ir a vuestra fiesta despolle.

—Destroyer, papá. Y ni muerta diez veces.

Victor avanzó en dos grandes zancadas, envolvió los hombros de Pip con el brazo y la achuchó.

—Mi pequeña Pipsicola va a ir a una fiesta en una casa.

—Lo sé —dijo la madre de Pip con una sonrisa amplia y brillante—. Con alcohol y chicos.

—Sí. —Victor se apartó y miró a Pip de arriba abajo, con expresión seria y un dedo levantado—. Pip, quiero que recuerdes que debes ser, al menos, un poco irresponsable.

—De acuerdo —contestó ella cogiendo las llaves del coche, dirigiéndose a la puerta—. Adiós, queridos padres raritos y anormales.

—Adiós a usted también, estimada dama —dijo Victor con dramatismo, mientras se cogía a la barandilla y se inclinaba hacia las chicas, como si la casa fuera un barco que se hundía y él el heroico capitán que se ahogaba con él.

Hasta la acera de fuera vibraba con la música. Las tres se acercaron a la puerta y Pip levantó la mano para llamar. Cuando lo hizo, la puerta se movió hacia dentro y les mostró el camino hacia una retorcida cacofonía de melodías metálicas con bajos profundos, conversaciones farfulladas y tenue iluminación.

Pip dio un paso dentro, cautelosa, y su primera respiración dentro se llenó del húmedo olor metálico del vodka, con notas de sudor y un ligero toque de vómito. Vio al anfitrión, George, el amigo de Ant, que intentaba encajar su cara con la de una chica un año menor que él, con los ojos abiertos. Miró en su dirección y, sin romper el beso, los saludó por detrás de la espalda de su pareja.

Pip no estaba dispuesta a ser la receptora de tal saludo, así que lo ignoró y empezó a caminar por el pasillo. Cara y

Lauren iban a su lado, y esta última tuvo que pasar por encima de Paul, de su clase de Política, que estaba desplomado contra la pared y roncaba con suavidad.

—Esto parece... la idea de diversión de alguna gente —murmuró Pip entrando en el salón tipo loft y adentrándose en el caos de bullicio adolescente que allí reinaba.

Había gente perreando y bailando de todas las maneras imaginables al son de la música, torres de botellas de cerveza que se tambaleaban peligrosamente, monólogos de borracho sobre el sentido de la vida gritados a través de la estancia, trozos de alfombra empapados, frotamientos de entrepierna muy poco sutiles y parejas aplastadas contra las paredes, chorreando sudor y humedad.

—Tú eres la que estaba loca por venir —dijo Lauren saludando a unas chicas de sus clases extraescolares de teatro.

Pip tragó saliva.

—Sí. Y la Pip del presente siempre está encantada con las decisiones de la Pip del pasado.

Ant, Connor y Zach las vieron en ese momento y se dirigieron hacia ellas, maniobrando entre la multitud tambaleante.

—¿Todo bien? —preguntó Connor dándoles a las tres unos torpes abrazos—. Llegáis tarde.

—Lo sé —contestó Lauren—, tuvimos que volver a vestir a Pip.

Ella no entendía que su mono pudiera causar vergüenza ajena pero que los movimientos de baile espasmódicos de las amigas de teatro de Lauren, que parecían robots que hubiesen sufrido un cortocircuito, fueran completamente aceptables.

—¿Hay vasos? —preguntó Cara, que sostenía una botella de vodka con limón.

—Sí, venid por aquí —dijo Ant llevando a Cara hacia la cocina.

Cuando Cara volvió con una bebida para ella, Pip tomó varios tragos imaginarios mientras asentía y se reía siguiendo la conversación. En cuanto pudo, se escabulló hacia el fregadero de la cocina, tiró su copa y la rellenó con agua.

Más tarde, cuando Zach se ofreció a ir a por otra, tuvo que volver a usar el mismo truco y se vio acorralada en una esquina por Joe Chroma, que se sentaba detrás de ella en Lengua, con quien tuvo que mantener una conversación. El único humor que el chico manejaba era decir frases ridículas, esperar a que su víctima pusiera cara de confusión y luego decir: «Soy Joe Chroma y estoy de broma».

Después del tercer chascarrillo, Pip se excusó y fue a esconderse en una esquina, por fin sola. Se quedó allí en la oscuridad, tranquila, y se dedicó a mirar atentamente la estancia. Observó a los bailarines y a los que se besaban con entusiasmo desmedido; buscaba algún signo de trapicheo, pastillas o mandíbulas desencajadas. Alguna pupila dilatada. Cualquier cosa que la pudiera conducir hasta el camello de Andie.

Pasaron diez minutos enteros y Pip no vio nada sospechoso, más allá de un chico llamado Stephen que rompió un mando de televisión y ocultó las pruebas en un jarrón de flores. Lo siguió con la mirada: el chico vagaba por la habitación de camino hacia la puerta trasera, y vio que se sacaba un paquete de cigarros del bolsillo trasero del pantalón.

Pues claro.

Fuera con los fumadores: ese es el primer sitio en el que tenía que haber mirado. Pip cruzó la marabunta protegiéndose con los codos de los borrachos tambaleantes.

Fuera había un grupo de gente. Un par de sombras rodaban la cama elástica al fondo del jardín. Una llorosa Stella Chapman se lamentaba a gritos por el móvil, al lado del cubo de la basura. Dos chicas de su clase en un balancín para niños parecían estar manteniendo una conversación seria que matizaban con ocasionales gestos de asombro en los que se llevaban una mano a la boca. Y Stephen Thompson, o Timpson, que se sentaba delante de ella en Mates. El chico estaba encaramado al muro del jardín, con una chusta en la boca y buscaba algo con ambas manos en todos sus bolsillos.

Pip se acercó hasta allí.

—Hola —saludó, y se subió al muro.

—Hola, Pippa —dijo Stephen sacándose el cigarrillo de la boca para poder hablar—, ¿qué hay?

—Nada nuevo —respondió ella—. Aquí ando, a ver si doy con Mary Juana.

—No la conozco, lo siento —dijo él, y por fin encontró lo que buscaba: un mechero verde fosforito.

—No es una chica. —Pip se volvió hacia él para echarle una mirada significativa—. Estoy intentando pillar un maca.

—¿Perdona?

Esa mañana Pip se había pasado una hora en internet buscando los nombres actuales que se usaban en la calle.

Lo intentó otra vez. Bajó la voz hasta susurrar:

—Ya sabes, busco algo de hierba, un porro, un cigarro de lechuga hippie, tabaco de la risa, grifa, flai... Ya sabes lo que quiero decir. Mandanga.

Stephen estalló en risas.

—Ay, Dios —se desternilló él—, estás muy pedo.

—Ya te digo. —Pip intentó fingir una risita de borracha, pero más bien le salió de villana de película—. Y bien, ¿tienes o no? ¿Algo de costo fulero?

Cuando dejó de reírse, se volvió para mirarla de arriba abajo durante un momento bastante largo. Sus ojos se recrearon de manera obvia en su pecho y en sus piernas pálidas. Pip ahogó un grito y sintió un pegajoso ciclón de asco y vergüenza. Mentalmente le lanzó un reproche en toda la cara, pero por fuera tuvo que quedarse callada. Estaba allí como infiltrada.

—Sí —respondió él mordiéndose el labio de abajo—, puedo liarnos un porro. —Buscó otra vez en los bolsillos y sacó una pequeña bolsa de hierba y un librillo de papel de fumar.

—Sí, por favor —asintió Pip, que empezaba a sentirse ansiosa, emocionada y un poco mareada—. Líalo ahí; envuélvelo como un... eh... crupier manejando un dado.

Él se volvió a reír de ella, lamió el borde del papel para humedecerlo e intentó mantener contacto visual con Pippa con su rechoncha lengua rosada aún fuera. Pip miró hacia otro lado. Se le ocurrió que quizá esta vez había ido demasiado lejos por un proyecto que, al final, no era más que unos deberes. Quizá sí. Pero esto ya no era solo un proyecto. Esto era por Sal, por Ravi. Por la verdad. Por ellos, podía con todo.

Stephen encendió el porro y le dio dos largas caladas antes de pasárselo a Pip. Ella lo cogió de forma rara entre los dedos medio e índice y se lo llevó a los labios. Volvió la cabeza de forma abrupta para que el pelo le tapase la cara, y fingió darle un par de caladas.

—Mmm, un material buenísimo —dijo ella devolviéndoselo—. Te deja fumadísimo.

—Estás guapa esta noche —le dijo Stephen, que le dio otra calada y se lo ofreció a ella de nuevo.

Pip intentó cogerlo sin que sus dedos tocaran los del chico. Le dio otra falsa calada pero el olor era empalagoso y tosió mientras intentaba hablar.

—Oye —dijo devolviéndoselo—, ¿dónde puedo conseguir algo de esto?

—Puedes compartir el mío.

—No, quiero decir, ¿a quién le compras? Ya sabes, para poder pillarle yo también.

—A un tío del centro. —Stephen se deslizó en la valla, acercándose a Pip—. Se llama Howie.

—Y ¿dónde vive? —preguntó Pip; le devolvió la maría y usó el movimiento como excusa para apartarse de Stephen.

—Ni idea —contestó él—. No vende en su casa. Yo suelo quedar con él en el aparcamiento de la estación, en la parte del fondo, donde no hay cámaras.

—¿Por la tarde?

—Normalmente sí. A la hora que él me mensajee.

—¿Tienes su número? —Pip se agachó hacia su bolso para coger el móvil—. ¿Me lo das?

Stephen negó con la cabeza.

—Se cabrearía mogollón si supiera que ando dándolo por ahí. No necesitas ir tú; si quieres algo, puedes darme la pasta y yo te lo consigo. Hasta te hago un descuento —le dijo él, y luego le guiñó un ojo.

—La verdad es que preferiría comprarle a él directamente —insistió Pip sintiendo el calor del enfado subirle por el cuello.

—No puedes. —Él negó con la cabeza, sin despegar los ojos de la boca de la chica.

Pip apartó la vista con rapidez, de forma que su pelo negro formó una cortina entre ambos. Su frustración era tan grande que engullía todos sus demás pensamientos. Él no iba a parar, ¿verdad? Y entonces se le ocurrió.

—Bueno, ¿cómo puedo comprar a través de ti? —preguntó, y cogió el porro de la mano del chico—. Ni siquiera tienes mi número.

—Y eso es una vergüenza —dijo él, con una voz tan babosa que prácticamente le chorreaba desde la boca. Sacó el móvil del bolsillo. Pasó el dedo por la pantalla para marcar su contraseña y le dio el teléfono desbloqueado—. Pon ahí tu número.

—Vale —asintió Pip.

Abrió la aplicación de la agenda y se volvió, quedó de cara a Stephen para que este no pudiera ver la pantalla. Tecleó «how» en el cajetín de búsqueda y fue el único resultado que apareció. «Howie Bowers» y su número de teléfono. Estudió la secuencia de números. Mierda, no iba a ser capaz de recordarlos todos. Pero se le ocurrió otra idea. A lo mejor podía sacar una foto de la pantalla; su propio teléfono estaba en el muro, justo a su lado. Pero Stephen estaba mirándola, con un dedo en la boca. Necesitaba alguna distracción. De repente dio un respingo hacia delante y al hacerlo tiró el porro al césped.

—Perdona —dijo—, pensé que tenía un bicho.

—No te preocupes. Yo lo cojo. —Stephen se bajó del muro.

Pip solo tenía unos segundos. Cogió su móvil, lo puso en modo cámara y lo colocó sobre la pantalla del otro.

Tenía el corazón a mil, parecía que se le iba a salir del pecho.

La cámara perdió unos preciosos segundos enfocando.

Apretó el botón.

La pantalla se iluminó, Pip tomó la foto, y dejó caer su móvil en el regazo justo cuando Stephen se volvió hacia ella.

—Todavía está encendido —dijo encaramándose otra vez al muro y sentándose demasiado cerca de ella.

Pip le devolvió el móvil a Stephen.

—Oye, lo siento, pero creo que no quiero darte mi móvil —le informó—. He decidido que las drogas no son lo mío.

—No seas calientabraguetas —protestó Stephen cerrando los dedos alrededor de su móvil y la mano de Pip. Luego se inclinó hacia ella.

—No, gracias —insistió mientras se apartaba—. Creo que me voy para dentro.

Y entonces Stephen puso la mano en el cogote de Pip, la arrastró hacia sí y le buscó la cara. Ella se retorció para soltarse y le dio un empujón. Lo empujó tan fuerte que él se cayó del muro y quedó espatarrado sobre la hierba mojada.

—Zorra estúpida —la insultó; acto seguido se levantó y se limpió los pantalones.

—Depravado, simio fracasado y pervertido. Sin ánimo de ofender a los simios —le gritó Pip como respuesta—. He dicho que no.

Y entonces se dio cuenta. No sabía cómo o cuándo había pasado, pero de repente estaban solos en el jardín.

El miedo la paralizó un instante y le erizó la piel.

Stephen se subió de nuevo al muro y Pip se volvió y, a toda prisa, fue hacia la puerta.

—Eh, no pasa nada, podemos seguir hablando un rato —dijo cogiéndole de la muñeca para volver a acercarla a él.

—Suéltame, Stephen —le escupió ella.

—Pero...

Pip cogió su propia muñeca con la otra mano y apretó, clavándole las uñas en la piel al chico. Stephen dio un gritito y la soltó, y Pip no lo dudó. Corrió hacia la casa, cerró de un portazo y echó el pestillo.

Dentro, se aventuró entre el gentío que atestaba la pista de baile improvisada sobre una alfombra persa y avanzó mientras la empujaban de un lado a otro. Buscó entre los miembros que se agitaban y las caras sudorosas que reían. Buscó la seguridad del rostro de Cara.

Entre todos esos cuerpos, el aire estaba viciado y hacía calor.

Pero Pip estaba temblando, un frío que era el resultado del miedo que había pasado la estremeció e hizo que las rodillas desnudas le temblaran.

Registro de producción.
Entrada n.º 22

Actualización: Esta noche esperé dos horas en el coche. En el extremo más alejado del aparcamiento de la estación. Lo comprobé: no había cámaras. Tres tandas de viajeros que venían de Londres Marylebone llegaron y se fueron, mi padre entre ellos. Por suerte, no reconoció mi coche.

No vi a nadie merodeando por allí. Nadie que pareciera ir a comprar o vender drogas. Aunque no es que yo sepa qué pinta tiene esa gente; nunca habría adivinado que Andie Bell las pasaba.

Sí, ya sé que conseguí el número de Howie Bowers de Stephen el asqueroso. Podría llamarlo y ver si está dispuesto a contestar a algunas preguntas sobre Andie. Eso es lo que Ravi cree que deberíamos hacer. Pero —seamos realistas— así no voy a conseguir nada. Es un traficante de drogas. No va a admitírselo por teléfono a una extraña como quien habla del tiempo o discute la situación política mundial.

No, la única forma de que hable con nosotros es que primero consigamos algo con lo que coaccionarlo. Mañana iré otra vez a la estación. Ravi tiene que trabajar, pero puedo apañármelas sola. Les diré a mis padres que voy a casa de Cara a hacer los deberes de Lengua. Cuanto más miento, mejor se me da.

Tengo que encontrar a Howie.

Tengo que encontrar algo con lo que coaccionarlo.

También tengo que dormir.

LISTA DE SOSPECHOSOS
Jason Bell
Naomi Ward

Tipo mayor secreto
Nat da Silva
Daniel da Silva
Max Hastings
Traficante de drogas: ¿Howie Bowers?

Diecinueve

Ya había leído trece capítulos bajo la tenue luz plateada de la linterna del móvil cuando vio una figura solitaria que cruzaba bajo una farola. Pip estaba en su coche, aparcada en la esquina más lejana del aparcamiento de la estación, escuchando los correspondientes chirridos y voces de los trenes provenientes de Londres o Aylesbury cada media hora.

Hacía una hora más o menos que se habían encendido las farolas, cuando el sol había empezado a retirarse dejando la ciudad sumida en un azul oscuro.

Las luces tenían un estridente color amarillo anaranjado e iluminaban la calle con un incómodo brillo industrial.

Pip escudriñó a través de la ventanilla. Cuando la figura pasó bajo la luz, vio que era un hombre que llevaba un anorak verde oscuro con una tira de pelo naranja en la capucha. Esta proyectaba una máscara de sombras que solo dejaba ver, apenas iluminada, una pequeña porción triangular de la parte inferior de su cara.

Apagó rápidamente la linterna del móvil y dejó *Grandes esperanzas* en el asiento del copiloto. Deslizó hacia atrás su asiento para poder agacharse en el suelo del coche y así escondida vigilar con los ojos pegados a la ventanilla.

El hombre caminó hasta el fondo del aparcamiento y se apoyó contra la valla, en un espacio en penumbra entre los dos haces de luz naranja de las farolas. Pip lo observó, conteniendo el aliento para que este no empañara la ventana y le impidiese ver.

Con la cabeza agachada, el hombre sacó un móvil de un bolsillo. Cuando lo desbloqueó y la pantalla se iluminó, Pip pudo verle por fin la cara: un rostro huesudo y anguloso con una cuidada barba oscura de dos días. A Pip no se le daba demasiado bien averiguar la edad de la gente, pero diría que, más o menos, rondaba los veintimuchos o treintaypocos. Cierto que no era la primera vez esa noche que creía haber dado con Howie Bowers. Había espiado agachada a otros dos hombres. El primero se dirigió a un coche abollado, se subió y se fue. El segundo se detuvo a fumar durante el tiempo suficiente como para que a Pip se le parara el corazón. Pero luego se acabó el cigarro, abrió un coche desde la distancia con el correspondiente pitido y también se largó.

Pero hubo algo que no encajó con esos dos: iban vestidos de traje y con abrigos caros, claramente viajeros del tren procedentes de la ciudad. Este hombre, sin embargo, era diferente. Vestía vaqueros y un anorak, y no había duda de que estaba esperando algo. O a alguien.

Los pulgares del hombre tecleaban en la pantalla a toda velocidad. Probablemente estuviera mandando un mensaje a un cliente para decirle que ya estaba allí. Un pippismo típico, suponer cosas sin estar segura. Pero tenía una forma de averiguar si este misterioso hombre de la parka era Howie. Sacó el móvil, con cuidado de mantenerlo bajo y con la pantalla pegada a su cara para que la luz no la delatase. Buscó en sus contactos hasta dar con Howie Bowers y pulsó el botón de llamada.

Con los ojos pegados a la ventanilla y el pulgar preparado sobre la tecla de colgar, Pip esperó. Cada segundo que pasaba, sus nervios aumentaban.

Entonces lo oyó.

Mucho más alto que el sonido que salía de su propio móvil. Un sonido mecánico que imitaba el graznido de un pato emergió de las manos del hombre. Ella observó cómo tocaba el móvil y lo levantaba hasta el oído. «¿Hola?» La voz le llegó distante desde el exterior, amortiguada por la ventanilla. Una milésima de segundo después, la misma voz sonaba en su móvil. Era la voz de Howie, estaba claro.

Pip colgó y vio a Howie Bowers bajar el móvil y mirarlo, con las cejas gruesas y llamativamente rectas juntándose en gesto de confusión. Marcó algo en el móvil y volvió a llevárselo al oído.

—¡Mierda! —susurró Pip mientras silenciaba su móvil a toda velocidad.

No había pasado ni un segundo cuando la pantalla se iluminó con una llamada entrante de Howie Bowers. Pip pulsó el botón de bloqueo y dejó que la llamada siguiese sonando en silencio; el corazón le latía desbocado contra las costillas. Había estado cerca, demasiado cerca. Qué estúpida no haber ocultado su número, pero qué estúpida.

Howie guardó el móvil y se quedó allí esperando, con la cabeza agachada y las manos en los bolsillos. Por supuesto, aunque ella ahora ya supiera que este hombre era Howie Bowers, no estaba segura de que fuera la misma persona que le pasaba las drogas a Andie.

El único hecho comprobado era que Howie ahora mismo les estaba pasando droga a los chavales del instituto, los mismos que antes le compraban a Andie. Podría ser una coincidencia. Howie Bowers no tenía por qué ser el mismo hombre para el que ella había vendido hacía ya tanto tiempo. Pero en una ciudad como Kilton, no podías confiar en las casualidades.

Justo en ese momento, Howie levantó la cabeza y asintió

un par de veces. Luego Pip las oyó, un ruido muy marcado de pisadas rápidas que resonaban más alto sobre el cemento a medida que se acercaban. No se atrevió a moverse para mirar quién era la persona que se aproximaba, pero cada pisada parecía retumbar en su interior a medida que seguían acercándose. Y entonces la persona quedó a la vista.

Era un hombre alto que llevaba un abrigo largo beige y unos brillantes zapatos negros, cuyo brillo y ruido los delataban como nuevos. Tenía el pelo oscuro y muy corto. En cuanto llegó a la altura de Howie, se detuvo y se apoyó en la valla a su lado. A Pip le llevó unos segundos entornar los ojos para enfocar bien la vista. Y entonces dejó escapar un gritito sofocado.

Conocía a ese hombre. Conocía su cara de las fotos de la plantilla que había en la web de *El Correo de Kilton*. Conocía su voz de la tensa entrevista que tuvieron por teléfono. Era Stanley Forbes.

Stanley Forbes, un tipo ajeno a la investigación de Pip que, sin embargo, acababa de aparecer por segunda vez. Becca Bell dijo que estaba medio liada con él y ahora allí estaba, al lado del hombre que probablemente hubiera pasado drogas a la hermana de Becca.

Los dos hombres aún no habían hablado. Stanley se rascó la nariz y luego sacó un sobre grueso del bolsillo. Lo puso en el pecho de Howie y fue cuando Pip se dio cuenta de que la cara de Stanley estaba roja y las manos le temblaban.

Sacó el teléfono y, tras desconectar el flash, hizo un par de fotos de ese encuentro.

—Esta es la última vez, ¿te queda claro? —masculló Stanley, sin hacer el menor esfuerzo por bajar la voz. Pip oyó perfectamente las palabras a través del cristal de la ventanilla del coche—. No puedes seguir pidiéndome más. No tengo.

Howie habló bastante más bajo y Pip solo pudo oír el principio y el final de su frase: «Pero... contarlo». Stanley se le encaró.

—No creo que te atrevas.

Se miraron a la cara durante un tenso e interminable momento, luego Stanley se volvió y se alejó a toda prisa, con el abrigo ondeando tras él.

Cuando se quedó solo, Howie abrió el sobre para mirar su contenido y luego lo guardó en el abrigo. Pip le hizo algunas fotos más con el sobre en las manos. Pero Howie no parecía pretender irse a ningún sitio. Se quedó apoyado en la valla, tecleando otra vez en el móvil. Como si esperara a alguien más.

Unos minutos más tarde, Pip vio que otra persona se acercaba. Acurrucada en su escondite, vio cómo un chaval llegaba hasta Howie y lo saludaba con la mano. También lo reconoció: era un chico del curso anterior a ella, jugaba al fútbol con Ant. Se llamaba Robin nosequé.

Su encuentro fue igual de corto. El chaval sacó dinero y se lo dio. Howie lo contó y luego sacó del bolsillo de su abrigo una bolsa de papel enrollada. Pip hizo cinco rápidas fotos de Howie dándole la bolsa a Robin y cogiendo el dinero.

Vio que hablaban, pero no pudo oír las palabras que se decían. Howie sonrió y le dio al chico un par de palmadas en la espalda. Robin metió la bolsa en su mochila y se fue de allí susurrando a media voz: «Nos vemos», justo al pasar detrás del coche de Pip, tan cerca que casi le provoca un infarto.

Agachada debajo del marco de la puerta, Pip pasó revista a las fotos que había hecho; la cara de Howie se veía bien en al menos tres de ellas. Y Pip sabía el nombre del chico al que le había vendido droga. Era un instrumento de coacción de libro, si es que alguien escribe libros sobre cómo chantajear a un traficante de drogas.

Pip se quedó congelada. Alguien estaba paseando detrás del coche, arrastrando los pies, silbando. Esperó veinte segundos y luego miró. Howie se había ido, su figura se alejaba hacia la estación.

Y entonces llegó el momento de la indecisión. Howie iba a pie; Pip no podía seguirlo en coche. Pero por nada del mundo quería abandonar la seguridad de su pequeño escarabajo para acechar a un criminal sin el escudo reforzado de una carrocería.

El miedo empezó a enroscársele en el estómago y le subió al cerebro en forma de pensamiento: Andie Bell se aventuró sola en la oscuridad y nunca volvió. Pip desechó el pensamiento, se tragó su miedo y salió del coche, luego cerró la puerta con todo el cuidado del mundo. Tenía que obtener toda la información posible sobre este hombre. Podría ser el que pasaba droga a Andie, el que realmente la mató.

Howie caminaba unos cuarenta pasos delante de ella. Ahora llevaba la capucha bajada y el forro naranja era fácil de distinguir en la oscuridad. Pip mantuvo la distancia entre ellos, con el corazón latiendo cuatro veces por cada paso que daba.

Se rezagó un poco y aumentó la distancia entre ellos cuando pasaron por la bien iluminada rotonda del exterior de la estación. No quería acercarse demasiado. Siguió detrás de él cuando giró a la derecha de la colina, más allá del pequeño supermercado de la ciudad. Howie cruzó la carretera y giró a la izquierda camino de High Street, en la otra punta de la ciudad respecto del instituto y de la casa de Ravi.

Pip fue detrás de él todo el camino hasta Wyvil Road, pasando el puente que cruzaba las vías del tren. Después, Howie salió de la calle principal y se metió en un pequeño camino de hierba bordeado por un seto marchito.

Ella esperó a que avanzara un poco más antes de seguirlo por el camino, que iba a dar a una pequeña y oscura carretera residencial. Continuó, con los ojos pegados a la capucha de pelo naranja que avanzaba cincuenta pasos delante de ella. La oscuridad era el mejor de los disfraces; hacía que lo familiar pareciera desconocido y extraño. Solo cuando pasó un cartel con el nombre de la calle se dio cuenta de dónde estaban.

Romer Close.

El corazón se le aceleró aún más, llegando a seis pulsaciones por paso. Romer Close, la mismísima calle donde habían encontrado el coche de Andie Bell abandonado después de su desaparición.

Pip vio que Howie se desviaba un poco más adelante y se apresuró a esconderse tras un árbol sin dejar de observarlo; vio que se dirigía a un pequeño chalet, sacaba las llaves y entraba en él. Cuando la puerta se cerró, Pip salió de su escondite y se acercó a la casa de Howie, Romer Close, número 29.

Era una casa adosada de techo bajo, con ladrillos de color tostado y un tejado de pizarra lleno de musgo. Las dos ventanas de la fachada estaban cubiertas por gruesas persianas, la izquierda con grietas por las que se colaba un resplandor amarillento ahora que Howie acababa de encender las luces del interior. Delante de la puerta de entrada había un pequeño sendero de gravilla donde estaba aparcado un coche de un desvaído color granate.

Pip lo miró. Esta vez no tardó en darse cuenta. Se le quedó la boca abierta y el estómago le dio un vuelco y le llenó la garganta del sabor del sándwich que se había comido en el coche.

—Ay, Dios —susurró.

Se apartó de la casa y cogió el móvil.

Fue a llamadas recientes y marcó el número de Ravi.

—Por favor, dime que ya has salido de trabajar —dijo cuando él descolgó.

—Acabo de llegar a casa, ¿por qué?

—Necesito que vengas a Romer Close ahora mismo.

Veinte

Gracias a su mapa del asesinato, Pip sabía que a Ravi le llevaría unos dieciocho minutos llegar andando desde su casa hasta Romer Close. Llegó cuatro minutos antes de lo previsto, pues empezó a correr cuando la divisó.

—¿Qué pasa? —preguntó, casi sin aliento, apartándose el pelo de la cara.

—Un montón de cosas —dijo Pip en voz baja—. No estoy muy segura de por dónde empezar, así que allá voy.

—Me estás asustando. —Los ojos de Ravi escrutaron la cara de su amiga.

—Yo también me estoy asustando. —Pip se detuvo para tomar aliento y obligar a su estómago a volver a su sitio, tráquea abajo—. Vale, sabes que estaba buscando al camello, a partir de la pista que conseguí en la fiesta destroyer. Pues esta noche estaba allí, trapicheando en el aparcamiento, así que lo seguí a casa. Vive aquí, Ravi, en la misma zona donde encontraron el coche de Andie.

Los ojos del chico vagaron por la silueta de la oscura calle.

—Pero ¿cómo sabes siquiera que él es el tipo que le pasaba drogas a Andie? —preguntó.

—No estaba segura —contestó ella—, pero ahora sí. Espera, antes tengo que decirte otra cosa y no quiero que te enfades.

—¿Por qué iba a enfadarme? —Él bajó la vista para mirarla y su expresión amable se endureció.

—Pues... porque te he mentido —confesó ella, con la vista clavada en el suelo, para no enfrentar la mirada de Ravi—. Te dije que el interrogatorio policial de Sal aún no había llegado. Sí que llegó, hace unas dos semanas.

—¿Qué? —dijo él en bajo.

Una expresión de dolor nubló su rostro e hizo que su nariz y su frente se arrugaran.

—Lo siento —se excusó Pip—, pero cuando llegó y lo leí, pensé que era mejor que no lo vieras.

—¿Por qué?

Ella tragó saliva.

—Porque no dejaba muy bien a tu hermano. Fue muy evasivo con la policía y les dijo literalmente que no quería contarles el motivo por el que él y Andie habían discutido. Parecía que intentaba ocultar el motivo. Y me asustó pensar que quizá sí que la hubiese matado y no quería disgustarte.

Ella se atrevió por fin a mirarlo a los ojos. Estaban entrecerrados y tristes.

—Después de todo esto, ¿piensas que Sal es culpable?

—No, no lo pienso. Solo lo dudé un momento, y me dio miedo decírtelo. Me equivoqué, lo siento. No tenía que haberte mentido. Y nunca tendría que haber dudado de Sal.

Ravi la miró rascándose el cogote.

—Vale —concluyó—. Está bien, entiendo por qué lo hiciste. Dime, ¿qué es lo que pasa?

—Acabo de averiguar por qué Sal estuvo tan raro y evasivo en el interrogatorio policial, y por qué Andie y él habían discutido. Vamos.

Le indicó que la siguiera y caminó de vuelta hacia el chalet de Howie. Lo señaló.

—Esta es la casa del camello —dijo—. Mira su coche, Ravi.

Observó el rostro del muchacho mientras este miraba el

coche. Desde el parabrisas al maletero y de faro a faro. Hasta que dio con la matrícula y se quedó ahí. Leyéndola una vez, y otra, y otra.

—Oh —dijo.

Pip asintió.

—Sí, oh, oh y medio.

—De hecho, creo que este es uno de esos momentos de hosss... curidad.

Y los ojos de ambos se quedaron clavados en el número de la matrícula: R009 KKJ.

—Sal escribió ese número de matrícula en las notas de su móvil —dijo Pip—. El miércoles 18 de abril a eso de las ocho menos cuarto de la tarde. Supongo que se olía algo, quizá había oído rumores en el instituto o algo así. Así que esa tarde siguió a Andie y debió de verla con Howie en este coche. Y vio lo que estaba haciendo.

—Por eso discutieron los días previos a la desaparición —añadió Ravi—. Sal odiaba las drogas. Las odiaba.

—Y cuando la policía le preguntó por el motivo de la discusión —continuó Pip—, él no fue evasivo para esconder algo que lo pusiera a él en peligro. Estaba protegiendo a Andie. Él no creía que estuviera muerta. Pensaba que estaba viva e iba a volver, y no quería causarle problemas con la policía, por eso no les dijo que pasaba drogas. Y ese último mensaje que le mandó aquel viernes por la noche...

—«No pienso hablar contigo hasta que lo dejes» —citó Ravi.

—¿Sabes qué? —sonrió Pip—. Tú hermano nunca ha parecido más inocente.

—Gracias. —Le devolvió la sonrisa—. ¿Sabes? Nunca le he dicho esto a una chica, pero... me alegro de que aparecieras de la nada y llamaras a mi puerta.

—Pues te recuerdo que me dijiste que me largara —contestó ella.

—Bueno, parece que es difícil deshacerse de ti.

—Así soy yo. —Inclinó la cabeza en agradecimiento—. ¿Preparado para llamar a la puerta conmigo?

—Espera. No. ¿Qué? —Él la miró asustado.

—Venga —dijo ella caminando hacia la casa de Howie—, por fin vas a tener algo de acción.

—Buf, no sé por dónde empezar a enumerar todos los riesgos. Espera, Pip —la llamó Ravi, que la seguía—. ¿Qué vas a hacer? No va a querer hablar con nosotros.

—Sí que querrá —repuso ella agitando el móvil por encima de la cabeza—. Tengo algo que lo convencerá.

—¿El qué? —Ravi la alcanzó justo antes de que llegara a la puerta.

Pip se volvió, le lanzó una sonrisa de medio lado, le guiñó un ojo y luego lo cogió de la mano. Antes de que Ravi pudiera soltarse, ella llamó tres veces a la puerta. Él abrió mucho los ojos y levantó el dedo en forma de silenciosa reprimenda. Dentro se oyó movimiento y una tos. A los pocos segundos, la puerta se abrió.

Howie estaba mirándolos mientras parpadeaba. Se había quitado el abrigo, llevaba una camiseta teñida de azul e iba descalzo. A su alrededor el aire olía a humo rancio y ropa mojada y vieja.

—Hola, Howie Bowers —saludó Pip—, ¿podríamos, por favor, comprar drogas?

—¿Y tú quién demonios eres? —masculló él.

—Soy el demonio que hizo estas fotos tan monas hace un rato —dijo Pip buscando las imágenes del aparcamiento; puso el móvil frente a él para que las viera. Deslizó la pantalla con el dedo para que pudiera contemplarlas todas—. Fíjate, qué curioso, conozco a este chico al que le estás pasando drogas. Se llama Robin. Me pregunto qué pasaría si llamara a sus padres ahora mismo y les dijera que buscaran en la mochila de su hijo. ¿Encontrarían una pequeña bolsa marrón llena de sorpresas? Y no me queda claro cuánto le llevaría a la policía llegar hasta aquí, sobre todo si los llamo para darles la dirección.

Dejó que Howie digiriera toda la información; el hombre no cesaba de mirarla a ella, a Ravi y al móvil.

Gruñó.

—¿Qué quieres?

—Quiero que nos invites a entrar y nos respondas a algunas preguntas —dijo Pip—. Eso es todo, y no alertaremos a la poli.

—¿Preguntas sobre qué? —inquirió él sacándose algo de entre los dientes con las uñas.

—Sobre Andie Bell.

Howie intentó fingir una mirada confusa.

—Ya sabes, la chica que pasaba la droga que tú le proporcionabas a los críos del instituto. La misma a la que asesinaron hace cinco años. ¿La recuerdas? —dijo Pip—. Bueno, si no, seguro que la policía sí que la recordará.

—Bien —contestó Howie, dando un paso atrás sobre unas bolsas de plástico tiradas en el suelo—. Podéis entrar.

—Excelente —celebró Pip, y volvió la cabeza para mirar a Ravi.

Vocalizó «coacción conseguida» y él puso los ojos en blanco. Pero cuando fue a entrar, Ravi la cogió, la puso detrás de él y entró primero. Vigiló a Howie hasta que el hombre se apartó de la puerta y avanzó por el pequeño pasillo.

Pip siguió a Ravi y cerró la puerta.

—Por aquí —dijo Howie con brusquedad, desapareciendo dentro del salón.

El camello se dejó caer en un destrozado sillón en cuyo reposabrazos lo esperaba una lata abierta de cerveza. Ravi se acercó al sofá y, tras apartar una pila de ropa, tomó asiento enfrente de Howie, completamente recto y tan cerca del borde del sofá como era posible. Pip se sentó a su lado y se cruzó de brazos.

Howie apuntó a Ravi con la lata de cerveza.

—Tú eres hermano del chico que la mató.

—Que supuestamente la mató —dijeron Pip y Ravi al unísono.

La tensión flotaba entre los tres, como invisibles tentáculos pegajosos que reptaban de una persona a otra a medida que establecían contacto visual.

—¿Te queda claro que iremos a la policía con estas fotos si no nos respondes a todas las preguntas que te hagamos sobre Andie? —avisó Pip y miró la cerveza, que probablemente no era la primera que se tomaba Howie desde que había llegado a casa.

—Sí, querida —rio Howie con un sonido que delataba la ausencia de algunos dientes—. Lo has dejado bastante claro.

—Bien —contestó ella—, pues haré mis preguntas muy claras también. ¿Cuándo empezó Andie a trabajar para ti y cómo sucedió?

—No me acuerdo. —Tomó un buen trago de cerveza—. Quizá a principios de 2011. Y fue ella la que me buscó. Todo lo que sé es que una adolescente muy segura de sí se me acercó en el aparcamiento y me dijo que podía conseguirme más clientes si le daba un porcentaje. Me contó que quería hacer pasta y le dije que yo quería lo mismo. No sé cómo se enteró de dónde vendía yo.

—Así que ¿tú estuviste de acuerdo cuando se ofreció a ayudarte con la venta?

—Sí, claro. Ella me ofrecía una posibilidad de entrarles a los más jóvenes, chavales a los que, de otra forma, yo no podía acceder. Era una situación beneficiosa para los dos.

—Y luego ¿qué pasó? —preguntó Ravi.

Los fríos ojos de Howie se posaron en Ravi, y Pip pudo sentir cómo se tensaba cuando los brazos de ambos casi se tocaron.

—Tuvimos una reunión y establecimos ciertas reglas básicas, sobre mantener el material y el dinero escondidos, usar códigos en vez de nombres... Le pregunté qué tipo de sustancias pensaba que preferirían sus compañeros de instituto. Luego le di un móvil para usar con los clientes y eso fue todo. La mandé salir al mundo —sonrió Howie, con una cara y una barba desconcertantemente simétricas.

—¿Andie tenía un segundo móvil? —preguntó Pip.

—Pues, claro. No iba a estar trapicheando desde un móvil pagado por sus padres, ¿no? Le compré un teléfono de prepago. Dos, de hecho. Le di el segundo cuando se quedó sin saldo en el primero. Esto fue unos pocos meses antes de que la mataran.

—¿Dónde guardaba Andie las drogas que iba a vender? —preguntó Ravi.

—Eso era parte de las reglas básicas. —Howie se recostó en el sofá y parecía hablarle a la lata de cerveza—. Le dije que esta aventurita suya en el mundo de los negocios no iría a ninguna parte si no tenía dónde esconder la mercancía y el móvil en un sitio que sus padres no pudieran encontrar. Ella me aseguró que tenía uno perfecto que nadie más conocía.

—Y ¿qué sitio era? —presionó Ravi.

Howie se rascó la barbilla.

—Eh... Creo que era algo así como una tabla suelta del suelo de su armario. Dijo que sus padres no tenían ni idea de que existía y ella se pasaba la vida escondiendo cosas allí.

—Así que ¿a lo mejor el móvil aún está escondido en el dormitorio de Andie? —preguntó Pip.

—No lo sé. A no ser que lo tuviera con ella cuando... —Howie hizo un ruido de gorgoteo mientras cruzaba el dedo índice por la garganta.

Pip miró a Ravi antes de formular la siguiente pregunta, y vio cómo el músculo de la mandíbula se le tensaba al rechinar los dientes de lo concentrado que estaba para no apartar la vista de Howie. Como si pensara que podía retenerlo en el sitio solo con la mirada.

—Vale —dijo ella—, ¿qué drogas vendía Andie en las fiestas?

El hombre aplastó la lata con la mano y la tiró al suelo.

—Al principio solo hierba —dijo—. Pero después ya de todo.

—Te ha preguntado qué drogas vendía Andie —enfatizó Ravi—. Enuméralas.

—Vale, vale. —Howie parecía irritado y manoseaba una mancha marrón de su camiseta—. Vendía hierba, a veces MDMA, efedrina, ketamina. Tenía un par de compradores habituales de Rohypnol.

—¿Rohypnol? —repitió Pip incapaz de ocultar su sorpresa—. ¿Andie vendía Rohypnol en las fiestas?

—Sí. Se usa para, no sé, para relajarse, también, no solo para lo que la mayoría de la gente piensa.

—¿Tú sabías quién le compraba Rohypnol a Andie? —preguntó ella.

—Pues... Creo que ella habló de un niño pijo. No sé. —Howie negó con la cabeza.

—¿Un niño pijo? —Inmediatamente una imagen apareció en la mente de Pip: el rostro anguloso y la sonrisa despectiva, el despeinado pelo rubio—. ¿Sabes si el niño pijo era un chico rubio?

Howie la miró sin expresión y se encogió de hombros.

—Contesta o vamos a la policía —advirtió Ravi.

—Sí, puede que fuera un chico rubio.

Pip se aclaró la garganta mientras pensaba a toda velocidad.

—Muy bien —dijo—, ¿con qué frecuencia os encontrabais Andie y tú?

—Cada vez que lo necesitábamos, cuando ella tenía encargos que cogerme o dinero que entregarme. Diría que una vez a la semana, a veces más, a veces menos.

—¿Dónde os encontrabais? —preguntó Ravi.

—En la estación, bueno, a veces ella venía hasta aquí.

—¿Andie y tú teníais... —Pip hizo una pausa— una relación romántica?

Howie soltó un bufido. De repente se incorporó y se dio un manotazo cerca del oído, como si tuviera un bicho.

—No, joder, claro que no —dijo, pero la carcajada que emitió a continuación no consiguió tapar el enfado que le subía por el cuello tiñéndoselo de rojo.

—¿Estás seguro?

—Sí, estoy seguro. —Pero la careta de asombro se había caído.

—Entonces ¿por qué te estás poniendo a la defensiva? —preguntó Pip.

—Pues claro que me estoy poniendo a la defensiva, hay dos críos en mi casa echándome la bronca por cosas que pasaron hace años y amenazándome con ir a la poli.

Le dio una patada a la lata de cerveza aplastada que había tirado al suelo y esta salió despedida hasta ir a dar contra las persianas que había justo detrás de la cabeza de Pip.

Ravi se levantó de un salto y se le plantó delante.

—¿Qué? ¿Qué vas a hacerme? —Howie lo miró de soslayo y se puso de pie—. Eres un payaso, tío.

—Eh, eh, vale, que todo el mundo se calme —dijo Pip, y también ella se puso de pie—. Casi hemos acabado; solo tienes que decir la verdad. ¿Tuviste una relación sexual con...?

—No, ya dije que no, ¿o es que no me oyes? —El color

rojo del cuello se extendió ahora por su cara, sobrepasando la línea de la barba.

—¿Querías tener una relación sexual con ella?

—No. —Ahora ya estaba gritando—. Para mí no era más que un negocio, y lo mismo para ella, ¿vale? No había nada más.

—¿Dónde estabas la noche que la mataron? —preguntó Ravi.

—Durmiendo la mona en ese sofá.

—¿Sabes quién la mató? —inquirió Pip.

—Sí, su hermano. —Howie señaló a Ravi de forma agresiva—. ¿Ese es el rollo que os traéis? ¿Quieres demostrar que el puto asesino de tu hermano era inocente?

Pip vio que Ravi se ponía rígido y miraba fijamente a las colinas dentadas en las que se habían convertido sus nudillos al cerrar los puños. Pero entonces él descubrió que ella lo miraba: la dureza desapareció de su rostro y metió los puños en los bolsillos.

—Muy bien, hemos acabado —dijo Pip poniendo una mano en el brazo de Ravi—. Vámonos.

—No, yo creo que no. —En dos zancadas Howie se plantó ante la puerta impidiéndoles el paso.

—¿Te importa? —dijo Pip, que notaba que el nerviosismo se empezaba a transformar en miedo.

—No, no, no —rio él negando con la cabeza—. No puedo dejar que os vayáis.

Ravi dio un paso y se puso ante él.

—Muévete.

—Hice lo que me pedisteis—dijo Howie volviéndose hacia Pip—. Ahora tenéis que borrar esas fotos mías.

Ella se relajó un poco.

—De acuerdo —accedió—. Sí, es justo. —Cogió el teléfono y mostró a Howie cómo borraba cada una de las fotos en el aparcamiento, hasta que llegó a una de *Barney* y Josh dormidos en la cama del perro—. Borradas.

Howie se hizo a un lado para dejarlos pasar.

Pip abrió la puerta de la calle y, mientras Ravi y ella salían al vigorizante aire nocturno, Howie dijo una última cosa.

—Si vas por ahí haciendo preguntas peligrosas, niña, te vas a encontrar con respuestas peligrosas.

Ravi dio un portazo para cerrar. Esperó hasta estar lejos de la casa para decir:

—Bueno, me lo he pasado en grande, gracias por invitarme a mi primer chantaje.

—De nada —dijo ella—. También ha sido el primero para mí. Pero ha sido efectivo; descubrimos que Andie tenía un segundo teléfono, que Howie albergaba sentimientos confusos hacia ella y que Max Hastings tenía afición por el Rohypnol —Levantó el móvil y entró en la galería—. Voy a recuperar las fotos, por si tenemos que volver a chantajear a Howie.

—Ah, estupendo —dijo—. Me encantaría. Quizá pueda añadir la extorsión a mi currículo.

—¿Sabes que usas el humor como mecanismo de defensa cuando te pones nervioso? —Pip le sonrió y le dejó pasar primero a través del hueco del seto.

—Sí, y tú te pones mandona y un poco pija. —La miró unos momentos y fue ella la primera en empezar. Se echaron a reír y ya no pudieron parar.

La adrenalina se liberó en forma de histeria. Pip se dejó caer sobre él, lloraba de risa y cogía aire entre carcajada y carcajada. Ravi se tambaleaba, con la cara contraída, y se reía tan alto que tuvo que doblarse y agarrarse el estómago.

Rieron y rieron hasta que a Pip empezaron a dolerle las mejillas y el estómago se le puso duro y dolorido.

Pero los jadeos postrisas volvieron a darles cuerda.

Registro de producción. Entrada n.º 23

Tendría que estar centrada en las solicitudes para la universidad; me queda como una semana para terminar la carta de presentación para Cambridge. Así que me tengo que tomar un pequeño paréntesis en mi actividad consistente en graznar bien alto y agitar las plumas de mi cola para el secretariado de admisiones.

Recapitulando, Howie Bowers no tiene una coartada para la noche en la que Andie desapareció. Según él mismo admitió, estaba «durmiendo la mona» en su casa. Sin nadie que lo corrobore, esto podría ser mentira. Es un tipo mayor y Andie podría haberlo *arruinado* denunciándolo a la policía por tráfico de drogas. Su relación con la chica estaba basada en un hecho criminal y, a juzgar por su reacción a la defensiva, también en cierta atracción sexual. Y el coche de Andie —el que la policía cree que condujeron con su cadáver en el maletero— apareció en su calle.

Sé que Max tiene coartada para la noche en la que Andie desapareció, la misma que Sal pidió a sus amigos que le proporcionaran. Pero, espera, voy a pensar en alto. El período de horas en el que Andie desapareció va de las 22.40 a las 0.45. Existe la posibilidad de que Max pudiera hacerlo un poco por los pelos. Sus padres no estaban, Jake y Sal ya se habían ido de su casa y Millie y Naomi se fueron a dormir a la habitación de invitados «un poco antes de las doce y media». Max pudo haber salido de casa a esa hora sin que nadie se diera cuenta. Quizá Naomi también. ¿Juntos incluso?

Max tiene una foto de una víctima de asesinato —desnuda— con la cual, según él, nunca tuvo una relación de tipo romántico. Técnicamente, es mayor que ella. Sabía de los trapicheos de Andie y le compraba drogas con regularidad.

El pijo de Max Hastings ya no parece tan íntegro e irreprochable. Quizá tenga que seguir la línea de investigación relacionada con el Rohypnol y ver si hay más evidencias de lo que estoy empezando a sospechar (¿Cómo no iba a considerarlo? Le compraba *Rohypnol,* por el amor de Dios).

Aunque ahora los dos parecen sospechosos, no hay un equipo Max/ Howie. El primero se limitaba a comprar drogas a Andie, y el segundo solo sabía de Max y sus hábitos de compra por ella.

Pero creo que la pista más importante que hemos obtenido de Howie es lo de ese segundo móvil de prepago de Andie. Esta es *la prioridad número uno.* Ese segundo móvil probablemente tenga toda la información de la gente a la que le estaba vendiendo drogas. Quizá también la confirmación del tipo de relación que Andie tenía con Howie. Y si él no era el tipo mayor secreto, a lo mejor Andie usaba este móvil de prepago para contactar con él y así mantenerlo escondido de su entorno. La policía no obtuvo el teléfono real de Andie cuando descubrieron el cadáver de Sal; si hubiera alguna evidencia de una relación secreta en ese móvil, la policía habría seguido esa pista.

Si encontramos ese móvil, a lo mejor damos con el tipo mayor secreto, a lo mejor hallamos a su asesino y así todo esto terminaría. Tal como están las cosas ahora mismo, hay tres posibles candidatos a ser el tipo mayor secreto: Max, Howie y Daniel da Silva. Si el móvil de prepago confirmase a alguno de ellos, creo que tendríamos evidencias suficientes para ir a la policía.

O podría ser alguien de quien aún no sabemos nada, alguien que aún no ha salido a escena pero que se prepara para su momento protagonista en esta trama. ¿Quizá alguien como Stanley Forbes? Sé que no hay una conexión directa entre él y Andie, así que no puedo ponerlo en la lista de sospechosos. Pero ¿no parece mucha casualidad que el periodista que escribió esos mordaces artículos sobre el «novio asesino» de Andie esté saliendo con su hermana pequeña? ¿Y que yo lo haya visto dándole dinero al mismo traficante que le vendía a Andie? ¿O todo esto son coincidencias? No creo en las casualidades.

LISTA DE SOSPECHOSOS

Jason Bell

Naomi Ward

Tipo mayor secreto

Nat da Silva

Daniel da Silva

Max Hastings

Howie Bowers

Veintiuno

—*Barney, Barney, Barney* hace caca —cantaba Pip, con las dos patas delanteras del perro entre sus manos, bailando ambos alrededor de la mesa del salón.

Entonces el viejo CD de su madre se atascó, y no hacía más que sonar *Hit the road, Ja-Ja-Ja-Ja-Ja*...

—Ay, qué molesto. —Leanne, la madre de Pip, entró con un plato de patatas asadas y las puso encima del salvamanteles que había sobre la mesa—. Pon la siguiente, Pips —dijo al salir.

Pip soltó a *Barney* y apretó el botón del reproductor de CD; esa última reliquia del siglo xx de la que cual Leanne no estaba preparada para deshacerse en favor de pantallas táctiles y altavoces Bluetooth.

La pobre... Hasta verla usar el mando de la tele daba penita.

—¿Has trinchado el pollo, Vic? —gritó Leanne volviendo al salón con un cuenco de brócoli y guisantes humeando y una cucharada de mantequilla que se derretía sobre ellos.

—El pollo está cortado, mi querida señorita —se oyó.

—¡Josh! La cena está lista —llamó Leanne.

Pip fue a ayudar a su padre a llevar los platos y el pollo asado. Josh se escurrió entre ellos, camino al salón.

—¿Has terminado los deberes, cariño? —le preguntó Leanne a Josh mientras cada uno se sentaba en su sitio alrededor de la mesa.

El lugar de *Barney* estaba en el suelo a los pies de Pip, pues conspiraba con ella en la misión de dejar caer pequeños trozos de carne cuando sus padres no miraban.

Pip cogió una patata del plato antes de que a Victor le diera tiempo a darle un manotazo de advertencia. Él, al igual que Pip, era un apasionado de las patatas.

—Joshua, ¿te importaría ofrecerle este manjar a tu progenitor?

Cuando todos los platos estuvieron servidos y todo el mundo había empezado ya a comer, Leanne se volvió hacia Pip y la señaló con el tenedor.

—¿Hasta cuándo tienes para enviar las solicitudes a la Universidad de Cambridge?

—Hasta el quince —dijo Pip—. Voy a intentar mandarlo en un par de días. Aún es pronto.

—¿Te has esforzado lo suficiente con la carta de presentación? Parece que no haces otra cosa que estar con el proyecto todo el día.

—¿Cuándo no me he esforzado lo suficiente en algo? —preguntó Pip pinchando un trozo especialmente grande de brócoli, algo así como el *Sequoiadendron giganteum* del mundo de los brócolis—. Si alguna vez se me pasa una fecha de entrega, será porque acaba de empezar el apocalipsis.

—Bueno, papá y yo podemos echarle un vistazo después de la cena, si quieres.

—Vale, os imprimo una copia.

El silbido de tren del móvil de Pip sonó e hizo que *Barney* saltara y su madre diera un respingo.

—Nada de móviles en la mesa —dijo.

—Lo siento —se excusó Pip—, ahora mismo lo pongo en silencio.

Podría ser perfectamente el inicio de uno de los largos monólogos que Cara mandaba línea a línea, en los que el móvil de Pip se convertía en una estación infernal, con trenes enloquecidos pitando unos sobre otros. O a lo mejor era Ravi. Sacó el móvil y le echó un vistazo a la pantalla en el regazo para ponerlo en silencio.

Sintió que la cara se le quedaba pálida y helada. Todo el calor se deslizaba como una corriente por su espina dorsal hasta inundarle el estómago, donde dio una sacudida que hizo que su cena tomara el camino inverso. La garganta se le cerró con un ramalazo de miedo gélido.

—¿Pip?

—Eh... Esto... De repente me han entrado unas ganas locas de ir al baño —dijo levantándose rauda de la silla con el móvil en la mano y a punto de llevarse al perro por delante.

Salió de la habitación al pasillo como una flecha. Sus calcetines de lana la hicieron resbalar en el suelo de madera pulida y cayó sobre el codo.

—¿Pippa? —llamó Victor.

—Estoy bien —informó levantándose—. Solo ha sido un resbalón.

Cerró la puerta del baño y echó el pestillo.

Tras bajar la tapa del retrete, se sentó en ella temblorosa. Con el móvil sujeto con ambas manos, lo abrió y pulsó para leer el mensaje.

Zorra estúpida. Olvídate de todo esto mientras estés a tiempo.

Remitente desconocido.

Registro de producción. Entrada n.º 24

No puedo dormir.

En cinco horas tengo que levantarme para ir a clase y soy incapaz de conciliar el sueño.

Ya no puedo seguir pensando que es una broma. La nota en mi saco de dormir, este mensaje... Es real. He comprobado todos mis pasos desde la noche que fuimos de acampada; los únicos que saben lo que he descubierto son Ravi y la gente a la que entrevisté.

Y aun así alguien sabe que me estoy acercando a la verdad y está entrando en pánico.

Alguien que me siguió hasta el bosque. Alguien que tiene mi número de teléfono.

Intenté contestar al mensaje. Un pálido «¿Quién eres?». Pero me dio error. No pude mandarlo. Lo he mirado: existen páginas web y aplicaciones desde las que puedes mandar mensajes anónimos para que no puedan ni contestarte ni saber quién eres. Su nombre es de lo más apropiado. Desconocido.

¿Es este Desconocido la persona que mató a Andie Bell? ¿Quiere que piense que también podría venir a por mí?

No puedo acudir a la policía. Todavía no he reunido suficientes pruebas. Todo lo que tengo son declaraciones no juradas de gente que conocía diferentes fragmentos de las vidas secretas de Andie. Hay siete personas en mi lista de sospechosos, pero todavía no tengo un candidato principal. Existe demasiada gente en Little Kilton que tenía motivos para matar a Andie.

Necesito pruebas concretas.

Necesito ese móvil de prepago.

Y solo entonces me olvidaré de todo esto, Desconocido. Solo cuando la verdad esté ahí fuera y tú ya no.

Veintidós

—¿Qué hacemos aquí? —preguntó Ravi cuando la vio.

—Chisss —susurró Pip. Lo cogió de la manga del abrigo y lo arrastró detrás del árbol junto a ella.

Asomó la cabeza fuera del tronco, para mirar la casa del otro lado de la carretera.

—¿No tendrías que estar en clase? —dijo él.

—Me he tomado el día libre por enfermedad, ¿vale? —respondió Pip—. No me hagas sentir peor todavía.

—¿Nunca lo habías hecho antes?

—Solo he faltado a clase cuatro veces. En toda mi vida. Y fue por la varicela —explicó en voz baja, sin apartar la vista del adosado.

Los viejos ladrillos iban desde el amarillo pálido hasta un rojizo oscuro y estaban cubiertos de una hiedra que trepaba hasta el maltrecho tejado donde se erguían tres chimeneas de gran altura. Una gran puerta de garaje blanca a los pies del camino vacío reflejaba el sol otoñal de la mañana en las caras de los dos chicos. Era la última casa de la calle antes de que ascendiera hacia la iglesia.

—¿Qué hacemos aquí? —insistió Ravi sacando la cabeza por el otro lado del árbol para ver la cara de Pip.

—Llevo aquí desde las ocho —dijo, casi sin tomar aire—. Becca salió hace veinte minutos; está de prácticas en *El Correo de Kilton*. Dawn salió justo cuando yo llegaba. Mi madre dice que trabaja a media jornada en una institución benéfica en Wycombe. Ahora son las nueve y cuarto, así que debería pasar allí un buen rato. Y en la fachada de la casa no hay alarma.

Sus últimas palabras se convirtieron en un bostezo. La noche anterior apenas había dormido, pues se despertaba cada poco para mirar una y otra vez el mensaje de Desconocido hasta que las palabras se le quedaron grabadas en el cerebro y las veía incluso al cerrar los ojos.

—Pip —la llamó Ravi—. Una vez más, ¿por qué estamos aquí? —Los ojos del chico se habían abierto en una expresión que anunciaba regaño—. Dime que no es lo que estoy pensando.

—Para colarnos —confirmó Pip—. Tenemos que encontrar ese móvil de prepago.

—¿Por qué sabía que ibas a decir eso? —se quejó él.

—Es una prueba real, Ravi. Una prueba física real. Demuestra que estaba traficando con Howie. Quizá también contenga la identidad del tipo mayor secreto con el que Andie se veía. Si lo encontramos, podemos hacer una llamada anónima a la policía y quizá reabran la investigación y encuentren al asesino.

—Vale, una cosita sin importancia —comentó Ravi levantando un dedo—. ¿Me estás pidiendo a mí, al hermano de la persona que todo el mundo cree que mató a Andie Bell, que allane la casa de los Bell? Por no mencionar todos los problemas que tendría por ser un chaval de piel marroncita colándome en el domicilio de una familia blanca.

—Joder, Ravi —dijo Pip ocultándose otra vez detrás del árbol, sintiendo que se quedaba sin respiración—. Lo siento muchísimo. No me di cuenta.

No mentía; estaba tan convencida de que la verdad los aguardaba en aquella casa que no se había dado cuenta de lo que suponía aquello para Ravi. Por supuesto que no podía colarse en la casa con ella; todo el mundo lo trataba ya como un criminal, ¿cómo se pondrían si lo pillaban entrando allí?

Desde que Pip era pequeña, su padre siempre le había hablado de lo diferentes que eran sus contextos, explicándole las cosas cuando sucedían: cada vez que alguien lo seguía en una tienda, cada vez que lo cuestionaban por estar solo con una niña blanca, cuando alguien suponía que era el segurata de la oficina y no uno de los socios principales... Pip creció con la firme determinación de no cerrar nunca los ojos ante estas realidades, ni ante los privilegios de los que disfrutaba y por los que nunca tendría que luchar.

Pero esta mañana no había visto esa realidad. Estaba furiosa consigo misma y el estómago le daba incómodas sacudidas.

—Lo siento muchísimo —repitió—. He sido una estúpida. Ya sé que no puedes arriesgarte igual que yo. Iré sola. ¿Qué te parece si tú te quedas aquí y vigilas?

—No —dijo pensativo acariciándose el pelo—. Si así podemos limpiar el nombre de Sal, yo también tengo que participar. Merece la pena arriesgarse. Es demasiado importante. Sigo pensando que esto es peligroso y me cago de miedo, pero... —hizo una pausa y esbozó una pequeña sonrisa en dirección a Pip— somos cómplices. Eso significa que estamos juntos para lo bueno y para lo malo.

—¿Estás seguro? —Pip se movió y la correa de la mochila se le deslizó hasta el codo.

—Estoy seguro —respondió inclinándose para colocarle la correa en su sitio.

—Muy bien. —Pip se volvió para seguir vigilando la casa—. Y si te sirve de consuelo, no tenía planeado dejar que nos pillaran.

—Bueno, ¿y cuál es el plan? —preguntó él—. ¿Romper una ventana?

Ella lo miró boquiabierta.

—¿Qué dices? Tenía pensado usar una llave. Vivimos en Kilton; todo el mundo tiene una llave de repuesto escondida en algún sitio fuera de casa.

—Ah... Vale. Pues vamos a registrar la zona en busca del objetivo, Sargentita.

Ravi la miró con atención mientras fingía hacer una complicada secuencia de saludos militares. Ella le dio un pequeño toque para que se estuviese quieto.

Pip fue delante, cruzó la carretera con pasos decididos y se paró frente al jardín delantero. Por suerte los Bell vivían justo al final de una calle tranquila; no había nadie alrededor. Se acercó hasta la puerta de entrada y se volvió para mirar a Ravi, que, con la cabeza baja, caminaba a toda velocidad para unirse a ella.

Primero buscaron debajo del felpudo, que era donde la familia de Pip guardaba la llave de repuesto. Pero no hubo suerte. Ravi se estiró y palpó el dintel, pero sacó la mano vacía y la punta de los dedos cubierta de polvo y suciedad.

—Vale, mira a ver en ese arbusto y yo compruebo este.

No había llave alguna en ninguno de los dos, ni escondida al lado de los faroles a juego de la entrada, ni en ningún clavo oculto bajo la hiedra.

—Bueno, seguro que no —dijo Ravi señalando un carillón de viento que colgaba ante la puerta de entrada. Metió la mano entre los tubos de metal y apretó los dientes cuando dos chocaron entre ellos.

—Ravi —llamó ella en un susurro impaciente—, ¿qué estás...?

Él sacó algo de la pequeña plataforma de madera que colgaba en medio de los tubos y se lo enseñó. Una llave con un pequeño pedacito de Blu-Tack pegado a ella.

—Ajá —exclamó él—, el aprendiz supera al maestro.

Puede que seas sargento, Sargentita, pero yo soy el inspector jefe.

—Cierra esa bocaza, Singh.

Pip se quitó la mochila y la posó en el suelo. Revolvió en su interior e inmediatamente encontró lo que estaba buscando. No pudo resistir la tentación de acariciar la suave textura del vinilo. Los sacó.

—¿Qué...? No quiero ni preguntar —rio Ravi negando con la cabeza al ver a Pip ponerse unos brillantes guantes de goma amarilla.

—Estoy a punto de hacer algo ilegal —dijo—. No quiero dejar huellas. Tengo otro par para ti.

Extendió la palma ahora amarilla fluorescente y Ravi depositó la llave en ella. Se dobló para rebuscar en la mochila y se levantó, con las manos alrededor de un par de guantes púrpuras con dibujos de flores.

—¿Qué es esto? —preguntó.

—Los guantes de jardinería de mi madre. Oye, no tuve demasiado tiempo para planear este allanamiento, ¿vale?

—Ya lo veo —murmuró Ravi.

—Son los más grandes. Tú póntelos.

—Los hombres de verdad van floreados cuando llevan a cabo un allanamiento —dijo Ravi; se enfundó los guantes y dio una palmada con ellos puestos.

Luego asintió, dando a entender que estaba listo.

Pip se puso la mochila al hombro y se dirigió a la puerta. Tomó aliento y empuñó el pomo. Usando la otra mano para suavizar el movimiento, introdujo la llave en la cerradura y giró.

Veintitrés

La luz del sol los guio dentro e iluminó el suelo de azulejos formando un largo y brillante camino. En cuanto entraron en el vestíbulo, sus sombras se proyectaron contra esa raya de luz, ambos juntos como una sola y alargada silueta, con dos cabezas y una maraña de brazos y piernas.

Ravi cerró la puerta y ambos caminaron despacio por el pasillo. Pip no podía evitar ir de puntillas, aunque sabía que no había nadie dentro. Había visto la casa muchas veces, desde diferentes ángulos, con un enjambre de policías vestidos con sus ropas negras de alta visibilidad. Pero siempre desde fuera. Todo lo que había visto del interior eran retazos cuando se abría la puerta principal y un fotógrafo de algún periódico inmortalizaba el momento para siempre.

El límite entre el exterior y el interior resultaba significativo en este contexto.

Estaba segura de que Ravi también lo sentía, a juzgar por la forma en la que este contenía el aliento. Era como si el aire tuviera una cualidad pesada. Como si hubiera secretos en el silencio, que flotaban como motas de polvo invisible. Pip no quería ni pensar demasiado alto, por si esa atmósfera se veía enturbiada. Todo era silencio alrededor, el lugar donde Andie Bell había sido vista viva por última vez cuando tenía solo unos pocos meses más que Pip ahora. La propia casa era parte del misterio, parte de la historia de Kilton.

Avanzaron hacia la escalera, tras echar un vistazo al lujoso salón de la derecha y a la cocina estilo *vintage* de la izquierda, amueblada con vitrinas azul turquesa y una gran isla central de madera.

Y entonces lo oyeron. Un pequeño golpe en el piso de arriba. Pip se quedó congelada.

Ravi la cogió de la mano enguantada.

Otro golpe, esta vez más cerca, sobre sus cabezas.

Pip volvió la cabeza para mirar hacia la puerta, ¿les daba tiempo a llegar?

Los golpes se convirtieron en un sonido de cascabel y unos segundos después, aparecía un gato negro en la parte más alta de la escalera.

—Joder —musitó Ravi relajando los hombros y la mano; su alivio fue como una corriente de aire fresco en medio del silencio.

Pip dejó escapar una risa hueca y ansiosa; notaba cómo las manos le sudaban dentro de la goma de los guantes. El gato se dirigió escalera abajo, deteniéndose a medio camino para maullar en dirección de los chicos. Pip, nacida y criada con perros, no estaba segura de cómo reaccionar.

—Hola, gato —susurró mientras el animal bajaba el resto de los escalones y se dirigía hacia ella; se frotó la cara contra sus pantorrillas y se enroscó en sus piernas.

—Pip, no me gustan los gatos —dijo Ravi incómodo, mirando con desagrado cómo el animal empezaba a frotar la cabeza peluda contra sus tobillos. Pip se agachó y dio unas palmaditas con las manos enguantadas al gato. Este volvió a enroscársele en las piernas y empezó a ronronear.

—Vamos —le dijo a Ravi.

Tras desenlazarse del animalillo, Pip se dirigió a la escalera. Cuando empezó a subirla, con Ravi detrás, el gato maulló y se apresuró a seguirlos, metiéndose entre las piernas del chico.

—Pip... —La voz de Ravi sonaba nerviosa; intentaba no pisarlo. Ella ahuyentó al gato y lo mandó escalera abajo hacia la cocina—. No estaba asustado —añadió él de forma poco convincente.

Con la mano enguantada sobre la barandilla, Pip ascendió el siguiente tramo de escaleras y estuvo a punto de tirar una libreta y un lápiz USB que reposaban sobre la parte de arriba de la barandilla. Un lugar raro para dejar cosas.

Cuando ambos estuvieron arriba, Pip estudió las diferentes puertas que daban al distribuidor. El último dormitorio del lado derecho no podía ser el de Andie; la colcha de motivos florales estaba arrugada con señales de uso y había calcetines emparejados en la silla de la esquina. Tampoco podía ser el que tenía delante, donde había una bata tirada en el suelo y un vaso de agua sobre la mesilla.

Ravi fue el primero en darse cuenta. Le dio un ligero toque en el brazo y señaló. Solo había una puerta que estuviera cerrada. Fueron hacia ella. Pip empuñó el pomo dorado y abrió la puerta.

Enseguida quedó claro que esa era su habitación.

Todo estaba ordenado y paralizado. Aunque tenía todos los accesorios de un dormitorio de adolescente —fotos de Andie en medio de Emma y Chloe, las tres posando con los dedos formando una uve, una foto de ella con Sal y un algodón de azúcar entre ambos, un viejo osito de peluche metido en la cama, una bolsa de agua caliente al lado, un neceser de maquillaje tan cargado que las cosas se esparcían por el escritorio—, la habitación no parecía de verdad. Era un lugar momificado en cinco años de dolor.

Pip dio el primer paso sobre la mullida alfombra color crema.

Su mirada recorrió las paredes de color lila y los muebles de madera blanca, todo limpio y abrillantado, y la alfombra con pisadas recientes. Dawn Bell debía de limpiar la habitación de su hija muerta, manteniendo todo como había estado la última vez que Andie había salido de allí. Ya no tenía a su hija, pero aún le quedaba el lugar donde había dormido, donde se había despertado, donde se había vestido, donde había gritado, discutido y dado portazos, donde su madre le había susurrado buenas noches antes de apagarle la luz. O eso imaginó Pip, reanimando la habitación vacía con la vida que habría transcurrido allí. Este lugar esperaría eternamente a alguien que ya no iba a volver nunca mientras la vida seguía al otro lado de aquella puerta cerrada.

Miró a Ravi y, por la expresión de su rostro, supo que había una habitación igual que esta en casa de los Singh. Y aunque Pip había llegado a sentir que conocía a Andie, a la persona enterrada entre todos aquellos secretos, ese dormitorio hizo que Pip la sintiera como una persona real por primera vez. Mientras ella y Ravi se dirigían hacia las puertas del armario, ella hizo una silenciosa promesa a la habitación: averiguaría la verdad. Y no solo por Sal, sino también por Andie.

Una verdad que bien podía estar escondida ahí mismo.

—¿Lista? —susurró Ravi.

Ella asintió.

Él abrió el armario y se encontraron con una barra repleta de vestidos y chaquetas colgadas en perchas de madera. En un extremo estaba el viejo uniforme del Instituto Kilton de Andie, aplastado contra la pared por faldas y camisetas, sin que quedara un solo centímetro de espacio libre entre las prendas.

Entorpecida por los guantes de goma, Pip sacó el móvil del bolsillo de los vaqueros y encendió su linterna. Se arrodilló, con Ravi a su lado, y ambos revolvieron bajo la ropa, con la linterna alumbrando los tablones del suelo en el interior.

225

Empezaron a palpar los tablones, deslizando los dedos por la superficie y los bordes, en un intento de levantar las esquinas.

Fue Ravi quien lo encontró. Era el que estaba contra la pared del fondo, a la izquierda.

Empujó una esquina y el otro lado del tablón se levantó. Pip se inclinó hacia delante para levantarlo, lo sacó y lo puso detrás de ellos. Con el teléfono a la altura de la sien, Pip y Ravi se inclinaron para mirar dentro del oscuro espacio que se abría debajo.

—No.

Movió la linterna en el interior del pequeño hueco para estar absolutamente segura, iluminando cada esquina. Solo veía capas de polvo, que ahora se arremolinaban a causa de sus respiraciones.

Estaba vacío. Ni teléfono, ni dinero, ni drogas. Nada.

—No está aquí —dijo Ravi.

Pip notó físicamente la decepción como una sensación que se abría paso entre sus tripas y dejaba espacio para que el miedo anidara en ellas.

—Pensé que lo íbamos a encontrar —dijo él.

Pip había pensado lo mismo. Creía de verdad que la pantalla del móvil iluminaría el nombre del asesino y la policía haría el resto.

Creyó que estaría a salvo de Desconocido. Se suponía que todo iba a acabar, pensó, y la garganta se le cerró como si fuera a llorar.

Puso el tablón de vuelta en su sitio y se echó unos centímetros hacia atrás, para salir del armario, como Ravi acababa de hacer, y el pelo se le enganchó un poco en la cremallera de un vestido largo. Se puso de pie, cerró las puertas y se volvió hacia él.

—¿Dónde puede estar el móvil de prepago, entonces? —preguntó él.

—A lo mejor Andie lo llevaba encima cuando murió —dijo Pip—, y ahora está enterrado con ella, o a lo mejor el asesino lo destruyó.

—O —propuso Ravi estudiando los objetos que cubrían el escritorio de Andie— alguien sabía dónde estaba escondido y se lo llevó después de su desaparición, al darse cuenta de que, si la policía lo encontraba, darían inmediatamente con ese alguien.

—Es otra posibilidad, sí —coincidió Pip—. Pero eso ahora no nos ayuda.

Se acercó también al escritorio. Encima del neceser de maquillaje había un cepillo del pelo con largos cabellos rubios aún enredados entre las cerdas. Al lado, Pip vio una agenda académica del instituto Kilton del año 2011/2012, casi idéntica a la que ella misma tenía de ese año. Andie había decorado la página de inicio con corazones y estrellas garabateados y pequeñas fotos de supermodelos.

Pip ojeó la agenda. Estaba llena de apuntes de deberes y trabajos escolares. Noviembre y diciembre tenían anotados varios días de puertas abiertas en la universidad. En la semana de antes de navidades había escrito un recordatorio: «¿Comprar a Sal un regalo de Navidad?». Fechas y emplazamientos de fiestas destroyer, fechas de entrega de trabajos escolares, cumpleaños de gente... Y, bastante curioso, letras aleatorias con horas garabateadas al lado.

—Eh. —Lo levantó para mostrárselo a Ravi—. Mira estas iniciales escritas por todas partes. Qué raro. ¿Qué pueden significar?

Ravi las observó un momento tocándose la mandíbula con una mano enguantada. Luego se le oscurecieron los ojos al juntar las cejas.

—¿Te acuerdas de lo que nos dijo Howie Bowers? Que le había dicho a Andie que usara códigos en vez de nombres...

—Quizá estos sean los códigos. —Pip acabó la frase por él, pasando el dedo cubierto de goma sobre las letras—. Deberíamos estudiarlos a fondo.

Puso la agenda en la mesa y cogió otra vez el móvil. Ravi la ayudó a quitarse uno de los guantes para poder acceder a la cámara. Luego pasó las páginas hasta febrero de 2012 y Pip sacó fotos de cada dos páginas, hasta llegar a la semana de abril, justo antes de las vacaciones de Semana Santa, donde lo último que Andie había escrito el viernes fue: «Empezar pronto con las notas de repaso de francés». En total fueron once fotos.

—Vale —dijo Pip; guardó el móvil y volvió a ponerse el guante—. Nos...

La puerta de entrada se cerró en el piso de abajo.

Ravi volvió la cabeza, con el terror inundándole las pupilas.

Pip puso la agenda en su sitio. Señaló al armario con la cabeza.

—Metámonos ahí —susurró.

Abrió las puertas y se acurrucó dentro mientras miraba a Ravi.

El chico estaba de rodillas fuera del armario. Pip se echó a un lado para dejarle espacio suficiente para entrar. Pero él no se movía. ¿Por qué no se movía?

Pip se inclinó hacia fuera y lo cogió, tirando de él hacia dentro, donde ella estaba, pegada a la pared trasera. Ravi volvió a la vida. Cogió las puertas del armario, las cerró, procurando no hacer ruido, y las mantuvo agarradas desde el interior.

Escucharon un taconeo procedente del vestíbulo. ¿Era Dawn Bell, que ya había vuelto del trabajo?

—Hola, *Monty*. —Una voz se extendió por toda la casa. La de Becca.

Pip sintió que a su lado Ravi estaba temblando como un loco. Ella le cogió de la mano, los guantes de goma rechinaron al hacerlo.

Oyeron a Becca en la escalera, más alto a medida que se acercaba, y el cascabel del gato detrás de ella.

—Ah, ahí estaban —dijo; los pasos se detuvieron en el distribuidor.

Pip apretó la mano de Ravi y deseó que él se diera cuenta de lo arrepentida que estaba. Deseó que supiera que, si pudiera, ella sola cargaría con la culpa.

—*Monty*, ¿has estado aquí? —La voz de Becca se acercaba más.

Ravi cerró los ojos.

—Sabes que no debes entrar en esta habitación.

Pip enterró la cara en el hombro de su amigo.

Ahora Becca estaba en la habitación con ellos. Podían oírla respirar, el sonido de su lengua moviéndose dentro de su boca. Más pasos, amortiguados por la gruesa alfombra. Y luego el sonido de la puerta del dormitorio de Andie cerrándose.

Las palabras de Becca llegaron a través de la puerta.

—Adiós, *Monty*.

Ravi abrió los ojos despacio y devolvió a Pip el apretón en la mano; dejó escapar su aliento histérico en el pelo de ella.

La puerta de entrada se cerró otra vez.

Registro de producción. Entrada n.º 25

Bueno, creí que necesitaría como seis cafés para mantenerme despierta el resto del día, pero resulta que ese encuentro con Becca surtió el mismo efecto. Para cuando tuvo que irse al trabajo, Ravi seguía sin haberse repuesto del todo. No puedo creer lo cerca que estuvimos de que nos pillaran. Y el móvil de prepago no estaba allí..., pero a lo mejor nuestra visita no fue en vano. Me he mandado al email las fotos de la agenda de Andie para poder verlas en grande en la pantalla del portátil. He revisado cada una un montón de veces y creo que hay algunas pistas interesantes.

Semana del 16 de abril de

Lunes 16

Francés: traducción del fragmento
para el viernes. ☐
Teatro; hacer los movimientos para el
acto 1, escena 4 ~~y escena 5~~
Ir de compras con ~~Chló~~ Chlo después de cl

Martes 17

¡Hacer la traducción hoy,
en la hora libre!!!
O copiársela a Sal. y Lex
Ensayo con Jamie ~~@~~@en

¡¡Gorda da Silva 0 – And

Miércoles 18

— Geog: leer y hacer las notas del capítul
sobre el río.
→ AC: @ 7:30

Estos son los días posteriores a las vacaciones de Semana Santa, cuando Andie desapareció. Solo en esta página ya hay un montón de información. Imposible ignorar la nota de *Gorda da Silva 0 – Andie 3*. Esto fue justo después de que Andie subiera el vídeo de Nat desnuda. Y sé por ella que hasta el miércoles 18 de abril no volvió a clase y que Andie la llamó zorra en el pasillo, dando lugar así a la nota de amenaza de muerte que apareció en la taquilla de Andie.

Pero, si juzgamos este comentario en el contexto, parece que Andie se jactaba de tres victorias sobre Nat en sus tétricos jueguecitos escolares. ¿Podría ser que el vídeo en topless contara como una de estas victorias y el chantaje de Andie a Nat para que dejara *El Crisol* fuera otra? ¿Cuál cuenta como el tercer tanto que se anota Andie? ¿Podría ser lo que hizo que Nat perdiera la razón y se convirtiera en una asesina?

Jueves 19

— Pedirle la traducción a Chris Parks
Teatro: conseguir que Lex haga los cigarrillos de mentira; cba
Hora libre 5 +6: ir a casa de Em.

Viernes 20

Empezar pronto con las notas de repaso de francés.

bado 21 y domingo 22

Otra nota muy significativa en esta página es la del miércoles 18 de abril. Andie escribió: «AC: @7.30».

Si Ravi tiene razón y Andie anotó ciertas cosas en código, creo que acabo de descifrar este. Es bastante fácil.

AC = Aparcamiento de Coches. El parquing de la estación de tren. Creo que Andie estaba apuntando la cita que tenía con Howie aquella tarde. De hecho, sé que Andie *sí* que quedó con Howie esa tarde, porque Sal escribió el número de matrícula del coche de Howie en su móvil a las 19.42 de ese mismo miércoles.

Hay más ejemplos de AC acompañados de horas en las fotos que hice. Creo que puedo decir sin temor a equivocarme que se refieren a los trapicheos de Andie con Howie y que ella estaba siguiendo las instrucciones de él respecto a usar códigos para mantener sus actividades ocultas a miradas ajenas. Pero, como a todos los adolescentes, le era fácil olvidar

Semana del 12 de marzo d

Lunes 12

Leer cap 9 del Encore
Tricolore ☐
Teatro: leer La tragedia del veng
→ AC: @ 6
Martes 13

AndieBell AndieBell AndieB
AndieBell Andie Bell
· Leer La tragedia del vengador. ☐
Miércoles 14

Leer la maldita Tragedia

- Comprar regalos para EH + CB

cosas (especialmente su horario de clases), por eso apuntaba las citas en el único elemento que miraría, al menos, una vez cada hora. Perfecto para recordarlo todo.

Así que ahora que creo que he descifrado el código de Andie, hay otras anotaciones con iniciales y horas escritas en la agenda.

Durante esta semana de mediados de marzo, Andie escribió el jueves 15: «IV: @8».

Estoy atascada con esto. Si sigue el mismo tipo de código, entonces IV = I... V...

Si, al igual que AP, IV se refiere a un lugar, no tengo ni la más mínima idea de cuál es. No se me ocurre ningún sitio en Kilton con esas iniciales. Pero ¿y si IV se refiere al nombre de alguien? Solo aparece tres veces en las páginas que fotografié.

Jueves 15

- Buscar en wikipedia el argumento de La tragedia del vengador.
- Preguntas de francés
→ I V: @ 8

Viernes 16

¡¡¡Atención, examen de Geografía!!!

Sábado 17 y domingo 18

Sab. CH: @ 6
^ antes de f dest.

Semana del 5 de marzo de 2

Lunes 5

- Escoger la Tragedia del vengador o Mackybethy para el examen de Teatr

Ir a casa de Sal después

Martes 6

- Ver Macbeth en YouTube
- Cap 6 del libro de Francés

Miércoles 7

Geografía: esquema de la redacción para el viernes ☑

→ AC: @ 6.30

Hay una anotación parecida que se repite con bastante frecuencia: «CH: @6». Pero en esta anotación del 17 de marzo, Andie también escribió «antes de la f dest» justo debajo. «F dest» claramente se refiere a fiesta destroyer. Así que quizá CH signifique «casa de howie» y Andie iba a ir a coger drogas para llevarlas a la fiesta.

Una anotación en marzo me llama la atención. Esos números garabateados y tachados encima del jueves 8 de marzo son un número de teléfono. 11 dígitos que empiezan por 07. Tiene que ser un teléfono. Pienso en alto: ¿qué motivos podría tener Andie para apuntar un número de teléfono en su agenda escolar? Por supuesto que llevaría la agenda con ella la mayoría de las veces, tanto en el insti como después, igual que la mía está siempre en mi mochila. Pero si tenía que apuntar un número nuevo, ¿por qué no lo metió directamente en la agenda del móvil? A menos,

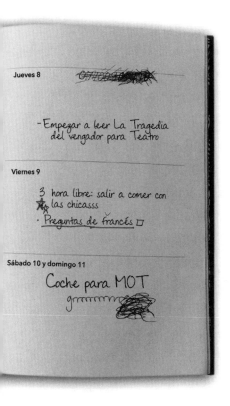

Jueves 8 ~~Officiosoxxx~~

- Empezar a leer La Tragedia
  del vengador para Teatro

Viernes 9

3 hora libre: salir a comer con
★ las chicasss
· Preguntas de francés □

Sábado 10 y domingo 11

Coche para MOT

grrrrrrr

quizá, que no quisiera ponerlo en su móvil *real*. A lo mejor lo apuntó porque no llevaba encima el otro en ese momento y era allí donde quería apuntar el número. ¿Podría ser el del tipo mayor secreto? ¿Un número nuevo de Howie? ¿O de un nuevo cliente? Y después de apuntarlo en el segundo móvil, debió de haberlo tachado para esconder sus huellas.

He estado mirando el garabato durante una media hora. Me parece que los primeros ocho dígitos son: 07700900. Aunque los dos últimos números podrían ser dos ochos, pero creo que solo lo parece por cómo los corta el tachón. Y luego, en los tres últimos números, la cosa se complica un poco. El tercero empezando por el final parece un 7 o un 9, porque creo que tiene un palo y una línea curva encima. El siguiente número casi seguro que es un 7 o un 1, a juzgar por la línea recta horizontal. Y luego, el último número tiene una curva, así que es un 6, un 0 o un 8.

Esto nos deja doce posibles combinaciones:

07700900776   07700900976   07700900716   07700900916

07700900770   07700900970   07700900710   07700900910

07700900778   07700900978   07700900718   07700900918

He intentado llamar a los de la primera columna, pero en todos me responde la misma voz robótica. «Lo sentimos, el número al que usted llama no corresponde a ningún abonado. Por favor, cuelgue y vuelva a intentarlo.»

En la segunda columna, di con una mujer mayor de Mánchester que nunca había estado en Little Kilton ni había oído hablar del pueblo. Otro «no corresponde a ningún abonado» y otro «ya no existe». Con los de la tercera columna, conseguí dos «no corresponde a ningún abonado» y un contestador de voz sin personalizar. Con los tres últimos números, me saltó el buzón de voz de un ingeniero de calderas llamado Garrett Smith con un fuerte acento del noreste de Inglaterra, un «ya no existe» y un último buzón de voz no personalizado.

Intentar dar con el propietario de este número de teléfono es un despropósito. Apenas puedo descifrar los tres últimos dígitos y el número tiene cinco años de antigüedad, así que probablemente esté ya fuera de uso. Seguiré intentando llamar a los números de los buzones de voz sin personalizar, por si saliera algo de ahí, pero lo que me hace falta ahora es: a) dormir toda la noche del tirón y b) terminar mi solicitud para Cambridge.

LISTA DE SOSPECHOSOS

Jason Bell

Naomi Ward

Tipo mayor secreto

Nat da Silva

Daniel da Silva

Max Hastings

Howie Bowers

Registro de producción. Entrada n.º 26

Solicitud para Cambridge enviada esta mañana. Y el instituto ya me ha inscrito en la entrevista eliminatoria para el examen ELAT* el 2 de noviembre para los candidatos a cursar Filología en Cambridge. En los ratos libres que tuve hoy, empecé a repasar mis redacciones de Literatura para mandarlas con la solicitud. Me gusta la de Toni Morrison, esa la voy a mandar. Pero no hay ninguna otra que sea suficientemente buena. Tengo que escribir una nueva, creo que sobre Margaret Atwood.

Tendría que estarme poniendo con ella ahora mismo, pero estoy inmersa en el mundo de Andie Bell y no dejo de entrar en la página del PC cuando debería estar enfrentándome a una página en blanco. He leído la agenda de Andie tantas veces que casi puedo recitar de memoria su horario escolar desde febrero hasta abril.

Una cosa sí que queda totalmente clara: Andie Bell era un procastinadora de deberes.

Y hay otras dos cosas bastante claras, aunque me base en hipótesis: AC se refiere a los encuentros de Andie con Howie para tratar sobre sus negocios con drogas en el aparcamiento de la estación y CH a los que se producían en casa del chico.

Todavía no he conseguido saber a qué se refiere IV. Aparece tres veces en total: el jueves 15 de marzo a las 8, el viernes 23 de marzo a las 9 y el jueves 29 de marzo a las 9.

Y, a diferencia de AC o CH, cuyas horas varían de una anotación a otra, IV está una vez a las ocho y dos a las nueve.

Ravi también ha estado intentando descifrar esto. Me acaba de mandar un email con una lista de posibles personas/lugares a los que cree

* *English Literature Admission Test*: prueba de admisión para Literatura Inglesa. *(N. de la T.)*

que podría referirse IV. Ha extendido la búsqueda fuera de Kilton, en ciudades y pueblos vecinos. Yo debería haber hecho lo mismo.

Su lista:

Club nocturno Imperial Vault en Amersham

El Hotel Ivy House en Little Chalfont

Ida Vaughan, de noventa años, con residencia en Chesham

El Café Cuatro en Wendover (IV = cuatro en números romanos)

Vale, a Google que me voy.

La página web del Imperial Vault dice que el club se abrió en 2010. Por su localización en el mapa, parece que está perdido en el medio de la nada, un bloque de cemento que es el club y un aparcamiento entre un montón de píxeles de hierba verde. Tiene noches universitarias todos los miércoles y viernes y de vez en cuando ofrece eventos como «La noche de las chicas». El propietario del club es un hombre llamado Rob Hewitt. Es posible que Andie fuera allí a vender drogas. Podríamos ir y echar un vistazo, intentar hablar con el dueño.

El Hotel Ivy House no tiene página web pero sí una página en TripAdvisor, con solo dos estrellas y media. Es un pequeño Bed&Breakfast llevado por una familia, que dispone de cuatro habitaciones, justo al lado de la estación de Chalfont. En las pocas fotos que hay en la página, parece agradable y acogedor, pero está «encima de una carretera muy transitada y ruidosa para pasar la noche» según Carmel672.

Y Trevor59 se quedó muy descontento con ellos; se confundieron e hicieron una reserva doble y el hombre tuvo que buscarse otro sitio. T9Jones dijo que «la familia era encantadora», pero el baño estaba «desordenado y muy sucio, con la bañera llena de porquería». Esta usuaria incluso puso algunas fotos en su reseña para apoyar su opinión.

MIERDA.

Ay Dios, ay Dios, ay Dios. Llevo al menos treinta segundos diciendo ay Dios en alto, pero no me llega; tengo que transcribirlo también.

¡Y Ravi no coge el maldito teléfono!

El cerebro me va más rápido que los dedos. T9Jones puso dos fotos muy de cerca de la bañera desde diferentes ángulos. Y luego una vista

238

más amplia del baño entero. Al lado de la bañera hay un espejo de cuerpo entero en la pared; se puede ver a T9Jones y el flash de su móvil reflejado. También se ve el resto del baño, desde el techo color crema con luces circulares hasta el suelo de baldosines. *Un suelo de baldosines rojo y blanco.*

Si me equivoco me como mi sombrero de pelo de zorro, PERO estoy casi segura de que es el mismo suelo de la foto colgada detrás del cartel de *Reservoir Dogs* en el dormitorio de Max Hastings. Andie desnuda salvo por unas escuetas braguitas negras, poniendo morritos al espejo, este espejo..., en el Hotel Ivy House, en Little Chalfont.

Si tengo razón, entonces Andie fue a ese hotel al menos tres veces en el curso de tres semanas. ¿Con quién iba a encontrarse allí? ¿Con Max? ¿Con el tipo mayor secreto?

Parece que mañana después de clase iré a Little Chalfont.

Veinticuatro

Unos momentos de chirridos acolchados anunciaron que el tren se ponía en marcha y empezaba a coger velocidad. Dio una sacudida y movió el boli de Pip, que hizo una raya en medio de la hoja en la que estaba escribiendo la introducción de su trabajo. Suspiró, arrancó la hoja del cuaderno e hizo una bola con ella. De todas formas, tampoco le gustaba lo que llevaba redactado. Metió la bola de papel en la mochila y se dispuso a coger el boli otra vez.

Estaba en el tren camino de Little Chalfont. Ravi la esperaría allí, iría directamente desde el trabajo, así que pensó que podía usar los once minutos de trayecto para hacer algo útil, empezar con el borrador de su trabajo sobre Margaret Atwood. Pero ahora que leía sus propias frases, no le gustaban mucho. Sabía lo que quería decir, tenía cada idea perfectamente formada y constituida, pero las palabras se le embrollaban y desdibujaban al pasar del cerebro a los dedos. Su mente estaba atascada en la historia de Andie Bell.

La voz grabada de la megafonía anunció que la próxima parada era Chalfont y Pip agradeció tener un motivo para apartar la vista del cuaderno y poderlo guardar en la mochila. El tren aminoró la marcha y se detuvo con un agudo suspiro mecánico.

Pip bajó al andén e introdujo el ticket en el torniquete de salida.

Ravi la estaba esperando fuera.

—Sargentita —dijo apartándose el oscuro pelo de los ojos—. Acabo de dar con la banda sonora de nuestra lucha contra el crimen. De momento, veo cuerdas aterrorizantes y una flauta cuando entro yo, y luego apareces tú con unas trompetas tremendas, en plan Darth Vader.

—¿Por qué me tocan a mí las trompetas? —preguntó ella.

—Porque caminas de forma supermarcial; siento ser yo el que te lo diga.

Pip sacó el móvil e introdujo la dirección del hotel Ivy House en la aplicación de mapas. El camino apareció en la pantalla y siguieron las directrices en un paseo de tres minutos, durante los cuales el círculo azul que era el avatar de Pip se deslizaba por la ruta en sus manos.

Cuando su círculo azul coincidió con el punto rojo de llegada, miró hacia arriba. Había un pequeño letrero de madera justo antes de la entrada que rezaba «Hotel Ivy House» en desvaídas letras excavadas. La entrada era una rampa de guijarros que llevaba a una casa de ladrillo rojo cubierta de hiedra casi por completo. El conjunto de hojas verdes era tan frondoso que la propia casa parecía temblar con el suave viento.

Cuando se dirigieron a la puerta principal, sus pisadas resonaron en la gravilla. Pip se fijó en el coche aparcado, que quería decir que había alguien dentro. Esperaba que fuera el de los propietarios y no el de algún huésped.

Apretó el timbre de frío metal y lo dejó sonar durante una larga nota.

Oyeron una tenue voz que emergía del interior, unos pasos lentos y amortiguados y luego la puerta se abrió hacia dentro, haciendo temblar la hiedra que la enmarcaba. Una mujer mayor con un esponjoso pelo gris, gafas gruesas y una chaqueta de prematuros motivos navideños apareció ante ellos y les sonrió.

—Hola, queridos —saludó—, no sabía que teníamos huéspedes. ¿A qué nombre hicisteis la reserva? —preguntó indicando a Pip y a Ravi que la siguieran dentro. Cerró la puerta.

Los chicos entraron a un vestíbulo cuadrado tenuemente iluminado, con un sofá y una mesita de café a la izquierda y una escalera blanca que se perdía en la pared opuesta.

—Ah, no, disculpe —dijo Pip volviéndose para colocarse de cara a la mujer—, en realidad no tenemos una reserva.

—Ya veo, bueno, por suerte para vosotros no estamos al completo, así que...

—No, perdone —la cortó Pip; miró a Ravi con cara rara—, quiero decir que no venimos para quedarnos. Estamos buscando... Queríamos hacerles unas preguntas a los dueños del hotel. ¿Es usted...?

—Sí, yo llevo el hotel —sonrió la mujer mirando de forma algo irritante a un punto justo a la izquierda de la cara de Pip—. Lo dirigí durante veinte años con mi David; aunque él se encargaba de casi todo. No ha sido fácil desde que falleció hace un par de años. Pero mis nietos están siempre por aquí, y me ayudan. Henry está ahora mismo arriba limpiando las habitaciones.

—Entonces, hace cinco años, ¿usted y su marido llevaban el hotel? —preguntó Ravi.

La mujer asintió y posó los ojos en él.

—Qué guapo —dijo con parsimonia, y luego se dirigió a Pip—. Eres muy afortunada.

—No, no somos... —empezó Pip mirando a Ravi.

Ojalá no lo hubiera hecho. Sin que la anciana mujer lo viera, se contoneó, se señaló la cara y vocalizó «qué guapo» hacia Pip.

—¿Queréis sentaros? —preguntó la mujer señalando un sofá verde y violeta bajo una ventana—. A mí sí que me gustaría.

Se dirigió a un sillón de cuero que había enfrente del sofá. Pip la siguió y, al pasar por su lado, piso intencionadamente el pie de Ravi. Se sentó, con las rodillas hacia la mujer, y Ravi se encajó a su lado, aún con esa estúpida expresión en la cara.

—¿Dónde tengo mis...? —dijo la mujer tocándose la chaqueta y los bolsillos del pantalón, con una mirada extraviada.

—Como iba diciendo... —comenzó Pip para atraer la atención de la mujer de nuevo hacia ella—, ¿guarda registro de la gente que se ha alojado aquí?

—Está todo apuntado en el... eh... ese, ah..., el ordenador es, ¿no? —contestó la mujer—. A veces se hacen por teléfono. David siempre se encargaba de las reservas; ahora lo hace Henry.

—Y ¿cómo guarda registro de las reservas que se han realizado? —preguntó Pip, temiéndose que no hubiera una respuesta.

—Mi David lo hacía. Tenía un cuadrante impreso para toda la semana. —La mujer se encogió de hombros mientras miraba por la ventana.

—¿Conserva los cuadrantes de las reservas de hace cinco años? —inquirió Ravi.

—No, no. Tendríamos toda la casa inundada de papel.

—Pero ¿tiene los documentos guardados en el ordenador? —intentó Pip.

—Ay, no. Nos deshicimos del ordenador de David después de su fallecimiento. Era un armatoste muy lento, como yo —respondió—. Mi Henry es quien hace ahora todas las reservas.

—¿Puedo preguntarle algo? —dijo Pip abriendo la cremallera de su mochila; sacó un trozo doblado de papel impreso, estiró la página y se la dio a la mujer—. ¿Reconoce a esta chica? ¿Ha estado aquí alguna vez?

La mujer miró la foto de Andie, la que habían usado en la mayoría de los artículos del periódico. Levantó el papel hasta dejarlo pegado a su cara, luego lo alejó a la distancia de un brazo, luego lo acercó otra vez.

—Sí —asintió; su miraba vagaba entre Pip, Ravi y Andie—. La conozco. Ha estado aquí.

A Pip se le erizó la piel de emoción y nerviosismo.

—¿Recuerda que esta chica haya estado aquí hace cinco años? —preguntó—. ¿Recuerda al hombre que iba con ella? ¿Cómo era?

El rostro de la mujer se contrajo y miró a Pip, los ojos le iban de izquierda a derecha y un parpadeo marcaba cada cambio de dirección.

—No —dijo con voz temblorosa—. No, no fue hace cinco años. Vi a esta chica. Ha estado aquí.

—¿En 2012? —preguntó Pip.

—No, no —Los ojos de la mujer volvieron a ese punto fuera de la cara de Pip—. Fue hace unas semanas. Estuvo aquí, lo recuerdo.

A Pip se le cayó el alma a los pies.

—No es posible —dijo—. Esa chica lleva cinco años muerta.

—Pero... —La mujer negó con la cabeza, y la piel arrugada entre sus ojos se plegó aún más con la confusión—. Pero yo lo recuerdo. Estuvo aquí. Ha estado aquí.

—¿Hace cinco años? —intervino Ravi.

—No —negó la mujer con una nota de enfado anunciándose en su voz—. Me acuerdo, ¿no? Yo no...

—¿Abuela? —Una voz masculina la llamó desde el piso de arriba.

Un fuerte ruido de pisadas descendió por la escalera y un hombre rubio hizo su aparición.

244

—Hola —dijo, mirando a Pip y a Ravi. Se acercó hasta ellos y les extendió la mano—. Soy Henry Hill —dijo.

Ravi se levantó y le estrechó la mano.

—Soy Ravi, ella es Pip.

—¿Os puedo ayudar en algo? —preguntó lanzando una mirada preocupada a su abuela.

—Le estábamos preguntando a su abuela sobre una persona que estuvo aquí hace cinco años —dijo Ravi.

Pip volvió a mirar a la anciana mujer y se dio cuenta de que estaba llorando. Las lágrimas le resbalaban por la piel arrugada y le caían desde la barbilla a la foto de Andie. Su nieto también debió de darse cuenta. Fue hacia ella y le acarició el hombro, luego cogió la foto de su mano temblorosa.

—Abuela —le dijo—, ¿por qué no pones agua a hervir y nos preparas un té? Ya acompaño yo a estos chicos a la salida, no te preocupes.

La ayudó a levantarse de la silla y la acompañó hasta la puerta de la izquierda. Al pasar junto a Pip, le devolvió la foto de Andie. Ravi y Pip se miraron, con los ojos llenos de preguntas, hasta que Henry volvió un par de segundos después y cerró la puerta de la cocina para que no se oyera tanto el ruido del hervidor.

—Lo siento —dijo con una sonrisa triste—. Se enfada cuando se siente confusa. El alzhéimer... se está poniendo cada vez peor. De hecho, estoy limpiando todo para poner el hotel a la venta. Pero ella siempre lo olvida.

—Lo siento —dijo Pip—. Teníamos que habernos dado cuenta. No queríamos molestarla.

—Ya lo sé, claro que no era esa vuestra intención —dijo—. ¿Puedo ayudaros con eso que estáis haciendo?

—Le preguntábamos por esta chica. —Pip le mostró la foto—. Si estuvo aquí hace cinco años.

—Y ¿qué os dijo mi abuela?

—Pensó que la había visto hacía poco, solo unas semanas... —Pip tragó saliva antes de añadir—: Pero esta chica murió en 2012.

—Sí, le pasa muy a menudo —dijo, mirando a ambos—. Se arma un lío con las fechas y no sabe cuándo pasaron las cosas. A veces aún piensa que mi abuelo sigue vivo. Probablemente se acuerde de esta chica de cuando vino hace cinco años, si es cuando pensáis que estuvo aquí.

—Sí —dijo Pip—, supongo.

—Siento no poder ser de más ayuda. No puedo deciros quién se hospedó aquí hace cinco años. No conservamos los registros de esa época. Pero si mi abuela la reconoció, supongo que eso os da una respuesta, ¿no?

Pip asintió.

—Sí. Siento que la hayamos molestado.

—¿Está bien? —preguntó Ravi.

—Sí, no te preocupes —contestó Henry con amabilidad—. Una taza de té y como nueva.

Salieron de la estación de Kilton cuando la ciudad empezaba a oscurecer. Eran las seis y el sol se hundía en el oeste.

El cerebro de Pip trabajaba como una centrifugadora: hacía girar las piezas de Andie, las separaba y las volvía a juntar en diferentes combinaciones.

—Resumiendo —dijo—, creo que podemos afirmar que Andie se hospedó en el Ivy House.

Supuso que los azulejos del baño y el reconocimiento de la mujer, aunque confuso en el tiempo, eran pruebas suficientes. Pero esta suposición perdió fuerza y algunas piezas cambiaron de lugar.

Giraron a la derecha para entrar al aparcamiento y se dirigieron hacia el coche de Pip, aparcado en el extremo más alejado, intercambiando probabilidades y conclusiones.

—Si Andie iba a ese hotel —propuso Ravi—, debía de ser para encontrarse con el tipo mayor secreto, porque ninguno de ellos quería que los vieran juntos.

Pip asintió, mostrando su acuerdo.

—O sea —dijo ella—, eso significa que quienquiera que fuese el tipo mayor secreto, no podía llevar a Andie a su casa. Y la razón más probable para eso es que viviera con su familia o con su esposa.

Esto cambiaba las cosas.

—Daniel da Silva vivía con su mujer en 2012 —siguió Pip— y Max Hastings vivía con sus padres, que conocían bien a Sal. Tanto uno como otro necesitarían salir de casa para mantener una relación secreta con Andie. Y, no nos olvidemos, Max tenía una foto de Andie desnuda hecha en el Ivy House, una foto que, según él, «encontró» —dijo Pip dibujando comillas con los dedos.

—Sí —concedió Ravi—, pero Howie Bowers vivía solo. Si era él la persona a la que Andie veía en secreto, no habrían necesitado ir a un hotel.

—Sí, eso es lo que estaba pensando —dijo Pip—. Lo que significa que podemos sacar a Howie de la lista de candidatos para tipo mayor secreto. Aunque eso no quiere decir que no pueda ser el asesino.

—Cierto —apoyó Ravi—, pero al menos las cosas empiezan a estar un poco más claras. La persona a la que Andie estaba viendo a espaldas de Sal en marzo no era Howie, y no se refería a él cuando hablaba de arruinarle la vida a alguien.

Dejaron de deducir al llegar al coche. Pip buscó en el bolsillo y sacó las llaves. Abrió la puerta del conductor y metió la mochila dentro, Ravi se la acomodó en el regazo en el asiento del copiloto. Pero cuando la chica iba a meterse dentro, miró hacia arriba y vio a un hombre apoyado en la valla, a unos veinte metros, que llevaba una parka verde con una capucha de pelo de un naranja brillante.

Howie Bowers, con la capucha puesta, la cara en sombras, asentía hacia el tipo que estaba a su lado. Un tipo cuyas manos gesticulaban notoriamente profiriendo lo que parecían airadas exclamaciones. Un tipo con un elegante abrigo de algodón y el pelo rubio despeinado.

Max Hastings.

Pip se quedó pálida y dio un respingo en el asiento.

—¿Qué pasa, Sargentita?

Ella señaló fuera de la ventana hacia la valla donde estaban los dos hombres.

—Mira.

Max Hastings, que le había mentido una vez más al decirle que nunca había vuelto a comprar droga en Kilton después de la desaparición de Andie, que no sabía quién era el tipo que se la pasaba a su amiga. Y aquí estaba, discutiendo con ese mismo tío; las palabras entre ellos se perdían en la distancia.

—Ah —dijo Ravi.

Pip puso en marcha el motor y arrancó. Se fue de allí antes de que Max o Howie pudieran verlos, antes de que las manos le empezaran a temblar demasiado.

Max y Howie se conocían.

Otro cambio que ponía patas arriba el puzle de Andie Bell.

Registro de producción. Entrada n.º 27

Max Hastings. Si hay alguien que debe estar en negrita en la lista de sospechosos, es él. Jason Bell acaba de ser destituido como número uno, pues Max ha escalado para detentar dicho título. Ha mentido dos veces en asuntos relacionados con Andie. Y nadie miente a no ser que tenga algo que esconder.

Recapitulemos: es un tipo mayor, tiene una foto de Andie desnuda tomada en un hotel en el que pudo haber estado con ella en marzo de 2012, era una persona cercana tanto a Sal como a ella, le compraba Rohypnol con regularidad y, por lo que parece, conoce bastante bien a Howie Bowers.

Esto también abre la posibilidad de una pareja que pudo actuar conjuntamente en el asesinato de Andie: Max y Howie.

Creo que es hora de coger el hilo del Rohypnol y a ver adónde nos lleva. Los chicos de diecinueve años no compran Rohypnol en las fiestas de instituto, ¿no? Esto es lo que une este bizarro triángulo de Max, Howie y Andie.

Voy a mensajear a algunos de los exalumnos del instituto de 2012, a ver si puedo arrojar algo de luz sobre lo que pasaba en esas fiestas destroyer. Y si descubro que es verdad lo que yo creo, ¿podrían Max y el Rohypnol ser las claves de lo que le pasó a Andie aquella noche? Como las tarjetas que faltan en un tablero de *Cluedo*.

LISTA DE SOSPECHOSOS
Jason Bell
Naomi Ward
Tipo mayor secreto
Nat da Silva
Daniel da Silva
Max Hastings
Howie Bowers

Registro de producción. Entrada n.º 28

Emma Hutton contestó a mi mensaje mientras estaba en clase. Esto es lo que decía:

> Sí, a lo mejor. Recuerdo que algunas chicas contaban que les habían echado algo en la bebida. Pero la verdad es que todo el mundo se emborrachaba un montón en esas fiestas, así que es probable que solo lo dijeran porque no conocían sus propios límites o por llamar la atención. A mí nunca me pasó.

Chloe Burch me contestó hace cuarenta minutos, cuando estaba viendo *La comunidad del anillo* con Josh:

> Nunca oí nada de eso. Pero a veces las chicas lo dicen cuando han bebido demasiado, ¿no?

Ayer por la noche, mensajeé a alguna gente que estaba etiquetada en fotos con Naomi en las destroyer de 2012 y cuyas direcciones encontré en sus perfiles. Mentí un poco, les dije que era una periodista de la BBC llamada Poppy porque pensé que eso les animaría a hablar. Si es que tenían algo que decir, claro. Una de ellas respondió.

De: pfa20@gmail.com
Para: handslauraj116@yahoo.com

Estimada Laura Hands:

Soy periodista y estoy trabajando en un documental independiente para la BBC sobre fiestas de menores en casas y consumo de drogas. Por mi investigación he sabido que usted solía acudir a unas fiestas conocidas como «destroyer» en la zona de Kilton en 2012. ¿Podría hacer algún comentario respecto a los rumores sobre que a las chicas les echaban droga en la bebida o si vio algún ejemplo de esto?

Le estaría enormemente agradecida si pudiera proporcionarme cualquier información respecto al asunto. Sepa que, por supuesto, cualquier comentario que haga será tratado de forma anónima y con la mayor discreción.

Gracias por su tiempo.

Atentamente,

Poppy Firth-Adams

De: handslauraj116@yahoo.com
Para: pfa20@gmail.com

21.22 (hace 2 min)

Hola, Poppy:

No te preocupes, me alegro de poder ayudarte.

La verdad es que sí recuerdo que se hablaba de que echaban droga a las copas. Por supuesto, todo el mundo bebía muchísimo en esas fiestas, así que el tema era bastante confuso.

Pero tenía una amiga, Natalie da Silva, que pensó que la habían drogado en una de esas fiestas. Dijo que no recordaba nada de aquella noche y que solo había bebido una copa. Creo que fue a principios de 2012, si no me confundo.

A lo mejor aún tengo su número de teléfono, por si quieres ponerte en contacto con ella.

Suerte con tu documental. ¿Me dirás cuándo lo emiten? Me gustaría verlo.

Un saludo.

Laura

Registro de producción. Entrada n.º 29

Dos respuestas más esta mañana mientras estaba en el partido de fútbol de Josh. La primera decía que no sabía nada del asunto y no quería comentar nada. La segunda decía esto.

Petición de información para un documental independiente para la BBC

Pfa20@gmail.com　　　　　　　　　　　　12 de oct (hace 2 días)

Estimada Joanna Riddell: Soy periodista y estoy trabajando en un documental independiente para...

Joanna95Riddell@aol.com　　　　　　　12.44 (hace 57 min)
Para: pfa20@gmail.com

Estimada Poppy Firth-Adams:

Gracias por su email. Estoy de acuerdo en que es un tema importante que necesita más atención por parte de los medios generalistas.

Lo cierto es que sí conozco casos de bebidas adulteradas que ocurrieron en esas fiestas. Al principio solo eran rumores que suponía que venían de gente que había bebido demasiado y quería exculparse. Pero luego en una fiesta, sería febrero de 2012, una de mis amigas (cuyo nombre no revelaré) se puso malísima. No podía hablar y apenas era capaz de moverse. Tuve que pedirles a varios chicos que me ayudaran a llevarla al coche de su padre. Y al día siguiente, ella ni siquiera recordaba haber estado en la fiesta.

Unos pocos días después, me pidió que la acompañara a la comisaría de policía de Kilton para denunciar lo ocurrido. Fue y habló con un agente joven, no recuerdo su nombre. Luego ya no sé qué paso. Pero desde entonces siempre tengo cuidado con mi copa.

Así que sí, creo que en aquellas fiestas echaban droga en las bebidas de las chicas (qué tipo de droga, no lo sé). Espero que esto le sirva de ayuda para su documental y no dude en volver a ponerse en contacto conmigo si tiene más preguntas.

Suerte.
Jo Riddell

Parece que la trama sigue creciendo.

Creo que puedo afirmar con bastante seguridad que las bebidas *sí* que eran adulteradas con droga en las fiestas destroyer en 2012, aunque no fuera algo sabido entre los asistentes. Así que Max compraba Rohypnol a Andie y echaba droga en la bebida de las chicas en las fiestas que él mismo fundó. No hace falta ser muy listo para darse cuenta.

Y no solo eso: Nat da Silva puede haber sido una de las chicas drogadas. ¿Esto podría ser importante para la investigación? ¿Le pasó algo a Nat la noche que cree que la drogaron? No puedo preguntarle: es lo que llamaría una «testigo excepcionalmente hostil».

Y finalmente, para rematar, Joanna Riddell dice que su amiga creyó que le habían echado droga en la bebida y lo denunció a la policía de Kilton. A un agente «joven». Bueno, he investigado y el único agente joven en 2012 era (¡Premio al canto!) Daniel da Silva. Tenemos una pequeña comisaría para una ciudad pequeña. El agente más joven después de él tenía cuarenta y un años en 2012. Joanna no sabe que pasó con aquella denuncia. ¿No encontraron ninguna droga en el organismo de esa chica sin nombre y se desestimó? ¿O Daniel estuvo involucrado de alguna manera... e intentó ocultarlo? Y ¿por qué?

Creo que acabo de dar con otra unión entre dos personas de mi lista de sospechosos: Max Hastings y los hermanos Da Silva. Luego llamaré a Ravi a ver si se nos ocurre qué puede significar este posible triángulo. Pero ahora tengo que centrarme en Max. Ha mentido ya muchas veces y ahora tengo motivos suficientes para pensar que echaba droga en la bebida de las chicas en las fiestas destroyer y veía a Andie a espaldas de Sal en el Ivy House.

Si ahora mismo tuviera que acabar mi proyecto y señalar a alguien, ese sería Max. Es mi sospechoso número uno.

Pero no puedo llamarlo y hablar con él del tema; otro testigo hostil, y ahora posiblemente se escude en mi agresión a su intimidad. No hablará sin que lo coaccione. Así que tengo que encontrar algo de la única forma que conozco: por medio del ciberacoso.

He de hallar una forma de entrar en su perfil de Facebook y rastrear cada post y foto hasta encontrar algo que lo conecte con Andie o el Ivy House o las chicas drogadas. Algo que pueda usar para obligarlo a hablar o, aún mejor, algo con lo que poder ir a la policía.

Tengo que colarme en los ajustes de privacidad de Nancy Tangotits (es decir, Max).

Veinticinco

Pip dejó el cuchillo y el tenedor en su plato de forma ceremoniosa y con exagerada precisión.

—¿Puedo levantarme ya de la mesa? —Miró a su madre, que estaba frunciendo el ceño.

—No sé a qué viene tanta prisa —dijo esta.

—He dejado a medias el PC y quiero terminar los deberes antes de irme a la cama.

—Venga, largo de aquí, tesoro —sonrió su padre, quien se inclinó para echar las sobras de Pip en su propio plato.

—¡Vic! —Ahora el destinatario del ceño fruncido de su madre era su padre, al ver que Pip se levantaba y apartaba la silla.

—Pero, mi amor, hay gente que tiene la desgracia de que sus hijos se levantan de la mesa para ir a inyectarse heroína en los globos oculares. Da gracias que ella nos abandona por los deberes.

—¿Qué es heroína? —oyó que decía la vocecita de Josh cuando salía de la habitación.

Subió los escalones de dos en dos y dejó a *Barney* al pie de la escalera, con la cabeza en un confuso movimiento mientras la veía irse a ese lugar prohibido para los perros.

Durante la cena, Pip había tenido la oportunidad de pensar en el asunto de Nancy Tangotis, y se le había ocurrido una idea.

Cerró la puerta del dormitorio, sacó el móvil y marcó.

—Hola, *bambina* —contestó Cara al otro lado de la línea.

—Hola —saludó Pip—, ¿estás ocupada tragando *Downton* o tienes unos minutos para ayudarme a husmear?

—Para husmear siempre estoy disponible. ¿Qué necesitas?

—¿Naomi está en casa?

—No, está en Londres. ¿Por qué? —Una nota de sospecha se alzó en la voz de Cara.

—Vale, ¿juras guardarme el secreto?

—Siempre, ¿de qué va esto?

—He oído rumores sobre las fiestas destroyer de la época de tu hermana que pueden darme alguna pista para mi PC. Pero necesito encontrar pruebas, que es donde entra la parte de husmear.

Esperó estar jugando bien sus cartas, al dejar fuera el nombre de Max y minimizar el asunto lo suficiente como para que Cara no se preocupase por Naomi, a la vez que dejaba los suficientes interrogantes como para intrigar a su amiga.

—Hala, ¿qué rumores? —preguntó.

Pip la conocía bien.

—Nada claro todavía. Pero necesito ver fotos. Y ahí es donde entras tú.

—Vale, dispara.

—El perfil de Facebook de Max Hastings es una tapadera, ya sabes, para empresas y universidades. El de verdad tiene un nombre falso y unos ajustes de privacidad muy estrictos. Solo puedo ver el material en el que Naomi está etiquetada.

—¿Y quieres entrar como Naomi para poder ver todas las fotos de Max?

—Bingo —contestó Pip, que se sentó en la cama con el portátil.

—Sin problema —dijo Cara con voz emocionada—. Técnicamente no estamos fisgando en las cosas de Naomi, como aquella vez cuando fue imperativo descubrir si aquel pelirrojo que se parecía a Benedict Cumberbatch era su nuevo novio. Así que esto técnicamente no rompe ninguna regla. Además, Nao debería aprender que debe cambiar su contraseña de vez en cuando; usa la misma para todo.

—¿Puedes entrar en su portátil? —preguntó Pip.

—Estoy abriéndolo ahora mismo.

Hubo una pausa que el sonido de las teclas y el ratón rellenó. Pip podía imaginarse a Cara con ese ridículo moño enorme que siempre llevaba cuando iba en pijama. Lo cual era siempre que le resultaba físicamente posible.

—Vale, tiene la sesión abierta. Estoy dentro.

—¿Puedes ir a los ajustes de seguridad? —pidió Pip.

—Sí.

—Dale a desactivar en la cajetilla al lado de alertas de acceso para que no sepa que estoy accediendo desde un dispositivo nuevo.

—Hecho.

—Vale —dijo Pip—, ese es todo el pirateo que necesito de ti.

—Qué pena —exclamó Cara—, estaba siendo mucho más emocionante que la investigación para mi PC.

—No haberlo hecho sobre el moho —opinó Pip.

Cara le leyó la dirección de email de Naomi y Pip la escribió en la página de entrada de Facebook.

—Y su contraseña es Isobel0610 —completó Cara.

—Genial —Pip la introdujo—. Gracias, camarada. Puede descansar.

—Recibido. Aunque si Naomi se entera, te delataré a toda velocidad.

—Entendido —respondió Pip.

—Muy bien, Pipí, me está llamando mi padre. Dime si averiguas algo interesante.

—Lo haré —contestó Pip, aunque sabía que no podía.

Colgó la llamada, se inclinó sobre el portátil y pulsó el botón de entrar en Facebook.

Al echar un vistazo a las publicaciones de Naomi, se dio cuenta de que, al igual que las que había en el suyo, eran todas de gatos haciendo bobadas, videos de recetas y posts con frases motivacionales llenas de faltas de ortografía sobre imágenes de puestas de sol.

Pip escribió «Nancy Tangotits» en la barra de búsqueda y entró en el perfil de Max. El círculo azul de carga dejó de dar vueltas y la página apareció, con una biografía llena de colores brillantes y caritas sonrientes.

Enseguida fue obvio para Pip por qué Max tenía dos perfiles. De ninguna manera podía querer que sus padres se enteraran de lo que hacía cuando no estaba en casa. Había muchísimas fotos de él en clubs y bares, con su pelo rubio pegado a la sudorosa frente, la mandíbula tensa y los ojos de zombi desenfocados. En unas posaba con chicas bajo el brazo, en otras sacaba la lengua a la cámara, en muchas tenía manchas de bebida derramada en la camiseta... Y estas eran las más recientes.

Pip clicó en las fotos de Max y empezó el largo recorrido de vuelta hasta las de 2012. Cada ocho fotos más o menos, tenía que esperar a que las tres líneas de carga la dejaran seguir avanzando en el pasado de Nancy Tangotits. Era más de lo mismo: clubes, bares, ojos de zombi... Hubo un pequeño descanso de las actividades nocturnas de Max con una serie de fotos de un viaje a la nieve, como una en la que Max estaba en medio de un paisaje nevado llevando solo un tanga tipo Borat.

El recorrido por las fotos estaba siendo tan largo que Pip

sacó el móvil y le dio al *play* para seguir con un episodio de un podcast de crímenes reales que había dejado a la mitad.

Por fin llegó a 2012 y fue directa al mes de enero antes de mirar las fotos con atención, parándose en cada una de ellas. La mayor parte eran de Max con otra gente; en algunas él sonreía en primer plano, en otras, un grupo se reía y Max hacía alguna tontería. Naomi, Jake, Millie y Sal eran los principales coprotagonistas. Pip se quedó un buen rato observando una foto en la que Sal mostraba su brillante sonrisa a la cámara mientras Max le lamía la mejilla. Su mirada iba de un chico a otro, ambos borrachos y felices, y parecía buscar una huella de los posibles y trágicos secretos que existían entre ambos.

Pip prestó especial atención a las fotos en las que había más gente y buscó la cara de Andie entre la multitud, trató de encontrar algo sospechoso en la mano de Max, si en alguna foto estaba demasiado cerca de la bebida de alguna chica. Acercó y alejó tantas fotos de fiestas destroyer que sus ojos, ya cansados de la luz azul del portátil, acabaron viéndolas como imágenes en movimiento de un caleidoscopio. Hasta que llegó a las fotos de aquella fatídica noche y todo se volvió nítido y estático otra vez.

Pip se inclinó hacia delante.

Max había hecho y subido fotos de la noche en la que Andie desapareció. Pip reconoció inmediatamente la ropa de todo el mundo y los sofás de la casa de Max. Sumadas a las tres de Naomi y a las seis de Millie, había un total de diecinueve fotos, diecinueve fragmentos de tiempo que coincidían con las últimas horas de vida de Andie Bell.

Pip tembló y se puso el edredón sobre los pies. Las fotos eran del mismo tipo que las que Millie y Naomi habían tomado: Max y Jake enganchados a los mandos de la consola y mirando fuera de cámara, Millie y Max posando con filtros graciosos sobre sus caras, Naomi al fondo mirando su móvil sin darse cuenta de la foto que estaban sacando al grupito que posaba tras ella. Cuatro mejores amigos sin el quinto. Sal estaba fuera, supuestamente asesinando a alguien en vez de haciendo el tonto con ellos.

Ahí fue cuando Pip se dio cuenta. Cuando eran solo las de Millie y Naomi, le había parecido una coincidencia, pero ahora que veía también las de Max, estableció un patrón. Los tres habían subido sus fotos de aquella noche el lunes 23, todos entre las 21.30 y las 22.00. ¿No era un poco raro que, en medio de toda la locura de la desaparición de Andie, los tres decidieran colgar esas fotos casi en el mismo momento?

Y ¿por qué subir esas fotos? Naomi dijo que habían decidido contarle la verdad a la policía sobre la coartada de Sal el lunes por la noche, ¿subir esas fotos fue el primer paso en esa decisión? ¿Para dejar de esconder la ausencia de Sal?

Pip tomó notas sobre esta coincidencia de las fotos, luego le dio a guardar y cerró el portátil. Se preparó para irse a la cama y salió del baño con el cepillo de dientes en la boca, tarareando mientras garabateaba su lista de cosas que hacer para el día siguiente. «Acabar el ensayo sobre Margaret Atwood» estaba subrayado tres veces.

Acurrucada en la cama, se leyó tres párrafos del libro con el que estaba antes de que el cansancio empezara a jugar con las palabras y las hiciera extrañas en su cabeza. Apenas le dio tiempo a apagar la luz antes de caer dormida como un tronco.

Un respingo y una sacudida en una pierna fueron los que la despertaron. Se apoyó en el cabecero y se frotó los ojos: su cabeza intentaba despertarse del todo. Presionó el botón del móvil y la luz de la pantalla la cegó. Eran las 4.47 de la mañana.

¿Qué la había despertado? ¿Un zorro que aullaba fuera? ¿Un sueño?

Algo la molestaba, en la punta de la lengua y en la punta del cerebro. Un pensamiento vago: demasiado difuso, punzante y volátil como para ponerlo en palabras, era un pensamiento que se escapa a la lógica consciente. Pero Pip sabía adónde la estaba arrastrando.

Pip salió rápido de la cama. El frío de la habitación le quemaba en la piel que no cubría el pijama y convertía su respiración en fantasmas de vaho. Cogió el portátil del escritorio y se lo llevó a la cama, donde se envolvió en el edredón para calentarse. Al abrir el ordenador, se vio cegada otra vez por la luz plateada de la pantalla de inicio. Entrecerrando los ojos para protegerse, abrió Facebook, aún desde la cuenta de Naomi, y volvió al perfil de Nancy Tangotits y a las fotos de aquella noche.

Volvió a mirarlas todas, y luego repitió, pero más despacio. Se paró en la antepenúltima foto. Los cuatro amigos estaban en ella. Naomi se encontraba sentada de espaldas a la cámara, mirando hacia abajo. Aunque estaba al fondo, se podía ver el móvil en sus manos y la pantalla de inicio iluminada con pequeños números blancos a los que ella prestaba atención. El foco principal de la foto eran Max, Millie y Jake, los tres al lado del sofá, sonriendo; Millie rodeaba con los brazos a los dos chicos. Max aún tenía el mando de la consola en la mano y Jake casi desaparecía de la foto por la derecha.

Pip tembló, pero no de frío.

La cámara debió de haber estado a metro y medio de los sonrientes amigos para que entraran todos en plano.

Y en el tétrico silencio de la noche Pip susurró:

—¿Quién está haciendo la foto?

Veintiséis

Era Sal.

No podía ser otro.

A pesar del frío, el cuerpo de Pip era un reguero de sangre que circulaba a toda velocidad y a gran temperatura, haciendo que el corazón le latiera desbocado.

Se movió mecánicamente, con la mente inundada de pensamientos que gritaban unos sobre otros de forma ininteligible. Pero de alguna forma las manos sabían qué hacer. Unos pocos minutos después, habría descargado la versión de prueba de Photoshop a su ordenador. Guardó la foto de Max y abrió el archivo en el programa. Siguiendo un tutorial online de un hombre que tenía un suave acento irlandés, agrandó la foto y luego aumentó su resolución.

La piel le palpitaba en oleadas ahora frías ahora calientes. Se recostó y suspiró. No cabía duda. Los pequeños números que aparecían en el teléfono de Naomi señalaban las 0.09.

Ellos dijeron que Sal había salido a las diez y media, pero aquí estaban los cuatro amigos nueve minutos después de la medianoche, atrapados en el plano y sin que ninguno de ellos pudiera haber sacado la foto.

Los padres de Max no estaban en casa esa noche y nadie más había pasado por allí, eso es lo que siempre habían dicho. Estaban los cinco solos hasta que Sal se fue a las diez y media para ir a matar a su novia.

Y aquí, delante de sus ojos, estaba la prueba de que eso

era mentira. Había una quinta persona allí a las doce de la noche. Y ¿quién podía haber sido sino Sal?

Pip se movió hasta la parte de arriba de la foto agrandada.

Detrás del sofá, en la pared más alejada, había una ventana. Y en su panel central se veía reflejado el flash de la cámara de un móvil. No se podía distinguir la figura que sujetaba el teléfono por la oscuridad, pero, justo detrás de las líneas blancas, se reflejaba un débil halo azul, solo visible en contraste con la penumbra que lo rodeaba. El mismo color de la camiseta que Sal llevaba esa noche, que Ravi aún se ponía a veces. El estómago le dio un vuelco cuando pensó en su nombre, cuando imaginó la expresión que pondría al ver esta foto.

Guardó la imagen agrandada y la cortó para mostrar el móvil de Naomi en una página y el flash en la ventana en otra. Junto con la foto original, mandó ambas páginas a la impresora del escritorio. Desde la cama, observó cómo escupía cada página emitiendo ese agradable ruido de tren de vapor. Pip cerró los ojos un momento y escuchó el suave sonido ronroneante.

—Pips, ¿puedo entrar y aspirar?

Los ojos de la chica se abrieron de repente. Se levantó de la posición en la que estaba, con toda la parte derecha del cuerpo dolorida, desde la cadera hasta el cuello.

—¿Aún estás en cama? —preguntó su madre abriendo la puerta—. Es la una y media, perezosa. Pensé que ya estarías levantada.

—No... Yo... —dijo Pip, con la garganta seca e irritada—. Estaba cansada, no me encuentro muy bien. ¿Podrías limpiar primero la habitación de Josh?

Su madre se paró y la miró con la preocupación instalada en el rostro.

—No estarás trabajando demasiado, ¿verdad? —le dijo—. Ya hemos hablado de esto.

—No, de verdad que no.

Su madre cerró la puerta y Pip salió de la cama, casi tirando el portátil al hacerlo. Se puso el peto encima de un jersey verde e intentó pasar un cepillo por su enredadísimo pelo. Cogió las tres fotos impresas, las colocó en un archivador de plástico y las metió en la mochila. Luego fue a la lista de llamadas recientes en su móvil y marcó.

—¡Ravi!

—¿Qué pasa, Sargentita?

—Quedamos delante de tu casa en diez minutos. Voy en coche.

—Vale, ¿cuál es el menú de hoy, más chantaje? Con algo de allanamiento de mor...

—Esto es serio. Diez minutos.

Sentado en el asiento del copiloto, con la cabeza casi tocando el techo del coche, Ravi miraba boquiabierto la foto impresa que tenía en las manos.

Pasó un largo rato sin que dijera nada. Estaban sentados en silencio, Pip veía cómo Ravi pasaba un dedo sobre el difuso reflejo azul de la ventana de la foto.

—Sal nunca le mintió a la policía —dijo al fin.

—No, no lo hizo —ratificó Pip—. Creo que salió de casa de Max a las doce y cuarto, como dijo en un principio. Fueron sus amigos los que mintieron. No sé por qué, pero ese jueves echaron por tierra su coartada intencionadamente.

—Esto significa que es inocente, Pip. —Ravi tenía los grandes ojos marrones clavados en ella.

—Eso es lo que hemos venido a demostrar, vamos.

Abrió la puerta y salió. Había recogido a Ravi y le había hecho subir al coche. Luego habían aparcado al final de Wyvil Road y habían dejado los intermitentes puestos. Él cerró la puerta del coche y siguió a Pip por el camino.

—¿Cómo vamos a demostrarlo?

—Antes de darlo por cierto, tenemos que estar seguros, Ravi —señaló acompasando su paso al de él—. Y la única forma de cerciorarnos es hacer una reconstrucción del asesinato de Andie Bell. Para ver si, con la nueva hora de salida de Sal de casa de Max, habría tenido tiempo de matarla o no.

Giraron a la izquierda para meterse en Tudor Lane e hicieron todo el camino hasta quedar enfrente de la enorme casa de Max Hastings, donde todo esto había empezado hacía cinco años y medio.

Pip sacó el móvil.

—Deberíamos dar a la supuesta acusación el beneficio de la duda —dijo—. Pongamos que Sal salió de casa de Max justo después de hacer la foto, diez minutos después de la medianoche. ¿A qué hora dijo tu padre que había llegado a casa?

—Sobre la una menos diez —respondió.

—Bueno, vamos a permitirle un poco de mala memoria y que fuera la una menos cinco. Lo cual quiere decir que a Sal le llevó cuarenta y cinco minutos ir de puerta a puerta. Tenemos que movernos deprisa, Ravi, usar el mínimo tiempo posible que le podría haber llevado matarla y deshacerse del cuerpo.

—Los adolescentes normales, los domingos, se sientan en casa a ver la tele —dijo él.

—Venga, estoy empezando a cronometrar... Ahora.

Pip se volvió y enfiló la calle por el sitio por el que habían venido, con Ravi a su lado. Su paso estaba entre una caminata rápida y una marcha lenta. Ocho minutos y cuarenta y siete segundos después, llegaban al coche y el corazón de Pip latía de forma acelerada. Este era el punto de intercepción.

—Muy bien. —Metió la llave en el contacto, arrancó y se puso en camino—. Este es el coche de Andie y acaba de recoger a Sal. Digamos que ella llegó un poco antes. Ahora vamos al primer sitio apartado donde el asesinato teóricamente pudo haber tenido lugar.

No llevaba mucho rato conduciendo cuando Ravi señaló un punto.

—Ahí —dijo—. Es tranquilo y apartado. Gira aquí.

Pip se metió en una pequeña y polvorienta pista rodeada por altos setos. Un letrero les indicó que la serpenteante carretera de un solo sentido llevaba a una granja. Pip detuvo el coche en un lugar de paso cortado en el seto y dijo:

—Salgamos. No encontraron sangre en la parte delantera del coche, solo en el maletero.

Pip echó un vistazo al cronómetro, Ravi rodeó el maletero para juntarse con ella en el otro lado del coche: 15.29, 15.30.

—Vale —dijo ella—. Digamos que ahora mismo están discutiendo. La cosa se está calentando. Podrían haberse peleado por el hecho de que Andie vendiera drogas o a causa del tipo mayor secreto. Sal está enfadado, Andie le grita. —Pip tarareó sin melodía e hizo un movimiento circular con sus manos para rellenar el tiempo de la escena imaginaria—. Y justo ahora, quizá Sal encuentra una roca en la carretera, o algo contundente en el coche de Andie. O a lo mejor no había arma. Démosle al menos cuarenta segundos para matarla.

Esperaron.

—Bien, ahora ella está muerta. —Pip señaló a la carretera de gravilla—. Él abre el maletero —abrió el maletero—, y la recoge. —Se agachó y extendió los brazos tomándose el tiempo suficiente para levantar el cuerpo imaginario—. La pone dentro del maletero donde encontraron su sangre.

—Extendió los brazos sobre el fondo del maletero tapizado y dio unos pasos atrás para cerrarlo.

—Y ahora, vuelta al coche —dijo Ravi.

Pip comprobó el cronómetro, 20.02, 20.03. Dio la vuelta y salió a la calle principal.

—Ahora es Sal quien conduce —dijo—. Sus huellas están en el volante y por todo el salpicadero. Estará pensando en la manera de deshacerse del cuerpo. La zona boscosa más próxima es Lodge Wood. De manera que quizá saliera de Wyvil Road aquí —concluyó girando; el bosque apareció a su izquierda.

—Pero tendría que haber encontrado un lugar para dejar el coche cerca del bosque —dijo Ravi.

Avanzaron por el bosque durante unos minutos en busca de semejante lugar, hasta que el camino se oscureció bajo un túnel de árboles que lo rodeaban por ambos lados.

—Ahí. —Vieron el lugar a la vez. Pip señaló y se metió en el frondoso camino que rodeaba el bosque—. Estoy segura de que la policía buscó por aquí cientos de veces, porque este es el bosque más cercano a la casa de Max —comentó—. Pero digamos que Sal consiguió esconder el cadáver aquí.

Pip y Ravi se bajaron del coche una vez más.

26.18.

—Así que Sal abre el maletero y la saca.

Pip recreó la acción y notó que los músculos de la mandíbula de Ravi se tensaban y soltaban. Probablemente hubiera tenido pesadillas sobre esta misma escena, su amable hermano mayor arrastrando un cuerpo muerto y ensangrentado en medio de los árboles. Pero quizá, después de hoy, nunca tuviese que volver a imaginárselo.

—Sal habría tenido que llevarla bastante lejos de la carretera —dijo.

Pip escenificó los movimientos de arrastrar el cuerpo, con la espalda doblada y caminando hacia atrás lentamente.

—Aquí estaría bastante apartado de la carretera —señaló Ravi una vez que Pip hubo arrastrado el cadáver imaginario unos sesenta metros, internándose entre los árboles.

—Sí. —Soltó a Andie.

29.48.

—Bien —siguió—, el agujero siempre ha sido un problema, ya me dirás cómo le dio tiempo a cavar uno lo suficientemente profundo. Pero, ahora que estamos aquí —miró a los árboles que tapaban el sol—, hay algunos árboles caídos. Quizá no tuvo que cavar mucho. A lo mejor encontró una zanja poco profunda ya lista. Como esta.

Pip señaló una hondonada cubierta de musgo, con una maraña de raíces secas que parecían reptar sobre ella, todavía pegadas a un árbol que debía de llevar caído una eternidad.

—Aun así, habría debido hacerlo más hondo —señaló Ravi—. Nunca la encontraron. Démosle tres o cuatro minutos para cavar.

—De acuerdo.

Cuando pasó dicho intervalo, Pip arrastró el cuerpo de Andie al agujero.

—Luego tuvo que taparlo de nuevo, cubrirla con barro y maleza.

—Hagámoslo, pues —dijo Ravi, con gesto de determinación.

Clavó la punta de su bota en el barro y pateó un trozo de tierra dentro del agujero.

Pip lo imitó y se puso a acarrear barro, hojas y ramitas para llenar el pequeño hoyo. Ravi estaba de rodillas y echaba brazadas de tierra sobre el cuerpo de Andie.

—Vale —dijo Pip una vez que acabaron, con los ojos puestos en lo que hacía unos minutos era un agujero y ahora parecía imposible de distinguir del suelo del bosque—. Con el cuerpo ya enterrado, Sal se habría puesto en camino otra vez.

37.59.

Volvieron al coche de Pip y se metieron dentro, dejando el suelo perdido de barro. Pip casi se descoyuntó y empezó a lanzar imprecaciones cuando el bocinazo de un impaciente 4×4 los avisó de su intención de adelantarlos. Tuvieron los oídos pitando el resto del trayecto.

Cuando llegaron a Wyvil Road, Pip dijo:

—Muy bien, ahora Sal conduce hasta Romer Close, donde resulta que vive Howie Bowers. Y allí abandona el coche de Andie.

Llegaron allí unos pocos minutos después y Pip aparcó en un lugar no visible desde el bungaló de Howie. Cerró el coche a distancia con la llave.

—Y ahora vamos andando hasta mi casa —dijo Ravi intentando adecuarse a la velocidad de Pip, casi a la carrera.

Ambos estaban demasiado concentrados para hablar, con los ojos puestos en sus pies, siguiendo las supuestas pisadas de Sal de hacía ya cinco años.

Llegaron al exterior de la casa de los Singh acalorados y sin respiración. Una bruma de sudor cubría el labio superior de Pip. Se lo limpió con la manga y sacó el móvil.

Detuvo el cronómetro. Los números la golpearon y la sensación le llegó hasta el estómago, donde produjo un alboroto. Miró a Ravi.

—¿Qué? —El chico tenía los ojos agrandados por la interrogación.

—Bueno —dijo Pip—, le hemos dado a Sal un límite de cuarenta y cinco minutos entre ambas localizaciones. Y nuestra recreación contó con las localizaciones más cercanas y un procedimiento inconcebiblemente rápido.

—Sí, ha sido el crimen más veloz de todos los tiempos. ¿Y?

Pip sostuvo en alto su móvil y le enseñó el cronómetro.

—Cincuenta y ocho minutos, diecinueve segundos —leyó Ravi en alto.

—Ravi. —Su nombre le burbujeó en los labios y sonrió sin poder remediarlo—. Es imposible que Sal pudiera hacerlo. Es inocente; la foto lo demuestra.

—Joder. —El chico dio un paso hacia atrás y se cubrió la boca mientras negaba con la cabeza—. No lo hizo. Sal es inocente.

Entonces emitió un sonido, algo grave y extraño que le creció despacio en la garganta. Estalló desde su interior, un repentino alarido de risa velado por el aliento del descrédito. La sonrisa se extendió tan despacio por su cara que fue como si se desplegara músculo a músculo. Rio otra vez, con un sonido puro y cálido que hizo que las mejillas de Pip se sonrojaran.

Y entonces, con la risa aún en la boca, Ravi miró al cielo, con el sol en su cara, y la risa se volvió un aullido. Gruñó al cielo, con el cuello estirado y los ojos fuertemente cerrados. La gente lo miró desde el otro lado de la calle y algunas cortinas se movieron en las ventanas de las casas. Pero Pip sabía que a él le daba igual. Y a ella también, ahora que lo contemplaba en este confuso y primigenio momento de felicidad y dolor.

Ravi bajó la vista hacia ella y el aullido se rompió de nuevo en una risa. Levantó a Pip en brazos y algo brillante se arremolinó en el interior de ella. Se rio, con los ojos llenos de lágrimas, y él no dejaba de darle vueltas.

—¡Lo conseguimos! —dijo. La bajó de una forma tan torpe que casi la tiró al suelo. Dio un paso hacia atrás para separarse de ella y de repente pareció avergonzado y se secó los ojos—. Lo conseguimos de verdad. ¿Es suficiente? ¿Podemos ir a la policía con esa foto?

—No lo sé —dijo Pip. No quería quitarle la ilusión, pero de verdad no lo sabía—. A lo mejor es suficiente para convencerlos de que reabran el caso, a lo mejor no. Pero primero necesitamos respuestas. Tenemos que saber por qué los amigos de Sal mintieron. Por qué se cargaron su coartada. Vamos.

Ravi dio un paso y dudó.

—¿Pretendes preguntarle a Naomi?

Ella asintió y él se echó atrás.

—Deberías ir sola —dijo—. Naomi no va a hablar contigo si estoy yo. No puede, literalmente. El año pasado me tropecé una vez con ella y se echó a llorar solo con verme.

—¿Estás seguro? —preguntó Pip—. Pero es que tú eres quien más se merece saber por qué.

—Así es como debe ser, hazme caso. Ten cuidado, Sargentita.

—Vale. Te llamaré en cuanto acabe.

Pip no estaba segura de cómo despedirse. Le tocó el brazo y luego se alejó caminando y llevándose con ella esa mirada de Ravi.

Veintisiete

El paso de Pip era mucho más liviano en este nuevo recorrido de vuelta hacia su coche en Romer Close. Más liviano porque ahora lo sabía con seguridad. Y podía decirlo en su cabeza. Sal Singh no mató a Andie Bell. Un mantra que iba al ritmo de sus pasos.

Marcó el número de Cara.

—Vaya, hola, bombón —respondió esta.

—¿Qué estás haciendo ahora mismo? —preguntó Pip.

—Pues estoy en pleno club de deberes con Naomi y Max. Ellos están con su búsqueda de trabajo y yo rompiéndome la cabeza con mi PC. Ya sabes que sola no me concentro.

A Pip se le agarrotó el pecho.

—¿Max y Naomi están ahí?

—Sip.

—¿Tu padre también?

—Qué va, ha ido a pasar la tarde a casa de mi tía Lila.

—Vale, voy para allá —dijo Pip—. Llego en diez minutos.

—Chachi. Así absorberé algo de tu concentración.

Pip se despidió y colgó. Sintió un ramalazo de culpabilidad por Cara, por el hecho de que se fuese a ver envuelta en lo que fuera que iba a pasar. Porque Pip no iba al club de deberes a aportar su concentración. Iba a tender una emboscada.

Cara le abrió la puerta, con su pijama de pingüino y sus zapatillas de pies de oso.

—*Bambina* —dijo revolviendo el pelo ya revuelto de Pip—. Feliz domingo. *Il mio clube di deberini é il tuo clube di deberini.*

Pip cerró la puerta de casa y siguió a Cara hasta la cocina.

—Está prohibido hablar —dijo Cara mientras le abría la puerta para que entrara—. Y no se puede teclear demasiado alto, como hace Max.

Pip entró en la cocina. Max y Naomi estaban sentados uno al lado del otro en la mesa, con los portátiles y los papeles extendidos ante ellos. En sus manos tenían tazas humeantes de té recién hecho. El sitio de Cara estaba en el otro lado, donde reinaba un desorden de papeles, libretas y bolígrafos tirados encima de su teclado.

—Hola, Pip —sonrió Naomi—, ¿qué tal?

—Bien, gracias —respondió, con la voz repentinamente brusca y seca.

Cuando miró a Max, este apartó la vista inmediatamente y se puso a mirar la superficie de su té de color gris.

—Hola, Max —dijo con intención, obligándolo a mirarla.

El chico esbozó una pequeña sonrisa con la boca cerrada que a ojos de Naomi y de Cara podría parecer un saludo, pero ella supo que en realidad era una mueca incómoda.

Pip se dirigió a la mesa y dejó la mochila sobre ella, justo enfrente de Max. Retumbó contra la superficie e hizo que las tapas de los tres portátiles se tambalearan en sus bisagras.

—A Pip le ponen los deberes —le explicó Cara a Max—, demasiado. —Cara se sentó en la silla y movió el ratón para que su ordenador volviera a la vida—. Hala, siéntate —ofreció, usando un pie para empujar una silla debajo de la mesa. Las patas chirriaron contra el suelo al arañarlo.

—¿Qué pasa, Pip? —dijo Naomi—. ¿Quieres un té?

—¿Qué estás mirando? —interrumpió Max.

—¡Max! —Naomi le pegó en el brazo con un bloc de papel.

Pip vio la expresión confusa de Cara con el rabillo del ojo, pero no apartó la vista de Naomi y Max. Pudo sentir su propio enfado abriéndose paso en su interior, las aletas de la nariz temblando por la tensión. Hasta que vio sus caras no había sabido que iba a sentirse así. Pensó que estaría aliviada.

Aliviada de que todo hubiera acabado, de que ella y Ravi hubieran hecho lo que se habían propuesto. Pero sus caras la hicieron hervir de rabia. Ya no se trataba de pequeños engaños o inocentes lapsus de memoria. Esto era una mentira calculada, una de las que te cambian la vida. Una traición trascendental desenmascarada por una foto. Y no iba a mirar para otro lado ni a quedarse sentada esperando a saber por qué.

—He venido primero aquí solo por cortesía —dijo con la voz temblando—, porque, Naomi, has sido como una hermana para mí casi toda mi vida. A ti, Max, no te debo nada.

—Pip, ¿de qué estás hablando? —preguntó Cara con una voz que mostraba su preocupación.

Pip abrió la cremallera de su mochila y sacó el archivador de plástico. Lo abrió, se inclinó sobre la mesa y dejó las tres páginas impresas en el espacio que había entre Max y Naomi.

—Esta es vuestra oportunidad de explicaros antes de que acuda a la policía. ¿Qué tienes que decir, Nancy Tangotits? —Pip miró a Max.

—¿De qué vas? —se burló él.

—Esta foto es tuya, Nancy. Es de la noche que Andie Bell desapareció, ¿no?

—Sí —dijo Naomi con calma—, pero ¿por qué...?

—¿La noche que Sal abandonó la casa de Max a las diez y media para ir a matar a Andie?

—Esa misma —escupió Max—, y ¿qué es lo que intentas decir?

—Si dejaras de ponerte gallito por un segundo y mirases la foto, verías qué es lo que intento decir —replicó Pip—. Obviamente no eres muy observador; de lo contrario, no la habrías subido. Así que me explicaré. Tanto tú como Naomi, Millie y Jake estáis en esta foto.

—Sí, ¿y?

—Dime, Nancy, ¿quién os sacó esta foto a los cuatro?

Pip notó que los ojos de Naomi se agrandaban y su boca se abría ligeramente al mirar la foto.

—Sí, vale —aceptó Max—, quizá Sal hizo la foto. Nunca dijimos que no hubiera estado allí en ningún momento. Debió de hacerla más temprano, antes de irse.

—Buen intento —dijo Pip—, pero...

—Mi móvil. —La expresión de Naomi se descompuso por completo. Cogió la foto—. La hora se ve en mi móvil.

Max se quedó callado, contempló la foto impresa y el músculo de la mandíbula se le tensó.

—Bueno, los números apenas se ven. Habrás retocado la imagen —dijo.

—No, Max. La saqué de tu Facebook tal cual. No te preocupes, ya me he enterado, y la policía puede acceder a ella incluso aunque la borres. Estoy segura de que estarán muy interesados en verla.

Naomi se volvió hacia Max, con la cara completamente roja.

—¿Por qué no tuviste cuidado?

—Cállate —dijo calmado pero con firmeza.

—Vamos a tener que contárselo —dijo Naomi empujando do la silla, que provocó un chirrido que pareció cortar a Pip.

—Que te calles, Naomi —le repitió Max.

—Dios mío. —Naomi se puso de pie y empezó a caminar alrededor de la mesa—. Tenemos que decirle que...

—¡Que te calles de una vez! —gritó Max, mientras se ponía en pie y agarraba a Naomi por los hombros—. No digas ni una palabra más.

—Va a ir a la policía, Max, ¿no lo ves? —argumentó Naomi con las lágrimas surcándole el rostro—. Tenemos que contárselo todo.

Max tomó una profunda y temblorosa bocanada de aire y sus ojos echaban chispas mirando a Naomi y a Pip.

—Hostia —gritó de forma abrupta; soltó a Naomi. Acto seguido dio una patada a la pata de la mesa.

—¿Qué demonios está pasando? —preguntó Cara tirando de la manga de Pip.

—Cuéntamelo, Naomi —dijo esta.

Max se dejó caer en su silla, los mechones de pelo rubio se le pegaban desordenados a la frente.

—¿Por qué has hecho esto? —Miró a Pip—. ¿Por qué no podías dejarlo todo como estaba?

Ella lo ignoró.

—Cuéntame, Naomi —insistió—. Sal no salió de casa de Max a las diez y media aquella noche, ¿verdad? Salió a las doce y cuarto, tal como le contó a la policía. Nunca os pidió que mintierais para proporcionarle una coartada; de hecho, tenía una. Estaba con vosotros. Sal no le mintió a la policía en ningún momento; fuisteis vosotros los que mentisteis aquel jueves para dejarlo sin coartada.

Naomi entrecerró los ojos, las lágrimas seguían brotando. Miró a Cara y luego, despacio, a Pip. Y asintió.

Pip parpadeó.

—¿Por qué?

Veintiocho

—¿Por qué? —insistió Pip cuando Naomi ya llevaba el suficiente tiempo callada y mirando hacia abajo.

—Alguien nos obligó —gimoteó—. Alguien nos obligó a hacerlo.

—¿Qué quieres decir?

—Todos nosotros, Max, Jake, Millie y yo, recibimos un mensaje aquel lunes por la noche. De un número desconocido. Nos decía que teníamos que borrar todas las fotos en las que saliera Sal la noche en la que Andie desapareció y subir las demás como si nada. Y que el martes, en el instituto, teníamos que hablar con el jefe de estudios para que avisara a la policía para que pudiéramos hacer una declaración. Y lo que debíamos decirles era que en realidad Sal había dejado la casa de Max a las diez y media y que después nos había pedido que mintiéramos.

—Y ¿por qué le hicisteis caso? —preguntó Pip.

—Porque... —La cara de Naomi se descompuso mientras trataba de retener los sollozos—. Porque esa persona sabía algo de nosotros. Algo que habíamos hecho... Algo malo.

No pudo resistirlo más. Se llevó las manos a la cara y se derrumbó, con el llanto estrangulado por los dedos. Cara se levantó de un salto y corrió a abrazar a su hermana. Miró a Pip mientras sostenía a una temblorosa Naomi, que estaba pálida a causa del miedo.

—¿Max? —interpeló Pip.

El chico se aclaró la garganta, sin levantar la vista del suelo.

—Nosotros, eh... Pasó algo el día de Fin de Año de 2011. Algo malo. Algo que nosotros hicimos.

—¿Nosotros? —estalló Naomi—. ¿Nosotros, Max? Todo lo que pasó fue culpa tuya. Tú fuiste el que nos metió en el lío y el que nos hizo dejarlo allí tirado.

—Mentira. Todos estuvimos de acuerdo —dijo él.

—Estaba en *shock*. Estaba muerta de miedo.

—¿Naomi? —preguntó Pip.

—Fuimos... bueno, fuimos a un club de mala muerte en Amersham —dijo.

—¿El Imperial Vault?

—Sí. Y bebimos... todos bebimos mucho. Y cuando el club cerró era imposible conseguir un taxi; había más de quince personas delante de nosotros y nos estábamos congelando. Así que Max, que era el que nos había llevado en coche, dijo que él tampoco había bebido tanto y que podía conducir. Y nos convenció a mí, a Millie y a Jake para ir en coche con él. Fue de lo más estúpido. Ay, Dios, si pudiera volver atrás en el tiempo y cambiar una sola cosa, sería ese momento. —Naomi se detuvo.

—¿Sal no estaba? —preguntó Pip.

—No —contestó—. Ojalá hubiera estado, porque él nunca nos habría dejado hacer algo tan estúpido. Esa noche se había quedado con su hermano. Max, que estaba tan borracho como el resto, iba conduciendo demasiado rápido por la A413. Eran como las cuatro de la mañana y no había más coches en la carretera. Y entonces... —Las lágrimas empezaron otra vez—. Y entonces...

—Un hombre salió de la nada —dijo Max.

—Eso no es verdad. Estaba en el arcén, Max. Recuerdo que tú perdiste el control del coche.

—Bueno, entonces lo recordamos de formas muy diferentes —replicó Max a la defensiva—. Lo golpeamos y salió despedido. Cuando conseguí parar, salí de la carretera y fuimos a ver qué había pasado.

—Dios, había tanta sangre... —lloró Naomi—, y tenía las piernas dobladas de una forma inverosímil.

—Parecía que estaba muerto, ¿vale? —dijo Max—. Comprobamos si respiraba y nos pareció que no. Decidimos que ya era demasiado tarde para él, demasiado tarde para llamar a una ambulancia. Y como todos habíamos bebido, sabíamos el lío en el que nos íbamos a meter. Cargos criminales, cárcel. Así que nos pusimos de acuerdo y nos fuimos.

—Max nos obligó —insistió Naomi—. Nos comiste el coco y nos asustaste para que accediéramos, porque sabías que tú eras el que tendría problemas.

—Todos estuvimos de acuerdo, Naomi, los cuatro —gritó Max, mientras una furia roja le subía por la cara—. Fuimos hasta mi casa, porque mis padres estaban en Dubái. Limpiamos bien el coche y luego lo estrellamos contra un árbol que había justo antes de la entrada de mi casa. Mis padres nunca sospecharon nada y me compraron uno nuevo unas semanas después.

Ahora Cara también estaba llorando. Pero se limpió las lágrimas antes de que Naomi pudiera verlas.

—El hombre ¿murió? —preguntó Pip.

Naomi negó con la cabeza.

—Estuvo en coma unas cuantas semanas y al final salió. Pero... Pero... —La cara de Naomi se arrugó presa de dolor—. Se quedó parapléjico. Está en una silla de ruedas. Por nuestra culpa. Fue un grave error huir.

Todos escuchaban. Naomi lloraba y luchaba por coger aire entre sollozo y sollozo.

—De alguna manera —dijo Max finalmente—, alguien se

enteró de lo que había pasado. Y ese alguien nos dijo que, si no hacíamos todo lo que nos pedía, le contaría a la policía lo de aquel hombre. Así que lo hicimos. Borramos las fotos y mentimos.

—Pero ¿cómo pudo alguien enterarse de aquel atropello? —inquirió Pip.

—No lo sabemos —dijo Naomi—. Todos juramos no contarlo nunca. Y yo al menos no lo hice.

—Yo tampoco —apuntó Max.

Ella lo miró con una mueca llorosa.

—¿Qué? —preguntó él mirándola a su vez.

—Jake, Millie y yo siempre hemos pensado que fue a ti al que se te escapó.

—¿Ah, sí? —masculló él.

—Bueno, tú eras el que acababa como una cuba casi todas las noches.

—Nunca se lo conté a nadie —dijo, ahora mirando a Pip—. No tengo ni idea de cómo se pudo enterar.

—Tienes antecedentes de que se te escapen cosas —señaló Pip—. Naomi, Max me contó sin querer que la noche que Andie desapareció tú estuviste un rato desaparecida en combate. ¿Dónde estabas? Quiero la verdad.

—Estaba con Sal —confesó ella—. Él quería hablar conmigo arriba, en privado. De Andie. Se había enfadado por algo que ella había hecho; no me dijo qué. Me contó que era una persona diferente cuando estaban los dos solos, pero que ya no podía ignorar más la forma como trataba a los demás. Entonces decidió que iba a dejarla. Y parecía... casi aliviado de haber tomado aquella determinación.

—Vale, a ver si me aclaro —dijo Pip—. Sal estuvo con todos vosotros en casa de Max hasta las doce y cuarto. El lunes, alguien os amenazó para que fueseis a la policía y contaseis que él se había marchado a las diez y media y para que borrarais todo rastro de él de esa noche. Al día siguiente Sal desapareció y lo hallaron sin vida en el bosque. Sabes lo que significa esto, ¿no?

Max miró hacia abajo mientras se despellejaba la piel de los pulgares.

Naomi se llevó las manos a la cara otra vez.

—Sal era inocente.

—Eso no lo sabemos seguro —dijo Max.

—Sal era inocente. Alguien mató a Andie y luego a Sal, después de asegurarse de que pareciera culpable más allá de toda duda. Vuestro mejor amigo era inocente, y vosotros lleváis cinco años sabiéndolo.

—Lo siento —lloró Naomi—. Lo siento muchísimo. No sabíamos qué otra cosa hacer. Estábamos metidos hasta el cuello. Nunca pensamos que Sal acabaría muerto. Creíamos que, si seguíamos las instrucciones, la policía cogería a quien fuera que había secuestrado a Andie, Sal saldría limpio y nosotros estaríamos bien. En el momento nos dijimos que no era más que una pequeña mentira. Pero ahora sabemos lo que hicimos.

—Sal murió a causa de vuestra pequeña mentira. —El estómago de Pip se revolvió con una rabia domada por la tristeza.

—Eso no lo sabemos —apuntó Max—. Puede que estuviera implicado en lo que le pasó a Andie.

—No le dio tiempo —replicó Pip.

—¿Qué vas a hacer con la foto? —preguntó él en voz baja.

Pip miró a Naomi, que tenía la cara roja e hinchada y el dolor grabado en ella. Cara le cogía la mano y miraba a Pip con las lágrimas surcándole las mejillas.

—Max —dijo Pip—, ¿mataste a Andie?

—¿Qué? —Se levantó y se apartó el pelo de la cara—. No, estuve en mi casa toda la noche.

—Pudiste haber salido cuando Naomi y Millie se fueron a la cama.

—Bueno, pues no lo hice, ¿vale?

—¿Sabes lo que le pasó a Andie?

—No, no lo sé.

—Pip... —Ahora habló Cara—. Por favor, no vayas a la policía con esa foto. Por favor. No puedo quedarme sin mi hermana, igual que me quedé sin mi madre. —El labio le temblaba y fruncía la cara al intentar reprimir los sollozos.

Naomi la abrazó.

La garganta de Pip ardió con un sentimiento desesperado y hueco al verlas a ambas sufriendo de aquella manera. ¿Qué debía hacer? ¿Qué podía hacer? Tampoco sabía si la policía iba a tomarse en serio la foto. Pero si lo hacían, Cara podía quedarse sola y sería culpa de Pip. No era capaz de hacerle eso. Pero ¿qué pasaba con Ravi? Sal era inocente y, desde luego, ella no iba a abandonarlo. Se dio cuenta de que solo había una manera de proceder.

—No voy a ir a la policía —dijo.

Max dejó escapar un suspiro y Pip lo miró, asqueada, mientras él intentaba esconder una ligera sonrisa.

—No por ti, Max —dijo—. Por Naomi. Y por todo el dolor que tus errores le han causado a ella. Dudo que hayas tenido mucho sentimiento de culpa, pero espero que lo acabes pagando de alguna manera.

—Esos errores también son míos —dijo Naomi en voz baja—. Yo también tomé parte en todo esto.

Cara se acercó a Pip y la abrazó desde un lado, mojándole el jersey con sus lágrimas.

En ese momento Max se levantó, sin decir nada más. Recogió su portátil y sus notas, se colgó la mochila al hombro y se fue hacia la puerta de la casa.

La cocina se quedó en silencio, Cara fue secándose las

lágrimas hacia el fregadero y llenó un vaso de agua para su hermana. Naomi fue la primera en romper el silencio.

—Lo siento muchísimo —dijo.

—Lo sé —contestó Pip—. Sé que lo sientes. No voy a ir a la policía con la foto. Sería mucho más fácil, pero no necesito la coartada de Sal para demostrar su inocencia. Encontraré otra manera.

—¿Qué quieres decir? —dijo Naomi entre hipidos.

—Me estás pidiendo que te encubra y oculte lo que hiciste. Y lo haré. Pero no voy a ocultar la verdad sobre Sal. —Pip tragó saliva y esta pasó con dificultad por su apretada garganta—. Voy a averiguar quién es el culpable, quién mató a Andie y a Sal. Es la única forma de limpiar el nombre de Sal y protegerte a ti a la vez.

Naomi la abrazó, enterrando la cara manchada de lágrimas en el hombro de Pip.

—Por favor, hazlo —dijo en voz baja—. Sal es inocente y eso me lleva matando desde aquel día.

Pip le acarició el pelo a Naomi y miró a Cara, su mejor amiga, su hermana. Los hombros se le desplomaron como si un peso se hubiera instalado sobre ellos. El mundo parecía más difícil de sobrellevar que nunca.

PARTE III

Registro de producción. Entrada n.º 31

Es inocente.

Esas dos palabras se llevan repitiendo en mi cabeza todo el día. Este proyecto ya no es la conjetura esperanzada que era el principio. Ya no se trata de mi indulgencia hacia mis propias intuiciones porque Sal fue amable conmigo cuando era pequeña y estaba indefensa. Ni de Ravi y su esperanza contra todo pronóstico de que realmente conociera al hermano al que tanto quería. Ahora es algo real, ya no quedan trazas de quizá/ posiblemente/supuestamente. Sal Singh no mató a Andie Bell. Ni se suicidó. Alguien acabó con una vida inocente y la gente de esta ciudad maldijo esa vida, convirtió a ese ser en un villano. Pero si se puede convertir a alguien en villano, también se le puede restituir a su estado anterior. Hace cinco años y medio dos adolescentes fueron asesinados en Little Kilton. Y nosotros tenemos todas las pruebas para encontrar al asesino: Ravi, yo y este documento de Word que no deja de crecer.

Quedé con Ravi justo después de clase, tras pasar un segundo por casa. Fuimos al parque y estuvimos tres horas hablando, protegidos por la oscuridad. Se enfadó cuando supo por qué Sal se había quedado sin coartada. Un enfado tranquilo, casi amable. Dijo que no era justo que Naomi y Max Hastings fueran a librarse de todo sin ningún tipo de castigo, cuando Sal, que nunca le hizo daño a nadie, fue asesinado y tildado de asesino. Pues claro que no es justo; en esta vida no hay nada justo. Pero Naomi nunca quiso hacer daño a Sal, no había más que verle la cara, o la penosa forma en la que subsistía desde que aquello pasó. Actuó como actuó debido al miedo y puedo entenderlo. Ravi también, aunque no está seguro de que pueda perdonarla.

Se le cayó el alma a los pies cuando le dije que no sabía si la foto sería suficiente para que la policía reabriera el caso; me marqué un farol para conseguir que Max y Naomi hablaran. La policía podría pensar que retoqué la imagen y negarse a pedir una orden para entrar en el perfil de Max. Por supuesto, él ya habrá borrado la foto. Ravi cree que la policía me creería a mí antes que a él, pero yo no estoy tan segura; no soy más que una adolescente que da la lata con ángulos de fotos y números diminutos en una pantalla de móvil, enfrentada a unas sólidas evidencias contra Sal. Por no hablar de que Daniel da Silva pertenece al cuerpo y hará lo posible para desacreditarme.

Tampoco entiende que quiera proteger a Naomi. Le expliqué que son como mi familia, que Cara y ella son como hermanas para mí y que, aunque Naomi haya tenido que ver en lo ocurrido, Cara es inocente.

Me moriría antes que ser la culpable de que perdiera a su hermana cuando ya ha perdido a su madre. Le prometí a Ravi que esto no nos detendría, que no necesitamos que Sal tenga una coartada para probar que es inocente; solo tenemos que encontrar al asesino. Así que hicimos un trato: nos damos tres semanas más. Tres semanas para encontrar al culpable o pruebas sólidas contra un sospechoso. Y si después de esa fecha no tenemos nada, Ravi y yo llevaremos la foto a la policía y veremos si nos hacen caso.

Así que esto es lo que hay. Tengo tres semanas para encontrar al asesino o las vidas de Naomi y Cara se harán pedazos. ¿Es justo que le haya pedido a Ravi que haga esto, que espere cuando ha esperado ya tanto? Me siento dividida entre los Ward y los Singh y lo que es correcto. Ya ni sé lo que es correcto; todo está demasiado enfangado. No estoy segura de seguir siendo la chica buena que era. Me da la sensación de que esa persona buena se ha quedado por el camino. Pero no tengo tiempo para perderlo pensando estas cosas. Así que ahora tenemos cinco sospechosos en la lista. He quitado a Naomi.

Las razones que tenía para sospechar de ella se han aclarado: lo de estar desaparecida en combate y la actitud tan rara que tuvo cuando me contestó a las preguntas sobre Sal.

He hecho un diagrama con todos los sospechosos:

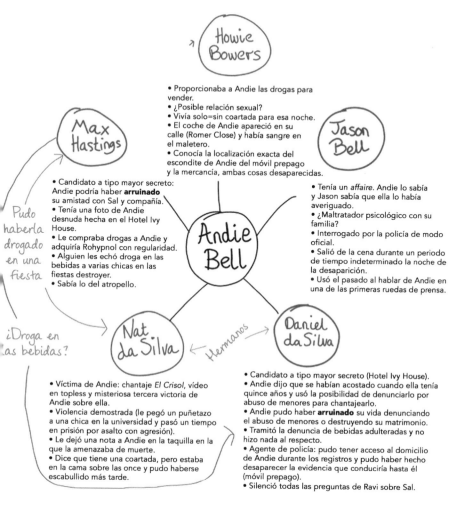

Howie Bowers

- Proporcionaba a Andie las drogas para vender.
- ¿Posible relación sexual?
- Vivía solo=sin coartada para esa noche.
- El coche de Andie apareció en su calle (Romer Close) y había sangre en el maletero.
- Conocía la localización exacta del escondite de Andie del móvil prepago y la mercancía, ambas cosas desaparecidas.

Max Hastings

- Candidato a tipo mayor secreto: Andie podría haber **arruinado** su amistad con Sal y compañía.
- Tenía una foto de Andie desnuda hecha en el Hotel Ivy House.
- Le compraba drogas a Andie y adquiría Rohypnol con regularidad.
- Alguien les echó droga en las bebidas a varias chicas en las fiestas destroyer.
- Sabía lo del atropello.

Pudo haberla drogado en una fiesta

Jason Bell

- Tenía un *affaire*. Andie lo sabía y Jason sabía que ella lo había averiguado.
- ¿Maltratador psicológico con su familia?
- Interrogado por la policía de modo oficial.
- Salió de la cena durante un periodo de tiempo indeterminado la noche de la desaparición.
- Usó el pasado al hablar de Andie en una de las primeras ruedas de prensa.

Andie Bell

¿Droga en las bebidas?

Nat da Silva

← *Hermanos* →

Daniel da Silva

- Víctima de Andie: chantaje *El Crisol*, vídeo en topless y misteriosa tercera victoria de Andie sobre ella.
- Violencia demostrada (le pegó un puñetazo a una chica en la universidad y pasó un tiempo en prisión por asalto con agresión).
- Le dejó una nota a Andie en la taquilla en la que la amenazaba de muerte.
- Dice que tiene una coartada, pero estaba en la cama sobre las once y pudo haberse escabullido más tarde.

- Candidato a tipo mayor secreto (Hotel Ivy House).
- Andie dijo que se habían acostado cuando ella tenía quince años y usó la posibilidad de denunciarlo por abuso de menores para chantajearlo.
- Andie pudo haber **arruinado** su vida denunciando el abuso de menores o destruyendo su matrimonio.
- Tramitó la denuncia de bebidas adulteradas y no hizo nada al respecto.
- Agente de policía: pudo tener acceso al domicilio de Andie durante los registros y pudo haber hecho desaparecer la evidencia que conduciría hasta él (móvil prepago).
- Silenció todas las preguntas de Ravi sobre Sal.

Junto con la nota y el mensaje que recibí, ahora tengo otro hilo que me lleva directamente al asesino: el hecho de que estuviese al tanto del atropello con fuga. El primer y más evidente candidato es Max, que lo sabía porque él lo perpetró. Pudo haber fingido amenazarse a sí mismo y a sus amigos para poder cargarle a Sal el asesinato de Andie.

Pero, como dijo Naomi, Max siempre estaba de fiesta. Se pasaba la vida bebiendo y drogándose. Se le pudo haber escapado lo del atropello mientras se hallaba en ese estado. Se lo pudo haber contado a algún conocido, como Nat da Silva o Howie Bowers. O incluso a Andie Bell, la cual, por su parte, podría habérselo largado a cualquiera de los que he nombrado arriba. Daniel da Silva era un policía de servicio que llevaba accidentes de tráfico; igual ató cabos. O alguno de ellos pudo haber estado en la misma carretera esa noche y ver lo ocurrido. En ese caso, es factible que cualquiera de los cinco supiera lo del accidente y lo usara en su propio beneficio. Pero Max me sigue pareciendo la opción más clara.

Sé que, técnicamente, él tiene coartada para el periodo de tiempo en el que Andie desapareció, pero no me fío de él. Pudo haber salido de casa cuando Naomi y Millie se fueron a la cama. Siempre y cuando interceptara a Andie antes de las 0.45, sigue siendo posible. O quizá fue a ayudar a finalizar lo que Howie había empezado. Dijo que no había salido de casa, pero no me creo sus respuestas. Me parece que se marcó un farol conmigo. Creo que sabía que era tan improbable que denunciara a Naomi a la policía que no tuvo que ser honesto conmigo. Estoy en una especie de Trampa 22:* no puedo proteger a Naomi sin proteger a la vez a Max.

El otro hilo que me da esta nueva información es que el asesino tenía acceso a los números de teléfono de Max, Naomi, Millie y Jake (y al mío también). Pero de nuevo, esto no me facilita nada. Max obviamente lo tenía y Howie podía haberlos obtenido a través de Max. Nat da Silva probablemente tuviese sus números, sobre todo porque era amiga de Naomi; Daniel pudo conseguirlos a través de ella. Jason Bell parece ser el único que se queda fuera de este grupo, PERO si fue él quien mató a Andie y se quedó con su móvil, seguro que allí estaban también todos estos contactos.

Argh. No he sacado nada en claro y me estoy quedando sin tiempo.

Tengo que seguir cada una de las pistas y encontrar los hilos sueltos que sean capaces de deshacer toda esta maraña confusa y retorcida. ¡¡¡ADEMÁS de acabar el maldito ensayo sobre Margaret Atwood!!!

---

* Trampa 22 es una situación paradójica de la que un individuo no puede escapar debido a reglas contradictorias. El término fue acuñado por Joseph Heller en su famosa novela *Trampa-22*. (*N. de la T.*)

Veintinueve

Pip metió la llave en la puerta de casa y la abrió. *Barney* apareció veloz en la entrada y la escoltó dentro; ella avanzó hacia las voces que venían del interior.

—Hola, cariño —saludó Victor cuando Pip asomó la cabeza por la puerta del salón—. Acabamos de llegar. Iba a preparar algo de cena para mamá y para mí; Joshua ha cenado en casa de Sam. ¿Has comido algo en casa de Cara?

—Sí, he cenado allí —contestó ella.

Habían comido, pero no habían hablado mucho. Cara había estado muy callada en clase esa semana. Pip lo entendía. Su proyecto había dinamitado la estabilidad familiar de su amiga, su vida incluso, como si esta dependiera de que Pip averiguase la verdad. El domingo, después de que Max se fuera, Cara y Naomi le habían preguntado quién pensaba ella que lo había hecho. No les dijo nada, solo advirtió a Naomi que se mantuviera alejada de Max. No podía arriesgarse a compartir los secretos de Andie con ellos por si volvían a recibir amenazas del asesino. Esa era una carga que tenía que llevar ella sola.

—¿Qué tal la reunión del cole? —preguntó Pip.

—Pues bien —contestó Leanne acariciando la cabecita de Josh—. Vamos mejor en ciencias y en mates, ¿no, Josh?

Este asintió mientras reunía unos ladrillos de Lego encima de la mesita del café.

—Aunque la señorita Speller dice que tienes cierta tendencia a ser el payaso de la clase. —Victor echó a Josh una mirada que quería fingir seriedad.

—Me pregunto a quién saldrá —comentó Pip, echando una mirada igual a su padre.

Este lanzó un gritito y se palmeó las rodillas.

—No seas descarada conmigo, niña.

—No tengo tiempo para serlo —replicó ella—. Voy a trabajar un par de horas antes de irme a la cama. —Salió al vestíbulo y se dirigió a la escalera.

—Ay, mi amor —suspiró Leanne—, trabajas demasiado.

—Eso no es posible —contestó Pip, subiendo.

Arriba, se paró justo delante de su dormitorio y lo observó. La puerta estaba ligeramente abierta y la visión llevó a Pip a recordar una escena de esa misma mañana antes de ir a clase.

Joshua había cogido dos botellas del aftershave de Victor y, con un sombrero de cowboy puesto, y una de las botellas en cada mano, lanzaba chorros de perfume, se pavoneaba por el pasillo y decía:

—Soy el vaquero chulo que perfuma la caca del culo y esta ciudad no es lo suficientemente grande para los dos, Pipopótamo.

Pip se había escapado y cerrado la puerta, para que su habitación no estuviera luego oliendo a mareante mezcla entre Brave y Pour Homme. ¿O eso había pasado la mañana anterior? Esta semana no había dormido muy bien y los días se le confundían unos con otros.

—¿Alguien ha estado en mi habitación? —gritó en dirección al piso de abajo.

—No, acabamos de llegar —contestó su madre.

Pip entró y tiró la mochila sobre la cama. Fue hasta su escritorio y solo con una mirada supo que algo no iba bien. Su portátil estaba abierto y la pantalla echada hacia atrás. Pip siempre, siempre, bajaba la pantalla cuando se iba. Pulsó el botón de encender y cuando el dispositivo se puso en marcha, notó que alguien había tocado la ordenada pila de papeles impresos que tenía a su lado. Ese alguien había cogido uno de los folios y lo había puesto de primero en el montón. Era la foto. La evidencia de la coartada de Sal. Y ella no la había dejado ahí.

Su portátil emitió sus dos notas de bienvenida y cargó la pantalla de inicio. Estaba tal y como ella la había dejado; el documento de Word del último registro de producción estaba en la barra de tareas al lado de una pestaña de Chrome minimizada. Entró en él. Lo abrió en la página siguiente a la del diagrama.

Pip sofocó un grito.

Debajo de las últimas palabras, alguien había escrito:

TIENES QUE DEJARLO ESTAR, PIPPA.

Una y otra vez. Cientos de veces. Tantas que llenaban cuatro páginas enteras.

La sangre de Pip se convirtió en un millar de escarabajos que le correteaban bajo la piel. Apartó las manos del teclado y se quedó mirándolo. El asesino había estado ahí, en su habitación.

Tocando sus cosas. Revisando su informe. Pulsando las teclas de su portátil.

Dentro de su casa.

Se apartó del escritorio y se dirigió al piso de abajo.

—Esto..., mamá —dijo intentando sonar normal a pesar del terror que la dejaba sin respiración—, ¿hoy ha venido alguien a casa?

—No lo sé, he pasado todo el día en el trabajo y luego fui directa a la reunión del colegio de Josh. ¿Por qué?

—Por nada —respondió ella, y pasó a improvisar—. Es que pedí un libro y pensé que igual había llegado. Y... sí, bueno, otra cosa. Hoy en el instituto estaban contando algo. Parece ser que han entrado en un par de casas; creen que están usando las llaves de repuesto. A lo mejor no deberíamos dejar la nuestra fuera hasta que pillen a quienes lo hicieron, ¿no?

—Ay, no me digas —se lamentó Leanne mirándola con preocupación—. Pues tienes razón, no deberíamos dejarlas fuera.

—Voy a cogerla —dijo Pip e intentó no patinar cuando se dirigía a toda prisa a la puerta de casa.

La abrió y una ráfaga de frío aire de octubre le azotó la caliente piel de la cara. Se arrodilló y palpó una de las esquinas del marco exterior de la puerta. La llave brilló a la luz de la entrada. Estaba justo al lado de su propia huella sobre la suciedad. Pip se inclinó un poco más y la cogió y el frío metal le erizó la piel.

Se metió debajo de su edredón como una flecha y se quedó allí temblando. Cerró los ojos y escuchó con atención. Había un sonido como de raspazos en algún lugar de la casa. ¿Era alguien intentando entrar? ¿O no era más que el sauce que a veces golpeaba la ventana de sus padres?

Un ruido sordo llegó desde la entrada. Pip dio un respingo. ¿La puerta del coche de algún vecino o alguien que intentaba colarse en su casa?

Salió de la cama por enésima vez y fue hasta la ventana. Movió una esquina de la cortina y echó una ojeada fuera. Estaba oscuro. Los coches de la acera de enfrente estaban iluminados por pálidos rayos de luz de luna, pero el brillo azul oscuro de la noche escondía todo lo demás. ¿Había alguien fuera, en la oscuridad? ¿Observándola? Aguzó más la vista, esperando un signo de movimiento, que un retazo de oscuridad se agrupase para convertirse en una persona.

Pip dejó la cortina en su sitio y volvió a la cama. El edredón había dejado escapar todo el calor con el que ella lo había llenado. Otra vez tembló debajo de él y observó en el reloj del móvil que pasaba de las 02.59 a las 03.00 y seguía adelante.

Cuando el viento aulló y golpeó la ventana y el corazón se le subió a la garganta, Pip apartó el edredón y salió de la cama otra vez. Pero esta vez fue de puntillas a través del pasillo y abrió la puerta de la habitación de Josh. El niño estaba completamente dormido, con una serena expresión en su carita iluminada por la luz nocturna en forma de estrella azul.

Pip fue hasta los pies de la cama. Subió y reptó hasta la almohada, tratando de no tocar al bultito durmiente que era su hermano. No se despertó, pero gruñó un poco cuando ella tiró del edredón para taparse. Qué calentito se estaba allí. Y Josh estaría a salvo si ella se quedaba con él para vigilarlo.

Se tumbó allí, escuchando su plácida respiración, dejando que el calor del sueño de su hermano la descongelara. Miró ante sí en la oscuridad hasta que los ojos se le cruzaron, traspasados por la suave luz azul de las estrellitas que giraban.

Treinta

—Naomi ha estado un poco nerviosa desde que... ya sabes —dijo Cara, que caminaba por el pasillo con Pip en dirección a sus taquillas.

Aún había una sensación rara entre ellas, como algo sólido que empezaba a derretirse por los bordes. Aunque ambas fingían que no era así.

Pip no supo qué decir.

—Bueno, siempre ha sido un poco nerviosa, pero ahora todavía más —continuó Cara a pesar del silencio de su amiga—. Ayer, papá la llamó desde la otra habitación y ella se asustó tanto que se le cayó el móvil hasta el otro lado de la cocina. Se lo cargó. Tuvo que llevarlo esta mañana a que se lo arreglaran.

—Vaya —dijo Pip; abrió su taquilla y metió dentro los libros—. Oye, ¿necesita uno mientras tanto? Mi madre acaba de cambiarlo y aún tiene el viejo.

—No, no hace falta. Encontró el suyo de hace años. La SIM no le va, pero encontramos otro de prepago que aún tenía algo de saldo. De momento se arregla con ese.

—¿Está bien? —preguntó Pip.

—No lo sé —respondió Cara—, creo que hace mucho tiempo que no está bien. En realidad, desde que mamá murió. Y siempre pensé que había algo más que la tenía así.

Pip cerró su taquilla y la siguió. Esperó que Cara no hubiera notado las ojeras tapadas con maquillaje ni las venas como patas de arañas que le rodeaban los ojos. Dormir ya no era una opción. Pip había mandado los papeles para la prueba de admisión de Cambridge y había empezado a estudiar para el examen ELAT. Pero la fecha para mantener a Naomi y Cara a salvo planeaba sobre ella a cada segundo. Y cuando por fin conseguía dormir había una figura oscura en sus sueños, justo fuera de su vista, observándola.

—Todo se arreglará —dijo Pip—. Te lo prometo.

Cara le cogió la mano y la apretó. Se separaron para ir en diferentes direcciones.

Unas puertas más allá del aula de Lengua, Pip se paró en seco y sus zapatos chirriaron contra el suelo. Alguien se acercaba caminando pesadamente hacia ella, alguien con el pelo corto, rubio platino y los ojos pintados de un negro intenso.

—¿Nat? —dijo Pip con un pequeño gesto de saludo.

Esta aminoró el paso y se paró enfrente de ella. No sonrió ni le devolvió el saludo. Apenas la miró.

—¿Qué estás haciendo en el instituto? —dijo Pip, sin poder evitar fijarse en el calcetín que cubría el bulto del brazalete electrónico sobre sus deportivas.

—Se me había olvidado que mi vida fuera de tu incumbencia, Penny.

—Pippa.

—Me da igual —masculló con un gesto de desprecio en el labio—. Si tanto te importa para tu estúpido proyecto, he tocado fondo oficialmente. Mis padres han dejado de mantenerme y nadie quiere contratarme. Le he rogado a esa sabandija de la jefa de estudios que me dé el trabajo de vigilante que tenía mi hermano. Según parece, no pueden contratar a criminales violentos, otro efecto postAndie que puedes analizar. Aún ahora sigue jodiéndome la vida.

—Lo siento —dijo Pip.

—No. —Nat se puso en camino de repente y el aire de su repentino movimiento agitó el pelo de Pip—. No lo sientes.

Después de la comida, Pip volvió a su taquilla a coger el libro sobre Rusia para la clase de Historia. Abrió la puerta y el papel estaba allí mismo, encima de la pila de libros. Un papel impreso doblado en dos que había sido introducido a través de la ranura superior.

Un fogonazo de miedo frío la atravesó. Miró a ambos lados para comprobar que nadie estuviera observándola y cogió la nota.

ES LA ÚLTIMA ADVERTENCIA, PIPPA. ALÉJATE.

Leyó solo una vez las grandes letras negras impresas, dobló la página y la metió dentro de su libro de Historia. Cogió el libro con las dos manos y se fue andando.

Ahora estaba claro. Alguien quería que supiera que podían acceder a su casa y al instituto. Querían asustarla. Y lo habían conseguido; el terror no la dejaba dormir, la había mantenido despierta mirando por la ventana durante las dos últimas noches. Pero a la luz del día, Pip era más racional. Si esta persona tuviera la intención de herirla a ella o a su familia, ¿no lo habría hecho ya? No, ya no podía alejarse de esto, de Sal y de Ravi, de Cara y de Naomi. Estaba demasiado metida y solo podía seguir profundizando, cada vez más.

Había un asesino oculto en Little Kilton. Había visto la última entrada de su registro de producción y esta era la respuesta. Lo que significaba que, en algún momento, Pip había estado sobre la pista. Una advertencia no era más que eso, tenía que pensar así, tenía que decirse eso a sí misma cuando por la noche se quedaba tumbada con los ojos abiertos. Y aunque Desconocido podía estar cerca de ella, ella también estaba cerca de él.

Pip empujó la puerta del aula con el lomo de su libro de texto y esta se abrió con mucha más fuerza de lo que ella había querido.

—Ay —se quejó Elliot cuando la puerta le golpeó el codo.

La puerta volvió hacia Pip y ella intentó apartarse, dejando caer, al hacerlo, su libro. Aterrizó con un golpe seco.

—Lo siento, Ell... señor Ward —se corrigió—. No sabía que estaba justo ahí.

—No pasa nada —sonrió él—. Me lo tomaré como un ansia desesperada por aprender en vez de como un intento de asesinato.

—Bueno, estamos estudiando la Rusia de los años treinta.

—Ah, ya veo —dijo inclinándose para recogerle el libro—, ¿así que esto ha sido una demostración práctica?

La nota se salió del libro y resbaló hasta el suelo.

Aterrizó de canto y cayó medio abierta. Pip se apresuró a cogerla y arrugarla.

—¿Pip?

Ella pudo ver cómo Elliot le buscaba la mirada.

Pero ella miró al frente.

—Pip, ¿estás bien? —preguntó.

—Sip —asintió. Esbozó una sonrisa con la boca cerrada intentando ahuyentar esa sensación que se produce cuando alguien te pregunta si estás bien y tú estás de todo menos bien—. Todo perfecto, sí.

—Escucha —le dijo él con amabilidad—, si estás teniendo problemas con alguien, lo peor que puedes hacer es guardártelo para ti misma.

—Ningún problema con nadie —lo tranquilizó volviéndose hacia él—. Estoy bien, de verdad.

—¿Pip?

—Estoy bien, señor Ward —insistió. El primer grupo de estudiantes ya entraba charlando por la puerta.

Cogió el libro de texto de las manos de Elliot y se dirigió hacia su sitio, consciente de que la mirada de él seguía clavada en ella.

—Pips —dijo Connor posando su bolsa en el sitio al lado del suyo—. Te perdí de vista después de la comida. —Y luego, en un susurro, añadió—: Oye, ¿por qué estáis tan raras Cara y tú? ¿Os habéis enfadado o algo?

—No —contestó—, estamos bien. Todo está bien.

Registro de producción. Entrada n.º 33

No estoy ignorando el hecho de que vi a Nat da Silva en el instituto solo un par de horas antes de encontrar la nota en mi taquilla. Sobre todo, porque tengo muy presente su historia de amenazas de muerte en taquillas. Y aunque su nombre acaba de subir al puesto número uno de la lista de sospechosos, para nada es algo definitivo. En una ciudad pequeña como Kilton, a veces las cosas que parecen relacionadas solo son coincidencias y viceversa. Encontrarse con alguien en el único instituto que hay no convierte a ese alguien en un asesino.

Casi todo el mundo de mi lista de sospechosos tiene conexión con el instituto.

Tanto Max Hastings como Nat da Silva son antiguos alumnos, Daniel da Silva fue vigilante, las dos hijas de Jason Bell estudiaron en él. La verdad es que no sé si Howie Bowers fue al Instituto Kilton o no; no logro encontrar ninguna información sobre él. Pero todos estos sospechosos podrían saben que yo voy a este instituto; podrían haberme seguido, podrían haberme visto el viernes por la mañana cuando estaba delante de mi taquilla con Cara. No hay ningún tipo de seguridad allí; cualquiera puede entrar sin problema.

Así que quizá fuera Nat, pero también podrían haber sido los otros. Y eso me lleva de vuelta a la casilla de salida. ¿Quién es el asesino? El tiempo se agota y sigo igual de lejos que al principio de poder señalar a alguien.

De todo lo que Ravi y yo hemos descubierto, me sigue pareciendo que la pista más importante es el móvil prepago de Andie. Sigue desaparecido, pero si pudiéramos dar con él o con la persona que lo tiene, todo se resolvería. Ese móvil es una prueba física y tangible. Exactamente lo que necesitamos si queremos encontrar un modo de meter a la policía en este asunto. Una foto impresa con detalles borrosos pueden ignorarla, pero nadie quitaría importancia al teléfono secreto de la víctima.

Sí, ya he llegado más veces a la conclusión de que el móvil de prepago podía estar con Andie cuando murió y en ese caso se habría perdido para siempre, igual que su cuerpo. Pero vamos a fingir que no fue así. Digamos que a Andie la interceptaron cuando conducía de vuelta a casa. Digamos que la mataron y se deshicieron de su cuerpo. Y luego el asesino piensa para sí: «Ay, no, el móvil de prepago puede llevar hasta mí, ¿qué pasa si la policía lo encuentra en un registro?». Así que tiene que ir y cogerlo. Hay dos personas en mi lista que sabían de la existencia de este móvil de prepago: Max y Howie. Si Daniel da Silva era el tipo mayor secreto, entonces seguro que él también estaba al corriente. Howie, además, sabía dónde estaba escondido.

¿Qué pasa si uno de ellos fue a casa de los Bell y se llevó ese segundo móvil de después de matar a Andie, antes de que nadie pudiera encontrarlo? Tengo más preguntas para Becca Bell. No sé si querrá contestarlas, pero debo intentarlo.

Treinta y uno

Mientras caminaba hacia su destino, sintió que los nervios se le clavaban en las entrañas como púas afiladas. Era un edificio de oficinas con la fachada de cristal y un pequeño letrero metálico al lado de la puerta principal en el que ponía *El Correo de Kilton*.

Y aunque era lunes por la mañana, aquel lugar parecía abandonado. No había signos de vida ni de movimiento en ninguno de los ventanales del piso de abajo.

Pip pulsó el botón de la pared al lado de la puerta. Este hizo un pequeño sonido gimoteante que se le metió en los oídos. Lo soltó y, segundos después, le llegó una voz robótica y apagada a través del interfono.

—¿Hola?

—Ah, sí, hola —saludó Pip—. He venido a ver a Becca Bell.

—De acuerdo —dijo la voz—. Le abro. Empuje la puerta con fuerza porque está un poco dura.

Se oyó un fuerte pitido. Pip empujó con las manos y la cadera y, después de un clic, la puerta se movió y se abrió hacia dentro. La cerró y se encontró en una sala fría y pequeña. Había tres sofás y un par de mesitas de café, pero no había ninguna persona.

—¿Hola? —llamó.

Se abrió una puerta y un hombre salió por ella, subiéndose el cuello de su largo abrigo beige. Un hombre con el pelo negro y liso peinado hacia un lado y la piel un poco grisácea. Era Stanley Forbes.

—Ah. —Se detuvo cuando vio a Pip—. Estaba a punto de salir. Me... ¿Tú quién eres?

La miró entrecerrando los ojos y con la mandíbula ligeramente adelantada, y Pip sintió que se le ponía la piel del cuello de gallina. Hacía frío allí dentro.

—He venido a ver a Becca —informó.

—Ah, vale. —Sonrió sin mostrar los dientes—. Hoy todo el mundo está en la habitación de atrás. Aquí la calefacción no funciona. Por allí —señaló a la puerta de la cual había salido él.

—Gracias —dijo, pero Stanley ya no la escuchaba. Estaba a medio camino de la puerta principal, que cerró de un portazo, ahogando la mitad de su agradecimiento.

Pip caminó hasta la puerta que él había señalado y la empujó. Un pequeño pasillo desembocaba en una sala más grande, con cuatro escritorios llenos de papeles, uno contra cada pared. Dentro había tres mujeres, cada una escribiendo en el teclado del ordenador que tenía delante, creando con la unión de sus tecleos un sonido formado por golpecitos acompasados que llenaba el ambiente. A causa de dicho sonido, ninguna de ellas la oyó llegar.

Pip caminó hacia Becca Bell, que llevaba el corto pelo rubio recogido en una coleta, y se aclaró la garganta.

—Hola, Becca —saludó.

Esta se volvió en la silla y las otras dos mujeres levantaron la mirada para ver qué pasaba.

—Ah —dijo—. ¿Eras tú quien quería verme? ¿No deberías estar en clase?

—Sí, lo siento. Hoy es fiesta —explicó Pip, que se revolvía nerviosa bajo la mirada de Becca al pensar en lo cerca que habían estado Ravi y ella de que la chica los pillara en su propia casa.

Pip miró por encima del hombro de Becca, hacia la pantalla del ordenador llena de palabras. Los ojos de la chica siguieron su mirada y se volvió para minimizar el documento.

—Perdona —se excusó—, es lo primero que escribo para el periódico y el borrador es un desastre. Solo puedo verlo yo —sonrió.

—¿De qué trata?

—Ah, no es nada, va sobre una vieja granja que lleva deshabitada once años, justo antes de salir de Kilton, en Sycamore Road. Parece que no son capaces de venderla. —Miró a Pip—. Algunos de los vecinos están pensando en juntarse y comprarla e intentar darle un nuevo uso y abrirla como pub. Estoy escribiendo sobre por qué es una idea terrible.

—Mi hermano vive allí cerca y él no está de acuerdo contigo —interrumpió una de las mujeres—. Una jarra de cerveza al lado de casa. La felicidad. —Lanzó una risa aguda y seca. Miró a las otras mujeres para que se unieran a ella.

Becca se encogió de hombros mientras se miraba las manos y tiraba de la manga de su jersey.

—Bueno, a mí me parece que el lugar merece volver a ser un hogar para una familia —explicó—. Mi padre casi la compra para restaurarla hace unos años, antes de aquello. Al final cambió de idea, pero siempre me he preguntado cómo habrían sido las cosas si la hubiera comprado.

Los otros dos teclados se quedaron en silencio.

—Ay, Becca, cariño —dijo la mujer—, no tenía ni idea de que era por eso. Vaya, ahora me siento fatal. —Se dio una palmada en la frente—. El resto del día me encargo yo de preparar los tés.

—Qué va, no te preocupes. —Becca le dedicó una pequeña sonrisa.

Las otras dos mujeres volvieron a sus ordenadores.

—Eras Pippa, ¿verdad? —preguntó ella cauta—. ¿En qué

303

puedo ayudarte? Si es por lo que hablamos, ya sabes que no quiero involucrarme.

—Ya lo sé, Becca —dijo Pip, con su voz hecha un susurro—, pero esto es importante. Importante de verdad. Por favor.

Los grandes ojos azules de la chica la miraron durante unos segundos eternos.

—Bien. —Se levantó—. Vamos a la otra sala.

La estancia parecía aún más fría. Becca se sentó en el sofá más cercano y cruzó las piernas. Pip se acomodó en el otro extremo y se volvió hacia ella.

—Pues... la cosa es que... —Pip aminoró, no estaba segura de cómo formular su frase ni de cuánto contarle.

Y se quedó ahí estancada, mirando la cara de Becca, tan parecida a la de Andie.

—¿Qué pasa? —preguntó.

Pip recuperó la voz.

—Pues, durante la investigación, me he enterado de que Andie vendía drogas en las fiestas destroyer.

Las cejas de Becca, limpias y bien delineadas, se cernieron sobre sus ojos al mirar a Pip con descrédito.

—No —dijo—. Es imposible.

—Lo siento, lo he confirmado con varias fuentes —insistió Pip.

—No es posible que haya hecho eso.

—El hombre que se las proporcionaba le dio un segundo móvil, uno de prepago, para usar con sus clientes —siguió Pip por encima de las protestas de Becca—. Le dijo a Andie que escondiera el teléfono y el material en su armario.

—Lo siento, pero creo que alguien te ha tomado el pelo —replicó la chica negando con la cabeza—. Es imposible que mi hermana pasara droga.

—Entiendo que tiene que ser muy difícil escuchar esto —argumentó Pip—, pero me he dado cuenta de que Andie tenía un montón de secretos. Este era uno de ellos. La policía no encontró el móvil de prepago en su habitación y yo estoy intentando averiguar quién pudo haber tenido acceso a su cuarto después de que ella desapareciera.

—Qui... pero... —tartamudeó Becca, todavía negando—. Nadie; la casa estaba acordonada.

—Sí, me refiero antes de que la policía llegara. Después de que Andie saliera de casa y antes de que tus padres descubrieran que había desaparecido. ¿Pudo haber entrado alguien en vuestra casa sin que tú lo supieras? ¿Te habías ido a dormir?

—Yo... Yo... —La voz se le rompió—. No, no lo sé. No estaba dormida, estaba abajo en el salón viendo la tele. Pero tú...

—¿Conoces a Max Hastings? —preguntó Pip rápida antes de que Becca pudiera volver a protestar.

Becca la miró, con la confusión asomándole a los ojos.

—Eh... —dijo—. Sí, era amigo de Sal, ¿no? El rubio.

—¿Alguna vez lo viste cerca de tu casa después de que Andie desapareciera?

—No —dijo rápida—. No, pero ¿por qué...?

—Y ¿qué me dices de Daniel da Silva? ¿Lo conoces? —disparó Pip con la esperanza de que su interrogatorio sin tregua diera resultado y Becca respondiese antes de tener tiempo de decidir no hacerlo.

—Daniel —repitió—, sí, lo conozco. Era muy amigo de mi padre.

Pip abrió los ojos como platos.

—¿Daniel da Silva era muy amigo de tu padre?

—Sí —suspiró Becca—. Trabajó para él durante un tiempo, después de dejar el trabajo de vigilante en el instituto. Mi padre tiene una empresa de limpieza. Pero Daniel le cayó en gracia y lo ascendió a un puesto en la oficina. Él fue el que convenció a Daniel de hacer las pruebas para la policía, y le financió la preparación. Sí. No sé si siguen siendo íntimos; no me hablo con mi padre.

—Entonces ¿veías mucho a Daniel? —preguntó Pip.

—Bastante. Venía a menudo y a veces se quedaba a cenar. ¿Qué tiene esto que ver con mi hermana?

—Daniel era agente de policía cuando tu hermana desapareció. ¿Estuvo involucrado en el caso?

—Bueno, sí —respondió Becca—, fue uno de los primeros agentes en atenderlo cuando mi padre fue a interponer la denuncia.

Pip se sorprendió a sí misma completamente inclinada hacia delante, asomada a las palabras de Becca, las manos como garras sobre el cojín del sofá.

—¿Fue él quien registró vuestra casa?

—Sí —afirmó Becca—, él y una mujer nos tomaron declaración y luego hicieron el primer registro.

—¿Pudo haber sido Daniel el que efectuó el registro de la habitación de Andie?

—Sí, es posible. —Becca se encogió de hombros—. La verdad es que no veo adónde quieres llegar con esto. Creo que alguien te ha dado una pista falsa o errónea, en serio. Andie no tenía nada que ver con drogas.

—Daniel da Silva fue el primero en acceder a la habitación de Andie —murmuró Pip, más para sí misma que para Becca.

—¿Por qué es importante eso? —preguntó ella; su voz empezaba a teñirse de molestia—. Ya sabemos lo que pasó esa noche. Sabemos que Sal la mató, independientemente de lo que Andie o cualquier otra persona tuviera entre manos.

—No estoy segura de que fuera él —aclaró abriendo significativamente los ojos. Esperaba que Becca la entendiese—. No estoy tan segura de que Sal la matara. Y creo que estoy a punto de demostrarlo.

Registro de producción.
Entrada n.º 34

Becca Bell no se tomó muy bien mi sugerencia de que Sal podría ser inocente. Creo que el hecho de pedirme que me fuera es prueba suficiente.

Tampoco me sorprende. Durante cinco años y medio ha tenido la certeza inquebrantable de que Sal fue el asesino de Andie, cinco años y medio para procesar el dolor por la pérdida de su hermana. Y vengo yo a desenterrar la basura y decirle que está equivocada.

Pero pronto tendrá que aceptarlo, igual que el resto de Kilton, cuando Ravi y yo averigüemos quién fue el verdadero responsable de las muertes de Andie y Sal.

Y después de mi conversación con Becca creo que el sospechoso principal ha cambiado otra vez. Además de haber encontrado una conexión importante entre dos nombres de mi lista de sospechosos (¿Otro posible equipo de asesinos: Daniel da Silva y Jason Bell?), he confirmado mis sospechas sobre Daniel. No es solo que tuviera acceso a la habitación de Andie después de que esta desapareciera, ¡es que de hecho él fue el primero en registrarla! Habría tenido la oportunidad perfecta para coger el móvil y esconderlo, y así borrar cualquier huella suya en la vida de Andie.

Mis búsquedas en la web no me han ofrecido ningún dato útil sobre Daniel...

... Pero acabo de ver esto en la página de la Policía de Thames Valley de Kilton:

VEN A LAS REUNIONES DE CIUDADANOS IMPLICADOS

Conoce a los policías de tu vecindario y decide cuáles deben ser las prioridades policiales de tu área.

Próximos eventos:

Tipo: Reunión de ciudadanos implicados.
Fecha: Miércoles, 25 de octubre de 2017.
Hora: 12.00 – 13.00.
Lugar: Biblioteca de Little Kilton.

Kilton tiene solo cinco agentes de policía local y dos agentes de apoyo. Me juego lo que sea a que Daniel estará allí. También me juego lo que sea a que no me dirá nada.

Treinta y dos

—Y por las tardes sigue habiendo demasiados jóvenes holgazaneando en espacios públicos —se quejó una anciana, con el brazo levantado.

—Ya hablamos de esto en la reunión anterior, señora Faversham —señaló una agente de pelo muy rizado—. No están haciendo nada ilegal. Solo juegan al fútbol después de clase.

Pip estaba sentada en una silla de plástico amarillo brillante en medio de un público de doce personas. La biblioteca estaba oscura y mal ventilada y el aire tenía ese maravilloso olor mágico de libros antiguos mezclado con el hedor rancio de la gente mayor.

La reunión era lenta y monótona, pero Pip estaba alerta y ojo avizor. Daniel da Silva era uno de los tres agentes. Era más alto de lo que ella esperaba, lo vio allí de pie con su camiseta blanca y su uniforme negro. Su pelo era castaño claro y ondulado, y lo llevaba peinado hacia atrás. Estaba recién afeitado y tenía una nariz estrecha respingona y labios amplios y redondos. Pip intentaba no mirarlo demasiado para que él no se diera cuenta.

También había otro rostro familiar, y su dueño estaba sentado tres sillas más atrás que Pip. De repente se levantó y alzó el brazo con la palma abierta.

—Stanley Forbes, *El Correo de Kilton* —se presentó—. Algunos de mis lectores se han quejado de que la gente sigue conduciendo demasiado deprisa en High Street. ¿Cómo tenéis pensado atajar este asunto?

Daniel dio un paso adelante e hizo un gesto a Stanley para que volviese a su sitio.

—Gracias, Stan —dijo—. La calle ya tiene varias medidas disuasorias. Hemos hablado de poner más controles de velocidad y, si es necesario, mis superiores y yo retomaremos esta conversación.

La señora Faversham expuso dos quejas más, tras las cuales, la reunión acabó finalmente.

—Si tenéis alguna otra preocupación respecto al orden público —dijo el tercer agente, que intentaba no establecer contacto visual con la señora Faversham—, por favor, rellenad uno de los cuestionarios que están detrás de vosotros. —Indicó el sitio—. Y si preferís hablar con cualquiera de nosotros en privado, seguiremos aquí a vuestra disposición durante los próximos diez minutos.

Pip esperó un momento, pues no quería parecer demasiado ansiosa. Aguardó a que Daniel finalizara su conversación con uno de los voluntarios de la biblioteca y luego se levantó de la silla y se acercó a él.

—Hola —saludó.

—Hola —le sonrío él—, te faltan un par de décadas para alcanzar la media de edad de la reunión.

Ella se encogió de hombros.

—Estoy interesada en la ley y el crimen.

—Me temo que no hay nada demasiado interesante en Kilton —replicó él—, solo chavales holgazaneando y coches que circulan ligeramente por encima del límite de velocidad.

«Uy, si solo fuera eso...»

—¿Así que nunca ha arrestado a nadie por manejo sospechoso del salmón? —preguntó ella con una risa nerviosa.

Daniel la miró sin comprender.

—Es que... es una ley real. —Sintió que las mejillas se le ponían rojas. ¿Por qué no podía juguetear con el pelo o con los dedos como hacía la gente normal cuando se ponía nerviosa?—. La Ley del Salmón de 1986 ilegalizó la... bueno, da igual. —Negó con la cabeza—. Hay un par de preguntas que quería hacerle.

—Dispara —ánimo él—, siempre y cuando no sean sobre salmón.

—No, no lo son. —Tosió ligeramente tapándose la boca con la mano y levantó la vista hacia él—. ¿Recuerda las investigaciones realizadas, hará unos cinco o seis años, sobre el uso de drogas y bebidas adulteradas en fiestas en las casas que organizaban los estudiantes del instituto Kilton?

Él tensó la mandíbula y adoptó una mueca pensativa.

—No —dijo—, no lo recuerdo. ¿Quieres denunciar algo?

Ella negó con la cabeza.

—No. ¿Conoce a Max Hastings? —preguntó Pip.

Daniel se encogió de hombros.

—Conozco un poco a la familia Hastings. Fueron mi primer caso cuando terminé las prácticas.

—¿Un caso de qué?

—Ah, nada importante. Su hijo había estrellado el coche contra un árbol delante de su casa. Tuve que rellenar un parte para la compañía de seguros. ¿Por qué?

—Por nada —dijo ella con fingida despreocupación. Se dio cuenta de que Daniel se volvía para irse—. Solo una cosa más.

—¿Sí?

—Usted fue uno de los primeros agentes que acudieron cuando se denunció la desaparición de Andie Bell. Llevó a cabo el primer registro en la residencia de los Bell.

Daniel asintió y las líneas de expresión alrededor de sus ojos se marcaron de forma notoria.

—¿Eso no supone algún tipo de conflicto de intereses, dado que usted era muy amigo de su padre?

—No —contestó—, no lo supuso. Cuando estoy trabajando, soy un profesional. Y tengo que decir que no me gusta demasiado el cariz que está tomando esta conversación. Disculpame. —Se apartó un par de metros.

Justo en ese momento, una mujer apareció detrás de Daniel y se interpuso entre él y Pip. Tenía el pelo rubio y largo, nariz pecosa, y una barriga gigantesca se dibujaba contra la tela de su vestido. Debía de estar embarazada de al menos siete meses.

—Vaya, hola —saludó a Pip con tono falsamente amable—, soy la mujer de Dan. Qué extraordinariamente raro me resulta pillarlo hablando con una jovencita. Aunque debo decir que no eres exactamente su tipo.

—Kim —dijo él pasándole el brazo por la espalda—, vamos.

—¿Esta quién es?

—Es una niña que ha venido a la reunión. No sé. —Se llevó a su mujer al otro lado de la sala.

A la salida de la biblioteca, Pip echó un último vistazo por encima del hombro. Daniel seguía con su mujer y ambos hablaban con la señora Faversham, haciendo un esfuerzo deliberado por no mirar hacia ella. Pip empujó la puerta y salió al exterior, donde se acurrucó en su abrigo de color caqui cuando el frío la envolvió. Ravi la esperaba al fondo de la calle, enfrente de la cafetería.

—Hiciste bien en no venir —dijo ella cuando llegó a su altura—. Fue bastante antipático conmigo. Y Stanley Forbes también estaba en la reunión.

—Un tipo encantador —comentó él con sarcasmo. Hundió las manos en los bolsillos para resguardarlas del fuerte viento—. Entonces ¿no te has enterado de nada nuevo?

—Bueno, yo no diría eso —matizó Pip acercándose más a él para protegerse del viento—. Se le escapó una cosa, aunque no creo que se diera ni cuenta.

—Ya vale de pausas dramáticas, que me tienes en ascuas.

—Lo siento —se disculpó ella—. Dijo que conocía a los Hasting, que había sido él el que había cubierto el parte policial cuando Max estrelló el coche contra el árbol al lado de su casa.

—Ah. —Los labios de Ravi se abrieron con la exclamación—. Así que... ¿quizá descubrió lo del atropello con fuga?

—Quizá.

Pip tenía las manos tan frías que empezaban a encogérsele en garras. Estaba a punto de sugerir que fueran a su casa cuando Ravi se puso rígido, con los ojos clavados en un punto detrás de ella.

Pip se volvió.

Daniel da Silva y Stanley Forbes acababan de salir de la biblioteca, la puerta aún estaba cerrándose tras ellos. Se encontraban enfrascados en una conversación que parecía muy privada, Daniel gesticulaba con las manos para acompañar su explicación. Stanley volvió la cabeza en ambas direcciones, para comprobar que nadie los oía, y fue entonces cuando vio a Pip y a Ravi.

Los ojos de Stanley se volvieron fríos, y su mirada pasó de uno a otro como un viento helado. Daniel se volvió para ver qué pasaba y se los quedó mirando, con los ojos, penetrantes y abrasadores, clavados en Pip.

Ravi la cogió de la mano.

—Vámonos —dijo.

Treinta y tres

—Muy bien, don Cacolas —dijo Pip a *Barney*. Se inclinó para quitarle la correa del collar de tartán—. A correr.

Él la miró con los ojos caídos y sonrientes. Y cuando ella se levantó, él salió a toda velocidad por el camino embarrado, perdiéndose entre los árboles con esa forma de correr de eterno cachorro que seguía teniendo.

Su madre llevaba razón; era un poco tarde para salir a dar un paseo. En el bosque ya estaba oscureciendo, un cielo gris plomizo se dejaba ver a través de los huecos de los árboles otoñales. Ya eran las seis menos cuarto y su aplicación del tiempo le había dicho que el sol se pondría en dos minutos. No se quedaría mucho rato. Solo le hacía falta un pequeño paseo para airearse antes de volver a su lugar de trabajo. Necesitaba aire. Y espacio.

Había estado todo el día revoloteando entre estudiar para el examen de la semana próxima y mirar fijamente los nombres de su lista de sospechosos. La había contemplado durante tanto tiempo que los ojos se le torcieron y dibujaron líneas imaginarias y espinosas que florecían en las letras de un nombre e iban a envolver los otros hasta que la lista no fue más que un embrollado conjunto de nombres y uniones enredadas.

No sabía qué hacer. A lo mejor era buena idea intentar hablar con la mujer de Daniel da Silva; había una fricción palpable entre la pareja. ¿Por qué? ¿Qué posibles secretos la habían causado? ¿O debería volver a centrarse en el móvil de prepago y plantearse la posibilidad de allanar las casas de aquellos sospechosos que conocían la existencia del teléfono y buscarlo allí?

No.

Había salido a dar este paseo para olvidar a Andie Bell y despejar la cabeza. Metió la mano en el bolsillo y sacó los auriculares. Se los colocó en los oídos y le dio al *play* en el móvil, donde continuó escuchando el episodio de crímenes verdaderos con el que se había quedado a medias. Tuvo que poner el volumen al máximo, para poder oír por encima de sus pisadas sobre las hojas secas.

Así, atenta a la voz que narraba la historia de otra chica asesinada, Pip intentó olvidar la suya.

Tomó el camino que atravesaba del bosque, con los ojos puestos en las sombras de las ralas ramas que pendían sobre ella, sombras que se volvían más nítidas a medida que el mundo alrededor oscurecía. Cuando el crepúsculo se convirtió en noche, Pip se salió del camino y se internó entre los árboles para llegar antes a la carretera. Cuando divisó el acceso, a unos diez metros delante de ella, llamó a *Barney*.

Al llegar allí, pausó el podcast y enrolló los auriculares alrededor del móvil.

—*Barney*, venga —llamó guardando el móvil en el bolsillo.

Un coche pasó por la carretera, y las luces de sus faros cegaron a Pip cuando la chica miró hacia él.

—¡Perruno! —llamó, esta vez más alto—. ¡*Barney*, vamos de una vez!

Los árboles estaban quietos y oscuros.

Pip se humedeció los labios y silbó.

—¡*Barney*!, ¡ven aquí, *Barney*!

Pero no se oyó ningún sonido de carrera sobre las hojas

caídas. No hubo ningún centelleo dorado entre los árboles. Nada.

Un miedo helado empezó a subirle por los dedos de los pies y se extendió hasta los de las manos.

—¡*Barney*! —chilló, y la voz se le partió.

Corrió de vuelta por el camino por el que había venido. De vuelta hacia la oscuridad de los envolventes árboles.

—*Barney* —gritó.

Corrió por el camino con la correa del perro oscilando en su mano en amplios arcos vacíos.

Treinta y cuatro

—¡Mamá, papá! —Abrió de un empujón la puerta de casa, tropezó con la alfombrilla de la entrada y se cayó al suelo. Las lágrimas le quemaban la piel, arremolinadas entre sus labios—. ¡Papá!

Victor apareció en la puerta de la cocina.

—¿Cariño? —dijo. Y entonces la vio—. Pippa, ¿qué pasa? ¿Qué ha pasado?

Se apresuró hacia su hija, mientras esta se levantaba del suelo.

—*Barney* ha desaparecido —explicó—. No vino cuando lo llamé. Fui por todo el bosque, llamándolo. Ha desaparecido. No sé qué hacer. Lo he perdido, papá.

Su madre y Josh también habían salido al pasillo y la observaban sin decir ni una palabra.

Victor le acarició el brazo.

—No pasa nada, mi amor —la tranquilizó con su voz clara y cálida—. Lo encontraremos, no te preocupes.

Cogió su abrigo gordo y acolchado del armario de la entrada y dos linternas. Hizo que Pip se pusiera un par de guantes antes de darle una.

La noche estaba oscura y encapotada cuando llegaron al bosque. Pip condujo a su padre por el camino que había seguido.

Los haces de luz atravesaban la oscuridad.

—¡*Barney*! —llamó su padre con esa voz atronadora que hacía eco en todas las direcciones entre los árboles.

Dos horas más tarde, helados, Victor dijo que había llegado el momento de irse a casa.

—Pero ¡no podemos marcharnos hasta que lo encontremos! —protestó ella.

—Escucha. —Él se volvió, la linterna los iluminaba a ambos desde abajo—. Ya está demasiado oscuro. Mañana por la mañana lo vamos a encontrar. Ahora anda dando vueltas por ahí, pero va a estar bien, es solo una noche.

Pip se fue directa a la cama después de una cena tardía y silenciosa.

Sus padres subieron a su habitación y se sentaron con ella. Su madre le acarició el pelo; Pippa intentaba no llorar.

—Lo siento —dijo Pip—. Lo siento muchísimo.

—No es culpa tuya, mi amor —la calmó Leanne—. No te preocupes. Encontrará el camino de vuelta. Intenta dormir un poco.

No lo hizo. Al menos, no mucho. Un pensamiento se habría introducido en su cabeza y allí se había quedado: ¿y si era por su culpa?

¿Y si todo esto había pasado porque ella había ignorado la última advertencia?

¿Y si *Barney* no se había perdido, sino que lo habían secuestrado? ¿Por qué no había estado más atenta?

Se sentaron en la cocina. Era temprano y tomaron un desayuno que, en realidad, no le apetecía demasiado a ninguno. Victor, que tampoco parecía haber dormido mucho, ya había llamado al trabajo para avisar de que se tomaría el día libre. Entre cucharada y cucharada de cereales, explicó cuál iba a ser el plan de acción: él y Pip volverían al bosque. Luego ampliarían el radio de búsqueda y empezarían a ir puerta por puerta, preguntando por *Barney*.

Leanne y Josh se quedarían en casa para imprimir carteles de «Se busca». Luego los pondrían por High Street y los repartirían a la gente en la calle. Cuando hubieran acabado, se reunirían todos y buscarían en las otras áreas boscosas cercanas a la ciudad.

Oyeron un ladrido en el bosque y a Pip le dio un vuelco el corazón. Pero solo era una familia que paseaba con dos beagles y un labrador. Dijeron que no habían visto a un perdiguero dorado vagando solo, pero que estarían atentos.

Para cuando finalizaron su segunda vuelta por el bosque, Pip tenía la voz ronca. Preguntaron en todas las casas de Martinsend Way; nadie había visto a un perro extraviado.

Acababa de empezar la tarde, y el silbido del tren que avisaba a Pip de que le había llegado un mensaje sonó en el silencioso bosque.

—¿Es mamá? —preguntó Victor.

—No —contesto Pip leyendo. Era de Ravi.

Ey, acabo de ver en el centro carteles de «Se busca» de *Barney*. ¿Estás bien? ¿Necesitas ayuda?

Tenía los dedos demasiado entumecidos por el frío para contestar. Hicieron una pequeña parada para comer unos bocadillos y luego siguieron; su madre y Josh se unieron al equipo, caminando entre los árboles e incluso entrando en una granja privada, los gritos de «¡*Barney*!» llenaban el aire.

Pero el mundo volvió a girar y la oscuridad cayó sobre ellos otra vez.

De vuelta en casa, agotada y silenciosa, Pip picoteó la cena tailandesa que Victor había comprado en la ciudad. Su madre había puesto una peli de Disney de fondo para animarlos un poco, pero Pip miraba fijamente los fideos, que parecían gusanos enrollados en su tenedor. Tiró el cubierto cuando sonó un silbato de tren y su bolsillo vibró.

Puso su plato en la mesita del café y sacó el móvil. La pantalla brillaba.

Pip hizo lo posible para no mostrar el terror que la inundó, para cerrar la boca que se le acababa de quedar abierta. Intentó con todas sus fuerzas componer una expresión de normalidad y puso el móvil con la pantalla hacia abajo en el sofá.

—¿Quién es? —preguntó su madre.

—Ah, nada, Cara.

No era Cara. Era Desconocido:

¿Quieres volver a ver a tu perro?

Treinta y cinco

El siguiente mensaje no llegó hasta las once de la mañana. Victor estaba trabajando desde casa. Entró en la habitación de Pip sobre las ocho y le dijo que ellos iban a salir para hacer otra búsqueda y volverían a la hora de comer.

—Tú mejor que te quedes en casa y te pongas a estudiar —le había dicho—. Este examen es muy importante. Deja que nos encarguemos nosotros de *Barney*.

Pip asintió. En cierto modo se sintió aliviada. No creía que pudiera salir con su familia a buscar al perro, gritar su nombre, cuando sabía que no lo iban a encontrar. Porque no se había perdido, alguien se lo había llevado. Y ese alguien era el asesino de Andie Bell.

Pero no podía perder el tiempo odiándose a sí misma, preguntándose por qué no habría hecho caso de las amenazas. Por qué había sido lo suficientemente estúpida como para creerse invencible.

Tenía que recuperar a *Barney*. Era lo único que importaba.

Su familia llevaba fuera un par de horas cuando su teléfono silbó, lo cual le produjo un sobresalto que hizo que derramara el café encima del edredón. Cogió el móvil y leyó el mensaje varias veces.

Coge tu ordenador y el USB o disco de memoria externa en el que tengas guardado tu proyecto. Tráelos al aparcamiento del club de tenis y adéntrate cien pasos entre los árboles que están a la derecha.

No se lo cuentes a nadie y ven sola. Si sigues estas instrucciones, recuperarás a tu perro.

Pip dio un respingo y tiró otra vez el café por la cama. Se puso en marcha a toda velocidad, antes de que el miedo la congelara y consiguiese paralizarla.

Se quitó el pijama y se puso unos vaqueros y un jersey. Cogió la mochila, abrió las cremalleras y le dio la vuelta, para tirar sus libros de texto y su agenda al suelo. Desenchufó el portátil y lo metió en la bolsa junto con el cargador. Los dos lápices de memoria en los que había guardado el proyecto estaban en el cajón del medio de su escritorio. Los sacó y los colocó encima del portátil.

Corrió escalera abajo y casi perdió el equilibrio al echarse la pesada mochila al hombro. Se puso las botas y el abrigo y cogió las llaves del coche de la mesilla de la entrada. No había tiempo para pensárselo. Si se paraba a hacerlo, vacilaría y perdería a *Barney* para siempre.

Fuera, el viento le golpeó el cuello y los dedos.

Corrió hacia el coche y se metió dentro. Cuando se puso en marcha, tenía las manos, puestas al volante, sudadas y temblorosas.

Le llevó cinco minutos llegar hasta allí. Habría sido menos si no hubiera ido detrás de un conductor lento, todo el rato pegada a su culo y dándole luces para que se apartara.

Giró hacia el aparcamiento detrás de las pistas de tenis y estacionó en la plaza más cercana. Cogió la mochila del asiento del copiloto, salió del coche y se dirigió a los árboles.

Antes de pasar del cemento a la pista de tierra, Pip se detuvo un segundo para mirar por encima del hombro. Había algunos grupos de niños en las canchas armando jaleo y tirando pelotas contra la red. Un par de madres con retoños juguetones estaban paradas al lado de un coche y charlaban despreocupadas. No había nadie que estuviera pendiente de ella. Ningún coche que pudiera reconocer. Nadie. Si alguien la estaba observando, ella no podía saberlo.

Se volvió de nuevo hacia los árboles y empezó a andar. Iba contando mentalmente cada paso que daba y la atenazaba el pánico al pensar que estos podían ser demasiado cortos o demasiado largos y entonces no se detendría donde debía.

A los treinta pasos, el corazón le latía tan fuerte que casi le impedía respirar.

A los sesenta y siete, la piel del pecho y de la cara interna de los brazos empezó a escocerle a medida que el sudor la empapaba.

A los noventa y cuatro empezó a murmurar con el aliento entrecortado:

—Por favor, por favor, por favor.

Y luego se paró a los cien pasos. Y esperó.

No había nadie alrededor de ella, nada que no fuera la entreverada sombra de los árboles semidesnudos y las hojas rojas y amarillentas que cubrían el suelo.

Un alto y largo silbido sonó por encima de su cabeza antes de acabar en cuatro pequeñas ráfagas. Miró hacia arriba y vio un milano rojo que volaba sobre ella, apenas una silueta de amplias alas que se recortaba contra el sol gris. El pájaro se perdió de vista y la muchacha se quedó sola de nuevo.

Casi pasó un minuto entero antes de que el móvil le sonara en el bolsillo. Lo sacó a toda prisa y leyó el mensaje.

Destrúyelo todo y déjalo ahí. No le cuentes a nadie lo que sabes. Basta de preguntas sobre Andie. Esto se acaba aquí.

Los ojos de Pip volaron sobre las palabras, una y otra vez. Se obligó a respirar hondo y guardó el móvil. Sintió la piel arder bajo la mirada del asesino, que la observaba desde algún sitio sin dejarse ver.

De rodillas, posó la mochila en el suelo, sacó el portátil, el cargador y los dos lápices de memoria. Los dejó sobre las hojas otoñales y abrió la pantalla del ordenador.

Se levantó y, mientras los ojos se le llenaban de lágrimas y el mundo se desdibujaba, pegó un pisotón al primer lápiz de memoria con el tacón de su bota. Un lado de la cubierta de plástico se quebró y se separó. La parte conectora de metal se rompió. Pisó otra vez y luego puso la bota izquierda sobre el otro dispositivo. Saltó sobre ambos una y otra vez hasta hacerlos pedazos, que se esparcieron por el suelo.

Luego se volvió hacia su portátil, cuya pantalla estaba dirigida hacia ella con la delgada línea de un rayo de sol titilando en la superficie. Observó su silueta oscura reflejada al levantar una pierna y dirigirla hacia el ordenador. La pantalla se abrió del todo hacia atrás; el portátil quedó plano sobre las hojas, con una gran grieta en forma de telaraña.

La primera lágrima le cayó sobre la barbilla mientras le daba otro pisotón, esta vez en el teclado. La bota arrancó varias letras, que se dispersaron por el barro. Saltó sobre él y resquebrajó el cristal de la pantalla, aplastándolo contra la cubierta de metal.

Saltó una y otra vez, con las lágrimas resbalándole por las mejillas.

Ahora el metal que rodeaba el teclado estaba roto y mostraba la placa base y el ventilador debajo. El circuito se deshizo en piezas bajo su tacón, y el sistema de refrigeración se rompió y salió despedido. Saltó otra vez y trastabilló sobre la destrozada máquina, perdió el equilibrio y cayó de espaldas sobre las suaves y crujientes hojas.

Se quedó allí llorando durante unos momentos. Luego se

sentó y recogió el portátil, con la pantalla rota colgando limpiamente de uno de los goznes, y lo lanzó contra el tronco del árbol más cercano. Con otro golpe, acabó en el suelo hecho pedazos, muerto entre las raíces de los árboles.

Pip se sentó allí, tosiendo, esperando a que su respiración se normalizara. La cara le ardía a causa de la sal de las lágrimas. Y esperó.

No estaba segura de lo que debía hacer. Había seguido todas las instrucciones que le habían dado; ¿iban a soltar a *Barney* allí para que volviera con ella? Tendría que esperar a ver qué pasaba. Esperar a que le mandaran otro mensaje.

Lo llamó por su nombre y esperó.

Pasó más de media hora. Y nada. Ningún mensaje.

Ni rastro de *Barney*. Ningún sonido de personas salvo los lejanos gritos de los niños en las canchas de tenis.

Pip se puso de pie, tenía las suelas de las botas sucias y pegajosas. Cogió la mochila vacía y emprendió el camino de vuelta, echando una última mirada al destrozado artefacto.

—¿Adónde fuiste? —preguntó Victor cuando le abrió la puerta de casa.

Pip se había quedado en el coche durante un rato en el aparcamiento de la pista de tenis, para dejar que sus ojos rojos e hinchados recuperaran su aspecto normal antes de volver a casa.

—Aquí no me podía concentrar bien —respondió sin energías—, así que me fui a estudiar a la cafetería.

—Ya veo —contestó él con una amable sonrisa—. A veces un cambio de escenario es bueno para concentrarse.

—Pero, papá —odió la mentira que estaba a punto de salir de su boca—, me pasó una cosa. No sé cómo. Fui al baño un segundito y cuando volví el ordenador no estaba. Nadie vio nada. Creo que me lo robaron. —Se miró las sucias botas—. Lo siento. No tenía que haberlo dejado en la mesa. Victor la hizo callar y la envolvió en un abrazo. Algo que ella necesitaba de verdad.

—No seas boba —dijo—, los objetos no son importantes. Se pueden sustituir. Lo único que me importa es que estés bien.

—Estoy bien —dijo—. ¿Alguna novedad?

—Todavía nada, pero Josh y mamá van a volver a la ciudad esta tarde y yo voy a llamar a las perreras. Verás como lo encontramos, mi amor.

Ella asintió y se alejó de él. Iban a encontrarlo; ella había hecho todo lo que le habían mandado. Ese era el trato. Ojalá pudiera decirle algo a su familia que les borrase la preocupación de la cara. Pero no era posible. Otro más de los secretos de Andie Bell en los que Pip se había visto atrapada.

Y respecto a olvidarse de Andie, ¿sería capaz?

¿Podría abandonarlo todo, cuando sabía que Sal no era culpable?

¿Ahora que sabía que había un asesino que podía estar en la misma calle que ella? Tenía que hacerlo, ¿no? Por ese perro al que quería tanto desde hacía diez años, ese perro que aún la adoraba más a ella. Por la seguridad de su familia.

Por Ravi. ¿Cómo iba a convencerlo de abandonar?

Tenía que hacerlo, o el de su amigo sería el próximo cadáver que encontraran en el bosque. Esto no podía seguir; ya no era seguro. No había elección.

La decisión era como una esquirla de la pantalla del ordenador reventado que se le hubiera clavado en el pecho. Cada vez que respiraba se clavaba más, y dolía.

Pip estaba en el piso de arriba, en el escritorio, y ojeaba los papeles del examen. El día se había vuelto oscuro y acababa de encender la lámpara del escritorio. Trabajaba con la banda sonora de *Gladiator* sonando en sus auriculares y movía el boli al ritmo de la melodía. Detuvo la música cuando alguien llamó a su puerta.

—Sí —contestó, mientras giraba en su silla.

Victor entró y cerró tras de sí.

—Le estás dando duro, ¿eh, cariño?

Ella asintió.

Él avanzó hacia el escritorio y se apoyó en él, luego cruzó las piernas.

—Escucha, Pip —dijo con amabilidad—. Acaban de encontrar a *Barney*.

Pip se atragantó con su propia respiración.

—¿Por... por qué no pareces contento?

—Debió de caerse. Lo encontraron en el río. —Victor se acercó y le cogió la mano—. Lo siento, mi amor. Se ahogó.

Pip se apartó de su padre, negando con la cabeza.

—No —dijo—. No puede haberse ahogado. Eso no es lo que... No, no puede haberse...

—Lo siento, mi amor —repitió Victor, cuyos labios temblaban—. *Barney* ha muerto. Lo vamos a enterrar mañana, en el jardín.

—¡No puede ser! —Pip se puso en pie de un salto y apartó a Victor de un manotazo cuando este se acercó para abrazarla—. No, no está muerto. Eso no es justo —gritó; las lágrimas le rodaban ardientes hasta el hoyuelo de la barbilla—. No puede estar muerto... No es justo. No es... No es...

Cayó de rodillas y se quedó sentada en el suelo, con las piernas abrazadas contra el pecho. Un abismo de dolor se instaló dentro de ella.

—¡Es todo culpa mía! —Tenía la boca pegada a las rodillas de forma que sus palabras se oían amortiguadas—. Lo siento tanto... Lo siento tantísimo...

Su padre se sentó a su lado y la tomó entre sus brazos.

—Pip, no quiero que te culpes, ni por un segundo. Él se alejó de ti, no al revés.

—No es justo, papá —lloró ella contra su pecho—. ¿Por qué está pasando todo esto? Quiero que vuelva. Quiero que *Barney* vuelva.

—Yo también —susurró él.

Se quedaron así, sentados en el suelo de la habitación, durante un rato largo, llorando juntos. Pip ni siquiera oyó a su madre y a Josh entrar en la habitación. No supo que estaban allí hasta que se les unieron, Josh sentado en el regazo de Pip y con la cabeza apoyada en su hombro.

—No es justo.

Treinta y seis

Lo enterraron por la tarde. Pip y Josh decidieron que en primavera plantarían girasoles sobre la tumba, porque eran dorados y alegres, como *Barney*.

Cara y Lauren fueron a verla un rato, la primera cargada con galletas que ella misma había preparado. Pip apenas podía hablar; cada palabra casi la llevaba al llanto o a un grito de rabia. Cada palabra levantaba un sentimiento imposible en sus entrañas, como si estuviera demasiado triste para estar enfadada, pero demasiado enfadada para estar triste. Las chicas no se quedaron demasiado rato.

Era ya casi de noche y tenía un pitido en los oídos. El día había acrecentado su dolor y Pip se sentía entumecida y vacía. *Barney* no iba a volver nunca y ella no podía contarle a nadie por qué. Ese secreto, y la culpa que le generaba, era el peor peso de todos.

Alguien llamó suavemente a la puerta de su habitación. Pip posó el boli en la página en blanco.

—Adelante —dijo con un hilo de voz ronca.

La puerta se abrió y Ravi entró en la habitación.

—Hola —saludó apartándose el oscuro pelo de la cara—, ¿cómo vas?

—Regular —contestó ella—, ¿qué haces aquí?

—No me contestabas y me preocupé. Esta mañana vi que habíais quitado los carteles. Tu padre me ha dicho lo que ha pasado.

Cerró la puerta y se apoyó contra ella.

—Lo siento mucho, Pip. Ya sé que no ayuda nada que te diga eso; que solo es una frase estándar. Pero lo siento.

—Solo hay una persona que debe sentirlo —contestó sin levantar la vista de la página en blanco.

Él dejó escapar un suspiro.

—Cuando se muere alguien a quien queremos siempre nos culpamos a nosotros mismos. Yo también lo hice, Pip. Y me llevó mucho tiempo darme cuenta de que no había sido culpa mía; a veces ocurren cosas malas, y ya está. Después de que lo acepté, fue más fácil. Espero que no te lleve mucho tiempo llegar a ese punto.

Ella se encogió de hombros.

—También quería decirte —Ravi se aclaró la garganta— que dejes de lado por un tiempo lo de Sal. Olvida el plazo que nos pusimos para llevar la foto a la policía. Sé lo primordial que es para ti proteger a Naomi y a Cara. Puedes tomarte más tiempo. Ya estás bastante sobrecargada y creo que necesitas concederte un respiro después de lo que ha pasado. Y también tienes el examen de Cambridge a la vuelta de la esquina. —Se rascó el cogote y su largo flequillo volvió a caerle sobre los ojos—. Ahora sé que mi hermano es inocente, aunque nadie más lo sepa aún. He esperado cinco años; puedo aguantar un poco más. Mientras tanto, seguiré avanzando en las líneas de investigación que tenemos abiertas.

Pip sintió que se le estrujaba el corazón y se vaciaba de todo lo que llevaba dentro. Tenía que hacerle daño a Ravi. Era la única manera de que él dejara el asunto y así mantenerlo a salvo. Quienquiera que hubiera asesinado a Andie y Sal le había mostrado que estaba dispuesto a matar otra vez. Y ella no podía permitir que el siguiente fuera Ravi.

No podía mirarlo. No era capaz de contemplar su cara siempre amable incluso sin pretenderlo, ni su sonrisa perfecta igual que la de su hermano, ni esos ojos tan marrones y profundos que podías perderte en ellos. Así que no lo miró.

—Ya no voy a seguir con el proyecto —le dijo—. Abandono.

Él se incorporó.

—¿Qué dices?

—Digo que abandono el proyecto. Le he mandado un email a mi tutora para comunicarle que voy a cambiar de tema o dejarlo. Se acabó.

—Pero... No lo entiendo —dijo él, y las primeras heridas empezaban a ser audibles en su voz—. Esto no es solo un proyecto, Pip. Es la memoria de mi hermano y de lo que ocurrió en realidad. No puedes dejarlo sin más. ¿Qué pasa con Sal?

Justamente ella pensaba en Sal. Él no habría querido que su hermano pequeño también acabase muerto en el bosque.

—Lo siento, pero lo dejo.

—Pero no... qu... Mírame —ordenó él.

Ella era incapaz.

Él se acercó al escritorio y se agachó, y desde allí la miró en su silla.

—¿Qué es lo que pasa? —preguntó—. Aquí hay algo raro. No harías esto si...

—Lo dejo, Ravi, sin más —concluyó. Lo miró y supo inmediatamente que no debería haberlo hecho. Así era mucho más duro—. No puedo seguir. No sé quién los mató. Es imposible averiguarlo. Ya no hay nada más que hacer.

—Pero vamos a encontrarlo —replicó él, con la desesperación mordiéndole el rostro—. Seguro que lo encontraremos.

—No puedo. Solo soy una niña cualquiera, ¿recuerdas?

—Eso te lo dijo un idiota —protestó él—. No eres una niña cualquiera. Eres Pippa *Sargentita* Fitz-Amobi. —Ravi sonrió y fue la sonrisa más triste que ella había visto jamás—.

Y no creo que haya en el mundo una persona igual que tú. Estamos muy cerca, Pip. Sabemos que Sal es inocente; sabemos que alguien le cargó a él lo de Andie y luego lo mató. No puedes dejarlo. Me lo juraste. Quieres llegar al fondo del asunto tanto como yo.

—He cambiado de opinión —dijo con tono monocorde—, y no vas a hacer que me eche atrás. Se acabó Andie Bell. Se acabó Sal.

—Pero ¡es inocente!

—No es mi deber demostrarlo.

—Tú lo convertiste en tu deber. —Se levantó y se inclinó sobre ella, ahora con la voz más alta—. Tú te metiste en mi vida y me ofreciste esta oportunidad que yo no había tenido. Ahora no puedes quitármela; sabes que te necesito. No puedes dejarlo. No es propio de ti.

—Lo siento.

Un largo silencio se instaló entre ellos; Pip seguía sin ser capaz de levantar la vista del suelo.

—Muy bien —dijo él con frialdad—, no sé por qué estás haciendo esto, pero vale. Iré yo solo a la policía con la foto de la coartada de Sal. Mándame el archivo.

—No puedo —contestó Pip—, me han robado el portátil.

Ravi echó un vistazo al escritorio. Fue hacia él y revolvió la pila de papeles, buscando desesperadamente.

—¿Dónde está la foto? —preguntó volviéndose hacia ella, con los papeles en la mano.

Y esta era la mentira que definitivamente acabaría con él.

—La destruí. Ya no existe —contestó.

La miró con tanta rabia que ella tuvo que apartar la vista.

—¿Por qué? ¿Por qué estás haciendo esto?

Los papeles se le cayeron de las manos y se deslizaron hasta el suelo como alas rotas. Se arremolinaron a los pies de Pip.

—Porque ya no quiero tener nada que ver con esto. Nunca debí haberme metido.

—¡No es justo! —Los tendones se le marcaron en el cuello como ramas—. Mi hermano era inocente, y tú te has deshecho de la única prueba que teníamos. Si ahora te echas atrás, Pip, eres tan mala como todos los de Kilton. Los que pintan la palabra «escoria» en nuestra fachada, los que nos revientan los cristales. Todos los que me torturaron en el instituto. Los que me miran de esa forma que tú bien sabes. No, serás peor; al menos ellos piensan que Sal es culpable.

—Lo siento —dijo con voz queda.

—No, yo sí que lo siento —replicó con la voz rota. Se llevó la manga a la cara para borrar unas lágrimas de furia y fue hacia la puerta—. Lamento haber pensado que eras alguien que está claro que no eres. Eres solo una cría. Una niñata cruel, como Andie.

Salió de la habitación y volvió a llevarse las manos a los ojos cuando giró hacia la escalera.

Pip lo observó irse por última vez.

Cuando oyó que la puerta de casa se abría y se cerraba, formó un puño y golpeó el escritorio. El bote de lápices tembló y se cayó, esparciendo bolígrafos por toda la superficie.

Se llevó las manos a la boca para sofocar el grito que salió de ella, que se le quedó atrapado entre los dedos.

Ravi la odiaba, pero al menos estaría a salvo.

Treinta y siete

Al día siguiente, Pip estaba en el salón con Josh enseñándole a jugar al ajedrez. Estaban terminando la primera partida de prueba y, a pesar de todos sus esfuerzos por dejarlo ganar, a su hermano ya solo le quedaban el rey y dos peones. O *peatones*, como él decía.

Llamaron a la puerta y la ausencia de *Barney* fue un repentino puñetazo en el estómago. Ya no había garras resbalando sobre la madera pulida en una carrera por llegar el primero y saludar.

Su madre fue hasta el recibidor y abrió. Su voz llegó hasta el salón.

—Ah, hola, Ravi.

A Pip le subió el estómago hasta la garganta.

Confusa, posó el caballo y fue hacia allá, con una sensación de incomodidad que rayaba en el pánico. ¿Por qué había regresado después de lo de ayer? ¿Cómo podía soportar mirarla a la cara otra vez? A menos que estuviera lo suficientemente desesperado como para chivarse, contarles a sus padres todo lo que sabía e intentar obligar a Pip a acudir a la policía. Cosa que no pensaba hacer, porque ¿quién más podría morir si lo denunciase?

Cuando la puerta quedó a la vista, vio a Ravi abrir la cremallera de una gran mochila de deporte y meter dentro las manos.

—Mi madre os manda sus condolencias —dijo y sacó dos grandes táperes—. Os ha preparado pollo al curry, por si no tenéis ánimo para cocinar.

—Ah —dijo Leanne cogiendo lo que Ravi le estaba ofreciendo—, qué detalle. Gracias. Pasa, pasa. Tienes que darme su número para que pueda agradecérselo.

—¿Ravi? —saludó Pip.

—Hola, doña Problemas —dijo él con suavidad—, ¿puedo hablar contigo?

Ya en la habitación, Ravi cerró la puerta y dejó su mochila en la alfombra.

—Esto... —tartamudeó Pip, buscaba alguna pista en el rostro de Ravi—. No entiendo por qué has vuelto.

Él dio un pequeño paso adelante.

—Estuve dándole vueltas toda la noche, literalmente toda la noche; ya era de día cuando por fin me dormí. Y solo se me ocurre una razón, solo una cosa que tenga sentido. Porque te conozco; no me equivoqué contigo.

—No entien...

—Alguien secuestró a *Barney*, ¿a que sí? —dijo—. Te amenazó y se llevó a tu perro y lo mató para que no contaras nada sobre Sal y Andie.

El silencio en la habitación era vibrante y espeso.

Ella asintió y se le llenó la cara de lágrimas.

—No llores —pidió Ravi, dando un paso para acortar la distancia entre ellos. La acercó hacia él y la abrazó—. Estoy aquí —murmuró—, estoy aquí.

Pip se refugió en su pecho y todo —todo el dolor, todos los secretos que se había guardado dentro— se liberó y salió de ella como si fuera calor. Se clavó las uñas en las palmas para intentar contener las lágrimas.

—Cuéntame qué pasó —le pidió cuando al fin la soltó.

Pero las palabras se perdieron y se enredaron dentro de la boca de Pip. Así que sacó el móvil, buscó los mensajes de Desconocido y se los pasó a su amigo. Vio cómo los leía.

—Ay, Pip —exclamó, mirándola con los ojos muy abiertos—, esto es terrible.

—Me mintió —gimió ella—, dijo que me lo devolvería y luego lo mató.

—No era la primera vez que contactaba contigo —observó él. Deslizó la vista por la pantalla—. El primer mensaje que tienes es del 8 de octubre.

—Y no fue el primero —replicó abriendo el cajón de abajo del escritorio. Le entregó a Ravi dos hojas de papel impreso y señaló una de ellas—. Esa me la dejaron en el saco de dormir cuando me fui de camping con mis amigas el 1 de septiembre. Nos estaba espiando. Esta —señaló la otra— la encontré en mi taquilla el viernes pasado. La ignoré y seguí adelante. Por eso *Barney* ha muerto. Por culpa de mi arrogancia. Porque pensé que era invencible y no lo soy. Tenemos que parar. Ayer... Lo siento, no sabía cómo conseguir que tú también lo dejaras, y solo se me ocurrió hacer que me odiaras para que te mantuvieras alejado, fuera de peligro.

—Es difícil deshacerse de mí —dijo él, tras levantar la vista de las notas—. Y esto no se ha acabado.

—Sí, sí se ha acabado. —Le cogió los folios de las manos y volvió a guardarlos en el escritorio—. *Barney* está muerto, Ravi. ¿Quién será el siguiente? ¿Tú? ¿Yo? El asesino ha estado aquí, en mi casa, en mi habitación. Leyó mi informe y hasta escribió una advertencia en el documento de Word de mi PC. Estuvo aquí, Ravi, en la misma casa que mi hermano de nueve años. Si seguimos pondremos a mucha gente en peligro. Tus padres podrían perder al único hijo que les queda. —Se desmoronó, la imagen de Ravi muerto sobre las hojas de otoño se le instaló en la mente, y luego la sustituyó la de Josh—. El asesino sabe todo lo que sabemos nosotros. Nos ha pillado y tenemos demasiado que perder. Siento que eso signifique abandonar a Sal. Lo siento mucho.

—¿Por qué no me contaste lo de las amenazas? —preguntó él.

—Al principio pensé que era solo una broma pesada —respondió encogiéndose de hombros—. Pero no quería que lo supieras por si pretendías convencerme de que lo dejara. Y luego, no sé, me atasqué y lo guardé en secreto. Pensé que eran solo amenazas. Creí que podía pasar de ellas. Fui una estúpida y ahora he pagado por mis errores.

—No eres estúpida; en todo momento tuviste razón sobre la inocencia de Sal —apuntó él—. Ahora lo sabemos, pero no es suficiente. Merece que todo el mundo descubra que fue bueno y amable hasta el final. Mis padres también. Pero ahora ni siquiera tenemos la foto que lo demostraba.

—Aún la tengo —dijo Pip en voz baja, y sacó el papel impreso del cajón del fondo y se lo pasó—. Nunca se me ocurriría destruirla. Pero ahora ya no nos sirve.

—¿Por qué?

—El asesino me vigila, Ravi. Nos vigila a ambos. Si llevamos la foto a la policía y no nos creen, si piensan que la hemos trucado con Photoshop o algo así, entonces será demasiado tarde. Habríamos jugado nuestra última baza y nos quedaríamos sin nada. ¿Qué pasará después? ¿Se llevarán a Josh? ¿A ti? Pueden matarnos. —Se sentó en la cama y se puso a pellizcar las punteras de los calcetines—. No tenemos una prueba contundente. La foto sola no basta, hay que acompañarla de demasiadas explicaciones; además Max la ha borrado. ¿Por qué iban a creernos? Al hermano de Sal y a una colegiala de diecisiete años. Casi ni yo creo en nuestras teorías. Todo lo que tenemos son cuentos chinos sobre una chica asesinada, y ya sabes lo que piensa la policía de Sal: lo mismo que el resto de Kilton. No podemos poner en riesgo nuestras vidas contando solo con esa foto.

—No —dijo Ravi; puso la foto en la mesa y asintió—. Tienes razón. Y uno de nuestros principales sospechosos es un miembro del cuerpo. No es el movimiento adecuado. Incluso aunque la policía llegara a creernos y reabriera el caso, les llevaría demasiado tiempo encontrar al asesino. Tiempo del que no disponemos. —Rodó con la silla hasta la cama, donde estaba ella, que quedó encajada entre las piernas de él—. Así que supongo que nuestra única opción es encontrarlo nosotros.

—No podemos... —empezó Pip.

—¿De verdad piensas que la opción más inteligente es dejarlo correr? ¿Podrías volver a sentirte a salvo en Kilton, sabiendo que la persona que mató a Andie y a Sal y a tu perro anda suelta? ¿Sabiendo que te espía? ¿Podrías vivir así?

—No me queda más remedio.

—Para lo lista que eres, ahora mismo te estás portando como una verdadera idiota. —Puso los codos en los reposabrazos de la silla y apoyó la barbilla en los nudillos.

—Mataron a mi perro —se defendió ella.

—Mataron a mi hermano. Y ¿qué vamos a hacer al respecto? —preguntó mientras se erguía en la silla y una expresión retadora le brillaba en los ojos—. ¿Vamos a olvidarnos de todo, a encogernos y escondernos? ¿A vivir nuestras vidas sabiendo que hay un asesino que nos vigila? ¿O vamos a luchar? ¿A encontrarlo y conseguir que pague por todo lo que ha hecho? ¿A mandarlo a la cárcel para que no pueda volver a herir a nadie nunca más?

—Se enterará de que no lo hemos dejado —dijo ella.

—No, si tenemos cuidado. No volverás a hablar con nadie que aparezca en la lista, mejor aún, con nadie en absoluto. La respuesta tiene que estar en algún dato que ya tenemos. Dirás que has dejado el proyecto. Solo tú y yo sabremos que no es así.

Pip no dijo nada.

—Si necesitas que sea más persuasivo —siguió Ravi, caminando hacia su mochila—, te he traído mi portátil. Es tuyo hasta que terminemos con esto. —Lo sacó y se lo entregó.

—Pero...

—Es tuyo —insistió él—. Puedes usarlo para estudiar para los exámenes y para transcribir todo lo que recuerdes del registro de producción y de las entrevistas. Yo también anoté algunas cosas sobre el caso. Sé que has perdido toda la investigación, pero...

—Eso no es del todo verdad —replicó.

—¿Perdona?

—Siempre me mando todo por email, por si acaso —explicó ella, y vio cómo el rostro de Ravi se iluminaba con una sonrisa—. Parece que no supieras con quién estás hablando.

—Tienes razón, Sargentita, parece que no supiera con quién estoy hablando. Entonces ¿qué? ¿Me dices ya que sí o tengo que hacerte unas magdalenas soborneras?

Pip se estiró para coger el portátil.

—Pongámonos a ello —apremió—. Tenemos un doble homicidio que resolver.

Lo imprimieron todo: cada entrada de su registro de producción, cada página de la agenda escolar de Andie, una foto de cada sospechoso, las del chantaje de Howie con Stanley Forbes en el aparcamiento, Jason Bell y su nueva mujer, el Hotel Ivy House, la casa de Max Hastings, la foto de Andie que siempre usaba la prensa, una de la familia Bell vestidos de luto, Sal guiñando un ojo y saludando a cámara, los mensajes de Pip a Emma Hutton haciéndose pasar por Chloe, los emails en los que había simulado ser periodista de la BBC para hablar sobre bebidas adulteradas con droga, un texto sobre los efectos del Rohypnol, el Instituto Kilton, la foto de Daniel da Silva y los otros policías registrando el domicilio de los Bell, información sobre móviles de prepago, los artículos de Stanley Forbes sobre Sal, una foto de Nat da Silva al lado de un texto explicativo sobre asalto con agresión, una foto de un Peugeot 206 negro al lado del mapa de Romer Close y la casa de Howie, artículos del periódico sobre el atropello con fuga ocurrido la noche de Fin de Año de 2011 en la A413, capturas de pantalla de los mensajes de Desconocido y las notas de amenaza escaneadas con sus fechas y localizaciones.

Juntos, observaron el montón de papel que se extendía sobre la alfombra.

—Ya sé que no es nada ecológico —advirtió Ravi—, pero siempre he querido hacer uno de esos esquemas en un tablón de corcho en la pared, con todos los datos sobre el asesinato, como los polis en las películas.

—Yo también —dijo Pip—. Y dispongo de todo lo necesario, esto es como una papelería.

Abrió los cajones de su escritorio y sacó un bote de chinchetas de colores y un rollo sin estrenar de cuerda roja.

—¿Siempre tienes cuerda roja lista para usar? —preguntó Ravi.

—De todos los colores.

—Te creo.

Pip cogió el tablón de corcho que colgaba encima del escritorio. Estaba cubierto de fotos de ella y sus amigos, Josh y *Barney*, su horario escolar y citas de Maya Angelou. Lo quitó todo y empezaron a clasificar el material.

Sentados en el suelo, clavaron las páginas impresas en el corcho con chinchetas plateadas, organizando cada folio alrededor de la persona en cuestión en grandes órbitas que se entrecruzaban. Las caras de Andie y Sal en medio de todo lo demás. Acababan de empezar a trazar las líneas de conexión con la cuerda roja y las chinchetas de colores cuando el móvil de Pip empezó a sonar. Un número desconocido.

Presionó el botón verde.

—¿Hola?

—Hola, Pip, soy Naomi.

—Hola. Qué raro, no me sale tu nombre.

—Ah, es porque me cargué mi móvil —explicó—, estoy usando otro hasta que me lo arreglen.

—Ah, es verdad, me lo dijo Cara. ¿Cómo estás?

—Pues he pasado el fin de semana en casa de una amiga, así que acabo de enterarme de lo de *Barns*. Me lo ha dicho Cara. Lo siento mucho, Pip, de verdad. Espero que estés bien.

—Aún no —contestó ella—. Pero lo estaré.

—A lo mejor no quieres pensar en esto ahora mismo —dijo—, pero me he enterado de que la prima de mi amiga estudió Literatura Inglesa en Cambridge. Pensé que a lo mejor podía mandarte un email para contarte algo sobre el examen y la entrevista y todo eso, si quieres.

—Pues la verdad es que me encantaría —contestó Pip—. Me vendría muy bien. Voy un poco retrasada con el estudio.

—Miró a Ravi de forma acusadora, pero este seguía inclinado sobre el tablón.

—Vale, guay, pues le digo que se ponga en contacto contigo. El examen es el jueves, ¿no?

—Sí.

—Bueno, si no te veo antes, buena suerte. Te vas a salir.

—Vale —comenzó Ravi cuando Pip hubo colgado el teléfono—, los caminos que ahora mismo están abiertos son el Ivy House, el número de teléfono apuntado en la agenda de Andie —señaló la página— y el móvil de prepago. Además del conocimiento del atropello con fuga, acceso a los números de teléfono de los amigos de Sal y al tuyo. Pip, a lo mejor estamos complicando demasiado las cosas. —Levantó la cabeza para mirarla—. Tal como yo lo veo, todo esto apunta a la misma persona.

—¿Max?

—Vamos a centrarnos en lo que sabemos seguro —dijo—. No en posibilidades o deducciones. Él es el único que sabía a ciencia cierta lo del atropello con fuga.

—Sí.

—Y es el único con acceso a los números de teléfono de Naomi, Millie y Jake. Y el suyo propio.

—Nat y Howie también podrían tenerlos.

—Sí, «podrían», pero ahora estamos recapitulando lo que sabemos seguro. —Se movió hacia el lado del corcho en el que habían pinchado a Max—. Dice que se la encontró, pero tenía una foto de Andie desnuda en el Ivy House. Así que probablemente fuera él quien se encontraba allí con ella. Le compró Rohypnol y sabemos que hubo chicas a las que drogaron en las fiestas destroyer; probablemente él abusase de ellas. Está claramente implicado, Pip.

Ravi estaba siguiendo el mismo hilo de pensamiento que había seguido ella y Pip sabía que estaba a punto de darse contra un muro.

—Además —siguió él—, es el único de todos que sabemos seguro que tiene tu número de móvil.

—Ahí te equivocas —repuso ella—. Nat lo tiene de cuando la intenté entrevistar por teléfono. Howie también: lo llamé cuando intentaba identificarlo y olvidé ocultar mi número. El primer mensaje de Desconocido lo recibí poco después de eso.

—Ah.

—Y sabemos que Max estaba en el instituto respondiendo a las preguntas de la policía cuando desapareció Sal.

Ravi se echó hacia atrás.

—Debe de haber algo que se nos escapa.

—Volvamos a las conexiones. —Pip le pasó la caja de chinchetas. Él la cogió y cortó un trozo de cuerda roja.

—Vale —dijo—. Los dos Da Silva están obviamente conectados. Y Daniel con el padre de Andie. Y también con Max, porque fue él quien cubrió el parte cuando este estrelló el coche, y podría haberse enterado del atropello.

—Sí —corroboró ella—, y quizá cubriera también lo de las bebidas adulteradas.

—Vale —dijo Ravi, mientras enrollaba un extremo de la cuerda alrededor de una chincheta. Siseó cuando se la clavó en el pulgar y de él manó una pequeña gota de sangre.

—¿Te importaría dejar de sangrar encima de mi corcho? —pidió Pip.

Ravi fingió tirarle una chincheta.

—Así que Max conoce a Howie y ambos están implicados en la venta de drogas de Andie —dijo rodeando con un dedo cada una de las tres caras.

—Sí. Y Max conocía a Nat del instituto —completó Pip señalándola—, y está el rumor de que su bebida también fue adulterada.

Ahora el corcho estaba cubierto por líneas deshilachadas de cuerda roja que se entrecruzaban unas con otras.

—Así que, básicamente —dijo Ravi; levantó la vista para mirarla—, todos están indirectamente conectados con todos, empezando con Howie en un extremo y acabando con Jason Bell en el otro. A lo mejor se compincharon todos, los cinco.

—Y lo siguiente que dirás es que uno de ellos tiene un gemelo malvado.

Treinta y ocho

Durante todo el día, en el instituto sus amigas la trataron como si fuera a romperse, ni una sola vez mencionaron a *Barney* y solo hablaron de él con circunloquios. Lauren le dio a Pip su postre. Connor le cedió el asiento en el centro de la mesa en la cafetería para que no se sintiera ignorada en la esquina. Cara no se apartó de su lado y supo perfectamente cuándo tenía que hablar y cuándo estar callada. Y ninguno de ellos se rio demasiado, y siempre con cautela si lo hacían.

Se pasó la mayoría de la jornada repasando en silencio las notas para el examen del jueves, intentando apartar de su cabeza cualquier otra cosa. Cuando fingía escuchar al señor Ward en Historia y a la señora Welsh en Política, estaba, en realidad, armando redacciones en su cabeza. La señora Morgan la acorraló en el pasillo, y su rechoncha cara tenía una expresión severa al enumerarle la lista de razones por las que no era posible cambiar el título de su PC tan tarde. Pip se limitó a murmurar: «Muy bien», y se alejó mientras oía a su profesora exclamar por lo bajo: «¡Estos adolescentes...!».

En cuanto llegó a casa, fue directa a su puesto de trabajo y abrió el portátil de Ravi. Ya estudiaría más tarde, después de la cena y por la noche, a pesar de que ya tenía los ojos rodeados de unos anillos oscuros del tamaño de los de Saturno. Su madre pensaba que no dormía a causa de la muerte de *Barney*. Pero la verdad es que no dormía porque no tenía tiempo.

Pip abrió el buscador y entró en la página de TripAdvisor del Hotel Ivy House. Esta era la pista que ella tenía que seguir; Ravi estaba investigando el número de teléfono garabateado en la agenda. Pip ya había mandado mensajes a algunos de los que escribieron reseñas sobre el Ivy House en los meses de marzo y abril de 2012, para preguntarles si recordaban haber visto a una chica rubia en el hotel. Pero aún no había recibido ninguna respuesta.

Después, entró en el sitio web desde el que habían sido hechas las reservas. En el apartado «Contáctanos», encontró un número de teléfono y la amable invitación «¡Llámanos a cualquier hora!». Quizá podía fingir ser un familiar de la anciana dueña del hotel y ver si podía acceder a la información de antiguas reservas. Probablemente no se lo permitiesen, pero tenía que intentarlo. La identidad del tipo mayor secreto podía estar al otro lado de esta línea.

Desbloqueó su móvil y entró en la aplicación del teléfono.

Abrió la lista de llamadas recientes. Fue hasta el teclado y empezó a introducir el número. Entonces los pulgares disminuyeron su velocidad hasta detenerse. Empezó a mirarlos, con la cabeza echando humo, pensó hacia atrás y se dio cuenta de algo.

—Espera —dijo en alto.

Volvió a la lista de llamadas recientes. Echó una mirada al número que encabezaba la lista, desde el que Naomi la había llamado ayer. El del móvil temporal. Los ojos de Pip recorrieron los dígitos; un sentimiento extraño y terrible empezaba a formarse en su pecho.

Se levantó de la silla tan deprisa que esta giró y golpeó el escritorio. Con el móvil en la mano, se sentó en el suelo y saco el tablero del asesinato de su escondite debajo de la cama. Su mirada fue directa a la sección Andie, y a la trayectoria de hojas impresas alrededor de la sonriente cara.

La encontró. La página de la agenda escolar. El número de teléfono garabateado y su nota del registro de producción al lado. Sacó su móvil y empezó a comparar el número provisional de Naomi con el garabateado.

07700900476

No era una de las doce combinaciones que había anotado. Pero casi. Había pensado que el tercer dígito empezando por el final tenía que ser un 7 o un 9. Pero ¿y si estaba muy redondeado? ¿Y si realmente era un 4?

Se desplomó en el suelo. No había manera de estar absolutamente segura, no se podía destachar el número y verlo como realmente era. Pero sería una coincidencia totalmente increíble que la vieja tarjeta SIM de Naomi resultara tener un número tan similar al que Andie había escrito en su agenda. Tenía que ser el mismo, no quedaba otra.

Y si era así, ¿qué significaba? ¿No sería simplemente una pista irrelevante, que Andie hubiese anotado el número de teléfono de la mejor amiga de su novio? Eso no tendría nada que ver con el caso y podrían descartarlo como prueba.

Pero entonces ¿por qué tenía esa sensación de angustia en el estómago?

Porque si Max era un contendiente fuerte, Naomi lo era aún más. Ella sabía lo del atropello con fuga. Tenía acceso a los números de teléfono de Max, Millie y Jake. Tenía el número de Pip. Podía haber salido de casa de Max mientras Millie dormía e interceptar a Andie antes de las 0.45. Naomi era la que más cerca había estado de Sal. También sabía dónde estaban acampadas Pip y Cara aquella noche. Y sabía a qué bosque llevaba Pip a *Barney* a pasear, el mismo en el que había muerto Sal.

Naomi ya tenía bastante que perder con las verdades que Pip había desenterrado. Pero ¿y si aún había más? ¿Qué pasaba si estaba involucrada en las muertes de Andie y Sal?

Pip estaba pensando más deprisa de lo que podía, su cerebro exhausto la llevaba a rastras.

Solo era un número de teléfono que Andie había anotado; no demostraba nada sobre Naomi. Pero hubo algo de lo que por fin se dio cuenta cuando consiguió ponerse a la misma velocidad que su cerebro.

Desde que había sacado a Naomi de la lista de sospechosos, había recibido otra nota impresa del asesino: la que le habían puesto en la taquilla. Al principio del trimestre, Pip había configurado la impresora de Cara para guardar registro de todo lo que se imprimiera desde ella.

Si Naomi estaba involucrada en esto, ahora Pip tenía un modo infalible de averiguarlo.

Treinta y nueve

Naomi tenía un cuchillo y Pip retrocedió.

—Ten cuidado —dijo.

—¡Ay, no! —Naomi negó con la cabeza—. Los ojos me han quedado desiguales.

Giró la calabaza para que Pip y Cara pudieran verla.

—Se parece un poco a Trump —rio Cara.

—Se supone que es un gato malvado. —Naomi dejó el cuchillo al lado del bol donde estaban las tripas de la calabaza.

—No tires todo el trabajo de un día —dijo Cara limpiándose los restos pegajosos de las manos y poniéndolos en el recipiente.

—No llevo todo el día trabajando.

—Ay, por Dios —se quejó Cara, asomada de puntillas a uno de los armarios de la cocina—. ¿Qué ha pasado con los dos paquetes de galletas? Estaba con papá hace dos días cuando los compró.

—No lo sé. Yo no me los he comido. —Naomi se acercó a admirar la calabaza de Pip—. ¿Qué demonios es la tuya?

—El ojo de Sauron —dijo ella con tranquilidad.

—O una vagina ardiendo —dijo Cara, que, al no tener galletas, había optado por un plátano.

—Eso sí que da miedo —rio Naomi.

Esta situación le daba aún más.

Naomi tenía listas las calabazas y los cuchillos cuando

Cara y Pip llegaron del instituto. Pip aún no había tenido la oportunidad de investigar el asunto del móvil.

—Naomi —dijo—, gracias por llamarme el otro día. Recibí el email de la prima de tu amiga con lo del examen de Cambridge. Me fue de mucha ayuda.

—Ah, qué bien —sonrió—, me alegro.

—Y ¿cuándo te dan el móvil?

—La de la tienda me ha dicho que mañana. Les ha llevado una puta eternidad.

Pip asintió y tensó la barbilla en lo que esperó que pareciera una mirada comprensiva.

—Bueno, al menos tenías un móvil viejo con una SIM que aún funcionaba. Tuviste suerte.

—Bueno, en realidad era de mi padre la micro SIM de prepago. Y venía con premio: dieciocho libras de saldo. En mi móvil solo había una con el contrato caducado.

A Pip casi se le cayó el cuchillo de las manos y un zumbido ensordecedor se le instaló en los oídos.

—¿La tarjeta era de tu padre?

—Sí —contestó Naomi, que manejaba el cuchillo en la cara de la calabaza, tan concentrada que tenía la lengua fuera—. Cara la encontró en su escritorio. En el fondo del cajón de sastre. Ya sabes, ese cajón que hay en todas las casas, lleno de cargadores que ya no funcionan, monedas de otros países y cosas así.

El zumbido subió hasta convertirse en una especie de martilleo que retumbaba y retumbaba y le llenaba la cabeza. Sintió que se mareaba y la garganta se le llenó de un sabor metálico.

La tarjeta SIM era de Elliot.

El viejo número de teléfono que aparecía tachado en la agenda escolar de Andie era del padre de Naomi y Cara.

Andie había llamado gilipollas al señor Ward delante de sus amigas la semana que desapareció.

Elliot.

—¿Estás bien, Pip? —preguntó Cara mientras metía una pequeña vela dentro de su calabaza y le daba vida al encenderla.

—Sí —asintió ella con demasiada energía—. Es solo que, esto... tengo hambre.

—Bueno, te ofrecería una galleta, pero parecen haber desaparecido, como siempre. ¿Te hago una tostada?

—Pues... No, gracias.

—Te cebo porque te quiero —dijo Cara.

Pero Pip no podía comer, tenía la boca pastosa. No, aquello no podía significar lo que ella estaba pensando. A lo mejor Elliot simplemente se había ofrecido para dar clases particulares a Andie y por eso ella tenía su número de teléfono apuntado.

A lo mejor. No podía ser él. Tenía que calmarse, intentar respirar. Esto no probaba nada.

Pero tenía una forma de asegurarse.

—Creo que deberíamos poner música terrorífica de Halloween de fondo —sugirió Pip—. Cara, ¿puedo coger tu portátil?

—Sí, está sobre mi cama.

Pip cerró la puerta de la cocina al salir.

Subió la escalera a toda prisa y entró en la habitación de su amiga. Con el ordenador metido bajo el brazo volvió a bajar, con el corazón martilleándole en el pecho y compitiendo por ser más ruidoso que el zumbido de los oídos.

Se deslizó en el estudio de Elliot y cerró la puerta con mucho cuidado. Allí se quedó mirando durante un segundo la impresora sobre el escritorio. Las personas de los colores del arcoíris de las pinturas de Isobel Ward la miraban mientras ponía el portátil de Cara sobre el sofá de cuero rojo sangre y, de rodillas en el suelo ante él, lo abría.

Cuando se encendió, Pip clicó sobre el panel de control en el apartado «Dispositivos e impresoras». Pasó el ratón sobre Freddie Prints Jr, hizo doble clic y, conteniendo el aliento, eligió la primera opción del menú desplegable: «Ver documentos impresos».

Una pequeña caja de bordes azules emergió. Dentro había una tabla con seis columnas: Nombre del documento, Estado, Propietario, Páginas, Tamaño y Fecha de envío.

Estaba lleno de entradas. Una del día anterior de Cara llamada *Carta de presentación segundo borrador*. Una de hacía unos días de Elliot: *Receta de galletas sin gluten*. Algunas seguidas de Naomi: *CV 2017, Solicitudes para ong, Carta tipo, Carta tipo 2*.

La nota había aparecido en la taquilla de Pip el viernes 20 de octubre.

Con la vista puesta en la columna de «Fecha de envío», retrocedió con el cursor.

Se detuvo. El 19 de octubre, a veinte minutos de la media noche, Elliot había impreso *Documento 1*.

Un archivo sin nombre y sin guardar.

El sudor de sus dedos empezó a dejar una marca en el ratón al abrir el documento. Otro pequeño menú desplegable apareció en pantalla. El corazón le latía en la garganta, se mordió la lengua y pulsó en la opción Reiniciar.

La impresora sonó tras ella y Pip dio un respingo.

Girando sobre sí misma, se volvió: la máquina siseaba y empezaba a tragar la parte de arriba del papel.

Se enderezó cuando el sonido anunció que la impresión estaba en marcha.

Se acercó hacia ella, un paso por cada avance de la impresora.

El papel empezó a aparecer, con un destello de tinta negra fresca de arriba abajo.

La impresora acabó y escupió la hoja.

Pip la cogió.

Le dio la vuelta.

ES LA ÚLTIMA ADVERTENCIA, PIPPA. ALÉJATE.

Cuarenta

Pip se quedó muda.

Observó el papel y negó con la cabeza muy despacio.

El sentimiento que la envolvió fue algo primario, e imposible de poner en palabras. Una rabia ciega mezclada con terror. Y una traición que la aguijoneaba en cada célula del cuerpo.

Retrocedió y apartó la vista, fijándola en la ventana.

Elliot Ward era Desconocido.

Elliot era el asesino. El asesino de Andie. De Sal. De *Barney*.

Contempló cómo los árboles medio desnudos hacían señas en el viento. Y en el reflejo del cristal, Pip recreó las escenas.

Ella había abandonado con el señor Ward el aula de Historia, con la nota caída en el suelo. Esta misma nota, la que él le había dejado en la taquilla. Su engañosa cara amable cuando le preguntó si la estaban acosando.

Cara les había llevado las galletas que ella y Elliot habían hecho para animar a los Amobi tras la muerte de *Barney*.

Mentiras. Todo mentiras. Elliot, el hombre al que, de pequeña, había considerado como una segunda figura paterna. El que había organizado elaboradísimas búsquedas del tesoro para ellas en el jardín. El que le había comprado zapatillas de garras de oso a juego como las de sus hijas para que se las pusiera en su casa. El que contaba chistes con su risa fácil y sonora.

Ese hombre era el asesino. Un lobo vestido con camisetas de color pastel y gafas de pasta gruesa de cordero.

Oyó que Cara la llamaba.

Dobló la página y la metió en el bolsillo de la americana.

—Has tardado un siglo —dijo esta cuando Pip abrió la puerta de la cocina.

—He ido al baño —explicó. Puso el portátil delante de Cara—. Oye, no me encuentro muy bien. Y la verdad es que debería estudiar para el examen; es en dos días. Creo que tengo que repasar.

—Ah. —Cara frunció el ceño—. Lauren va a venir en nada y quería que viéramos *La bruja de Blair*. Hasta se nos va a unir mi padre, y podemos reírnos de él porque es muy caguetas con las pelis de miedo.

—¿Dónde está tu padre? —preguntó Pip—, ¿dando clases?

—Pero ¿eres nueva o qué? Sabes que las clases particulares son los lunes, miércoles y jueves. Creo que hoy tuvo que quedarse hasta tarde en el insti.

—Ah, sí, es cierto, se me confunden los días —Se paró a pensar—. Siempre me he preguntado por qué tu padre da clases particulares; está claro que el dinero no lo necesita.

—¿Por qué dices eso? —preguntó Cara—. ¿Porque la familia de mi madre está forrada?

—Exactamente, sí.

—Creo que es porque le divierte —aventuró Naomi introduciendo una velita encendida en la boca de la calabaza—. Seguro que pagaría a sus alumnos para que le dejaran hablar y hablar sobre historia.

—No me acuerdo de cuándo empezó —dijo Pip.

—Pues, ahora que lo dices —dijo Naomi; miró hacia arriba pensativa—, fue justo antes de que yo me marchase a la universidad, creo.

—O sea, hace unos cinco años, ¿no?

—Creo que sí —contestó Naomi—. ¿Por qué no le preguntas a él? Acabo de oír su coche.

Pip dio un respingo y notó un millón de hormigas correteándole por la piel.

—Vale, bueno, iba a irme de todas maneras. Lo siento.

Cogió la mochila y vio los faros alumbrando la oscuridad a través de la ventana.

—No te disculpes, mujer, no seas tonta —le dijo Cara, con expresión preocupada—. Lo entiendo. Igual podemos celebrar Halloween cuando estés menos liada, ¿eh?

—Sí.

El ruido de una llave en la cerradura. La puerta trasera abriéndose y pisadas que avanzaron a través del lavadero.

Elliot apareció en la puerta. Los cristales de sus gafas se empañaron por los bordes al entrar, sonriéndoles a las tres, en la cálida habitación. Posó su maletín y una bolsa de plástico en la encimera.

—Hola, chicas —saludó—. Madre mía, lo que nos gusta oírnos hablar a los profesores. Ha sido la reunión más larga de mi vida.

Pip forzó una risa.

—Vaya, menudas calabazas —dijo mirando cada una de ellas con una amplia sonrisa—. Pip, ¿te quedas a cenar? Acabo de comprar patatas con forma de fantasmas.

Cogió el paquete congelado, lo agitó y soltó un aullido terrorífico.

Cuarenta y uno

Llegó a casa justo cuando sus padres salían para llevar a Josh Harry Potter a pedir caramelos por las casas.

—Ven con nosotros, princesa —ofreció Victor mientras Leanne le abrochaba la cremallera de su disfraz de Hombre de Malvavisco de *Los Cazafantasmas*.

—Debería ponerme a estudiar —dijo—. Y así puedo abrirles la puerta a los niños que vengan a pedir golosinas.

—¿No te puedes tomar la noche libre? —preguntó Leanne.

—Qué va. Lo siento.

—Está bien, bombón. Los bombones están al lado de la puerta. —Su madre lanzó una risita para celebrar su propia broma.

—Vale. Os veo después.

Josh dio un paso al frente, ondeó su varita y gritó:

—¡*Actio* caramelos!

Victor cogió su cabeza de Hombre de Malvavisco y lo siguió.

Leanne se detuvo un segundo para besarla en la frente y luego cerró la puerta.

Pip vigiló a través del cristal de la puerta de entrada. Cuando los tres llegaron a la acera, sacó el móvil y mandó un mensaje a Ravi:

¡VEN A MI CASA AHORA MISMO!

El chico se quedó mirando la taza que tenía entre las manos.

—El señor Ward. —Ravi negó con la cabeza—. No puede ser.

—Pues lo es —replicó Pip golpeando nerviosa con las rodillas en la parte de debajo de la mesa—. No tiene coartada para la noche en la que Andie desapareció. Sé que no la tiene. Una de sus hijas estuvo en casa de Max toda la noche y la otra estaba durmiendo en la mía.

Ravi exhaló y su aliento provocó ondas en la superficie de su té con leche. Seguro que ya estaba frío, como el de Pip.

—Y tampoco tiene coartada para el jueves en el que Sal murió —añadió—. Llamó al trabajo para decir que estaba enfermo. Él mismo me lo contó.

—Pero Sal quería mucho al señor Ward —dijo Ravi con la voz más insegura que Pip le había oído nunca.

—Lo sé.

De repente la mesa pareció muy ancha entre ellos.

—Entonces ¿es el tipo mayor secreto con el que Andie se veía? —preguntó Ravi después de un rato—. ¿Con el que quedaba en el Ivy House?

—Quizá —dijo ella—. Andie habló de arruinar a esta persona; Elliot era un profesor con una posición de responsabilidad. Se habría metido en un montón de problemas si ella le hubiese contado a alguien que estaban juntos. Acusaciones, cárcel... —Bajó la vista hacia el té, que aún no había probado, y a su reflejo en él—. Andie dijo delante de sus amigas que Elliot era un gilipollas unos días antes de desaparecer. Él arguyó que era porque había averiguado que Andie acosaba a Nat y había llamado a su padre para contarle lo del vídeo en topless. A lo mejor no fue por eso.

—Y ¿cómo averiguó lo del atropello con fuga? ¿Por Naomi?

—No creo. Ella dijo que nunca se lo contó a nadie. No sé cómo lo descubrió.

—Todavía hay algunas lagunas —se quejó Ravi.

—Lo sé. Pero él fue quien me amenazó y mató a *Barney*. Es él, seguro.

—Vale. —Ravi clavó los ojos en ella—. Y ¿cómo lo demostramos?

Pip apartó su taza y se inclinó sobre la mesa.

—Elliot da clases particulares tres veces a la semana —explicó—. La verdad es que nunca había pensado que eso fuera raro hasta esta noche. Los Ward no necesitan el dinero; la póliza de vida de su mujer fue altísima y los padres de Isobel aún viven y son superricos. Además, Elliot es jefe de departamento en el instituto; probablemente tenga un buen sueldo. Y empezó a dar esas clases particulares hace cinco años, en 2012.

—¿Y?

—¿Y si en realidad no está dando clases particulares tres veces a la semana? —propuso ella—. ¿Y si..., no sé, va al lugar donde enterró a Andie a visitar su tumba como una especie de penitencia?

Ravi le echó una mirada desacreditadora, con la duda pintada en las arrugas de la frente y la nariz.

—¿Tres veces por semana?

—Sí, vale —concedió ella—. Bien, ¿y si Elliot la visita... a ella? —Lo pensó por primera vez justo cuando lo estaba diciendo—. ¿Y si Andie está viva y él la tiene secuestrada? Y va a verla tres veces por semana.

Ravi le volvió a poner la misma cara de incredulidad.

Un puñado de recuerdos semiolvidados empezaron a acudir a su cerebro.

—Las galletas desaparecen —murmuró ella.

—¿Perdona?

Los ojos de Pip se movían veloces de derecha a izquierda siguiendo el hilo de sus pensamientos.

—Las galletas desaparecen —repitió, está vez más alto—. Cara no deja de decir que en su casa falta comida. Comida que compra su padre. Ay, Dios mío. La tiene secuestrada y la está alimentando.

—A lo mejor te estás precipitando un poco con las conclusiones, Sargentita.

—Tenemos que averiguar adónde va —dijo Pip. Se irguió en la silla como si algo le hubiera picado en la espalda—. Mañana es miércoles, día de clases particulares.

—¿Y si realmente da las clases?

—¿Y si no las da?

—¿Crees que deberíamos seguirlo? —preguntó Ravi.

—No —dijo mientras la idea se le ocurría—. Tengo algo mejor. Dame tu móvil.

Un Ravi atónito metió la mano en el bolsillo y sacó el teléfono. Lo deslizó sobre la mesa en dirección a ella.

—¿Contraseña? —pidió Pip.

—Uno uno dos dos. ¿Qué vas a hacer?

—Voy a activar el «Encuentra a mis amigos» entre tu móvil y el mío.

Entró en la aplicación y mandó una invitación a su propio teléfono. Lo abrió y aceptó.

—Ahora compartimos nuestras localizaciones de forma indefinida. Y con eso —prosiguió ella agitando su móvil en el aire— tenemos un dispositivo de seguimiento.

—Me das un poquito de miedo —dijo él.

—Mañana, después de clase, encontraré alguna forma de dejar mi móvil en su coche.

—¿Cómo?

—Ya se me ocurrirá algo.

—No vayas sola con él a ningún sitio, Pip. —Ravi se

inclinó hacia ella, con los ojos muy abiertos—. Te lo digo en serio.

Justo en ese momento, llamaron a la puerta.

Pip se levantó de un salto y Ravi la siguió por el pasillo. Cogió el bol de caramelos y abrió.

—¡¿Truco o trato?! —chilló un coro de voces infantiles.

—Caray —exclamó Pip, que reconoció a los niños de los Yardley, de tres casas más abajo, disfrazados de vampiros—. ¡Dais todos muchísimo miedo!

Bajó el bol y los seis se arremolinaron alrededor de ella, todo manos que apresaban.

Pip sonrió al grupo de adultos que iban detrás mientras los niños discutían y elegían los caramelos. Y luego notó sus ojos, oscuros y brillantes, fijos en un punto detrás de ella; en Ravi.

Dos de las mujeres se acercaron entre sí y, sin apartar la vista de él, empezaron a murmurar bajito cubriéndose la boca con la mano.

Cuarenta y dos

—¿Qué te ha pasado? —dijo Cara.

—No lo sé. Tropecé en las escaleras cuando venía de clase de Política. Creo que tengo un esguince.

Pip se le acercó simulando un poco de cojera.

—Esta mañana vine andando al instituto; no tengo el coche —explicó—. Ay, mierda, y mi madre tiene una visita a última hora.

—Puedes venir con mi padre —dijo Cara pasando su brazo bajo el de Pip para ayudarla a llegar hasta la taquilla. Cogió los libros de texto de manos de su amiga y los puso sobre los suyos—. No entiendo por qué eliges venir andando cuando tienes coche propio. Yo nunca puedo usar el mío ahora que Naomi está en casa.

—Es que me apetecía dar un paseo —mintió Pip—. Como ya no tengo a *Barney* de excusa...

Cara le echó una mirada compasiva y cerró su taquilla.

—Pues vamos —dijo—, cojeemos hasta el aparcamiento. Por suerte para ti, soy Arnold Schwarzenegger. Ayer hice nueve series completas de levantamientos.

—¿Nueve series completas? —sonrió Pip.

—Si juegas bien tus cartas puede que te regale una entrada para la exhibición. —Cara flexionó los bíceps y gruñó.

A Pip se le derritió el corazón de ternura por su amiga. Deseó, pensando «por favor, por favor, por favor» una y otra vez, que Cara nunca dejara de ser tan payasa y feliz después de lo que estaba por venir.

Apoyada en ella, llegaron hasta el pasillo y salieron al exterior.

El viento frío le lastimó la nariz y entornó los ojos para protegerse de él. Despacio, avanzaron por la parte de atrás en dirección a la zona donde aparcaban los profesores; su amiga le iba contando su noche de películas de Halloween. Pip se tensaba cada vez que Cara mencionaba a su padre.

Elliot ya estaba allí y las esperaba al lado del coche.

—Aquí estás —dijo al ver a Cara—. ¿Qué ha pasado?

—Pip se ha torcido el tobillo —dijo ella abriendo la puerta trasera—. Y Leanne trabaja hasta tarde. ¿Podemos llevarla?

—Pues claro. —Elliot se apresuró a coger el brazo de Pip y ayudarla a entrar en el coche.

La piel de él tocó la de ella.

Necesitó toda su contención para no apartarse.

Con la mochila al lado, Pip observó cómo Elliot cerraba la puerta y se subía al asiento del conductor. Una vez que Cara y Pip se abrocharon los cinturones de seguridad, él encendió el motor.

—Y ¿qué te pasó, Pip? —preguntó mientras esperaba a que un grupo de niños cruzara la carretera antes de salir del aparcamiento.

—No estoy segura —dijo—, creo que apoyé mal el pie.

—¿Quieres que te lleve a Urgencias?

—No —contestó—, seguro que en un par de días está bien.

Sacó el móvil y comprobó que estaba en silencio. Lo había tenido apagado la mayor parte del día y la batería estaba cargada casi al completo.

Elliot le dio un cachete en la mano a Cara cuando esta intentó cambiar la música que él llevaba puesta en la radio.

—Mi coche, mi música hortera —sentenció él—. ¿Pip?

Esta se sobresaltó y casi tiró el móvil.

—¿Tienes el tobillo hinchado? —preguntó.

—Pues... —Se inclinó y se estiró para tocarlo, con el móvil en la mano.

Mientras fingía palparse el tobillo, giró la muñeca y empujó el móvil detrás del asiento trasero.

—Un poco —dijo; volvió a su posición con la cara roja—. Pero nada grave.

—Bueno, eso está bien —repuso sorteando el tráfico de High Street—. Deberías mantenerlo en alto esta tarde.

—Sí, eso haré —contestó, y sus miradas se cruzaron en el espejo retrovisor. Siguió—: Me acabo de dar cuenta de que hoy tienes clases particulares. No te estaré retrasando, ¿no? ¿Adónde tienes que ir?

—Ah, no te preocupes —dijo; puso el intermitente para torcer a la izquierda en la calle de Pip—. Voy a Old Amersham. No es ninguna molestia.

—Ah, bueno, vale.

Cara estaba preguntando qué había de cena cuando Elliot aminoró la velocidad y entró en el camino de la casa de Pip.

—Vaya, tu madre sí que está en casa —comentó señalando el coche de Leanne; y a continuación se detuvo.

—¿En serio? —Pip sintió que su corazón latía al doble de velocidad, asustada de que el aire alrededor de ella vibrara de forma visible—. Le habrán cancelado la visita en el último momento. Tenía que haberlo comprobado, lo siento.

—No seas boba. —Elliot se volvió hacia ella—. ¿Necesitas ayuda con la puerta?

—No —dijo a toda velocidad; cogió su mochila—. No, gracias, puedo yo.

Abrió la puerta del coche y empezó a moverse para salir.

—Espera —dijo Cara de repente.

Pip se quedó congelada. «Por favor, que no haya visto el móvil. Por favor.»

—¿Te veo antes del examen de mañana?

—Ah —suspiró, recuperando la calma—. No, no puedo, tengo que ir a inscribirme a secretaría y luego al aula enseguida.

—Vale, pues, bueeeeeena suerteeeeee —deseó canturreando las palabras—. Te va a salir de cine, estoy segura. Iré a buscarte después.

—Sí, muchísima suerte, Pip —sonrió Elliot—, te diría lo de rómpete una pierna,* pero me parece que no es lo más indicado.

Pip se rio de una forma tan falsa que casi se atraganta.

—Gracias —respondió—, y gracias por traerme.

Se inclinó sobre la puerta del coche y la cerró.

Con las orejas al rojo vivo, cojeó hasta la casa mientras escuchaba el motor del coche de Elliot al alejarse. Abrió la puerta de casa y abandonó la cojera.

—Hola —saludó Leanne desde la cocina—, ¿te pongo agua para el té?

—No, gracias —dijo; se entretuvo en la entrada—. Ravi va a venir ahora a ayudarme a estudiar para el examen.

Su madre le echó una mirada significativa.

—¿Qué?

—No creas que no conozco a mi propia hija —dijo mientras lavaba champiñones en el escurridor—. Ella siempre estudia sola y tiene fama de hacer llorar a los otros chicos en los trabajos en grupo. Estudiar, dice. —Le echó la misma mirada—. Quiero esa puerta abierta.

—Jooolín, sí, señora.

---

* Traducción literal del *break a leg* que los británicos utilizan en vez de nuestro «mucha mierda» para desear suerte. *(N. de la T.)*

Justo cuando empezaba a subir la escalera una sombra con forma de Ravi llamó a la puerta de casa.

Pip fue a abrirle y él gritó un «hola» a Leanne y siguió a su amiga escalera arriba.

—Puerta abierta —dijo Pip cuando Ravi fue a cerrarla.

Se sentó en la cama con las piernas cruzadas y Ravi cogió la silla del escritorio para sentarse enfrente de ella.

—¿Todo bien? —le preguntó él.

—Sí, el móvil está debajo del asiento trasero.

—Perfecto.

El chico desbloqueó el suyo y abrió la aplicación «Encuentra a mis amigos». Pip se acercó a él y, con las cabezas casi tocándose, observaron el mapa en la pantalla.

El pequeño avatar naranja de Pip estaba aparcado fuera de la casa de los Ward en Hogg Hill. Ravi le dio a actualizar, pero el muñequito siguió en el mismo sitio.

—Aún no ha salido —señaló ella.

Unas pisadas acolchadas sonaron por el pasillo y Pip levantó la vista para ver a Josh apoyado en su puerta.

—Pipopótamo —dijo jugueteando con su pelo rizado—, ¿puede venir Ravi abajo a jugar al FIFA conmigo?

Los chicos se miraron.

—Pues... ahora no, Josh —contestó ella—. Estamos bastante ocupados.

—Luego bajo y jugamos, ¿vale, colega? —se apresuró a añadir Ravi.

—Vale. —Josh dejó caer el brazo a modo de derrota y se fue por el pasillo.

—Se está moviendo —dijo Ravi, tras actualizar otra vez el mapa.

—¿Hacia dónde?

—Está bajando por Hogg Hill, llegando a la glorieta.

El avatar no se movía a tiempo real; tenían que estar todo

el rato actualizando y esperar a que el círculo naranja avanzara a saltos por la ruta. Se paró justo en la glorieta.

—Actualízalo —pidió Pip con impaciencia—. Si no gira a la izquierda, no se dirige a Amersham.

El botón de actualizar giraba con líneas discontinuas. Cargando. Cargando. Actualizó y el avatar naranja desapareció.

—¿Adónde ha ido? —preguntó Pip.

Ravi movió el mapa en todas las direcciones para ver adónde había ido a parar Elliot.

—Para. —Pip lo localizó—. Ahí. Se dirige al norte por la A413.

Se miraron.

—No está yendo a Amersham —dijo Ravi.

—No.

Sus ojos siguieron el avatar durante once minutos: Elliot conducía carretera arriba y avanzaba a saltos exponenciales cada vez que Ravi presionaba el dedo sobre la flecha de actualizar.

—Está cerca de Wendover —señaló Ravi y, al ver la cara de Pip, añadió—: ¿Qué?

—Los Ward vivían en Wendover antes de mudarse a una casa más grande en Kilton. Antes de que yo los conociera.

—Ha girado —apuntó Ravi, y Pip se inclinó otra vez sobre el mapa—, hacia una carretera llamada Mill End.

Pip observó el punto naranja inmóvil en la carretera de píxeles blancos.

—Actualiza —pidió.

—Ya lo estoy haciendo —contestó Ravi—, está atascado.

—Dio otra vez al botón; el círculo de carga giró durante un segundo y luego se detuvo y dejó el punto naranja en el mismo sitio. Pulsó otra vez, pero no se movió.

—Ha parado —informó Pip mientras cogía la muñeca de

Ravi y la giraba para ver mejor el mapa. Se levantó, cogió el portátil de Ravi de su escritorio y se lo puso en el regazo—. Vamos a ver dónde está.

Abrió el buscador y entró en Google Maps. Buscó «Carretera de Mill End, Wendover» y lo puso en el modo satélite.

—¿A qué altura dirías que está? ¿Aquí? —Señaló a la pantalla.

—Un poco más a la izquierda.

—Vale. —Pip llevó al hombrecillo naranja a la carretera y emergió la vista de calle.

La estrecha carretera comarcal estaba rodeada de árboles y arbustos altos que brillaban al sol cuando Pip clicó y arrastró la imagen para conseguir una vista completa. Solo había casas en uno de los lados, un poco retiradas.

—¿Crees que está en esta casa? —Ella señaló a una pequeña construcción de ladrillos con un portón blanco, casi escondida por los árboles y el cable de teléfono que la bordeaban.

—Mmm... —Ravi paseó la vista entre el móvil y la pantalla del portátil—. O es esa o la que está a su izquierda.

Pip miró los números de la calle.

—O sea que o está en el 42 o en el 44.

—¿Es ahí donde vivían? —quiso confirmar Ravi. Pip no lo sabía. Ella se encogió de hombros y él le preguntó—: Pero ¿puedes preguntarle a Cara?

—Sí —afirmó ella—. Tengo un montón de práctica en esto de mentir y engañar. —El estómago se le encogió y se le cerró la garganta—. Es mi mejor amiga y esto la va a destrozar. Va a destrozar todo y a todos.

Ravi estiró las manos para coger las de ella.

—Ya casi hemos acabado, Pip —la animó.

—Ya ha acabado —puntualizó ella—. Tenemos que ir ahí esta noche y ver qué es lo que esconde Elliot. Andie podría estar viva.

—Eso es solo una suposición.

—Todo ha sido una suposición. —Ella apartó la mano para poder llevársela a la cabeza, que le estallaba—. Necesito que esto se acabe ya.

—Claro que sí —dijo él amable—. Vamos a acabar con ello ya. Pero no esta noche. Mañana. Averiguarás por medio de Cara a qué casa ha ido, si es donde vivían antes. Y podemos ir allí por la noche, cuando Elliot no esté, y ver qué es lo que hay. O podemos llamar a la policía como anónimos y mandarlos a esa dirección, ¿te parece? Pero ahora no, Pip. No puedes arriesgar así tu vida esta noche, no te lo voy a permitir. No dejaré que tires a la basura tu futuro en Cambridge. Ahora mismo, te vas a poner a estudiar para el examen y vas a dormir un poco. ¿Vale?

—Pero...

—No, nada de peros, Sargentita. —La miró, y sus ojos se pusieron repentinamente serios—. El señor Ward ya ha arruinado demasiadas vidas. No va arruinar la tuya también, ¿me oyes?

—De acuerdo —dijo ella sin discutir más.

—Bien. —La cogió de la mano, la levantó de la cama y la sentó en la silla. Luego empujó esta hasta el escritorio y le puso un bolígrafo en la mano—. Ahora vas a olvidarte de Andie Bell y de Sal durante las próximas dieciocho horas. Y te quiero en cama y durmiendo a las diez y media.

Miró a Ravi, sus ojos amables y su cara seria, y no supo qué decir, no supo qué sentir. Le pareció encontrarse en un precipicio, a punto de reír, o de llorar, o de gritar.

Cuarenta y tres

«Los siguientes poemas y extractos de textos ofrecen representaciones de la culpabilidad. Están ordenados cronológicamente por fecha de publicación. Lea todo el material cuidadosamente, y luego complete la tarea que se le pide a continuación.»

El ruido de las manecillas del reloj era como un pequeño tambor en su cabeza.

Fue a las hojas donde debía escribir sus respuestas y las miró una última vez.

El vigilante del examen tenía los pies sobre la mesa y la cara metida en un libro de bolsillo con un lomo muy gastado. Pip estaba sentada a un escritorio pequeño que cojeaba, en medio de una clase vacía con capacidad para treinta. Y ya habían pasado tres minutos.

Miró sus papeles, hablándose a sí misma para bloquear el sonido del reloj, y acercó el boli a la página.

Cuando el vigilante anunció que el tiempo había acabado, Pip ya había terminado, hacía cuarenta y cinco segundos, y tenía los ojos clavados en el segundero del reloj, que estaba a punto de completar un círculo. Cerró el pliego y se lo dio al hombre cuando salió de la clase.

Había escrito sobre cómo ciertos textos manipulan la culpa mediante el uso de la voz pasiva durante la acción del personaje. Había dormido casi siete horas y le pareció que había hecho un buen examen.

Se acercaba la hora de comer y, al girar por el pasillo, oyó a Cara llamarla.

—¡Pip!

Justo en el último segundo recordó añadir la cojera a su forma de caminar.

—¿Cómo te ha ido? —Cara llegó a su altura.

—Pues creo que bien.

—Yupi, ya eres libre —dijo levantando el brazo de Pip como si esta estuviera celebrándolo—. ¿Qué tal el tobillo?

—Ahí va... Creo que mañana ya estará mejor.

—Ah, oye —la llamó Cara mientras revolvía en el bolsillo—, tenías razón. —Sacó el móvil de Pip—. Sí que te lo habías dejado en el coche de mi padre. Estaba debajo del asiento de atrás.

Pip lo cogió.

—No sé cómo habrá llegado hasta allí.

—Deberíamos celebrar que ya eres libre —propuso Cara—, mañana podría invitar a todo el mundo a casa y hacer noche de juegos o algo así.

—Sí, a lo mejor.

Pip esperó y cuando hubo finalmente un momento de silencio, dijo:

—Oye, ¿sabes?, mi madre hoy va a enseñar una casa en la carretera de Mill End en Wendover. ¿No era ahí donde vivíais vosotros antes?

—Sí —contestó Cara—, qué gracia.

—El número 44.

—Ah, el nuestro era el 42.

—¿Tu padre aún va por allí?

—No, la vendió hace tiempo —contestó Cara—. Se la quedaron cuando nos mudamos porque mi madre tenía una herencia enorme de su abuela. Luego, mientras mi madre pintaba, la tuvieron alquilada, para sacar un dinerillo extra. Pero mi padre la vendió hace un par de años, después de que muriera mi madre, creo.

Pip asintió. Estaba claro que Elliot llevaba bastante tiempo contando mentiras. Unos cinco años, de hecho.

Durante la comida, Pip estuvo medio zombi. Y cuando la acabó y Cara estaba ya yéndose, cojeó hasta ella y la abrazó.

—Vale, pesada —dijo Cara intentando desasirse—, ¿qué es lo que te pasa?

—Nada —mintió Pip, y a continuación la soltó.

Connor la alcanzó y ayudó a Pip a subir la escalera para ir a clase de Historia, aunque ella le dijo que no hacía falta. El señor Ward ya estaba en el aula, sentado a su mesa con una camisa verde pastel.

Pip no lo miró cuando pasó de largo su sitio habitual en la parte de delante de la clase y fue a sentarse en la última fila.

La hora se le hizo interminable. El reloj parecía burlarse de ella cada vez que lo observaba en su intento de enfocar cualquier cosa que no fuera Elliot. No pensaba mirarlo. Sentía el aliento pegajoso, como si su propia respiración tratara de ahogarla.

—Por suerte para nosotros —decía Elliot—, hace unos seis años se localizó el diario de uno de los médicos personales de Stalin, un hombre llamado Alexander Myasnikov. Este escribió que el líder ruso sufría de una enfermedad cerebral que podría haberle dificultado la toma de decisiones e influido en su paranoia. Por lo tanto...

El sonido del timbre interrumpió su frase.

Pip dio un respingo. Pero no a causa del timbre. Sino porque algo le había hecho clic en el cerebro cuando Elliot había dicho la palabra «diario», y ese algo se quedó sobrevolándola y tomando forma lentamente.

La gente empezó a recoger los folios y los libros y a dirigirse hacia la puerta. Pip, con su cojera y en el fondo, fue la última en salir.

—Espera, Pippa —oyó la voz de Elliot tras ella.

Se volvió, rígida y de mala gana.

—¿Qué tal el examen?

—Bueno, bien, sí.

—Me alegro —sonrió—. Ahora ya puedes descansar.

Le devolvió una sonrisa vacía y cojeó pasillo adelante. Cuando estuvo fuera del alcance de la vista de Elliot, abandonó la cojera y empezó a correr. No le importó tener clase de Política a última hora. Corrió, con esa palabra que Elliot había dicho persiguiéndola. «Diario.» No paró hasta que se dio de bruces con su coche y con mano nerviosa buscó la manija para abrir.

Cuarenta y cuatro

—Pip, ¿qué haces aquí? —preguntó Naomi en el umbral de la puerta—, ¿no deberías estar aún en el instituto?

—Tenía una hora libre —dijo intentando recuperar el aliento—. Es que tengo que hacerte una pregunta.

—Pip, ¿estás bien?

—Tú llevas yendo a terapia desde que tu madre murió, ¿verdad? A causa de la ansiedad y la depresión —soltó Pip. No había tiempo para ser delicada.

Naomi la miró con extrañeza, y los ojos le brillaron.

—Sí —contestó.

—¿Tu terapeuta te recomendó escribir un diario?

Naomi asintió.

—Es una forma de manejar el estrés. Ayuda bastante —dijo—. Llevo escribiéndolo desde los dieciséis.

—¿Y anotaste lo del atropello con fuga?

Naomi no pudo evitar entornar los ojos.

—Sí —respondió—, claro que lo escribí. Tuve que hacerlo. Estaba destrozada y no podía hablar con nadie. Nadie lo ha leído nunca, solo yo.

Pip exhaló y se puso las manos delante de la boca, como si recogiera su propio aliento.

—¿Piensas que es así como esa persona se enteró? —Naomi negó con la cabeza—. Pero no es posible. Siempre lo cierro con llave y lo tengo escondido en mi habitación.

—Tengo que irme —dijo Pip—. Lo siento.

Se volvió y regresó al coche corriendo, ignorando a Naomi que la llamaba a gritos:

—¡Pip!, ¡Pippa!

El coche de su madre estaba aparcado en la entrada cuando Pip llegó. Pero la casa estaba silenciosa y Leanne no saludó cuando ella abrió la puerta. Mientras avanzaba por el pasillo, un sonido tapó el del agitado latido de su corazón: era su madre llorando.

Pip se detuvo en la entrada del salón y observó a su madre, de espaldas, sentada en el borde del sofá. Tenía el móvil entre las manos y unas voces salían de él.

—¿Mamá?

—Ay, cariño, me has asustado —exclamó. Pip vio cómo su madre pausaba las imágenes que veía y se secaba los ojos con rapidez—. Llegas pronto. Bueno, ¿fue bien el examen? —Palmeó ansiosa el cojín del sofá a su lado, a la vez que intentaba recomponer su cara manchada de lágrimas—. ¿De qué trataba la redacción? Anda, ven y cuéntame.

—Mamá —dijo—, ¿qué te ha pasado?

—No es nada, de verdad. —Esbozó una sonrisa llorosa—. Es que estaba mirando fotos de *Barney* y me encontré un vídeo de las navidades de hace dos años, cuando fue alrededor de la mesa dándonos un zapato a cada uno. No puedo dejar de mirarlo.

Pip se le acercó y la abrazó por la espalda.

—Siento que estés triste —le susurró en el pelo.

—No es eso —gimoteó—. Es un híbrido entre tristeza y felicidad. Era un perro tan bueno...

Pip se sentó con ella y ambas vieron juntas las fotos y vídeos de *Barney*; se rieron cuando saltaba en el aire e intentaba comer la nieve, cuando le ladraba a la aspiradora, cuando se refregaba contra el suelo con las patas para arriba, y cuando el pequeño Josh le rascaba la barriga y Pip las orejas... Y así estuvieron hasta que su madre tuvo que irse a buscar a su hermano al colegio.

—Vale —dijo Pip—. Creo que voy a aprovechar para echarme una siesta.

Pero era mentira. Se fue a su habitación a mirar el reloj; paseaba de la cama a la puerta mientras esperaba. El miedo bullía en rabia y sentía que si no se movía era capaz de ponerse a gritar. Era jueves, día de clases particulares, y quería que él estuviese allí.

Cuando Little Kilton atravesó el umbral de las cinco de la tarde, Pip desenchufó el móvil del cargador y se puso su abrigo caqui.

—Me voy un par de horas a casa de Lauren —le gritó a su madre, que estaba en la cocina ayudando a Josh con los deberes de matemáticas—. Os veo después.

Fuera, abrió el coche, se subió y se recogió el oscuro cabello en una coleta alta. Miró el móvil, el largo mensaje de Ravi. Contestó:

El examen bien, gracias. Después de cenar me paso por tu casa y llamamos a la policía.

Y ahí iba otra mentira, pero a Pip, a estas alturas, ya ni le costaba decirlas.

Él no la dejaría ir.

Abrió el mapa de la aplicación del móvil, metió los datos en la barra de búsqueda y presionó la tecla «Ir».

La voz mecánica e impersonal le canturreó: «Iniciando ruta hacia el 42 de la carretera de Mill End, en Wendover».

Cuarenta y cinco

La carretera de Mill End era estrecha y estaba rodeada de una vegetación muy tupida, como un túnel de árboles oscuros que se cernían sobre ella. Aparcó en el camino de hierba que había justo después del número 40 y apagó las luces.

Tenía el corazón a mil, y cada pelo y cada fibra de su piel desprendían electricidad.

Cogió el móvil, lo puso en el hueco para las bebidas, y marcó el 999.

Dos timbrazos y luego:

—Hola, habla con Emergencias, ¿qué servicio necesita?

—Policía —contestó Pip.

—Ahora mismo le pasamos.

—¿Hola? —saludó una voz diferente, al otro lado de la línea—. Policía, ¿en qué puedo ayudarle?

—Mi nombre es Pippa Fitz-Amobi —dijo muy agitada— y vivo en Little Kilton. Por favor, escúcheme con atención. Tienen que mandar agentes al número 42 de la carretera de Mill End en Wendover. Dentro de ese domicilio hay un hombre llamado Elliot Ward. Hace cinco años, Elliot secuestró a una chica de Kilton llamada Andie Bell y la tiene retenida en esta casa. Elliot asesinó a un chico llamado Sal Singh. Tiene que ponerse en contacto con el detective Richard Hawkins, que fue quien llevó el caso de la desaparición de Andie Bell, e informarlo de todo esto: creo que ella está viva y retenida ahí dentro. Yo voy a entrar ahora mismo para enfrentarme a Elliot Ward, así que creo que podría estar en peligro. Por favor, manden a los agentes lo más rápido posible.

—Espere, Pippa —dijo la voz—, ¿desde dónde nos está llamando?

—Estoy fuera de la casa y a punto de entrar.

—De acuerdo, quédese donde está. Enviamos agentes a esa dirección. Pippa, ¿podría...?

—Voy a entrar —le cortó Pip—. Por favor, dense prisa.

—Pippa, no entre en la casa.

—Lo siento, tengo que hacerlo —replicó.

Pip sacó el móvil del sujetavasos y, aunque aún oía la voz de la operadora llamarla por su nombre, colgó.

Salió del coche. Atravesó el camino de hierba en dirección a la entrada del número 42 y vio el coche de Elliot aparcado delante de la pequeña casa de ladrillos rojos. Las dos ventanas del piso de abajo estaban iluminadas y su brillo parecía ahuyentar la oscuridad de fuera.

Mientras se dirigía hacia la casa, un foco con sensor de movimiento detectó su presencia y se encendió, llenando el camino con una luz blanca brillante y cegadora. Se cubrió los ojos y siguió avanzando, con la gigantesca sombra de un árbol pegada a la parte trasera de los pies.

Llamó con los nudillos. Tres golpes sordos contra la puerta.

Se oyó un ruido dentro. Y no pasó nada.

Volvió a llamar, golpeó la puerta con la parte suave del puño una y otra vez.

Una luz se encendió detrás de la puerta y a través del vidrio escarchado recién iluminado de amarillo Pip vio que una figura avanzaba hacia ella.

Se oyó el ruido de una cadena que se abría, un cerrojo que se deslizaba y que se desatrancaba con un frío chasquido.

Elliot la miró. Iba vestido con la misma camisa de color

verde pastel que llevaba en el instituto y un par de guantes de cocina le colgaban del hombro.

—¿Pip? —dijo con la voz ahogada por el miedo—. ¿Qué haces... qué haces aquí?

Ella lo miró a los ojos, agrandados por los cristales de las gafas.

—Yo —comenzó a decir él—, yo solo...

Pip negó con la cabeza.

—La policía estará aquí en unos diez minutos —señaló ella—. Tienes tiempo para ofrecerme una explicación. —Dio un paso y entró a la casa—. Una explicación con la que pueda ayudar a tus hijas a pasar por todo lo que se les viene encima. Y para que los Singh por fin puedan saber la verdad.

Elliot se quedó pálido. Retrocedió un par de pasos hasta chocar con la pared. Luego se masajeó el puente de la nariz y dejó escapar un largo suspiro.

—Se acabó —dijo con tranquilidad—, por fin se acabó.

—No tenemos mucho tiempo, Elliot. —La voz de Pip sonó mucho más valiente de lo que ella se sentía.

—De acuerdo —asintió—. De acuerdo, ¿quieres entrar?

Ella dudó. Sintió el estómago tan achicado que parecía querer pegársele a la espalda. Pero había refuerzos de camino; podía entrar. Tenía que hacerlo.

—Vamos a dejar la puerta abierta, para cuando llegue la policía —dispuso ella; luego lo siguió por el pasillo, manteniendo una distancia con él de tres pasos.

Elliot torció hacia la derecha y la llevó a la cocina. No tenía muebles, ninguno, pero las encimeras estaban llenas de comida y cubiertos, había hasta un molinillo de especias. Al lado de un paquete de pasta seca había una pequeña llave brillante. Elliot se inclinó para apagar un hornillo y Pip se movió hasta el otro extremo de la estancia para estar lo más alejada posible de él.

—Apártate de los cuchillos —ordenó ella.

—Pip, no voy a...

—Que te apartes de ellos.

Elliot lo hizo y se quedó parado en la pared de enfrente de ella.

—Está aquí, ¿no? —preguntó Pip—. Andie está aquí y está viva.

—Sí.

Ella tembló dentro del cálido abrigo.

—En marzo de 2012 Andie y tú os veíais en secreto —dijo—. Empieza por el principio, Elliot, no tenemos mucho tiempo.

—Pero no fue un... —tartamudeó él—. No fue... —Gimió y dejó caer la cabeza.

—¡Elliot!

El hombre suspiró y se enderezó.

—De acuerdo —cedió—. Eran los últimos días de febrero. Andie empezó a... a prestarme atención en el instituto. No iba a mi clase, ella no había escogido Historia. Pero solía seguirme por el pasillo y preguntarme qué tal me iba. Y, no sé, supongo que esa atención me resultaba... agradable. Estaba muy solo desde que Isobel había muerto. Y luego Andie me pidió mi número de teléfono. En este punto no había pasado nada, ni tan siquiera nos habíamos besado, simplemente quería mi número. Le dije que eso sería muy inapropiado. Pero, aun así, no tardé mucho en ir a una tienda y comprarme una tarjeta SIM para poder hablar con ella sin que nadie se enterase. No sé por qué lo hice; supongo que era como una distracción de mi duelo. Lo único que quería era alguien con quien hablar. Solo usaba la SIM por las noches, para que Naomi no se enterase de nada, y empezamos a mandarnos mensajes. Ella era muy amable conmigo; me dejaba hablar de Isobel y de lo preocupado que estaba por mis hijas.

—No tenemos mucho tiempo —observó Pip con frialdad.

—Ya —dijo él—. Entonces Andie empezó a sugerir que quedáramos fuera del instituto. En un hotel. Le contesté que de ninguna manera. Pero en un momento de locura, de debilidad, me encontré reservando una habitación. Ella era muy persuasiva. Acordamos un día y una hora, pero tuve que cancelar en el último minuto porque Cara cogió la varicela. Intenté acabar con aquello, fuera lo que fuera lo que teníamos, pero entonces ella lo sugirió otra vez. Y yo reservé para la semana siguiente.

—El Hotel Ivy House en Chalfont —dijo Pip.

Él asintió.

—Ahí es donde ocurrió la primera vez. —El volumen de su voz bajó a causa de la vergüenza—. No nos quedamos toda la noche; yo no podía dejar solas a las niñas tanto tiempo. Solo estuvimos un par de horas.

—¿Te acostaste con ella?

Elliot no contestó.

—¡Tenía diecisiete años! —exclamó Pip—. La misma edad que tu hija. Eras profesor en su instituto. Andie era vulnerable y te aprovechaste de ella. Tú eras el adulto y deberías haberte comportado.

—Nada de lo que digas me va a hacerme sentir más asco por mí mismo del que ya siento. Le dije que no podía volver a pasar e intenté dejarla. Pero no me lo permitió. Empezó a amenazar con delatarme. Entró en una de mis clases, se acercó a mí y me susurró que había escondido una foto de ella desnuda en algún lugar del aula y que yo debía encontrarla antes de que alguna otra persona lo hiciera. Intentaba asustarme. Así que volví al Ivy House la semana siguiente, porque no sabía de qué sería capaz si no acudía. Pensé que se cansaría pronto de aquel juego.

Elliot se detuvo para rascarse el cuello.

—Aquella fue la última vez. Solo ocurrió en dos ocasiones y luego ya vinieron las vacaciones de pascua. Las niñas y yo nos fuimos una semana a casa de los padres de Isobel y, al pasar un tiempo lejos de Kilton, volví en mí. Le mandé un mensaje a Andie para decirle que aquello se había acabado y que no me importaba si me delataba. Me contestó y me dijo que cuando se reanudaran las clases me iba a arruinar la vida si yo no hacía lo que ella quería. Yo no sabía qué era lo que ella quería. Y luego, de casualidad, me llegó la oportunidad de ponerle freno. Descubrí que Andie estaba ciberacosando a aquella chica, así que llamé a su padre, como te conté, y le dije que, si el comportamiento de su hija no cambiaba, tendría que denunciarla y sería expulsada. Por supuesto, Andie entendió el mensaje: destrucción mutua asegurada. Ella podía hacer que me arrestaran y que me metieran en la cárcel a causa de nuestra relación, pero yo podía hacer que la echaran del instituto y arruinar su futuro. Estábamos igualados y pensé que se había acabado.

—Entonces ¿por qué la secuestraste el viernes 20 de abril? —preguntó Pip.

—Eso no fue lo que... —empezó él—. No fue eso lo que pasó, para nada. Yo estaba solo en casa y Andie apareció, creo que alrededor de las diez. Estaba muy enfadada, enfadadísima. Me gritó y me dijo que yo era un tipo triste y asqueroso y que el único motivo por el que me había tocado era porque me necesitaba para que la ayudase a entrar en Oxford, igual que había hecho con Sal. No quería que él fuera allí sin ella. No dejó de gritarme que tenía que irse de casa, salir de Kilton porque la ciudad la estaba matando. Intenté calmarla, pero no hubo manera. Y ella sabía exactamente cómo hacerme daño.

Elliot parpadeó despacio.

—Andie fue corriendo a mi estudio y empezó a rasgar los cuadros que Isobel pintó cuando estaba ya muriéndose, los de los arcoíris. Estropeó dos de ellos y yo le gritaba que parase, luego fue a por mi favorita. Y yo... Yo solo la empujé para que se detuviera. No quería hacerle daño. Pero se cayó de espaldas y se golpeó la cabeza contra mi escritorio. Muy fuerte. Y —suspiró— estaba en el suelo y le sangraba la cabeza. Estaba consciente, pero confusa. Yo me apresuré a ir a por el botiquín, pero cuando volví Andie se había ido y la puerta de la calle estaba abierta. No había venido en coche, no había ninguno delante de casa ni ruido que indicara que se alejaba. Se fue caminando y se desvaneció. Su móvil estaba en el suelo del estudio, debió de caérsele cuando la empujé. Al día siguiente —continuó— me enteré por Naomi de que Andie había desaparecido. Estaba sangrando y salió de mi casa con una herida en la cabeza y ahora estaba en paradero desconocido. Y a medida que pasó el fin de semana empecé a entrar en pánico: pensé que la había matado. Pensé que habría estado vagando por los alrededores de mi casa y luego, confusa y herida, se había perdido vete a saber dónde y había muerto a causa de las heridas. Que estaba tirada en una cuneta y que solo era cuestión de tiempo que la encontraran. Y cuando lo hicieran, habría pruebas en el cadáver que llevarían hasta mí: fibras, huellas. Sabía que lo único que podía hacer era darles un sospechoso más claro para protegerme. Para proteger a mis niñas. Si me detenían por el asesinato de Andie, Naomi no podría superarlo. Y en aquel momento Cara solo tenía doce años. Era el único progenitor que les quedaba.

—No hay tiempo para esas excusas —señaló Pip—. O sea que inculpaste a Sal Singh. Sabías lo del atropello con fuga porque habías leído el diario de terapia de Naomi.

—Por supuesto que lo leí —dijo—. Tenía que asegurarme de que mi niñita no estuviera pensando en hacerse daño.

—Y la obligaste a ella y a sus amigos a dejar a Sal sin coartada. ¿Qué pasó después, el jueves?

—Llamé al trabajo para decir que estaba enfermo y llevé a

las niñas al colegio. Esperé fuera y cuando vi a Sal solo en el aparcamiento fui a hablar con él. No estaba llevando nada bien la desaparición de Andie. Así que le sugerí que fuéramos a su casa para poder charlar sobre el asunto. Había planeado hacerlo con un cuchillo de casa de los Singh. Pero luego me encontré algunos somníferos en el cuarto de baño y decidí llevarme a Sal al bosque; pensé que sería más agradable. Tomamos un té y ahí le di los tres primeros somníferos; le dije que eran para el dolor de cabeza. Lo convencí de que debíamos salir a buscar a Andie nosotros mismos; que le resultaría beneficioso para no sentirse inútil y frustrado. Me hizo caso. No se preguntó por qué llevaba puestos los guantes de cuero dentro de casa. Cogí una bolsa de plástico de su cocina y nos fuimos al bosque. Tenía una navaja y, cuando estuvimos lo suficientemente lejos, se la puse al cuello. Le hice tragar más somníferos.

A Elliot se le quebró la voz. Los ojos se le aguaron y una lágrima solitaria le corrió por la mejilla.

—Le dije que le estaba ayudando, que, si parecía que a él lo habían atacado también, ya no sería un sospechoso. Se tragó algunos más y luego empezó a resistirse. Lo tumbé y le hice tomar más. Cuando empezó a cabecear, lo cogí y le hablé sobre Oxford, sobre las impresionantes bibliotecas, las elegantes cenas, lo bellísima que se ponía la ciudad en primavera. Para que se quedara dormido pensando en algo bueno. Cuando estuvo inconsciente, le puse la bolsa alrededor de la cabeza y le cogí la mano mientras moría.

Pip no sintió ninguna compasión por el hombre que tenía ante ella. Once años de recuerdos se borraron de un plumazo y lo único que dejaron fue al extraño que se encontraba con ella en la habitación.

—Entonces fue cuando mandaste el mensaje de confesión al señor Singh desde el móvil de Sal.

Elliot asintió, con la vista clavada en el suelo.

—¿Y la sangre de Andie?

—Se había secado debajo de mi escritorio —explicó—, había quedado una pequeña mancha que no vi cuando limpié, así que usé unas tenacillas para poner un poco debajo de sus uñas. Y, por último, le planté el móvil de Andie en el bolsillo y dejé al chico allí. No entraba en mis planes matarlo. Intentaba proteger a mis niñas; ya lo habían pasado demasiado mal. No merecía morir, pero mis hijas tampoco. Era una elección imposible.

Pip subió la mirada para intentar retener las lágrimas. No había tiempo para explicarle lo equivocado que estaba.

—Y luego, a medida que pasaban los días —lloró Elliot—, me di cuenta del error tan grave que había cometido. Si Andie había muerto a causa de las heridas, a estas alturas ya la habrían encontrado. Y entonces aparece el coche y encuentran sangre en el maletero; debió de haber estado lo suficientemente bien como conducir hasta algún otro lugar después de dejarme. Me había entrado el pánico y había pensado que ella estaba muy grave cuando no era el caso. Pero ya era demasiado tarde. Sal ya estaba muerto y yo lo había convertido en el asesino. Cerraron el caso y todo se quedó tranquilo.

—Y entonces ¿cómo llegamos de esa situación a la retención de Andie en esta casa?

Elliot dio un respingo ante la ira que apuntaba tras esas palabras.

—A finales de julio, yo volvía a casa en coche y de repente la vi, sin más. Andie iba andando por el arcén de la carretera principal de Wycombe, y se dirigía hacia Kilton. Paré a su lado y era obvio que se había drogado... y que apenas había dormido. Estaba delgadísima y con una pinta terrible. Y así fue como sucedió. No podía dejar que volviese a casa porque si lo hacía, todo el mundo sabría que a Sal lo habían asesinado. Andie estaba colocada y desorientada, pero conseguí meterla en el coche. Le expliqué por qué no podía volver a su casa y luego le aseguré que yo cuidaría de ella. Acababa de poner esta casa a la venta, así que la traje aquí y retiré la propiedad del mercado.

—¿Dónde había pasado todos esos meses? ¿Qué le sucedió la noche de la desaparición? —presionó Pip, al sentir que los minutos se les escapaban.

—No recuerda nada; creo que sufrió una contusión. Dice que solo quería alejarse de todo. Fue a casa de un amigo que estaba involucrado en temas de drogas y él la llevó a casa de otros conocidos para que se quedara allí. Pero no se sentía a salvo en ese sitio, así que se escapó para volver a casa. No le gusta hablar de aquello.

—Howie Bowers —pensó en alto Pip—. ¿Dónde está Andie, Elliot?

—En el desván. —Su mirada se dirigió a la pequeña llave que había sobre la encimera—. Arreglamos esto juntos. Acondicioné el espacio, instalamos paredes de madera de contrachapado y un suelo decente. Ella eligió el papel pintado. No hay ninguna ventana, pero pusimos montones de lámparas. Sé que debes de pensar que soy un monstruo, Pip, pero nunca la he vuelto a tocar desde aquella vez en el Ivy House. No es eso. Y ella no es como antes. Es una persona diferente; tranquila y agradecida. Tiene comida, y yo vengo a visitarla y a cocinar tres veces a la semana y cada fin de semana, y dejo que se duche. Y luego nos sentamos a ver la tele juntos. Nunca se aburre.

—¿Está encerrada ahí arriba y esa es la llave? —Pip la señaló.

Elliot asintió.

Y entonces, en la carretera, oyeron el sonido de coches que llegaban.

—Cuando la policía te interrogue —dijo Pip ahora apresurada—, no les cuentes nada del atropello con fuga ni cómo te cargaste la coartada de Sal. Una vez que confieses ya no será relevante. Y Cara no merece perder a toda su familia, quedarse completamente sola. Ahora yo protegeré a tus hijas.

Sonido de puertas de coches cerrándose de golpe.

—Es posible que entienda tus motivos —dijo—. Pero nunca te perdonaré. Le quitaste la vida a Sal para salvar la tuya. Destrozaste a su familia.

Un grito de «Hola, policía» les llegó desde la puerta abierta.

—Los Bell han vivido un duelo de cinco años. Me amenazaste y también a mi familia; te colaste en mi casa para asustarme.

—Lo siento.

Pisadas en el pasillo.

—Mataste a *Barney*.

La cara de Elliot se arrugó.

—Pip, no sé de qué estás hablando. Yo no...

—Policía —dijo el agente que entró en la cocina.

La luz del cielo brillaba en el borde de su gorra. Su compañera entró detrás, con la vista oscilando entre Elliot y Pip y su apretada coleta agitándose al ritmo de este movimiento de cabeza.

—Muy bien, ¿qué es lo que está pasando aquí? —preguntó la agente.

Pip miró hacia Elliot y los ojos de ambos se encontraron. Él se estiró y ofreció sus muñecas a la mujer.

—Han venido a detenerme por el secuestro y la privación ilegítima de libertad de Andie Bell —dijo, sin apartar los ojos de ella.

—Y el asesinato de Sal Singh —añadió Pip.

Los agentes se miraron durante largos segundos y luego uno de ellos asintió. La mujer avanzó hacia Elliot y el hombre presionó algo en la radio que llevaba en el hombro. Retrocedió hasta el pasillo para hablar a través de ella. Con ambos de espaldas Pip, rápida como un rayo, se acercó a la encimera y cogió la llave. Corrió hacia el pasillo y enfiló escalera arriba.

—¡Ey! —le gritó el agente.

En la parte de arriba vio la pequeña escotilla en el techo que llevaba al desván.

Un gran candado unía el pestillo a un aro metálico que estaba atornillado al marco de madera. Debajo, había una pequeña escalera de dos travesaños.

Pip se acercó y se estiró para meter la llave en el candado, que cayó al suelo con un sonoro ruido metálico. El policía estaba subiendo la escalera tras ella. Giró el pestillo y se apartó para que la escotilla se abriera.

Una luz amarilla llenó el agujero que se abrió sobre ella. Y sonidos: música dramática, explosiones y gente gritando con acento americano. Pip cogió la escalerilla y la bajó hasta el suelo justo cuando el agente llegaba a su lado.

—Espera —gritó él.

Pip avanzó y subió, con las manos sudadas y pegajosas apoyándose en los escalones metálicos.

Asomó la cabeza a través de la trampilla y miró alrededor. La habitación estaba iluminada por varias lámparas de suelo y en las paredes se podía ver un diseño floral verde y blanco. En un lado del desván había una pequeña nevera con un hervidor y un microondas encima, y estanterías con comida y libros. En el medio de la habitación, había una alfombra de pelo rosa y detrás una gran pantalla plana cuya imagen acababa de congelarse.

Y allí estaba ella.

Sentada con las piernas cruzadas en una camita llena de cojines de colores. Con un pijama de pingüinos azules, el mismo que tenían Cara y Naomi. La chica miró a Pip, con los ojos muy abiertos y asustados. Parecía un poco mayor, un poco más rellena. Tenía el pelo algo más lacio que antes y la piel mucho más pálida. Seguía con la mirada clavada en Pip, el mando de la tele en la mano y un paquete de galletas Jammie Dodger en el regazo.

—Hola —dijo Pip—, soy Pip.

—Hola —dijo ella—, soy Andie.

Pero no lo era.

Cuarenta y seis

Pip se acercó hasta quedar bajo el resplandor amarillo de la lámpara. Despacio, cogió aire; intentaba pensar a pesar del ruido que le llenaba la cabeza. Entornó los ojos y estudió detenidamente el rostro que tenía ante ella.

Ahora que se encontraba más cerca, pudo ver las diferencias obvias, la forma del arco de Cupido de los labios, la curva descendente en el borde de los ojos donde antes se dirigían hacia arriba, la protuberancia de las mejillas apenas unos centímetros más baja de su lugar habitual... Cambios que el tiempo no podía imprimir a una cara.

En los últimos meses, Pip había mirado tantas veces las fotografías que se sabía de memoria cada línea y cada curva del rostro de Andie Bell.

Y esta no era ella.

Pip se sintió apartada del mundo, ingrávida, falta de sentido.

—Tú no eres Andie —le dijo con suavidad, justo cuando el policía llegaba por la escalera y le ponía una mano en el hombro.

El viento producía aullidos en los árboles y el 42 de la carretera de Mill End estaba iluminado con destellos azules intermitentes.

Ahora el camino estaba ocupado por cuatro coches de

policía que componían un cuadrado abierto, y Pip acababa de ver cómo el detective Richard Hawkins —con el mismo abrigo negro que llevaba en todas las ruedas de prensa de cinco años atrás— entraba en la casa.

Pip se detuvo para oír a la agente tomarle declaración a la chica. Pero las palabras que oyó no eran más que sílabas que seguían unas a otras sin ningún sentido para ella. Se concentró en respirar el aire fresco y cortante y en ese momento fue cuando sacaron a Elliot. Con dos policías a cada lado y las manos esposadas detrás. Estaba llorando y las luces azules parpadeaban sobre su rostro húmedo. Los lamentos que profería despertaron en Pip un miedo primigenio e instintivo.

Este era un hombre que sabía que su vida estaba acabada. ¿De verdad había creído que la chica que tenía en el desván era Andie? ¿Se había aferrado a esta creencia todo el tiempo? Los policías le cogieron la cabeza y se la agacharon para entrar en el coche; luego se lo llevaron. Pip lo vio irse hasta que el túnel de árboles se tragó los bordes del automóvil.

Cuando acabó de darle su número de contacto al agente oyó el sonido de una puerta de coche que se cerraba tras ella.

—¡Pip! —El viento le trajo la voz de Ravi.

El corazón le dio un vuelco y luego salió corriendo en su dirección. En la parte de arriba del camino de entrada chocó con él; Ravi la cogió y la apretó entre sus brazos; ambos se mantenían en pie contra el viento.

—¿Estás bien? —le preguntó él apartándola un paso para mirarla.

—Sí —contestó ella—. ¿Qué haces aquí?

—¿Yo? —se señaló a sí mismo—. Cuando no apareciste en mi casa, te busqué en el «Encuentra a mis amigos». ¿Por qué viniste sola? —Miró a los coches de policía que estaban detrás de él.

—Tenía que venir —dijo—. Necesitaba preguntarle por

qué. Si no lo hacía, no sabía cuánto más tendrías que esperar para saber la verdad.

Abrió la boca una vez, luego otra, hasta tres veces antes de ser capaz de empezar a hablar, y luego se lo contó todo a Ravi. Le explicó, bajo el ruido de los árboles y con la luz azul ondulando a su alrededor, cómo había muerto su hermano. Cuando las lágrimas empezaron a caer por el rostro de Ravi, Pip le dijo que lo sentía, porque eso era todo lo que podía hacer; como intentar apagar un volcán con un vaso de agua.

—No tienes por qué sentirlo —le dijo él, medio llorando y medio riendo—. Nada va a traérmelo de vuelta, ya lo sé. Pero de alguna manera, lo hemos hecho. A Sal lo asesinaron, era inocente, y ahora todo el mundo lo sabrá.

Se volvieron para ver al detective Richard Hawkins sacar de casa a la chica, envuelta en una manta violeta.

—No es ella, ¿verdad? —preguntó Ravi.

—Se le parece mucho —respondió Pip.

La chica miraba en todas direcciones, con expresión asombrada, confusa y libre, mientras reaprendía cómo era el mundo exterior. Hawkins la condujo hasta un coche y subió a su lado; dos agentes uniformados se colocaron delante.

Pip no entendía cómo Elliot había llegado a creer que aquella chica a la que había encontrado andando por la carretera era Andie. ¿Se trataba de un espejismo? ¿Elliot necesitaba creer que no había muerto como expiación de lo que le hizo a Sal por su causa? ¿O es que el miedo lo cegó?

Eso era lo que Ravi pensaba: que Elliot estaba aterrorizado con la posibilidad de que Andie Bell estuviese viva y pudiera regresar a casa y entonces lo culparan a él del asesinato de Sal. Y en ese estado de terror tan elevado, le bastó con encontrar a una chica rubia que se parecía lo suficiente a ella para convencerse a sí mismo de que había encontrado a Andie. Y la había encerrado para poder contener así el terrible miedo de que lo encontraran con ella.

Pip asintió mostrando su acuerdo mientras miraba cómo el coche de policía se alejaba.

—Creo —dijo con suavidad— que simplemente era una chica con el pelo equivocado y la cara equivocada cuando el hombre equivocado pasó a su lado y la vio.

Y luego estaba esa otra pregunta espinosa que Pip aún no había podido formular en alto: ¿qué le había pasado a la Andie Bell real aquella noche después de salir de casa de los Ward?

La agente que le había tomado declaración se les acercó con una cálida sonrisa.

—¿Necesitas que te llevemos a casa? —le preguntó a Pip.

—No, gracias —declinó—. Tengo el coche ahí.

Hizo que Ravi entrara en el coche con ella; de ninguna manera iba Pip a dejar que él volviera a casa solo: temblaba demasiado. Y, aunque no quisiera decirlo, ella tampoco quería estar sola.

Pip metió la llave en el contacto y vio su cara en el espejo retrovisor antes de que las luces se apagaran. Parecía demacrada, y unas grandes sombras oscuras le rodeaban los ojos. Estaba cansada. Indeciblemente exhausta.

—Por fin puedo contarle todo a mis padres —dijo Ravi una vez que dejaron atrás Wendover y entraron en la carretera principal—. No sé ni por dónde empezar.

Los faros del coche alumbraron el cartel de «Bienvenidos a Little Kilton», y las letras se llenaron de sombras cuando pasaron y entraron en la ciudad. Pip condujo hasta High Street y se dirigió hacia casa de Ravi. Se detuvo en la rotonda principal. Del otro lado de la misma, había un coche esperando para entrar, con los faros de un blanco brillante y cegador. Era su turno de pasar.

—¿Por qué no se mueven? —preguntó Pip observando un vehículo oscuro en la otra esquina, bañado por la luz amarilla de la farola sobre él.

—No sé —dijo Ravi—. Entra tú.

Pip lo hizo y avanzó despacio por la glorieta.

El otro coche seguía sin moverse. Cuando se acercaron más y los faros del coche dejaron de deslumbrarlos, Pip disminuyó un poco la velocidad y miró curiosa por la ventanilla.

—Ay, mierda —exclamó Ravi.

Era la familia Bell. Los tres. Jason al volante, con la cara roja y surcada de lágrimas. Parecía estar gritando; golpeaba el volante con la mano y la boca se movía con enfado. Dawn iba a su lado, asustada. Estaba llorando, su cuerpo se agitaba al respirar a través del llanto y su boca mostraba una confusa agonía.

Los coches se cruzaron y Pip vio a Becca en el asiento de atrás. Tenía la cara pálida y apoyada contra el cristal frío. Tenía la boca abierta y el ceño fruncido; con la mirada perdida, enfocaba al infinito.

Y mientras se cruzaban, Becca pareció volver en sí y su mirada aterrizó en Pip. La reconoció. Y en sus pupilas se instaló algo pesado y urgente, algo parecido al terror.

Se alejaron calle abajo y Ravi dejó escapar un suspiro.

—¿Crees que se lo habrán dicho? —preguntó él.

—Parece como si acabaran de enterarse —contestó Pip—. La chica seguía diciendo que su nombre era Andie Bell. A lo mejor ellos tienen que ir para constatar de forma oficial que no lo es.

Miró en el espejo retrovisor y vio cómo el coche de los Bell entraba por fin en la rotonda, de camino a la falsa promesa de recuperar a una hija.

Cuarenta y siete

Bien entrada la noche, Pip se sentó en el borde de la cama de sus padres. Y con ella, la culpa que la corroía y su historia, cuya narración fue casi tan dura como la propia vivencia.

La peor parte fue Cara. Cuando el reloj de su móvil pasó las 22.00, Pip supo que no podía seguir posponiéndolo. El pulgar sobrevolaba el botón de llamada, pero no era capaz de llegar a presionarlo. No se creía con el valor suficiente de decir las palabras en alto y escuchar cómo el mundo de su mejor amiga cambiaba para siempre, cómo se volvía extraño y oscuro. Pip deseaba ser lo bastante fuerte, pero había aprendido que no era invencible; ella también podía venirse abajo. Pulsó la opción de mensaje y empezó a escribir:

Debería llamarte para contarte esto, pero no creo que consiga completar la narración con tu voz al otro lado de la línea. Este es el modo cobarde y lo siento muchísimo. Fue tu padre, Cara. Él mató a Sal Singh. Tenía secuestrada a una chica que creía que era Andie Bell en vuestra antigua casa de Wendover. Lo han detenido. A Naomi no le pasará nada, te di mi palabra y la mantengo. Sé por qué lo hizo y te lo contaré cuando estés preparada para oírlo. Lo siento muchísimo. Ojalá pudiera salvarte de todo esto. Te quiero.

Lo leyó una vez más y lo envió, con las lágrimas cayendo sobre el móvil mientras lo sujetaba con las dos manos.

Su madre le hizo el desayuno cuando se despertó por fin a las dos de la tarde; por supuesto, ni se planteó que fuera al instituto. No volvieron a hablar de lo ocurrido; no había nada más que decir, aún no. Pero la pregunta sobre la verdadera Andie Bell seguía martilleando el cerebro de Pip, cómo mantenía todavía este último secreto.

Pip intentó llamar a Cara diecisiete veces, pero ninguna tuvo respuesta. Lo mismo ocurrió con el móvil de Naomi.

Más tarde, ese mismo día, Leanne condujo hasta casa de los Ward después de recoger a Josh. Cuando volvió dijo que allí no había nadie y el coche no estaba.

—Se habrán ido a casa de su tía Lila —aventuró Pip intentando llamar otra vez.

Victor llegó pronto del trabajo. Se sentaron todos en el salón a ver reposiciones de concursos que normalmente causaban una competición entre Pip y su padre por gritar antes la respuesta correcta. Pero esta vez lo vieron en silencio: intercambiaban miradas furtivas a espaldas de Josh y sentían que el aire que los rodeaba estaba cargado de una tensión que gritaba «¿y ahora qué?».

Llamaron a la puerta de casa, y Pip se levantó de un salto para escapar de esa extrañeza que llenaba la habitación. Tal como estaba, con un pijama de mil colores, abrió la puerta y el aire que entró le enfrió los pies.

Era Ravi, plantado delante de sus padres, los espacios entre ellos perfectamente simétricos, como si estuvieran posando para una foto.

—Hola, Sargentita —le dijo; sonrió al ver su llamativo pijama—. Esta es mi madre, Nisha. —La señaló como si fuera el presentador de un concurso y la madre, con el oscuro pelo recogido en dos trenzas sueltas, sonrió a Pip—, y mi padre, Mohan. —Este asintió y al hacerlo se le hundió la barbilla en el enorme ramo de flores que sujetaba, con el otro brazo sostenía contra su cuerpo una caja de bombones—. Padres —dijo Ravi—, esta es la famosa Pip.

El educado «hola» de Pip se mezcló con los saludos de ellos.

—Bueno —empezó Ravi—, nos llamaron de comisaría. Nos sentaron y nos lo contaron todo, lo que nosotros ya sabíamos. Y dijeron que darían una rueda de prensa una vez que se haya acusado formalmente al señor Ward en la que se leerá una declaración sobre la inocencia de Sal.

Pip oyó las pisadas ligeras de su madre y las atronadoras de su padre acercarse por el pasillo. Ravi hizo de nuevo las presentaciones en honor a Victor; Leanne ya los conocía de hacía quince años, cuando les había vendido la casa.

—Pues eso —continuó Ravi—, que los tres queríamos venir a darte las gracias, Pip. Esto nunca habría pasado de no ser por ti.

—La verdad es que no sé qué decir —confesó Nisha, con los ojos, tan parecidos a los de Ravi y Sal, brillando—. Gracias a lo que hicisteis tú y Ravi hemos recuperado a nuestro niño. Nos habéis devuelto a Sal, y no hay palabras que puedan explicar todo lo que eso significa.

—Esto es para ti —añadió Mohan, que se inclinó hacia delante para darle las flores y los bombones a Pip—. Perdona, pero no estábamos muy seguros de qué se le debe regalar a alguien que ha ayudado a limpiar el nombre de tu hijo muerto.

—Google tenía muy pocas sugerencias —comentó Ravi.

—Gracias —dijo Pip—. ¿Queréis entrar?

—Sí, entrad —invitó Leanne—. Pondré agua a hervir para hacer té.

Pero cuando Ravi cruzó la puerta, cogió a Pip de un brazo y la envolvió entre los suyos, aplastando las flores entre ellos, riéndose encima de su coronilla. Cuando la soltó, Nisha dio un paso adelante y entonces fue ella quien la abrazó; el suave perfume que desprendía le olió a Pip a hogar, a madre, a tardes de verano. Y luego, sin saber bien cómo o por qué sucedió, todos empezaron a abrazarse, los seis, unos a otros, intercambiándose y riendo con los ojos llenos de lágrimas.

Y así, sin más, con flores aplastadas y un carrusel de abrazos, los Singh disiparon la tristeza sofocante y confusa que se había cernido sobre su casa. Habían abierto la puerta y dejado que los fantasmas salieran, al menos durante un rato.

Porque había un final feliz en esta historia: Sal era inocente. Y una familia entera por fin se veía libre del tremendo peso que habían sobrellevado tantos años. Y cuando la pena y las dudas cayeran sobre ellos, aquello era algo a lo que podrían agarrarse.

—¿Qué estáis haciendo? —preguntó Josh con una vocecita confusa.

En el salón se sentaron todos alrededor de una merienda que Leanne había improvisado.

—Y bien —comenzó Victor—. ¿Vais a ver los fuegos artificiales mañana por la noche?

—Pues, la verdad —contestó Nisha mirando a su marido y a su hijo—, creo que este año sí deberíamos ir. Será la primera vez desde... Bueno, ya sabéis. Pero ahora las cosas son diferentes. Este es el principio del cambio.

—Sí —dijo Ravi—. Me gustaría ir. Desde nuestra casa no se ven.

—Una decisión estupenda —apuntó Victor mientras palmeaba—. ¿Qué os parece si quedamos allí? ¿Sobre las siete, al lado del puesto de bebidas?

En ese momento Josh se levantó y se dio prisa en tragar su sándwich para poder recitar:

—Recuerda con ahínco de noviembre el día cinco, una traición sucedió y conspiración de la pólvora se llamó. Esta conspiración no se debe olvidar, y por ello su recuerdo debemos señalar.

Little Kilton no se había olvidado de la conspiración, solo había decidido adelantar la conmemoración al día cuatro porque los de la barbacoa pensaban que la afluencia sería mayor el sábado. Pip no estaba segura de sentirse preparada para hacer frente a todas esas personas y a sus miradas inquisitivas.

—Voy a rellenar la tetera —anunció; cogió el recipiente vacío y lo llevó a la cocina.

Se quedó con la mirada fija en el hervidor y observó su reflejo deformado en la superficie cromada hasta que un Ravi distorsionado apareció detrás de ella.

—Estás muy callada —dijo—. ¿Qué hay en ese enorme cerebro tuyo? En realidad, no necesito ni preguntar, ya sé que es lo que vas a contestar. Andie.

—No puedo fingir que se acabó —confesó—, porque no es verdad.

—Pip, escúchame. Has hecho todo lo que estaba en tu mano. Sabemos que Sal era inocente y lo que le pasó.

—Pero no sabemos lo que le sucedió a Andie. Después de que se fuera de casa de Elliot esa noche, desapareció, eso sigue igual, y nunca la encontraron.

—Ya no es tu trabajo, Pip —le recordó él—. La policía ha reabierto el caso. Deja que se ocupen ellos. Tú ya has hecho suficiente.

—Lo sé —admitió, y no estaba mintiendo.

Estaba cansada. Necesitaba librarse de todo esto de una vez. Necesitaba que el peso que cargaba sobre los hombros fuera solo el propio. Y ese último misterio de Andie Bell ya no era asunto suyo.

Ravi tenía razón; su parte había acabado.

Cuarenta y ocho

Su intención había sido tirarlo.

Eso es lo que se había dicho a sí misma. El tablón del asesinato tenía que ser destruido porque ella ya había terminado con ese asunto. Era hora de desmantelar el andamio de Andie Bell y ver qué quedaba de Pip debajo del mismo. Había empezado bien, quitando algunas de las páginas y colocándolas en montoncitos en una bolsa de basura.

Y entonces, sin darse cuenta de lo que estaba haciendo ni de cómo sucedía, se encontró a sí misma revisándolo todo otra vez: releyendo los registros de producción, pasando los dedos por las líneas de cuerda roja, mirando de nuevo las fotos de los sospechosos, buscando la cara de un asesino.

Había estado tan segura de que el tema había acabado para ella... Durante todo el día, mientras jugaba a juegos de mesa con Josh, no se había permitido pensar en ello ni un momento. Tampoco durante el tiempo que dedicó a volver a ver episodios de comedias americanas, ni al hornear galletas con su madre y meterse los restos de masa cruda en la boca cuando nadie la veía. Pero con medio segundo y una mirada que no había planeado, Andie había encontrado la forma de meterse en su cabeza otra vez.

Debería estar vistiéndose para ir a ver los fuegos artificiales, pero se encontraba de rodillas, inclinada sobre el tablón del asesinato.

Algunas partes sí que se habían ido a la basura: todas las

pistas que la dirigían a Elliot Ward. Todo lo que tenía que ver con el Hotel Ivy House, el número de teléfono en la agenda, el atropello con fuga, la coartada que le arrebataron a Sal, la foto de Andie desnuda que Max había encontrado al fondo del aula y las notas impresas y los mensajes de Desconocido.

Pero también había cosas que era necesario añadir, porque ahora sabía más sobre los movimientos de Andie la noche en la que desapareció. Cogió una hoja impresa con un mapa de Kilton y empezó a garabatear con un rotulador azul.

Andie fue a casa de los Ward y salió poco después con una herida en la cabeza que podía llegar a ser grave. Pip hizo un círculo alrededor de Hogg Hill. Elliot había dicho que eran sobre las diez, pero debió de despistarse un poco con ese dato, porque no coincide con el que dio Becca Bell, y el de esta última está ratificado por las cámaras de seguridad: Andie había pasado en coche por High Street a las 22.40. Ahí debió de ser cuando se dirigía a casa de los Ward.

Pip dibujó una línea de puntos y escribió la hora. Sí, Elliot tenía que haberse confundido, pensó Pip, porque de lo contrario, Andie habría vuelto a casa con una herida en la cabeza antes de salir de nuevo. Y si eso hubiera sido así, Becca le habría contado ese detalle a la policía. Así que la hermana ya no era la última persona que había visto a Andie con vida, ahora era Elliot.

Pero entonces... Pip mordisqueó la punta del rotulador, pensativa. Elliot dijo que Andie no había ido en coche hasta su casa; él pensaba que había ido andando. Y, al mirar el mapa, Pip vio que eso tenía sentido. La casa de los Bell y la de los Ward estaban muy cerca; a pie solo tenías que atajar a través de la iglesia y luego cruzar el puente peatonal. Probablemente se llegara antes caminando.

Pip se rascó la cabeza. Aquello no cuadraba: las cámaras

de seguridad grabaron el coche de Andie, así que ella tuvo que haberlo cogido en algún momento. A lo mejor aparcó en los alrededores de casa de Elliot, pero no lo suficientemente cerca como para que él lo viera.

Y entonces ¿cómo fue Andie desde ese punto hasta aquel en el que desapareció?

¿Desde Hogg Hill hasta su sangre en el maletero de su coche abandonado cerca de la casa de Howie?

Pip dio un par de impacientes golpecitos con la punta del rotulador en el mapa, pasó la vista de Howie a Max y luego a Daniel y a Jason. En Little Kilton habían existido dos asesinos: uno que pensó que había matado a Andie y acabó con Sal para ocultarlo, y otro que realmente había matado a Andie Bell. ¿Cuál de estas caras que la miraban podía ser?

Dos asesinos y, sin embargo, solo uno había intentado detener a Pip, lo que significaba que...

Espera.

Pip se llevó las manos a la cara y cerró los ojos para concentrarse mejor. Los pensamientos aparecían como fogonazos, iban y venían, cambiantes, nuevos y confusos.

Y una imagen: la cara de Elliot, justo cuando la policía entró. Su cara cuando Pip le dijo que jamás le perdonaría haber matado a *Barney*.

Esa cara se había contraído. Pero, rememorándola ahora, lo que había en su expresión no era remordimiento. Era confusión.

Y las palabras que había pronunciado, ahora Pip las acabó por él: «Pip, no sé de qué estás hablando. Yo no... maté a *Barney*».

Ella maldijo en voz baja y se fue directa a revolver en la bolsa de basura que yacía en el suelo. Cogió los papeles que había descartado y buscó entre la pila esparciendo los que no eran relevantes por toda la habitación. Y entonces dio con ellos; la nota de la acampada y la de la taquilla, por una parte, y los mensajes impresos de Desconocido por otra.

Eran de dos personas diferentes. Ahora que los miraba bien, era obvio.

Las diferencias no eran solo en la forma, sino también en el tono.

En las notas impresas, Elliot la llamaba Pippa y las amenazas eran sutiles e implícitas. Incluso la que había escrito en su PC. Pero Desconocido la había llamado «zorra estúpida», y las amenazas distaban de ser implícitas: la habían obligado a destruir su portátil y habían matado a su perro.

Se reclinó sobre su espalda y dejó escapar un largo suspiro. Dos personas diferentes. Elliot no era Desconocido y no había matado a *Barney*.

No, eso lo había hecho el verdadero asesino de Andie.

—¡Venga, Pip! Ya han encendido la hoguera —le gritó su padre desde el piso de abajo.

Ella se acercó hasta la puerta de la habitación y la abrió solo unos centímetros.

—Id yendo vosotros. Os veo allí.

—¿Qué? No. Ven aquí, Pipsy.

—Es que... quería seguir intentando llamar a Cara, papá. Necesito hablar con ella. No tardaré mucho. Por favor. Os veo allí.

—De acuerdo, mi amor —concedió Victor.

—Salgo en veinte minutos, lo prometo —dijo ella.

—Muy bien, si no nos encuentras, llámame.

En cuanto oyó la puerta de casa cerrarse, Pip volvió al lado del tablón del asesinato, con los mensajes de Desconocido en la mano. Revisó los registros de producción para intentar averiguar en qué punto de la investigación los había recibido. El primero le había llegado justo después del encuentro con Howie Bowers, cuando Ravi y ella fueron a hablar con él y se enteraron de que Andie vendía droga y Max compraba Rohypnol. Y luego se habían llevado a *Barney* a mediados de semana. Habían pasado un montón de cosas justo antes de eso; se había encontrado dos veces con Stanley Forbes, había ido a ver a Becca y había hablado con Daniel en la reunión vecinal con la policía.

Arrugó los papeles y los lanzó por la habitación con un gruñido que nunca se había oído a sí misma. Seguía habiendo demasiados sospechosos. Y ahora que los secretos de Elliot estaban al descubierto y Sal iba a ser exculpado, ¿estaría el asesino buscando venganza? ¿Iba a cumplir sus amenazas?

¿Debería Pip estar sola en casa?

Miró todas las fotos con gesto concentrado. Y con el rotulador azul dibujó una gran cruz sobre el rostro de Jason Bell. No podía ser él. Había visto su expresión cuando se lo cruzó en el coche, después de que los detectives los hubieran llamado. Tanto él como Dawn estaban llorando, enfadados, confundidos. Pero había otra cosa más en ambas expresiones: un pequeñísimo atisbo de esperanza brillaba entre las lágrimas. Quizá, aunque ya les habían dicho que no era Andie, una pequeña parte de ellos esperara que sí lo fuera. Jason no podía haber fingido esa reacción. Su expresión era auténtica.

Su expresión era auténtica...

Pip cogió la foto de Andie, en la que esta estaba con sus padres y con Becca, y la miró. Miró dentro de esos ojos.

No vino todo de golpe.

Llegó en pequeños fragmentos que se iban iluminando en su memoria.

Las piezas iban cayendo y formando una línea.

Pip cogió todas las hojas importantes del tablón del asesinato.

Entrada 3: entrevista con Stanley Forbes. Entrada 10: primera entrevista con Emma Hutton. Entrada 20: entrevista con Jess Walker sobre los Bell. 21: Max compraba drogas a Andie. 23: Howie y las drogas que le proporcionaba a Andie. Entradas 28 y 29: adulteración de bebida en las fiestas destroyer. El papel en el que Ravi había escrito «¿QUIÉN PUDO HABER COGIDO EL MÓVIL DE PREPAGO?», en grandes letras mayúsculas. Y la hora a la que Elliot dijo que Andie había salido de su casa.

Las miró todas y supo quién había sido.

El asesino tenía una cara y un nombre.

La última persona que había visto a Andie con vida.

Pero había una última cosa que confirmar. Pip sacó el móvil, fue a sus contactos y marcó el número.

—¿Hola?

—¿Max? —dijo ella—. Te voy a hacer una pregunta.

—No me interesa. Mira, te equivocaste conmigo. He oído lo que pasó, que fue el señor Ward.

—Bien —contestó ella—, entonces sabrás que ahora mismo tengo mucha credibilidad con la policía. Le dije al señor Ward que no mencionara el atropello con fuga, pero si no respondes a mi pregunta, ahora mismo los llamo y les cuento todo.

—Lo dudo.

—Sí que lo voy a hacer. La vida de Naomi ya está destrozada; no creas que eso me va a seguir deteniendo —dijo ella, marcándose un farol.

—¿Qué quieres? —masculló él.

Pip hizo una pausa. Puso el altavoz del móvil y entró en la aplicación de grabar voz. Presionó el botón rojo y tomó aire con la suficiente fuerza para ocultar el bip que sonó.

—Max, en una fiesta destroyer de marzo de 2012 —dijo—, ¿drogaste y violaste a Becca Bell?

—¿Qué? No, claro que no, joder.

—¡MAX! —gritó Pip a través del teléfono—. Ni se te ocurra mentirme o te juro por Dios que te arruino la vida. ¿Echaste Rohypnol en la bebida de Becca y luego tuviste sexo con ella?

Él tosió.

—Sí, pero, o sea... No fue una violación. Ella no dijo que no.

—Porque tú la drogaste, asqueroso yonqui violador —gritó Pip—. No tienes ni idea de lo que hiciste.

Colgó el teléfono, detuvo la grabación y apagó el móvil. Luego clavó la vista en la oscura pantalla, que le devolvía su reflejo.

La última persona que había visto viva a Andie había sido Becca. Siempre había sido Becca.

El reflejo de Pip pestañeó y ella tomó la decisión.

Cuarenta y nueve

El coche dio una sacudida cuando Pip aparcó en la acera de forma abrupta. Salió a la calle oscura y se acercó a la puerta de la casa.

Llamó.

El carillón de viento que colgaba a su lado se balanceaba y emitía su particular canción en la brisa nocturna, alta e insistente.

La puerta se abrió y la cara de Becca apareció por la rendija. Miró a Pip y abrió del todo.

—Ah, hola, Pippa —dijo.

—Hola, Becca. Estoy... Vine a ver si estabas bien, después de lo del jueves por la noche. Te vi en el coche y...

—Sí —asintió—, el detective nos contó que fuiste tú la que averiguaste lo del señor Ward, lo que había hecho.

—Sí, lo siento.

—¿Quieres entrar? —dijo Becca y dio un paso hacia atrás para permitir que pasase.

—Gracias.

Pip se adentró en el pasillo en el que ella y Ravi habían estado de forma ilegal hacía unas semanas. Becca sonrió y le hizo gestos de que entrara en la cocina azul.

—¿Te apetece un té?

—Ah, no, no te molestes.

—¿Seguro? Me estaba preparando uno para mí.

—Entonces vale. Solo, por favor. Gracias.

Pip se sentó a la mesa de la cocina, con la espalda derecha, las rodillas rígidas, y observó a Becca coger de un armario dos tazas floreadas, ponerles dentro las bolsitas de té y echarles el agua recién hervida de la tetera.

—Disculpa —dijo Becca—, necesito ir a por un pañuelo.

Cuando dejó la cocina el silbato de un tren sonó en el bolsillo de Pip. Era un mensaje de Ravi.

¿Qué pasa, Sargentita, dónde estás?

Silenció el móvil y lo volvió a meter en el abrigo.

Becca volvió a entrar; se metió un pañuelo en la manga.

Trajo los tés y puso el de Pip delante de ella.

—Gracias —dijo, y le dio un sorbo.

No estaba demasiado caliente, de modo que bebió. Y eso fue un alivio, la excusa para hacer algo con sus manos temblorosas.

Entonces entró el gato negro, paseándose con la cola tiesa, y frotó su cabeza en los tobillos de Pip hasta que Becca lo ahuyentó.

—¿Qué tal están tus padres? —preguntó Pip.

—No muy bien —contestó ella—. Cuando confirmamos que no era Andie, mi madre se inscribió en un programa de rehabilitación para traumas emocionales. Y mi padre quiere denunciar a todo el mundo.

—¿Ya saben quién es la chica? —dijo Pip casi sin despegar la boca del borde de su taza.

—Sí, llamaron a mi padre esta mañana. Estaba en el registro de personas desaparecidas: Isla Jordan, de veintitrés años, de Milton Keynes. Dijeron que tenía un desorden de aprendizaje y la edad mental de una niña de doce años. Venía de un hogar violento y tenía una larga historia de huidas de casa y posesión de drogas. —Becca jugueteó con su corto pelo—. Dijeron que estaba muy confusa; vivió durante tanto tiempo siendo mi hermana porque eso es lo que quería el señor Ward que ahora realmente cree que es una chica llamada Andie Bell de Little Kilton.

Pip tomó un largo trago para llenar el silencio; las palabras temblaban y se reajustaban en su cabeza. Sintió la boca seca y hubo un horrible temblor en su garganta, como si se hiciera eco del atropellado latido del corazón. Levantó la taza y se acabó el té.

—Se parecía a ella —dijo al fin—. Por unos segundos, pensé que era Andie. Y vi en la expresión de tus padres que tenían cierta esperanza de que fuera ella después de todo. Que la policía y yo nos hubiésemos equivocado. Pero tú ya lo sabías, ¿no?

Becca bajó su taza y miró a Pip.

—Tu expresión no era como la de ellos, Becca. Tú parecías confusa. Parecías asustada. Tú sabías seguro que no podía ser tu hermana. Porque tú la mataste, ¿no es verdad?

Becca no se movió. El gato saltó sobre la mesa y se quedó a su lado, y ella siguió inmóvil.

—En marzo de 2012 —contó Pip— fuiste a una fiesta destroyer con tu amiga Jess Walker. Y mientras estabas allí, te ocurrió algo. No recuerdas qué, pero te levantaste y supiste que algo iba mal. Le pediste a Jess que fuera contigo a pedir una píldora del día después y cuando te preguntó con quién te habías acostado, tú no se lo dijiste. No fue, como Jess supuso, porque te diera vergüenza, sino porque no lo sabías. No recordabas lo que había pasado ni con quién. Tenías amnesia anterógrada porque alguien te había echado Rohypnol en la bebida y luego te había violado.

Becca seguía allí sentada, quieta como una estatua, como un pequeño maniquí de plástico demasiado asustado para moverse por si despertaba el lado oscuro de la sombra de su hermana. Y entonces empezó a llorar. Las mejillas se le llenaron de lágrimas que resbalaban como pequeños y silenciosos pececillos y le temblaba la barbilla. Pip sintió un dolor en su interior, algo helado que le oprimió el corazón al mirar a Becca a los ojos y ver la verdad en ellos. Porque en este caso, la verdad no era una victoria; solo era tristeza, una profunda y decadente tristeza.

—No puedo imaginarme lo sola que te sentirías, lo horrible que fue para ti —le dijo Pip con una sensación extraña—. No ser capaz de recordar, pero saber seguro que había pasado algo malo. Debiste de creer que nadie podía ayudarte. No hiciste nada malo y no tienes nada de lo que avergonzarte. Pero no creo que fuera eso lo que pensaste al principio, y acabaste en el hospital. ¿Qué pasó después? ¿Decidiste averiguar lo que te había sucedido y quién había sido el responsable?

El gesto de asentimiento de Becca fue casi imperceptible.

—Creo que te diste cuenta de que alguien te había drogado, ¿fue por ahí por donde empezaste a buscar? Comenzaste a preguntar quién compraba droga en las fiestas destroyer y a quién. Y las preguntas te llevaron a tu propia hermana. Becca, ¿qué pasó el viernes 20 de abril? ¿Qué pasó cuando Andie volvió andando de casa del señor Ward?

—Todo lo que averigüé es que alguien le había vendido hierba y MDMA una vez —contó Becca, que miraba hacia abajo y se secaba las lágrimas—. Así que cuando se fue y me dejó sola, registré su habitación. Encontré el sitio donde escondía su otro móvil y la mercancía. Miré el móvil: todos los contactos estaban guardados solo con iniciales, pero leí algunos mensajes y encontré a la persona que le había comprado el Rohypnol. Había usado su nombre en una ocasión.

—Max Hastings —confirmó Pip.

—Y pensé que —gimió—, ahora que lo sabía, podríamos arreglar las cosas y poner todo en su sitio. Creí que cuando Andie volviera a casa, se lo contaría y ella me dejaría llorar sobre su hombro y me diría que lo sentía muchísimo, que las dos íbamos a arreglarlo y hacer que Max lo pagara. Todo lo que quería era a mi hermana mayor. Y la libertad de contárselo a alguien por fin.

Pip se frotó los ojos. Se sentía agitada y agotada.

—Y entonces Andie llegó a casa —dijo Becca.

—¿Con una herida en la cabeza?

—No, eso no lo supe entonces —aclaró—. No le vi nada. Solo estaba aquí, en la cocina, y yo ya no podía esperar más. Tenía que contárselo. Y... —La voz de Becca se rompió—. Cuando lo hice, se limitó a mirarme y decirme que le daba igual. Intenté explicárselo, pero no me quiso escuchar. Solo me dijo que no podía contárselo a nadie más ni meterla a ella en problemas. Intentó salir de la cocina y yo me puse en medio. Luego me dijo que debería estar agradecida de que alguien me desease, porque yo no era más que la versión gorda y fea de ella misma. E intentó empujarme para que le dejara pasar. Yo no podía creérmelo, no era capaz de aceptar que fuese tan cruel. Entonces yo también la empujé a ella e intenté contárselo todo otra vez y las dos nos pusimos a gritar y a empujarnos y entonces... Fue tan rápido...

»Andie se cayó al suelo de espaldas. No me parecía haberla empujado tan fuerte. Tenía los ojos cerrados. Y empezó a vomitar. Lo tenía por toda la cara y en el pelo. Y —hipó Becca— entonces se le llenó la boca de vómito y tosía y se atragantaba. Y yo... me quedé paralizada. No sé por qué. Estaba tan enfadada con ella... Cuando rememoro aquello no sé si tomé una decisión consciente o no. No recuerdo pensar nada en absoluto, simplemente me quedé quieta. Supongo que sabía que se estaba muriendo y no hice nada para evitarlo.

Becca apartó la mirada y la posó en los azulejos del suelo junto a la puerta de la cocina. Aquel debía de ser el lugar donde ocurrió.

—Y luego se quedó inmóvil y yo me di cuenta de lo que había hecho. Entré en pánico e intenté limpiarle la boca, pero ya estaba muerta. Quería desesperadamente que el tiempo volviera atrás. Es lo que he querido desde ese día. Pero era demasiado tarde. Fue entonces cuando le vi la sangre en el pelo y pensé que se lo había hecho yo; durante cinco años he creído eso. Hasta hace dos días no supe que Andie se había hecho la herida de la cabeza antes, cuando estuvo con el señor Ward. Por eso debió de perder la consciencia, por eso vomitaba. De todas formas, no importa. Sigo siendo yo la que dejó que se ahogara. La vi morir y no hice nada. Y como pensé que era yo la que le había hecho la herida, y además tenía los brazos llenos de arañazos míos, signos de una pelea, supe que todo el mundo, incluidos mis padres, pensarían que la había matado intencionadamente. Porque Andie era siempre mucho mejor que yo. Mis padres la querían más.

—¿Pusiste su cadáver en el maletero del coche? —preguntó Pip inclinándose hacia delante para posar la cabeza en la mano, pues la sentía muy pesada.

—El coche estaba en el garaje y yo la arrastré hasta allí y la metí dentro. No sé cómo tuve fuerza para transportarla. Los recuerdos son muy confusos. Lo limpié todo. Había visto suficientes documentales de crímenes para saber hasta qué tipo de lejía hay que usar.

—Luego saliste de casa justo antes de las 22.40 —dijo Pip—. Fue a ti a quien grabaron las cámaras de seguridad, conducías el coche de Andie por High Street. Y la llevaste... Creo que a esa vieja granja en Sycamore Road, sobre la que estabas escribiendo el artículo, porque no querías que los vecinos la comprasen y la restaurasen. ¿La enterraste allí?

—No está enterrada —lloró Becca—, sino en la fosa séptica.

Pip asintió con amabilidad, su nublada cabeza agarrotada con imágenes del destino final de Andie.

—Luego abandonaste su coche y volviste andando a casa. ¿Por qué lo dejaste en Romer Close?

—Cuando revisé su segundo móvil, vi que ahí era donde vivía su camello. Pensé que, si lo dejaba allí aparcado, la policía establecería esa conexión y él sería el principal sospechoso.

—Y ¿qué pensaste cuando de repente Sal emergió como culpable y el caso se zanjó?

Becca se encogió de hombros.

—No sé. Pensé que a lo mejor era una señal, como que se me había concedido el perdón. Aunque yo no haya podido librarme nunca del sentimiento de culpa.

—Y entonces —dijo Pip—, cinco años más tarde, voy yo y empiezo a investigar. Consigues mi número del móvil de Stanley, de cuando lo entrevisté.

—Me dijo que había una niña que estaba haciendo un proyecto escolar y que creía que Sal era inocente. Entré en pánico. Pensé que, si conseguías demostrar su inocencia, tendrías que encontrar otro sospechoso. Aún tenía el móvil de prepago de Andie y sabía que había mantenido una relación secreta; había algunos mensajes a un contacto que se llamaba E en los que hablaba de verse con él en un hotel, el Ivy House. Así que fui allí a ver si podía averiguar quién era ese tipo. No me sirvió de nada, la anciana que lo llevaba estaba muy confusa. Luego, unas semanas más tarde, te vi merodeando por el aparcamiento de la estación y yo sabía que allí trabajaba el camello de Andie. Te vigilé y, mientras lo seguías, yo te seguí a ti. Te vi entrar en su casa con el hermano de Sal. Quería que lo dejases.

—Y entonces me mandaste el primer mensaje —completó Pip—. Pero yo no lo dejé. Y cuando fui a tu oficina a hablar contigo y te conté lo del móvil de prepago y mencioné a Max Hastings, debiste de pensar que estaba a punto de descubrir que eras tú. Así que mataste a mi perro y me hiciste destruir todo mi trabajo.

—Lo siento. —Miró hacia abajo—. No pretendía matar a tu perro. Lo dejé libre, de verdad. Pero era ya de noche, debió de desorientarse y caerse al río.

A Pip le faltó el aliento. Que fuera un accidente o no ahora ya no importaba.

—Lo quería mucho —dijo Pip, mareada y sintiendo que se salía de su cuerpo—. Pero elijo perdonarte. Por eso vine aquí, Becca. Si yo he llegado a la conclusión de que fuiste tú, la policía no tardará mucho en hacer lo mismo ahora que han reabierto el caso. Y la historia del señor Ward arrojará dudas sobre la tuya. —Habló deprisa, arrastrando las palabras y con la lengua enredándose en ellas—. Lo que hiciste no está bien, Becca. Sé que lo sabes. Pero tampoco es justo lo que te pasó a ti. Tú no pediste nada de esto. Y la ley no será compasiva. Vine para avistarte. Tienes que irte, construir una nueva vida en algún otro lugar. Porque antes o después vendrán a por ti.

Pip la miró. Becca debía de estar hablando, pero de repente el sonido del mundo se apagó y solo quedó el zumbido de las alas de un escarabajo atrapado en su cabeza. La mesa, entre ellas, mutaba y burbujeaba, y un peso fantasmal empezaba a cerrarle los párpados.

—Yo-yo... —tartamudeó. El mundo se oscureció, la única cosa que resplandecía era la taza vacía delante de ella, la cerámica ondulante que lanzaba al aire sus colores—. ¿Pusiste alg... mi bebida?

—Quedaban unas pocas pastillas de esas de Max en el escondite de Andie. Me las quedé.

La voz de Becca le llegaba alta y estridente, era el eco

chirriante de la risa de un payaso, y cambiaba de un oído a otro.

Pip se levantó de la silla, pero la pierna izquierda no le respondía, se dobló bajo su peso y ella se estrelló contra el mueble de la cocina. Algo se resquebrajó y los trozos salieron volando alrededor como nubes dentadas y subieron y subieron mientras el mundo daba vueltas alrededor de ella.

La habitación se tambaleó y Pip fue dando traspiés hasta el fregadero, se apoyó en él y se metió los dedos en la garganta. Vomitó, una pasta marrón oscuro que picaba, y vomitó otra vez.

Una voz le llegó desde un sitio cercano y lejano a la vez.

—Me inventaré algo, tengo que hacerlo. No hay pruebas. Solo tu testimonio. Lo siento. No quiero hacer esto. ¿Por qué no podías dejarlo estar?

Pip se izó y se limpió la boca. La habitación empezó a tambalearse otra vez y Becca se plantó delante de ella, con las manos temblorosas extendidas.

—No —intentó gritar Pip, pero la voz se le quedó perdida dentro.

Retrocedió de forma abrupta y comenzó a desplazarse de lado alrededor del mueble central con los dedos apoyados sobre uno de los taburetes para poder mantenerse en pie. Lo cogió y lo lanzó detrás de ella. Hubo un estruendoso eco de algo rompiéndose cuando el taburete alcanzó las piernas de Becca.

Pip corrió hacia la pared del pasillo. Con los oídos pitándole y los hombros temblando, se apoyó en esa pared para que no pudiera escapársele y, deslizándose por ella, consiguió llegar hasta la puerta de entrada. No se abría, pero entonces Pip parpadeó, la puerta se desvaneció y, sin saber cómo, estaba fuera.

Era noche cerrada, todo le daba vueltas y había algo en el

cielo. Champiñones brillantes y coloridos y nubes fatídicas y muchas gotas. Los fuegos artificiales que salían de la plaza con el sonido de un planeta estallando. Pip recuperó el control de sus pies y corrió hacia los brillantes colores, adentrándose en el bosque.

Los árboles caminaban con sus pasos de madera y los pies de Pip se quedaron entumecidos. Estaba perdida. Otro chispeante rugido del cielo y se quedó ciega.

Llevaba las manos delante para que fueran sus ojos. Otro estallido y Becca apareció delante de ella.

La empujó y Pip cayó de espaldas sobre las hojas y el barro mullido. Y Becca estaba allí, con las manos extendidas e inclinándose sobre ella y..., de repente, un ramalazo de energía la inundó.

Mandó esa fuerza a través de su pierna y lanzó una buena patada. Y Becca se cayó también al suelo, perdida entre las hojas oscuras.

—Inten-intentaba ay-ayudarte —balbuceó Pip.

Rodó y se arrastró, y sus brazos querían ser piernas y sus piernas, brazos. Gateó hasta encontrarse los pies y poder erguirse y huyó de Becca. Hacia el cementerio.

Había más bombas explotando y detrás de ella el mundo se acababa. Se apoyaba en los árboles para impulsarse mientras estos bailaban y giraban hacia el cielo que se desplomaba sobre ellos. Tocó un árbol y lo sintió como si fuera piel.

Este se le echó encima y la agarró con dos manos. Cayeron al suelo y rodaron. Pip se golpeó la cabeza contra un tronco, un rastro de serpenteante humedad en la cara, el sabor a hierro de la sangre en la boca. El mundo se oscureció otra vez y un velo rojo descendió sobre sus ojos. Y luego Becca estaba sentada sobre ella y tenía algo frío alrededor del cuello. Se estiró para notarlo y eran dedos, pero los suyos no funcionaban. No podía usarlos.

—Por favor. —Las palabras se escaparon de ella y el aire ya no volvió a entrar.

Los brazos se quedaron atascados en medio de las hojas y no le respondían. No se movían.

Miró a Becca a los ojos. «Sabe dónde meterte para que no te encuentren nunca. En un lugar muy muy oscuro, con los huesos de Andie Bell.»

Los brazos y las piernas ya no le respondían y ella empezaba a dejarse ir.

—Ojalá hubiera podido contar con alguien como tú —lloró Becca—. Todo lo que tenía era a Andie. Era lo único que me servía para huir de mi padre. Era mi única esperanza después de lo de Max. Y le dio igual. A lo mejor es que yo nunca le había importado. Ahora estoy atrapada en medio de todo esto y no tengo otra forma de salir. No quiero hacerlo. Lo siento.

Pip no era capaz de recordar cómo era la sensación de respirar.

Sus ojos estaban casi cerrados, pero había fuego en las rendijas.

Little Kilton era devorado por una oscuridad mayor.

Aun así, era bonito mirar esas chispas que tenían los colores del arcoíris.

Una última cosa bonita antes de que todo se volviera negro.

Y cuando eso pasó, notó que los fríos dedos aflojaban y se retiraban.

La primera respiración se rompió y se quedó enganchada mientras Pip intentaba inhalar.

La oscuridad tiraba de ella y había sonidos que emergían de la tierra.

—No puedo hacerlo —dijo Becca; retiró las manos para abrazarse a sí misma—. No puedo.

Luego el sonido de unas pisadas que crujían y una sombra cayó sobre ellas y apartó a Becca. Más sonidos. Gritos y chillidos y:

—Estás bien, mi amor.

Pip volvió la cabeza y su padre estaba aquí con ella y mantenía a Becca contra el suelo; esta luchaba y gritaba.

Y luego apareció otra persona detrás de ella que la ayudaba a levantarse, pero Pip era un río y resultaba imposible sostenerla.

—Respira, Sargentita —dijo Ravi acariciándole el pelo—. Estamos aquí. Ya estamos aquí.

—Ravi, ¿qué le pasa?

—Hynol —susurró Pip—. Rohypnol en... té.

—Ravi, llama a una ambulancia. Y a la policía.

Los sonidos se alejaron otra vez. Solo permanecieron los colores y la voz de Ravi que le vibraba en el pecho y a través de la espalda hasta el borde exterior de todos los sentidos.

—Dejó que Andie muriera —dijo Pip, o pensó que lo había dicho—. Pero tenemos que dejar que se vaya. No es justo. No lo es.

Kilton parpadeó.

—Puede que después no recuerde. Puede que tenga mmm...nesia. Está en fosa séptica. Granja... Sycamore. Ahí es donde...

—Está bien, Pip —la tranquilizó Ravi que la sujetaba para que no se cayera del mundo—. Ya está. Todo se ha acabado. Te tengo.

—¿Cómo menqqquentaste?

—Aún tienes activado el dispositivo de seguimiento —contestó Ravi mostrándole una pantalla borrosa y saltarina con un punto naranja en el mapa de «Encuentra a mis amigos»—. En cuanto te vi aquí, lo entendí.

Kilton parpadeó.

—No pasa nada. Te tengo, Pip. Te vas a poner bien.

Parpadeó.

Otra vez estaban hablando, Ravi y su padre. Pero no con palabras que pudiera oír, sino con sonidos de hormiguitas. Ya no los veía. Sus ojos eran el cielo y los fuegos artificiales explotaban en su interior. Ramilletes de flores del Armagedón. Todo rojo. Resplandores y brillos rojos.

Y luego otra vez fue una persona, tirada en la tierra fría y húmeda, con el aliento de Ravi en su oído. Y a través de los árboles destellaban luces azules que escupían uniformes negros.

Pip miró a ambos, los destellos y los fuegos artificiales.

No había sonido.

Solo su respiración sibilante...

... y las chispas de las luces.

TRES MESES DESPUÉS

—Ahí fuera hay un montón de gente, Sargentita.

—¿En serio?

—Sí, como doscientas personas o así.

Pip los oía; la cháchara, las sillas arrastrándose mientras los asistentes se sentaban en el salón de actos del Instituto Kilton.

Esperaba entre bambalinas y agarraba con tanta fuerza las notas que llevaba para la presentación que el sudor de las manos empezaba a emborronar la tinta.

A lo largo de esa semana, toda su clase había ido haciendo las presentaciones de sus PC ante un pequeño grupo de estudiantes y los moderadores. Pero el instituto y la junta escolar pensaron que sería buena idea hacer la presentación de Pip «un poco más especial», como había dicho el jefe de estudios. A ella no le habían dado voz ni voto. El instituto lo había publicitado por internet y también en *El Correo de Kilton*. Habían invitado a representantes de la prensa; Pip había visto una furgoneta de la BBC allí aparcada con los equipos y las cámaras dispuestos.

—¿Estás nerviosa? —preguntó Ravi

—¿Es el día de las preguntas obvias?

Cuando la historia de Andie Bell salió a luz, estuvo semanas en los periódicos nacionales y en la televisión. Y en la cúspide de toda esta locura, Pip tuvo la entrevista para Cambridge. Las dos personas que se encargaron de ella la habían reconocido de las noticias, la miraban boquiabiertos y la bombardeaban a preguntas sobre el caso.

Su carta de admisión fue una de las primeras en llegar.

Los secretos y misterios de Kilton la habían seguido tan de cerca esas semanas que había tenido que llevarlos como si fueran una piel nueva. Excepto ese que estaba enterrado en lo más profundo, el que guardaría siempre para proteger a Cara. Su mejor amiga, la que no se había separado ni un segundo de Pip los días que pasó en el hospital.

—¿Puedo ir a verte luego? —le preguntó Ravi.

—Claro. Cara y Naomi vienen a cenar.

Oyeron el repiqueteo de unos tacones y la señora Morgan apareció, haciéndose un lío con el telón.

—Estamos listos, así que cuando tú quieras, Pippa.

—De acuerdo, salgo en un minuto.

—Bueno —dijo Ravi cuando se quedaron solos otra vez—, mejor me voy ya y cojo sitio.

Le sonrió, le pasó las manos por detrás de la cabeza, acariciándole el pelo, y se inclinó para pegar su frente a la de ella. Le había dicho que lo hacía para llevarse la mitad de su pena, la mitad de su dolor de cabeza y la mitad de sus nervios, cuando ella estaba a punto de subirse al tren en dirección a Cambridge para la entrevista. Porque si había media cosa mala menos, existía espacio para media cosa buena más.

La besó, y ella resplandeció con ese sentimiento. Ese que tiene alas.

—Deslúmbralos.

—Eso pretendo.

—Ah —dijo volviéndose una última vez antes de cruzar la puerta—, y no digas que la única razón por la que empezaste este proyecto fue porque yo te gustaba. Ya sabes, invéntate algún motivo más noble.

—Largo de aquí.

—No te sientas culpable. No pudiste evitarlo, nadie quiere estar sin Ravi Singh Ravi Sin Ravi Sin —sonrió—, ¿lo pillas? Sin Ravi Singh.

—Una broma no es graciosísima si hay que explicarla —replicó—. Y ahora vete.

Esperó otro minuto, murmuró para sí las primeras líneas del discurso y salió al escenario.

La gente no estaba muy segura de lo que debía hacer. La mitad del público empezó a aplaudir educadamente, mientras las cámaras se movían para enfocarlos, y la otra mitad se quedó inmóvil, como un campo de ojos que la seguían para escrutar sus movimientos.

En la primera fila, su padre se levantó, se llevó los dedos a la boca y emitió un sonoro silbido, tras el que gritó:

—¡A por ellos, cariño!

Su madre se apresuró a tirar de él hacia abajo e intercambió una mirada con Nisha Singh, que estaba sentada a su lado.

Pip avanzó hacia el atril y puso sus notas sobre él.

—Hola —comenzó, y el micrófono emitió un sonido agudo que cortó el silencio de la sala. Los flashes de las cámaras acompañaron el sonido—. Me llamo Pip y sé unas cuantas cosas: sé que «querrequerre» es la palabra más larga que se puede escribir en un teclado sin cambiar de línea (y que es un pájaro de la familia de las urracas). Sé que la guerra anglozanzibariana fue la más corta de la historia, con una duración de treinta y ocho minutos. También sé que este proyecto puso en peligro a mis amigos, a mi familia y a mí misma y que ha cambiado muchas vidas, aunque no todas para mejor. Pero lo que no sé —hizo una pausa— es por qué esta ciudad y los medios nacionales siguen sin entender lo que pasó aquí. No soy la «estudiante prodigio» que averiguó la verdad sobre Andie Bell en largos artículos en los que Sal

Singh y su hermano Ravi no fueron más que pequeñas notas. Ese proyecto empezó con Sal. Y mi propósito fue descubrir la verdad.

Entonces los ojos de Pip lo localizaron. Tercera fila, allí estaba Stanley Forbes, tomando apuntes en una libreta. Ella aún tenía preguntas sobre él, y sobre todos los demás nombres de su lista de sospechosos, todas las demás vidas y secretos que se habían cruzado con este caso. Little Kilton todavía guardaba sus misterios, sus enigmas sin solución y sus preguntas sin respuesta. Pero es que esta ciudad tenía demasiadas esquinas oscuras; Pip había aprendido a aceptar que ella no iba a ser capaz de iluminarlas todas.

Stanley estaba sentado justo detrás de sus amigos, entre los que la ausencia de Cara se sentía especialmente. Así como había sido increíblemente valiente durante todo el proceso, hoy había decidido que la presentación sería demasiado para ella.

—De ninguna manera pude imaginar —continuó Pip— que cuando este proyecto finalizara, habría cuatro personas detenidas y una liberada después de cinco años en su prisión particular. Elliot Ward fue hallado culpable del asesinato de Sal Singh, del secuestro y la retención de Isla Jordan y de obstrucción a la justicia. Su vista para sentencia se celebrará la semana que viene. Este año también irá a juicio Becca Bell por los siguientes cargos: homicidio por negligencia temeraria, imposibilitación de entierro legal y obstrucción al curso de la justicia. Max Hastings ha sido acusado de cuatro delitos de asalto sexual y dos de violación, y también será juzgado este año. Y Howard Bowers ha sido declarado culpable del cargo de tráfico de drogas y posesión con intención de venta.

Reordenó sus notas y se aclaró la garganta.

—De modo que ¿por qué tuvieron lugar los sucesos del

viernes 20 de abril de 2012? En mi opinión, hay gente que tiene mucho que ver en lo que pasó aquella noche y los días siguientes, ya no en un sentido criminal, sino ético. Son: Elliot Ward, Howard Bowers, Max Hastings, Becca Bell, Jason Bell y, no lo olvidemos, la propia Andie. La habéis pintado como a una bella víctima y habéis mirado hacia otro lado en lo que respecta a los rasgos más sombríos de su carácter, ya que estos no encajaban bien con vuestra historia. Pero esta es la verdad: Andie Bell era una abusona que usaba el chantaje emocional para conseguir lo que quería. Vendía drogas sin la más mínima preocupación del uso que se les daría. Nunca sabremos si era consciente de estar facilitando agresiones sexuales en las que se usaban narcóticos para anular la resistencia de las víctimas, pero lo cierto es que cuando su propia hermana la informó de este hecho, no mostró ninguna compasión.

»Y, sin embargo, si miramos con más detenimiento, ¿qué encontramos detrás de esta Andie? Encontramos a una niña vulnerable e insegura. Porque Andie creció con un padre que le enseñó que el único valor que poseía era su apariencia y el deseo que inspirase. Su casa era un lugar de acoso y humillación. Andie nunca tuvo la oportunidad de convertirse en la mujer que podría haber sido lejos de ese hogar, ni de decidir por sí misma qué era lo que la hacía única y qué futuro quería.

»Y aunque este cuento efectivamente tiene sus monstruos, me he dado cuenta de que tampoco es fácil hablar de buenos y malos. Al final, resultó ser una historia sobre gente con sus diferentes grados de desesperación, superponiéndose unos a otros. Pero sí que hubo una persona que fue buena hasta el final. Y su nombre era Sal Singh.

Pip levantó la mirada para posarla en Ravi, sentado entre sus padres.

—Lo cierto es —dijo— que no he hecho este proyecto sola, que era lo que las normas requerían. No podría haberlo llevado a cabo sin ayuda. Así que imagino que vais a tener que descalificarme.

Se oyeron exclamaciones de sorpresa en el público, la más alta la de la señora Morgan. También hubo algunos conatos de risa.

—No podría haber resuelto el caso sin Ravi Singh. De hecho, no habría sobrevivido de no ser por él. Así que, si alguien debería hablar sobre lo buen chico que era Sal, ahora que por fin lo vais a escuchar, es su hermano.

Ravi la miró desde su asiento, con esa mirada matadora que a ella tanto le gustaba. Pero sabía que él necesitaba esto. Y él también lo sabía.

Lo invitó a subir con un movimiento de cabeza y Ravi se levantó. Victor se puso en pie también y volvió a silbar con los dedos, tras lo cual dio un par de atronadores aplausos. Algunos de los alumnos entre el público se le unieron y aplaudieron cuando Ravi subió los escalones hacia el escenario.

Pip se apartó un poco del micrófono para ceder su espacio a Ravi. El chico le guiñó un ojo y ella sintió un ramalazo de orgullo cuando lo vio aproximarse al atril rascándose el cogote. Justo el día anterior le había dicho que iba a retomar sus estudios y licenciarse en Derecho.

—Esto... Hola —saludó Ravi, y el micrófono emitió un pitido también para él—. No me esperaba esto, no pasa todos los días que una chica deje escapar un sobresaliente seguro para darte el mérito. —Hubo un silencioso murmullo de sonrisas—. Pero bueno, supongo que tampoco necesito mucha preparación para hablar de Sal. Llevo casi seis años preparándome. Mi hermano no era solo una buena persona, era de las mejores. Era amable, excepcionalmente amable, siempre ayudaba a todo el mundo y nada le suponía demasiado problema.

Era completamente generoso. Recuerdo una vez, cuando éramos críos, que a mí se me cayó zumo de uva en la alfombra y Sal dijo que había sido él para que no me riñeran. Uy, lo siento, mamá, supongo que algún día te ibas a enterar.

Más risas entre el público.

—Sal era risueño. Y tenía la risa más exagerada del mundo; era supercontagiosa. Y, ah sí, solía pasarse horas dibujando unos cómics que luego me leía en la cama porque a mí me costaba mucho quedarme dormido. Todavía los tengo. Y vaya si era listo el tío. Sé que habría hecho cosas increíbles con su vida, si no se la hubieran arrebatado. El mundo nunca será tan bonito sin Sal. Y ojalá hubiera podido decirle esto cuando estaba vivo; que era el mejor hermano mayor que cualquiera podría desear. Pero al menos puedo decirlo ahora en este escenario y sé que esta vez todo el mundo va a creerme.

Se volvió hacia Pip, con los ojos brillando. Ella avanzó un par de pasos hasta llegar a su altura y se inclinó hacia el micrófono para decir sus últimas palabras.

—Pero hay un último personaje en esta historia, habitantes de Little Kilton, y somos nosotros. Entre todos convertimos una vida preciosa en el mito de un monstruo. Transformamos la casa de una familia en una casa maldita. Y a partir de ahora, debemos ser mejores personas.

Pip se apartó del atril y extendió su mano en busca de la de Ravi, que entrelazó sus dedos con los de ella. Sus manos, así unidas, se volvieron un solo ser vivo, cada nudillo perfectamente encajado en el hueco correspondiente como si hubieran sido formados con la única finalidad de llegar a estar así.

—¿Alguna pregunta?

FIN